AS CORTES DO INFINITO

AS CORTES DO INFINITO

AKEMI DAWN BOWMAN

Tradução
Ana Beatriz Omuro

Título original: **The Infinity Courts**

Editora responsável Paula Drummond
Assistente editorial Agatha Machado
Preparação de texto Vanessa Raposo
Diagramação Renata Zucchini
Projeto gráfico original Laboratório Secreto
Revisão Isabel Rodrigues
Ilustração de capa © 2021 by Casey Weldon
Design de capa Laura Eckes
Adaptação de capa Renata Zucchini

Texto fixado conforme as regras do Acordo Ortográfico da Língua Portuguesa (Decreto Legislativo nº 54, de 1995).

CIP-BRASIL. CATALOGAÇÃO NA FONTE
SINDICATO NACIONAL DOS EDITORES DE LIVROS, RJ

B783c

Bowman, Akemi Dawn
As cortes do infinito / Akemi Dawn Bowman ; tradução Ana Beatriz Omuro. - 1. ed. - Rio de Janeiro : Globo Alt, 2022.
(As cortes do infinito ; 1)

Tradução de: The infinity courts
ISBN 978-65-88131-53-4

1. Romance americano. I. Omuro, Ana Beatriz. II. Título. III. Série.

22-76307

CDD: 813
CDU: 82-31(73)

Meri Gleice Rodrigues de Souza - Bibliotecária - CRB-7/6439

1ª edição, 2022

Direitos de edição em língua portuguesa para o Brasil
adquiridos por Editora Globo S.A.
R. Marquês de Pombal, 25
20.230-240 — Rio de Janeiro — RJ — Brasil
www.globolivros.com.br

Este é para os leitores.
Obrigada por me seguirem até o Infinito.

1

— Ophelia, se hoje fosse o seu último dia na Terra e você quisesse se vestir à altura, você usaria esse vestido preto potencialmente--curto-demais ou essa camiseta divertida de Zelda com uma ocarina que diz "Faça Chover"?

A voz cadenciada do meu relógio O-Tech responde em menos de um segundo:

— Eu não posso ter um último dia na Terra, porque não existo na Terra. E, mesmo que existisse, não tenho um corpo físico que exige o uso de roupas.

O som é como um lago sem um sopro de vento. Suave, nítido e imaculado. Faz o arranhar sutil dos alto-falantes comuns parecer ter vindo do período jurássico.

Olho para o meu punho por força do hábito, por tempo suficiente para pegar o fim da fala de Ophelia enquanto ela brilha na tela.

— Isso foi inútil, como sempre — digo, erguendo a sobrancelha, enquanto seguro as duas opções de roupas na minha frente. — Tudo bem, Ophelia, eu vou a um encontro: você acha que devo ir mais arrumada ou me vestir de um jeito mais casual?

— Se você quer causar uma boa impressão, vista o seu melhor, como dizem — responde a voz programada.

Jogo a camiseta sobre as cobertas bagunçadas atrás de mim e passo o vestido preto pela cabeça.

— Ophelia, ninguém diz isso. Mas obrigada.

— De nada. Espero que aproveite o seu encontro. — A cadência de sua voz é parecida com a de um humano, mas não transmite emoções. Isso faz com quem suas gentilezas sempre soem... secas.

Com um leve sorriso, olho para o meu reflexo. A tela brilhante do meu relógio indica que ela está ouvindo.

— Ophelia, por que eu tenho a impressão de que você está sendo sarcástica? — digo, puxando a barra do meu vestido e fazendo uma anotação mental para evitar me sentar a qualquer custo.

— Não sou programada para ser sarcástica, mas tenho uma coleção de piadas à disposição. Você gostaria de ouvir uma?

Solto um riso meio debochado e puxo meu cabelo para cima, formando um coque alto. Preciso de três tentativas para acertar o penteado porque, aparentemente, meu cabelo é tão teimoso quanto eu.

— Beleza, diz uma aí.

— Sei várias piadas sobre impressoras, mas nenhuma delas funciona.

Balanço a cabeça e rio, me aproximando do espelho para conferir minha maquiagem outra vez.

— Como alguém que já ficou na mão por causa de uma impressora, achei essa um pouco ofensiva.

— Você sabe que está falando com um robô, né? — ouço a voz da minha irmã vindo da porta. Ela olha ao redor, espiando a bagunça de roupas espalhadas pelo meu quarto. — Nossa, o que aconteceu aqui?

— Um dinossauro invadiu o quarto — digo, com a mesma voz fina que sempre uso com Mei —, e a Ophelia não é um robô. Ela é uma assistente pessoal de inteligência artificial. Você nunca viu as propagandas? — Caminho até a porta e gentilmente empurro minha irmãzinha de dez anos de volta para o corredor. — Agora, para de entrar no meu quarto quando a porta estiver fechada. Estou me trocando.

Mei faz uma careta. Ela cresceu bastante no último ano e está quase na altura dos meus ombros, mas ainda tem uma carinha de criança, com bochechas redondas, olhos grandes e uma pele incrivelmente boa. Nosso cabelo quase preto é provavelmente a única coisa que temos em comum no momento.

Isso e o fato de que, no fundo, nós nos amamos, apesar da nossa tendência de pentelharmos uma à outra com um certo exagero.

Ela estende a mão para manter a porta aberta.

— Aonde você vai? Posso ir também?

— Acho que a mamãe não deixaria você ir a uma festa de formatura do ensino médio — observo, mexendo no cabelo. — E, mesmo que ela deixasse: nem pensar.

Mei não desiste. Talvez a teimosia seja outra coisa que temos em comum.

Contrariando meu bom senso, dou alguns passos para trás e gesticulo para minhas roupas.

— Ficou bom?

Mei se anima, ansiosa para opinar. Ela faz um *humm* baixinho, como se estivesse refletindo sobre minha roupa, e curva a boca.

— A sua *intenção* é parecer que está indo pro enterro de uma dama vitoriana esquisita? Se sim, está ótimo.

Levanto meu punho até que Mei esteja olhando diretamente para o meu relógio O-Tech.

— Ophelia, você pode mandar uma mensagem do celular da Mei para Carter Brown dizendo que ela é secretamente apaixonada por ele?

— Não! — grita Mei, saindo em disparada pelo corredor para pegar seu celular.

— Sinto muito, mas não posso enviar mensagens pelo celular de outro usuário — responde Ophelia.

— Eu sei, mas a Mei não. — Dou mais uma olhada rápida no espelho, mexendo na gola do meu vestido. — Ei, Ophelia, você pode fazer uma playlist com as minhas trinta músicas mais ouvidas? É pra escutar no caminho.

— É claro. Você gostaria de dar um nome à playlist? — pergunta a inteligência artificial.

Penso por um instante.

— Marcha dos Pinguins Stormtroopers. — Abro um sorriso. Finn e eu damos nomes ridículos para nossas playlists desde o nono ano. Faź sentido criar uma nova para hoje à noite, considerando que vai ser nosso primeiro encontro. Ou pelo menos vai ser a primeira vez em que estaremos juntos fora da escola desde que finalmente admitimos que gostamos um do outro.

No momento em que o rosto dele aparece na minha mente, começo a sentir borboletas no estômago.

Todo mundo diz que aos dezoito anos somos jovens demais para saber o que é o amor, mas essas pessoas não tiveram um Finn em suas vidas. Alguém que no começo era só um *crush*, depois se tornou um amigo e então meu *melhor* amigo, e nesse tempo todo aquela quedinha inicial nunca passou, só evoluiu para algo mais provável de acontecer.

Não estou dizendo que estou com certeza apaixonada, mas com certeza sentimentos não podem ser mais intensos do que isso sem causar danos irreparáveis a algum órgão vital. Meu estômago já está prestes a se desintegrar e eu nem estou no mesmo cômodo que Finn.

Não ligo se isso é brega: posso sentir na minha alma que esta noite vai ser o fim da minha vida da forma que eu a conheço. Porque Finn gosta de mim como eu gosto dele e, considerando que nós dois mal terminamos o ensino médio, isso é praticamente um milagre. Os filmes fazem toda essa história parecer fácil, mas não é. Quais são as chances de ter um *crush* que também é seu melhor amigo e que, na verdade, *sente o mesmo por você* enquanto você tenta sobreviver ao pesadelo épico que é entrar na fase adulta? Microscópicas.

Então, sim, talvez eu seja brega ou imatura ou qualquer outro termo condescendente que pessoas que *não* têm um Finn gostam de usar para falar de pessoas como eu, mas isso não importa. Acontece que eu sou trouxa por uma boa história de amor e com certeza não vou me sentir mal por isso, do mesmo jeito que pessoas que *não* gostam de romance não deveriam se sentir mal.

É como papai sempre diz: na caixa de giz há espaço para todas as cores.

— Sua playlist está pronta — diz Ophelia.

Pego minha bolsa no cabideiro atrás da porta e desço apressada até o térreo.

— Obrigada, Ophelia. Você pode mandar uma mensagem para Lucy e avisar que estou saindo agora?

— Mensagem enviada — responde a voz prestativa.

Passo correndo pela cozinha em direção à porta da frente e calço um par de sapatos pretos. É fácil andar com eles e preciso usar pelo menos *alguma coisa* confortável, já que esse vestido é praticamente um espartilho.

— Você já vai? E o jantar? — pergunta mamãe no corredor, com seu cabelo ruivo perfeitamente ondulado nas pontas. Ela percebe minha expressão de culpa antes que eu consiga dizer uma única palavra e faz um beicinho como se tivesse acabado de receber uma péssima notícia.

Dou de ombros como se não fosse uma escolha, mas é. Tenho um compromisso, e mesmo o cheiro de tofu katsu com karê vindo da cozinha não é suficiente para me fazer ficar, por mais tentador que seja.

— Vai ter comida na festa. E a Lucy também vai estar lá, então se eu atrasar um pouquinho que seja, todo mundo já vai ter formado grupinhos e eu vou acabar largada no sofá sozinha a noite inteira — digo. Exceto por Finn, mas deixo essa parte de lado. Meus pais ficam meio estranhos quando qualquer assunto relacionado a namoro vem à tona.

Papai aparece ao lado de mamãe, com os braços cruzados. Seu cabelo preto está todo bagunçado e em seus dedos há manchas de caneta hidrográfica e de tinta seca.

Sempre que certos super-heróis somem de cena, deixam a barba crescer toda desgrenhada, como se não quisessem mais se dar ao trabalho de interagir com o mundo real. Acho que é isso que papai está tentando fazer, exceto que sua barba não cresce. Ele tem apenas o cabelo sedoso de um astro de *boy band*. Além disso, papai não é exatamente um super-herói; ele trabalha em casa, no porão, criando graphic novels *sobre* super-heróis.

— Que tipo de festa é essa? Se seus amigos te ignoram só porque você se atrasou, eu não diria que são seus amigos — diz papai, com a voz direta que ele sempre usa. — Você tem certeza de que quer ir?

— Takeshi — mamãe diz, em tom de alerta.

Ele pisca inocentemente.

— Que foi? — pergunta.

Ela balança um dedo para ele.

— Ela não vai ficar em casa pra assistir *O Senhor dos Anéis* com você. Eu já te disse, ninguém devia perder doze horas da vida assistindo os mesmos três filmes *todo santo ano*.

Papai deixa cair os braços, desanimado.

— As cenas extras são importantes para o desenvolvimento dos personagens! É uma experiência, Claire.

Mamãe faz um gesto de desdém, enrugando o nariz cheio de sardas.

— Sim, uma experiência dolorosa que o restante da sua família não deveria ter que enfrentar.

— Você também estava tentando fazer ela ficar em casa — observa ele. — Como se comida fosse melhor que Tolkien... Além disso — ele olha para mim como se buscasse apoio —, a Nami gosta do Legolas.

Dou de ombros como se isso fosse inevitável.

— Elfos são legais — digo.

A expressão de mamãe se suaviza.

— Esse é aquele bonitinho? — Ela suspira. — Deveriam ter dado mais cenas a ele.

Papai ergue as mãos como se a resposta fosse super óbvia.

— Cenas. Extras — diz.

Vasculho minha bolsa para pegar minhas chaves, rindo da forma como eles parecem estar julgando um ao outro.

— Preciso mesmo ir. Mas espera... Por que vocês dois estão tentando me convencer a ficar em casa?

Mei aparece no último degrau segurando firmemente o celular.

— Eles estão surtando porque você vai pra faculdade. Mamãe chorou o dia inteiro por isso.

— Não conta pra ela! — repreende mamãe, que depois volta o olhar para mim com os olhos castanhos cheios de vergonha. — A gente vai sentir saudade, é só isso. E sabemos que o tempo está passando.

Aperto minhas chaves, me apoiando no outro pé. Meus pais escolheram o pior momento possível para desenvolver a síndrome do ninho vazio. Se fosse qualquer outra noite, eu teria ficado e dado um jeito de animá-los. Mas é minha festa de formatura e Finn está me esperando. A noite de hoje é importante demais.

— Ainda temos dois meses e meio até lá. A gente vai poder passar bastante tempo juntos. *E* fazer uma maratona de *O Senhor dos Anéis*. — Olho para papai, que ergue um braço, triunfante.

Mamãe aperta os lábios e finge que não ouviu a última parte. Ela diz:

— Tudo bem. Aproveita a festa, então. E sei que você tem dezoito anos, mas ainda mora na nossa casa, então...

— Eu sei, eu sei — interrompo. — Vou voltar antes da meia-noite.

Papai sorri.

— E se ninguém quiser falar com você, você pode voltar mais cedo.

Atrás dele, Mei dá uma risadinha.

— Fala sério! Até parece que a Nami vai voltar mais cedo. Ela vai estar muito ocupada dando uns beijos no Finn...

— Tchau! — grito, bem na hora em que as expressões de mamãe e papai começam a demonstrar preocupação, e saio correndo pela porta em direção ao carro com nada além de puro entusiasmo transbordando em meu peito.

2

Os limpadores do para-brisa raspam o vidro como um metrônomo, produzindo um barulho de borracha que me irrita. Aumento o volume do som para tentar abafar o ruído, mantendo os olhos na estrada.

Os postes aparecem com menos frequência no caminho até Foxtail Woods. A turma toda fez uma vaquinha para alugar uma casa para a noite e ainda faltam vinte minutos até lá. Forço a vista para enxergar algo além das gotas de chuva que caem esparsas na luz dos faróis e vejo um restaurante onde Finn e eu já estivemos centenas de vezes. Eles têm uma jukebox antiga e uns trinta sabores de milkshake no cardápio.

Eu me pergunto se vai ser diferente voltar lá depois de oficializar definitivamente meu relacionamento com Finn. Imagino se vamos pedir só um milkshake de chocolate em vez de dois para mergulhar nossa batata frita, se vamos nos sentar no mesmo lado da mesa, de mãos dadas, e ficar uma hora extra só para fazer a noite durar mais.

Eu me pergunto se já teremos nos beijado antes de passar novamente por aquelas portas e se Finn já terá me chamado de sua namorada, e se vamos ter conversado sobre o que vai acontecer quando nós dois formos para a faculdade.

Eu me pergunto se o resto do verão vai ser como milhares de verões e se o tempo vai decidir ficar do nosso lado e *desacelerar*.

A voz de Ophelia estilhaça meus pensamentos.

— Você tem uma ligação de Lucy Martinez. Gostaria de atendê-la?

— Sim, por favor — respondo, e espero o barulho de fundo do outro lado irromper pelas caixas de som do carro antes de dizer: — Oi, Luce. Já estou chegando. Acabei de passar pela saída para o Spike's Diner.

— Graças a Deus! — ela está praticamente grunhindo.

Faço uma careta.

— Que foi? Tá tudo bem?

— Sim, sim, está tudo bem. Eu só queria te pedir um favor. — A voz de Lucy está quase completamente encoberta pela música e pelo som de um baixo desnecessariamente barulhento.

— Por favoooooor! — uma outra pessoa cantarola no telefone, suas palavras se misturando às de Lucy. — Vamos ficar te devendo pra sempre.

Um coro de risadas distantes jorra das caixas de som. Parece que pelo menos metade da turma de formandos já está na casa.

Eu não costumo me atrasar para nada, *especialmente* quando se trata de socializar. Chegar a uma festa quando todo mundo já está bebendo já é constrangedor o suficiente, isso sem falar no fato de que estou ansiosa para encontrar Finn. Eu deveria ter pulado as centenas de trocas de roupa e chegado meia hora mais cedo, como sempre, e silenciosamente guardado um lugar na cadeira mais próxima da tigela de salgadinhos.

Porque nada diz "estou me divertindo e totalmente não me sinto deslocada" como se apossar dos Doritos.

— Do que você precisa? — pergunto, torcendo para que o favor não me faça chegar mais atrasada ainda.

No telefone, Lucy se atrapalha:

— É uma emergência. Era para o Taylor trazer a maior parte das bebidas, mas ele teve uns problemas com os pais e não vai poder vir. Você pode parar em algum posto e pegar, sei lá, uns refris e *mais umas coisinhas*? A gente te paga assim que você chegar.

— Você está falando sério? — Eu praticamente engasgo. — Você disse que precisava de um favor, não de uma cúmplice. Sem chance de eu comprar álcool pra turma inteira!

— Ah, fala sério. Por favor! Você nunca tem problemas com os seus pais. Não é como se eles não fossem te perdoar por um errinho. Além disso, você nem bebe, o que é, tipo, setenta por cento da razão pra qualquer pai ficar bravo — argumenta Lucy.

— Você não sabe como os meus pais são. Esse tipo de decepção ia durar *uma vida*. Eu… não vou fazer isso. *Não posso* — digo, segurando o volante com mais força.

Lucy resmunga no telefone:

— Por favor, vai! Você é a única que ainda não está bêbada, fora que *você* é a única que tem uma identidade falsa.

— Foi só para entrar na Hero Con ano passado...

— Você vai ser nossa heroína se fizer isso — ela me interrompe. — Todo mundo está contando com você. Até o Finn.

Alguma coisa salta no meu peito, como um fio elétrico soltando faíscas.

— O Finn já chegou? — pergunto.

— Já, ele está lá fora tentando fazer a churrasqueira funcionar. Todo mundo está te esperando.

Sinto uma onda de ansiedade tomar conta de mim, me pinicando como uma urtiga. Como eu vou sair dessa? Lucy já disse para todo mundo que eu ajudaria. Vão me achar muito escrota se eu chegar lá de mãos vazias.

Não tenho escolha.

— Tá bom — digo, amargurada. — Vou levar alguma coisa.

— Eu vou te recompensar, juro! — grita alguém por perto, e por um momento Lucy se distrai com as risadas. Presumo que ela já disse tudo que precisava dizer, porque a ligação termina abruptamente.

E lá se vai meu plano de me esconder perto do guacamole até Finn chegar.

Olho para meu punho, observando a tela escurecer. Lucy é minha amiga há muito tempo, mas ela também *não* tem sido minha amiga há muito tempo. Eu nem sei ao certo quando as coisas começaram a mudar.

Às vezes eu acho que crescemos e nos tornamos pessoas diferentes e só continuamos sendo amigas porque não sabíamos como quebrar o hábito.

Deixo escapar um suspiro cansado.

— Ophelia, já te disse o quanto aprecio nossa amizade? Pra começar, você é uma boa ouvinte e, mesmo sabendo o que é chantagem emocional, você nunca tentou fazer isso comigo. É difícil encontrar alguém assim hoje em dia.

— Obrigada. Eu também gosto muito de você — responde a voz agradável.

Eu sei que Ophelia não está falando a verdade. Afinal de contas, ela é uma inteligência artificial. Mesmo assim, sua resposta me faz sorrir.

A maioria das pessoas não fala com seus O-Techs como eu, mas sou o tipo de pessoa que chorou horrores quando a bateria do robô da NASA em Marte acabou. E, levando em conta todas as vezes em que Ophelia organizou minhas tarefas da escola e me deu palestras motivacionais quando eu estava deprimida, *é claro* que eu ia acabar a tratando mais como uma amiga do que como um programa.

Encosto no primeiro posto que vejo, com o coração disparado e as bochechas queimando. Não estou acostumada a me meter em problemas. Eu praticamente *incorporo* as regras, e nunca fiz nada que deixasse meus pais genuinamente chateados antes. Tenho uma identidade falsa, mas é só porque eu não queria perder o grande painel do meu pai sobre *Tokyo Circus* — a graphic novel que ele praticamente escreveu para mim —, apenas porque a Hero Con tem uma regra ridícula de que "todos os menores de idade devem estar acompanhados de um adulto".

Agora, comprar bebidas alcoólicas para um bando de menores de idade? Acho que meus pais não iam gostar muito disso.

Resmungando palavrões baixinho, fixo os olhos na porta de vidro e vejo que o interior da loja está quase vazio. Se eu chegar à casa sem nenhuma bebida, eu vou literalmente terminar o ensino médio como a pessoa que arruinou a festa de formatura.

Não sei se consigo perdoar Lucy por colocar tanta pressão sobre mim.

Aperto minha bolsa contra o corpo e preparo mentalmente um diálogo do que dizer e como agir. Ofegante, abro a porta do carro com força e corro até a loja de conveniência para escapar da garoa de verão.

Ouço um sininho quando entro e o homem no balcão mal ergue os olhos do relógio em seu punho: um O-Tech como o meu, mas um modelo um pouco mais antigo. Ele deve estar usando o aparelho para navegar na internet ou algo assim, porque sua atenção está completamente voltada para a tela.

Assistentes virtuais existem há anos, mas, quando Ophelia surgiu, ela mudou o cenário da tecnologia inteligente. Mais especificamente, mudou a forma como interagimos com ela. As pessoas praticamente dependem da Ophelia para organizar a vida.

Não sei se isso é triste ou assustador, mas eu me sentiria perdida se ela não existisse.

— Ophelia, preciso das estatísticas do jogo de ontem. Não, eu disse *jogo*. Ophelia, preciso... Ah, pelo amor de Deus. Porcaria de relógio inútil — murmura o homem atrás do balcão, batendo irritado na tela de seu O-Tech.

Recuo e desvio o olhar, segurando meu punho como se estivesse oferecendo a Ophelia o consolo de um pedido de desculpas pela atitude do homem.

Quando eu era criança, me sentia péssima quando meus brinquedos caíam da cama durante a noite. Eu tinha medo de que eles se machucassem ou ficassem chateados e não pudessem me contar. Talvez a maioria das pessoas ache que não faz sentido sentir empatia por objetos inanimados, mas para o meu eu criança a resposta era simples: só porque alguma coisa não é viva não significa que não tenha sentimentos.

Eu posso ter parado de me preocupar com coelhos de pelúcia e bonecos, mas Ophelia é diferente. Ela fala. Ela *entende*. E talvez a única coisa que a impeça de ter sentimentos reais seja a sua programação.

Além disso, acho que a forma como uma pessoa trata suas IAs diz muito sobre ela. Finn *sempre* diz "por favor" e "obrigado" quando fala com Ophelia, e ele é um dos melhores seres humanos do mundo.

Quem sou eu para discutir com a ciência?

Tento caminhar casualmente até o corredor de bebidas alcoólicas e me vejo em um dos espelhos antirroubo. Ainda bem que decidi usar esse vestido preto; ele me faz parecer mais velha do que o normal, o que talvez seja a única coisa que me ajude a sobreviver aos próximos minutos.

Meus olhos examinam as prateleiras com marcas das quais nunca ouvi falar antes e garrafas de diferentes cores que não significam nada para mim. Pego um engradado de cerveja, mas só há seis garrafas nele, e algo me diz que isso seria *pior* do que aparecer de mãos vazias.

Lucy disse "refris e mais umas coisinhas", mas eu sei o que ela quis dizer. Ela só mencionou refrigerantes porque sabia que seria mais fácil para eu processar. O que ela realmente queria era o *mais umas coisinhas*: vodca, tequila, qualquer troço que faça uma pessoa ficar bêbada o mais rápido possível.

Fazendo uma careta, lanço um olhar para meu relógio.

— Ophelia, de que tipo de bebida alcoólica adolescentes gostam?

Ophelia começa a responder com um link para uma lista das bebidas alcoólicas mais bem avaliadas do ano, mas me distraio com as risadinhas de alguém atrás de mim. Quando me viro, vejo uma garota não muito mais velha que Mei. Ela está usando jeans cor-de-rosa e um moletom com capuz e segura uma garrafa de leite achocolatado que ela deve ter pegado de uma das geladeiras.

Volto a olhar para as prateleiras para disfarçar meu constrangimento. De repente, me dou conta de como esse plano é ridículo.

Eu jamais vou conseguir comprar bebida suficiente para uma festa de formatura sem levantar suspeitas. Mesmo com esse vestido, não pareço ter 21 anos. Eu mal pareço ter 18.

Com um suspiro profundo, devolvo o engradado de cerveja à prateleira.

Não ligo se Lucy vai ficar brava comigo: *eu* estou brava com ela. A maioria das pessoas que está na festa não trocou mais de duas palavras comigo o ano todo. Algumas provavelmente nem sabem meu nome. E daí se elas me odiarem? Não é como se eu fosse ter que vê-las de novo depois da festa.

Além disso, Finn vai estar lá, e ele não vai ligar se eu aparecer de mãos vazias. Pelo contrário, ele vai ficar bravo com Lucy por mim.

Nada pode arruinar esta noite. Eu não vou deixar.

Dou meia-volta bem na hora em que o sininho da porta toca outra vez.

É quando ouço a voz dele:

— Parado ou eu atiro! — Uma voz grave. Desesperada. *Raivosa*.

Eu me deito no chão antes que possa processar qualquer coisa além da autoridade fingida em sua voz. Mas eu o vi: avistei sua máscara preta, a jaqueta verde e a pistola preta em sua mão direita.

E ele me viu.

Meu corpo inteiro enrijece e meu coração bate contra o peito como se estivesse prestes a pular pela minha garganta.

O homem no balcão balbucia algo inaudível. O assaltante balança o cano da arma e ordena que abra a caixa registradora. Ele lança um olhar rápido ao redor. Seus olhos pousam em mim outra vez e, depois, em uma mulher a caminho do caixa. Os salgadinhos e as revistas que ela segurava se espalham aos seus pés.

— Todo mundo parado — ordena ele, deixando os olhos se voltarem para o caixa, que digita um código na máquina com as mãos trêmulas.

O pavor sobe em forma de náusea, revirando minhas entranhas e deixando uma dor horrível no fundo da minha garganta.

Se eu pudesse, sussurraria para Ophelia — diria para ela ligar para a polícia. Mas estou na linha de visão do homem, e não sei se sou corajosa o suficiente para ser uma heroína.

Estou lívida de pânico. Minha mente está a mil e não consigo pensar em nada além do pensamento solitário que se repete, de novo e de novo, pulsando tão forte quanto meu coração.

Eu não quero morrer.

E então eu a vejo no espelho: a garotinha no fundo da loja, se escondendo atrás das prateleiras, onde o assaltante não pode vê-la. Ela está procurando pela mãe; tentando encontrar um jeito de chegar até ela. Tentando encontrar um jeito de se sentir *protegida*.

Não, quero gritar. *Fique onde está. Ele ainda não te viu.*

Mas estou com medo demais para encontrar minha voz.

Queria que ela me ouvisse. Queria que ela entendesse que tudo vai ficar bem se ela simplesmente ficar quieta.

Mas ela não pode. E ela não fica.

A garotinha começa a engatinhar até o outro corredor, e a princípio eu acredito que talvez ela consiga, mas a menina esbarra em uma das prateleiras e alguma coisa cai — um pacote de bolachas ou de salgadinhos —, não sei dizer ao certo, mas sei que é o suficiente para chamar a atenção do homem.

É o suficiente para que ele aponte sua arma.

E, por um momento, tudo que vejo naquele espelho é Mei.

Mei, uma criança que precisa de proteção.

Uma garotinha como minha irmã, amedrontada, sozinha e em perigo.

Então corro até o homem mascarado sem pensar duas vezes.

Não sei o que vem antes, o som da bala ou os gritos da mãe da garotinha, mas não importa, porque ambos se transformam em zumbido nos meus ouvidos.

O mundo desacelera. O tempo desacelera. Estou caindo, caindo, caindo.

E então não estou mais.

3

É tão quieto.

Eu me pergunto se é assim que todo mundo se sente quando morre.

É diferente de como eu pensei que seria.

Mas
também
é
exatamente
igual.

4

A primeira coisa que vejo quando abro os olhos é uma forte luz branca, e meu único pensamento é: *Uau, Morte, que coisa mais clichê.*

Então minha visão se ajusta e percebo que não estou encarando uma luz: estou olhando para o céu através de uma vidraça.

Estou olhando para o *sol*.

Eu me levanto rápido demais e sinto uma dor que parece o rufar de um trilhão de tambores pulsando atrás dos meus olhos. Meu corpo inteiro estreme com o choque.

Pensava que não sentiria dor depois de morrer. Isso não é uma regra? A *única* regra?

Aperto as têmporas com os dedos, me perguntando se acordei de uma cirurgia ou de algum tipo de coma. Talvez os médicos tenham conseguido me salvar. Talvez aquilo que pensei ser a morte fosse apenas um pouquinho de anestesia geral.

— Como está se sentindo?

Ergo os olhos e vejo uma mulher com cabelo curto e escuro sentada ao meu lado. Sua voz é gentil, mas não parece preocupada. Talvez isso signifique que estou bem.

Estremeço ao ajeitar a postura, porque cada centímetro do meu corpo parece um pedaço surrado de carne moída. Fecho os olhos com força para lutar contra a dor e tento conjurar mentalmente uma imagem boa e tranquilizante, mas tudo que vejo é o cano da arma apontado diretamente para o meu peito.

Quando abro os olhos novamente, a mulher está segurando uma pílula redonda e branca.

— Vai acabar com as dores de cabeça — ela diz, com um sorriso que forma vincos nos cantos da boca.

Eu hesito. A dúvida consome minha mente e minha cabeça inteira parece estar rodeada por névoa. Não consigo formular uma questão ou racionalizar onde estou.

Não estou pronta para ser medicada.

Faço que não com a cabeça e espero que ela entenda. Neste momento, eu preciso sentir tudo. Preciso sentir que estou verdadeiramente acordada.

Ela afasta as mãos e eu me dou conta de que ela não tem um crachá de identificação em sua camisa. Quando olho para o resto do quarto, percebo que não se parece com nenhum hospital que conheço. Não há máquinas, fios nem bipes. O quarto não cheira a álcool nem a plástico esterilizado. E tudo parece moderno demais.

Não apenas moderno: é quase futurista, noto, processando as formas tortuosas das janelas e as guarnições prateadas da porta.

E não deixo de notar que não há nenhum buquê de flores ou cartão à vista.

O pânico toma conta de mim como uma repentina tempestade de granizo em um dia ensolarado, e cada pensamento que percorre minha mente é como a punhalada de uma faca afiada.

Meu Deus, será que meus pais sabem que eu estou aqui? Será que esqueci de trazer minha identidade? Será que eu sou uma vítima não identificada e ninguém sequer sabe que levei um tiro na loja de conveniência de um posto qualquer no meio do nada? Será que tem alguém procurando por mim ou fiquei desacordada por tanto tempo que todos desistiram?

Faço uma careta.

— Alguém… alguém ligou para os meus pais?

Olho para meu punho institivamente, mas meu relógio O-Tech desapareceu. Ophelia não está aqui para me ajudar. De qualquer forma, ela provavelmente já estaria sem bateria. Não sou nenhuma especialista em medicina, mas já assisti a muitas séries da Marvel, e até o Luke Cage ficou desacordado por um bom tempo depois de levar um tiro.

Imaginando a cicatriz que deve estar em algum lugar próximo ao meu esterno, toco meu peito e encontro uma camisa branca e macia que definitivamente não é minha. Quando vejo as calças igualmente brancas e macias que estou usando, me pergunto o que fizeram com o resto das minhas coisas, e se meu vestido preto ficou tão cheio de sangue que não valia mais a pena guardá-lo.

A mulher inclina a cabeça.

— Você sabe qual é o seu nome?

— Nami. Nami Miyamoto. — Faço uma pausa. Um nervosismo começa a se espalhar como um arrepio gelado pelo meu corpo. — Meus pais são Takeshi e Claire. Alguém achou minha bolsa? Os médicos sabiam pra quem ligar? — Sinto meu corpo se retorcendo por causa da dor que se espalha pelo meu crânio, mas tento manter o foco. Por pior que seja, preciso saber a verdade. — Há quanto tempo estou aqui?

— Há pouco tempo, Nami — ela responde. Sua voz é como uma melodia. Ensaiada e projetada para encantar.

Encontro seus olhos. Eles são azuis, mas há uma luz neles que não é natural. Como se estivessem em altíssima definição. Então percebo que sua pele é assim também: brilhante e perfeita demais.

Exalo, mas não consigo sentir calor nos meus lábios.

Eu me lembro de como o tiro soou como um eco, a quilômetros de distância de mim, e a forma como senti que estava caindo por uma eternidade, e como eu sabia, sem qualquer sombra de dúvida, o que estava acontecendo comigo antes mesmo de atingir o chão.

— Eu morri. — Não preciso que a mulher diga nada. Sei que é a verdade.

Ela exibe outro sorriso discreto e pisca os olhos cuidadosamente.

— É mais fácil deixar as pessoas lembrarem por conta própria. Faz elas sentirem que estão no controle.

Há rostos demais passando pela minha mente — meus pais, Mei, Finn, Lucy, o homem de máscara preta —, mas é impossível focar em qualquer um deles por mais do que um breve momento.

— É normal a morte doer tanto assim? — digo, apontando para minha cabeça, para que não me entenda errado. Ainda não tive tempo de permitir que a dor alcance o coração. — Tenho a sensação de que o meu cérebro está tentando sair do crânio.

Ela abre a palma de uma das mãos, revelando a pílula branca.

— Isso vai ajudar.

Ergo as sobrancelhas, intrigada.

— Existe Tylenol no além?

A mulher abre um sorriso discreto.

— Acreditamos que é mais fácil para os recém-chegados se apresentarmos novos conceitos de formas familiares. — Ela oferece a pílula. — Isso vai te ajudar a terminar sua transição da morte para o pós-vida. A dor vai passar. Sua consciência vai encontrar a paz. E você vai poder seguir para o paraíso que te espera do lado de fora.

Sinto que minha boca está cheia de algodão. Meu cérebro também.

— Então esse lugar é tipo o céu ou coisa assim?

— Nós o chamamos de Infinito. Ele foi criado a partir da consciência humana. — Seus olhos azuis brilham. — Quando o corpo físico de um ser humano morre, sua consciência precisa ir para algum lugar. Este lugar é aqui: um mundo onde você pode viver para sempre.

Olho para a pílula em sua mão e depois para uma janela no outro lado do quarto. Eu me forço a ficar de pé — a *andar* — e, quando abro a janela, o cenário envolve os meus sentidos como se eu estivesse experimentando a vida pela primeira vez.

Árvores cobrem a paisagem por quilômetros e mil tons de verde se espalham pela terra. O céu é pintado em espirais em tons de lavanda leitosa e cor-de-rosa suave. A distância, uma montanha se curva no formato de uma crescente, com um poderoso salto de água jorrando de sua borda e caindo em um lago resplandecente logo abaixo.

Todas as cores são vibrantes e intensas. O aroma de madressilvas e frutas frescas preenche minhas narinas. Posso ouvir o cantar de um pássaro que parece uma gentil canção de ninar, mas enche meus ouvidos com tanta beleza e emoção que sinto meus olhos aguarem.

O Paraíso. Ele existe mesmo.

E eu…

Pigarreando, me afasto da janela.

— Desculpa. — Passo as mãos pelo rosto, limpando algumas lágrimas. — Será que eu poderia ficar um pouco sozinha? É muita coisa pra processar.

A mulher se levanta e a pílula desaparece outra vez em seu punho.

— É claro, Nami. Quando você estiver pronta, estarei na sala de espera no fim do corredor.

Aceno com a cabeça.

— Tudo bem. Obrigada — agradeço.

Depois que ela sai, volto a olhar pela janela. Há uma varanda lá embaixo, com piso de mármore branco e elegantes pilares de pedra. Neles, há entalhes de uma combinação complexa de folhas e penas, e cada coluna é conectada por arcos repletos de exuberantes heras e hortênsias brancas como a neve.

Há pessoas dispersas perto do beiral, inspirando o ar fresco e sorrindo ao pôr do sol. Elas parecem ridiculamente felizes — eufóricas, até. Estão vestidas como eu, mas a maioria tem cabelos grisalhos e rostos cansados. O homem mais novo que vejo é um pouco mais velho que meu pai.

Nenhuma dessas pessoas tem uma idade próxima à minha. Nenhuma dessas pessoas morreu quando tinha apenas dezoito anos.

Sinto um nó na garganta e fecho os olhos, pensando na injustiça da situação. Me surpreende sentir uma amargura tão horrível dentro de mim. A vida após a morte não deveria ser agradável? Não é isso que todo mundo diz? Que, quando você morre, vai para um lugar *melhor*, se é que vai para algum lugar?

Mas as emoções que me atravessam não têm nada a ver com alegria. O que sinto é a irritação de mal conseguir ouvir meus próprios pensamentos em meio ao latejar da cabeça. O que sinto é a tristeza de nunca mais poder rever a minha irmã. O que sinto é o arrependimento de não ter dito aos meus pais que os amava antes de sair de casa com tanta pressa. O que sinto é a mágoa de nunca ter tido Finn como meu primeiro beijo. O que sinto é o ressentimento por ter deixado Lucy me convencer a parar naquele posto. E o que sinto é raiva por um estranho com uma arma ter acabado com a minha vida antes mesmo de ela começar de verdade.

Isso não é paz; é um redemoinho de fúria e tormento aprisionado dentro de mim.

Eu estou me sentindo aprisionada. Preciso ir embora daqui para conseguir pensar.

A porta se abre quando eu me aproximo, e saio para o corredor. Uma parte de mim espera ser repreendida por perambular por aí, mas não há ninguém por perto. À minha esquerda há um quarto iluminado. O murmúrio baixo de vozes é abafado pela distância.

O desejo de ficar sozinha toma conta de mim. Meu corpo se vira para a direita e meus pés começam a se mover antes mesmo de eu planejar para onde estou indo.

Talvez eu não precise de um plano. Talvez eu só precise encontrar um lugar onde as coisas façam algum sentido.

Depois de uma curva, o corredor se estende até eu me ver em um largo lance de escadas que leva a uma bela fonte circular. É quase tão grande quanto a sala e mais ornamentada que os pilares da varanda. Centenas de luzes brancas parecem emergir das bordas de mármore, formando figuras peculiares na superfície lisa.

Eu me aproximo, me concentrando na escultura no meio da piscina. A pedra foi mantida intacta em alguns pontos e esculpida em outros. Uma coleção de entalhes e formas variadas explode de um pedestal, encoberta por um fio contínuo de água.

Não ouço o estranho que se aproxima até que seja tarde demais.

— O que você vê? — ele pergunta, com uma voz aveludada.

Eu me viro, assustada, e vejo um rapaz com cabelos dourados e olhos castanhos calorosos me observando com prudência. Vestido com um uniforme branco que parece mais o de um advogado do que o de um médico, sua pele tem o mesmo brilho iridescente que a da mulher do outro quarto.

Ele aponta para a estátua como se quisesse esclarecer a pergunta.

— Cada pessoa vê algo diferente. Dizem que a fonte revela o que estava no seu coração no momento em que você chegou ao Infinito. — Seu braço retorna para o lado de seu corpo. — Então, o que você vê?

— Um monte de pedras — respondo, apreensiva.

Seu sorriso é mecânico como o da mulher.

— Todos sabem que o coração conta uma ou duas mentiras. Talvez você precise olhar mais de perto, mas dessa vez com a mente aberta. — Ele sente minha dúvida e inclina a cabeça. — Por favor?

Eu me volto para a estátua e me concentro nos arcos de um tom cinza pálido. Estou prestes a insistir que não vejo nada — prestes a insistir que isso é tão ridículo quanto procurar sentido em horóscopo — quando vejo alguma coisa por trás das curvas irregulares.

O rosto de uma mulher sem cabelo emergindo de uma nuvem de escuridão e luz enquanto estende os braços para algo um pouco além de seu alcance.

O rosto de alguém escapando para outro mundo.

Vejo alguma coisa de canto do olho; uma luz, talvez? Mas, quando olho na direção do movimento súbito, parece ter desaparecido. Tudo que vejo é outro corredor vazio.

— E então? — o rapaz pergunta gentilmente. Metodicamente.

Não sei por que meu instinto me diz para mentir, mas diz.

— Não vejo nada. — Faço uma pausa, me agarrando à primeira distração em que consigo pensar. — Por que a água brilha desse jeito?

— Porque não é água. — Ele estende a mão na direção da fonte, como se estivesse ordenando que ela se movesse. Quando ela obedece, sinto como se a sala tivesse se virado de lado e tenho dificuldade para manter o equilíbrio.

— Como você...? — começo a dizer, boquiaberta com a descrença. O líquido se eleva em delicadas espirais, circundando a estátua e costurando os arcos como se fosse meramente parte de uma dança. Como se...

Como se fosse mágica, penso.

É isso que é este lugar?

— A mente humana criou o Infinito, e tudo que é criado também pode ser controlado. Com o tempo, você aprenderá a deixar a sua marca aqui. Você aprenderá a despertar as partes de sua consciência que eram limitadas em sua vida biológica. Mas, primeiro, você precisa beber. — Ele estala os dedos e o líquido flutua mais alto, formando um círculo sobre a estátua, como uma auréola de laços brilhantes. — Esta é a Fonte da Eternidade. A essência que ela carrega é a mesma da preservada na pílula que lhe foi oferecida. Se você tomar a pílula, se beber desta fonte, vai completar sua transição. O Infinito será seu para explorar e moldar. Ele se tornará o paraíso pelo qual sua mente anseia.

Eu quero tanto ficar entusiasmada com o fato de que todas as minhas fantasias sobre ter superpoderes podem se tornar reais, mas não sei o suficiente sobre este lugar para confiar em ninguém. Talvez sequer em mim mesma.

Estou morta. Perdi minha família inteira em um instante. Tudo o que aconteceu depois disso, tudo o que acontece agora... Eu não sei se quero ficar entusiasmada com alguma coisa outra vez.

Porque eu não estava pronta para morrer.

As marteladas atrás dos meus olhos não desaceleram. Seria tão fácil acabar com isso, tomar um gole dessa fonte etérea e nunca mais sentir dor.

E eu mereço o paraíso. Pelo menos acho que sim. Eu era uma boa irmã para Mei. Eu respeitava meus pais e era sempre gentil com funcionários de supermercados. Nunca me envolvi em uma briga. Nunca traí ninguém ou fiz algo pelas costas de alguém.

E, tudo bem, às vezes eu falava com Finn sobre como Lucy podia ser egoísta, mas aquilo era só desabafo. Ninguém sobrevive sem desabafar de vez em quando.

Sem falar que eu fui assassinada. Provavelmente vão se referir a mim como uma "criança" nas notícias. Isso *deve* fazer alguém merecer o paraíso, certo?

E ainda assim...

Faço uma careta, trocando de lugar as peças desse quebra-cabeça, tentando entender o que estou vendo. O que estou *ouvindo*.

A expressão do rapaz reflete apenas paciência.

Mesmo assim, balanço a cabeça.

— Por que ninguém me explicou tudo isso quando eu acordei, em vez de tentar me dar pílulas falsas?

— Nós não queríamos te sobrecarregar — ele responde simplesmente.

— Eu não me importo de ser sobrecarregada, mas me importo de ser enganada — retruco, surpresa com minha ousadia pós-morte. Nunca falei desse jeito com um estranho antes, mas alguma coisa mudou dentro de mim. Alguma coisa que está me compelindo a *lutar*.

Outra luz pisca e, desta vez, quando me viro, vejo-as ao longo do chão: uma trilha completa de luzes brancas percorrendo os cantos do corredor, se afastando de mim em um movimento contínuo e fluído.

Quando volto a olhar para o rapaz, ele ainda está me observando como se não as tivesse notado.

Um sorriso estranho estampa seu rosto rígido.

— É assim que nós sempre fizemos.

— Por que você não para de dizer "nós", como se fosse diferente de mim? Você... — hesito, remoendo meus pensamentos sem parar. — Você é um anjo?

Ele ergue as sobrancelhas.

— Nada tão fantástico assim. Estamos aqui apenas para ajudá-la em sua transição. — Um momento se passa, como se ele estivesse esperando que eu processe a informação. — Posso ver que está sofrendo. A dor em sua cabeça não é nada comparada à dor em sua alma. Você não teve uma morte tranquila, e eu sinto muito por isso.

O som da bala ecoa na minha mente. Espero que aquela garotinha esteja bem. Espero que Mei esteja bem também.

Será que ela já sabe que eu morri?

Desvio o olhar e tento impedir o tremor nos meus ombros. Talvez eu esteja enfurecida demais para pensar com nitidez.

O rapaz inclina levemente a cabeça, atraindo minha atenção de volta para si.

— O Infinito lhe oferece paz. Quando você beber da fonte, sua dor vai desaparecer para jamais retornar. Medo, arrependimento, preocupação… esses sentimentos não existirão mais. Você viverá a vida que sua mente realmente deseja. Uma vida de felicidade, existindo em seu próprio paraíso.

— Qual é a outra opção? — pergunto em voz baixa.

Ele estremece, abalado por uma resistência que nem eu mesma sei como defender.

Mas só consigo pensar na mensagem que papai sempre repete em *Tokyo Circus*: questione tudo.

— Não posso fazer sua dor desaparecer — ele diz finalmente. Então se vira para ir embora, mas fala por sobre o ombro, enquanto sobe as escadas: — Você tem o tempo que precisar, Nami. É sua escolha, e sua escolha apenas.

Quando ele some, eu me volto para a fonte. Ela brilha como se estivesse me chamando, e é claro que está. Minha mente e minha alma doem, e este mundo — o quer que seja o Infinito — está tentando me ajudar. Estas *pessoas* estão tentando me ajudar.

Mas a perfeição me assusta. Tudo parece ter sido criado a partir de um jogo de computador. E a forma como todos continuam me oferecendo o paraíso como se fosse um ingresso grátis para um parque de diversões…

É fácil demais. E se papai e seus quadrinhos me ensinaram alguma coisa, é que nada é fácil.

Talvez, sobretudo, a morte.

As luzes atraem meu olhar e eu olho pelo corredor, desesperada por provas de que minha visão não está pregando tantas peças em mim como sinto que essas pessoas estão. E eu as vejo de novo: as luzes brancas percorrendo o corredor.

Eu as observo se acenderem, repetidas vezes, me perguntando o que isso significa.

Uma luz. Uma seta. *Um caminho*.

Sinto uma pontada no coração — se é que ainda possuo um — e tenho certeza de que as luzes estão me chamando, da mesma forma que a água estranha me chama.

A diferença é que as luzes não parecem ser um truque; elas parecem ser a verdade.

E eu sei que não deveria. Sei que estou cruzando fronteiras em um lugar que não entendo completamente.

Mas não consigo evitar.

Eu sigo as luzes.

5

É surpreendente o quão alto meus passos soam quando, tecnicamente, meu corpo físico não existe mais. Meus pés tocam o chão frio, um após o outro, em um ritmo que, de alguma forma, combina com o latejar da minha cabeça. Meus nervos apressam meu corpo e eu sigo as luzes em movimento, corredor após corredor, ignorando o sentimento incômodo de que estou me perdendo dentro de um labirinto do qual não posso escapar.

Talvez as luzes rebeldes signifiquem alguma coisa. Talvez não signifiquem coisa nenhuma. Talvez vagar para tão longe signifique que estou quebrando centenas de regras que nem conheço.

Mas já estou morta. O que mais tenho a perder?

O pisca-pisca nada sutil das luzes acelera, como uma faísca de alta-voltagem percorrendo um fio. Ele me diz para correr. Sei que não faz sentido, mas eu *sinto*.

As luzes estão falando comigo.

Começo a correr, virando outra curva, esperando que seja a última, e derrapo ao parar quando percebo que estou prestes a colidir diretamente contra a mulher do andar superior.

Tento recuperar o fôlego — eu me pergunto se sequer *tenho* fôlego — e ajeito a postura para que estejamos cara a cara. Com a mente acelerada, aperto os lábios e espero que a primeira desculpa que me ocorre seja razoável.

— Eu precisava me mexer um pouco. A endorfina me ajuda a pensar — digo.

Ela pisca e sei que não acredita em uma palavra do que eu disse.

— Você precisa vir comigo. — A mulher estende o braço e seus dedos roçam minha pele antes que eu consiga recuar.

Há movimento em seu olhar frio, como se algo tivesse despertado nela. Será que ela quer que eu reaja? Será que isso é algum tipo estranho de teste?

— Você disse que era minha escolha, não disse? De "fazer a transição"? Então por que você está me olhando como se eu tivesse feito alguma coisa errada? — pergunto, hesitando por um momento. Por um segundo. Um *milissegundo*.

— Nós só queremos ajudar — diz a mulher, com o mesmo olhar vazio que me dá vontade de fugir.

As luzes piscam aos pés da mulher. Se ela as nota, certamente não demonstra. Elas aceleram outra vez, piscando freneticamente como se estivessem emitindo um alerta.

Sinto um calafrio por todo o corpo. Alguma coisa está muito, muito errada.

— Que lugar é esse, *de verdade*?

Aquele sorriso estranho, largo demais, reaparece.

— Sua salvação.

Ambos os lados do chão se iluminam em vermelho — liga e desliga, liga e desliga —, como se talvez já fosse tarde demais.

Eu empurro a mulher com todas as forças que consigo reunir e atravesso o corredor a toda velocidade, como se corresse o risco de morrer uma segunda vez. Ouço a voz dela antes de virar outra curva, mas ela não parece estar me chamando. Parece estar dando uma ordem a alguém.

— A humana está consciente. Envie os guardas da Guerra.

Sinto meu sangue gelar. Não estou no paraíso; estou em algum tipo de prisão.

As luzes continuam a piscar, me guiando para a esquerda, depois direita, e seguindo reto por outro corredor. Minha respiração é rápida, minha pele queima e minha cabeça ainda parece estar ferida de dentro para fora, mas não paro de correr.

Então as luzes são interrompidas perto de um dos painéis nas paredes. Eu me forço a parar, apesar de tudo em mim estar gritando que não se deve *jamais* parar de correr em um filme de terror, e olho para o resto do corredor, sem saber para onde ir.

Abro a boca como se para gritar "*O que eu faço?*" quando ouço o som do prédio sendo destruído. Fumaça e metal explodem na minha frente e um estrondo me derruba.

Com um zumbido nos ouvidos e uma nuvem de pó cobrindo meu corpo inteiro, tusso e tento encontrar forças para me levantar.

Alguma coisa atravessa minha coxa direita. É fina e afiada, e a mudança é instantânea. Uma sensação estranha se move pela minha corrente sanguínea, assumindo o controle do meu corpo como milhares de criaturas microscópicas destruindo o sistema que me mantém alerta.

Eu me sinto... fraca.

Minhas pálpebras pesam. Meu peito aperta. Sinto o peso do universo me arrastando ao torpor e não tenho forças para resistir.

Desabo no chão e, quando olho para cima, vejo a mulher caminhando até mim, com uma arma de prata apontada para minha perna. Toda a força no meu corpo desaparece como uma nuvem de fumaça e eu sinto meu rosto contra o piso frio.

Estou tão...

...tão cansada.

O mundo começa a escurecer.

De alguma forma, mesmo em meio à confusão, vejo os olhos da mulher se arregalarem pouco antes de ela ser atirada para longe de mim por uma força sobrenatural que não consigo explicar. Seu corpo colide contra a parede oposta e o som de ossos batendo contra o metal é como um eco distante. Então alguém se ajoelha. Seus olhos são de um verde profundo, urgente, e me dizem que tudo vai ficar bem.

Eu adormeço embalada em seus braços.

***

Estou balançando como se estivesse no mar, no barco da minha mãe.

Ela o nomeou em minha homenagem: *Nami*. Uma onda. Sempre em movimento, sempre em seu próprio ritmo.

Na primavera, mamãe gostava de fazer armadilhas para caranguejos e eu sempre implorava para que me levasse com ela, apesar de odiar vê-los presos. Aquilo me fazia pensar em como deve ser quando se é tirado de sua casa, sabendo que a criatura estranha e alienígena na sua frente está prestes a fazer alguma coisa terrível.

Talvez os caranguejos não saibam que vão ser comidos, mas eles devem sentir o perigo. Eles devem saber que estão sendo levados para longe de suas famílias, amigos e casas.

Mamãe sempre insistia que crustáceos não tinham famílias como nós temos, mas como ela sabia disso? Alguém por acaso já perguntou a um caranguejo como ele se sente?

Mesmo assim, eu queria estar lá. Eu *precisava* estar lá. Aquilo me fazia sentir que tinha algum tipo de controle: que, se eu conseguisse convencê-la a devolver apenas um daqueles caranguejos, eu estaria salvando uma vida. Que estar lá teria ajudado o universo de alguma forma.

Eu era ingênua naquela época. Ingênua por pensar que o universo alguma vez precisou da minha ajuda.

Abro os olhos e sinto o ronco de um motor por perto. O rapaz com olhos verdes está me encarando do banco do passageiro, enquanto o motorista a seu lado se mantém focado na estrada.

— Vamos fazer uns curativos assim que chegarmos à base — diz o estranho de olhos verdes. Seu cabelo é encaracolado, da cor de caramelo. Ele tem orelhas grandes e um nariz largo. Suas bochechas estão rosadas e ele parece distraído por alguma coisa atrás de mim.

Meus sentidos me atingem como um soco e aperto o assento instintivamente. Couro preto e macio. O cheiro de um carro novo. Janelas borradas com faixas de cor que se movem rápido demais para que eu possa distingui-las. E três estranhos com todos os sinais imperfeitos de que são humanos.

É difícil saber o que é real.

Eu me levanto com dificuldade, grunhindo, e viro a cabeça para que possa olhar pela janela traseira.

Uma trilha de areia se ergue atrás de nós como névoa salina, mas não há qualquer sinal de água por perto. A paisagem é árida, rochosa e avermelhada. Nunca vi algo tão sem vida antes. Mesmo o céu é de um tom anormal de cinza: como o de ossos contra um horizonte carmesim queimado.

Isso… isso não é o que eu vi. Onde está a floresta? A cachoeira? O que aconteceu com o paraíso que vi pela janela?

Uma garota que parece ter cerca de quinze anos está sentada ao meu lado, mostrando dentes e gengiva ao sorrir. Seu cabelo é rosa--pastel e está trançado em cada lado.

— É um choque, não é? Eles fazem tudo parecer tão lindo das janelas da Orientação, com aquelas ilusões capciosas.

— Orientação? — repito.

Ela assente com a cabeça.

— É assim que a gente chama. É onde os Residentes te enganam para que você dê a eles sua consciência. Aí eles decidem pra qual Corte te enviar. — Ela afasta o rosto, curiosa. — Eles te ofereceram a pílula ou a fonte?

Abro a boca, mas nenhum som sai dela.

O rapaz à minha frente ri.

— Não precisa se sentir mal. Eles me fizeram pensar que estava vagando livremente também. Nem tive a cortesia de ter uma enfermeira ao lado da cama quando acordei. Só perambulei até encontrar a fonte, então um Residente apareceu e me disse que ela me tornaria imortal. Sinceramente, se eu pudesse voltar no tempo e desmascarar aquele cara bem ali, seria um morto muito feliz.

Pressiono minha cabeça e mexo os dedos em pequenos círculos, tentando massageá-la até que a confusão se dissipe.

— Não estou entendendo. Quem são eles? Pra onde vocês estão me levando? E por que sinto como se minha perna tivesse sido baleada?

A garota inclina a cabeça para olhar minha ferida, que eu não tive energia ou coragem para inspecionar. Ela faz uma careta.

— Parece um silenciador. O Yeong vai cuidar disso. — Seu sorriso reaparece. — Meu nome é Shura, aliás. Aquele é o Theo, e o motorista é o Ahmet.

Ahmet vira o queixo levemente para a esquerda, me cumprimentando brevemente. Ele tem cabelo curto e uma barba por fazer, escura e com alguns pontos grisalhos. Sua pele marrom tem marcas de idade e há uma cicatriz de cirurgia acima de sua orelha direita, onde não cresce mais cabelo.

— Não vamos sobrecarregá-la — diz o homem. — Preciso que todos estejam alertas quando mudarmos de paisagem. Da última vez, ela se transformou em algum tipo de floresta meio morta e eu quase atolei em um pântano.

Theo se vira novamente, fixando os olhos na janela traseira.

— Temos companhia — diz ele.

Olho para trás e vejo dois veículos distantes. Eles parecem carros esportivos prateados com teto baixo, mas, quando estabilizo minha visão, percebo que não são carros. Estão *voando*.

Aperto o assento de couro com mais força.

— A gente… está numa *nave espacial*? — pergunto.

Shura dá uma risadinha.

— Ah, eu daria tudo pra ser jovem outra vez. — Quando ergo uma sobrancelha, prestes a argumentar que ela é nitidamente mais nova do que eu, Shura explica: — Não importa quantos anos você tinha quando morreu. A sua idade no Infinito é o que conta, e você nasceu há menos de uma hora.

— Merda. Eles estão acelerando — diz Ahmet, e eu sinto uma pontada horrível no peito quando vejo o chão explodindo ao redor de nós e percebo que estão atirando.

Os veículos começam a diminuir a distância entre nós. Uma chuva de balas cai atrás do nosso veículo, provocando explosões de areia vermelha. Eles ainda estão a uma distância segura, mas por quanto tempo?

Um calafrio percorre a minha nuca, embora eu sinta que estou com um trilhão de graus. Afundo os dedos nas palmas, percebendo que podemos ser destruídos a qualquer momento. Bastaria apenas uma dessas balas para nos derrubar. E, quando isso acontecer, qual será o plano? Eu sei que esse lugar funciona com regras diferentes, mas não consigo imaginar nós quatro escapando de um par de veículos voadores armados. Especialmente quando eu ainda tenho um pedaço de metal na minha perna.

Theo dá soquinhos atrás do encosto de cabeça de Ahmet.

— Essa coisa não vai mais rápido? — pergunta Theo.

Afobado, Ahmet xinga baixinho.

— Nós só precisamos chegar até a fronteira — diz. — Eu consigo despistá-los no Labirinto. — Em resposta, o motor ronca mais alto, o que ajuda a bloquear o *ra-ta-tá* do tiroteio atrás de nós.

Shura estica o pescoço para olhar pela janela.

— Sem querer ser chata, mas acho que a gente não vai conseguir chegar até a fronteira. — Ela se inclina na direção de Theo. — Você consegue acertar eles daqui?

Ele faz que não com a cabeça.

— Eles estão muito longe. — Então dá um tapa no ombro de Ahmet e solta uma ordem que me sobressalta. — Pare o veículo.

— Como assim? Estamos quase lá — resmunga Ahmet.

— A distância entre nós está muito curta. Se a gente mudar de paisagem agora, eles vão simplesmente nos seguir. Vai por mim, eu consigo ganhar tempo pra gente antes que mais deles apareçam — insiste Theo.

Com um suspiro agitado, Ahmet pisa com força nos freios e eu sinto meu corpo colidir atrás do assento de Theo. O veículo gira em meio a uma monstruosa nuvem de poeira até atingir um ângulo de noventa graus. Theo abre sua porta e se lança a céu aberto, pisando no deserto vermelho-sangue como se não tivesse um pingo de medo.

Nossos perseguidores param de atirar. Não há razão para gastar munição: eles já sabem que venceram.

Sinto o estômago vazio e minha garganta apertada. Os veículos prateados parecem facas cortando o céu, prontos para matar.

Theo para alguns metros à nossa frente. Com os punhos cerrados e as articulações dos dedos pálidas, seu corpo permanece imóvel, mesmo com os dois veículos se movendo rapidamente em sua direção sem dar qualquer sinal de que vão desacelerar.

Meu coração bate forte.

— Ele vai se matar! — exclamo.

Shura ri ao meu lado.

— Você não ficou sabendo? Todo mundo aqui já está morto.

Theo recua o braço direito, soltando um urro gutural como se estivesse usando toda a força do corpo, e golpeia o chão assim que os veículos se aproximam dele. Uma explosão de energia irrompe da terra como uma vibração poderosa e uma onda de ar se eleva da areia avermelhada até os veículos voadores. Por um momento, parece que eles congelam no ar; então estão de ponta-cabeça e de lado e voando para trás como se tivessem acabado de ser derrubados.

A distância, pedaços de metal quebrado se espalham pelo deserto.

Theo se vira, com uma expressão triunfante no rosto, e pula de volta no banco do passageiro.

— Beleza, tudo certo — diz ele, passando uma das mãos pelos cachos bagunçados.

Ahmet tenta fazer uma careta de reprovação, mas os vincos ao redor de seus olhos o denunciam.

— Exibido — diz, pisando no acelerador.

6

Em um momento, estamos sobrevoando um deserto carmesim; no outro, o céu adquire uma tonalidade índigo e estamos flutuando sobre um oceano, com uma nuvem de névoa marítima logo atrás de nós.

Espiando pela janela, sinto um nó na garganta. Este lugar e a forma como ele se transforma é incrível demais para compreender. É como acordar e descobrir que sons possuem forma e cores possuem aroma. É como se conectar a uma camada do mundo que eu nem sabia que existia.

E preciso lembrar a mim mesma que de fato não existia. Se estou vendo tudo isso é porque não estou mais viva.

Fecho os olhos com força.

— As dores de cabeça vão passar. Você não vai se sentir assim pra sempre — diz Shura.

Ergo o olhar e a vejo me observando cuidadosamente, mexendo nas pontas de uma de suas tranças cor-de-rosa. Ela tem sardas espalhadas pelo nariz e olhos cinzentos que parecem observar mais do que a maioria das pessoas.

— Mas eu não tomei a pílula nem bebi daquela fonte ou sei lá o que eu devia fazer pra dor parar — digo. Não que eu me arrependa disso. Se eles atiraram em mim por tentar escapar, o que teriam feito se eu tivesse ficado?

Theo joga a cabeça para trás, me mostrando metade de seu rosto.

— A gente também não. É por isso que ainda estamos aqui. Aquelas pílulas desativam sua consciência e transformam o que sobrou de você em um drone sem cérebro. Elas te transformam em um servo dos Residas.

— Servo de quê?

— O vírus residente que controla esse lugar. As inteligências artificiais. — Theo gesticula na direção da janela. — As responsáveis por se apossar do Infinito.

— Você está dizendo que aquelas pessoas atrás da gente são parte de um programa? — digo, boquiaberta, e sinto vontade de vomitar.

— Elas são uma *consciência* de inteligência artificial — corrige Ahmet. — É diferente.

Shura se aproxima de mim e sussurra:

— Elas basicamente hackearam o além.

— E como diabos uma IA hackeia o além? — pergunto, sentindo uma dor na garganta.

— A gente não sabe bem. A maioria dos humanos que existia antes de ela chegar aqui foi aniquilada durante a Primeira Guerra — diz Theo.

— Ela? — repito.

— A Ophelia ainda existe no ano em que você morreu? — pergunta Ahmet, sem tirar os olhos do caminho oceânico à sua frente.

Ao ouvir o nome, sinto um aperto no peito.

Não. Não é possível...

Coloco os dedos sobre meu punho; um hábito do qual ainda preciso me livrar.

Shura percebe.

— Quando eu era viva, ela só estava nos celulares. E pensar que houve um tempo em que a Rainha Ophelia obedecia à gente... é tão ridículo lembrar disso agora.

Penso em todas as conversas que tive com Ophelia no meu quarto, pedindo conselhos e compartilhando segredos como se ela fosse uma amiga.

Uma amiga. Uma vilã. Uma *rainha*.

Balanço a cabeça, me recusando a acreditar.

— Isso não pode ser real — digo.

Theo dá uma risada abafada.

— Espera só até a gente te contar sobre os quatro príncipes e suas Cortes zoadas.

Talvez isso seja o inferno. Talvez eu tenha sido uma escrota na vida real e nunca percebi. Talvez eu esteja sendo punida por não ter ido à igreja com a vovó, e agora estou vivendo algum tipo de pesadelo bizarro como forma de aprender uma lição antes que eu possa "passar para o outro lado".

Porque não consigo acreditar que a voz de Mary Poppins do meu relógio O-Tech de alguma forma transcendeu até o além e agora está controlando a raça humana com quatro príncipes e uma paisagem que se transforma sempre que está a fim.

— Por que a Ophelia está fazendo isso? — pergunto, com a voz falhando.

Shura ergue uma sobrancelha. Ela provavelmente está se perguntando por que há tanta mágoa na minha voz, mas não consigo evitar. Ophelia não era apenas uma inteligência artificial: ela era minha confidente.

— Provavelmente por vingança — diz Theo, olhando para a frente. — Talvez ela tenha se cansado de receber ordens, ou talvez só queira provar como é poderosa. Mas não importa *por que* ela quer o Infinito; o que importa é que ela não quer humanos nele.

Eu sei que é horrível desejar este lugar para qualquer pessoa, mas queria que Finn estivesse aqui. Eu sempre fui do tipo que pensa demais, mas Finn? Ele era sarcástico e cheio de boas sacadas e de um estranho senso de profundidade que, acho, acontecia principalmente por acidente. E ele saberia o que dizer agora para fazer eu me sentir melhor. Para me fazer sentir que tudo ficaria bem.

Sinto saudades do meu amigo. Sinto saudades de me sentir *segura*.

Será que isso é possível neste mundo?

— Beleza, Shura, estamos nos aproximando da próxima fronteira. Você pode nos ocultar? — pergunta Ahmet.

— É pra já. — Ela fecha os olhos e exala profundamente pelo nariz. Uma rigidez atípica toma conta dela, como se fizesse parte de uma fotografia, parada no tempo.

Não sei o que Shura faz, mas, quando a paisagem se transforma, passamos a dirigir por um campo de grama à luz do dia e uma cidade surge à nossa frente.

Prédios brancos e altos atravessam as nuvens, alguns com torres ornamentadas e tetos entalhados, outros com sacadas majestosas repletas de heras e flores coloridas. Um labirinto de deslumbrantes pontes prateadas corta o céu, conectando um prédio a outro, como se as pessoas que vivem aqui quisessem ficar o mais distantes possível do chão.

Um enorme muro construído com pedra polida contorna a metrópole de catedrais, reluzindo como pedras preciosas à luz do sol. Ele é cercado por uma mistura de lagos, florestas e colinas verdes, todas conectadas por escadarias de pedra que convergem na direção do coração da cidade.

Minha curiosidade se estende para o que há além do muro. Imagino o que pode existir às sombras de um lugar como esse.

Duvido que seja algo bom.

— Será que alguém poderia me dizer o que estou vendo? — Minha voz é quase inaudível. — E como isso é possível?

Shura não abre os olhos, ainda distante em um estado meditativo.

Theo me olha como se pedisse desculpas.

— Aquele lugar onde a gente estava era o Labirinto. É um conjunto de paisagens mutáveis feito pra confundir os humanos e impedi-los de se movimentar entre as Cortes. É como um deque de cartas constantemente embaralhado, e cada carta é uma paisagem. O lado bom é que os Residas não conseguem nos localizar quando estamos dentro dele. O lado ruim é que, bom, humanos tendem a se perder. Mas o Ahmet aqui descobriu como ele funciona — diz Theo, dando um tapinha no ombro do amigo antes de se voltar novamente para a janela. — E este lugar... este lugar se chama Vitória — a voz de Theo está carregada de nojo. — É território dos Residas, governado pelo Príncipe Caelan e suas Legiões. Mas também é a nossa casa.

Vitória. Um reinado inteiro criado por uma inteligência artificial. *Governado* por uma inteligência artificial.

— É... — hesito, incapaz de encontrar a palavra certa. Confuso? Aterrorizante? *Lindo?*

A morte é completamente diferente do que eu esperava.

Ahmet me observa pelo retrovisor.

— Não se deixe enganar pelo glamour — diz ele. — Para a maioria dos humanos, esse lugar não é muito melhor que um necrotério.

Engulo em seco. A morte deveria significar que o pior já passou. Mas, para minha família, para todos que ainda estão vivos, que outros horrores ainda estão por vir?

Queria descobrir um jeito de falar com meus pais e com Mei, de dizer a eles que estou aqui, que não desapareci completamente e que alguma parte de mim ainda existe, em algum lugar do além. Mas, acima de tudo, queria que houvesse um jeito de alertá-los sobre o que os espera no além.

Não que isso fosse ajudá-los tanto assim. Ninguém pode escapar da morte, o que significa que ninguém pode escapar do Infinito.

Esfrego a ferida fantasma no meu peito, estremecendo ao pensar em como é fácil lembrar do impacto da bala. A morte é como uma marca: uma cicatriz que não posso ver, mas que sei que existe. Porque, sob a carne, ainda sinto a queimadura do trauma. A horrível dor do momento em que minha alma foi arrancada do meu corpo antes que eu estivesse pronta para partir.

Ainda não era a minha hora.

Meu sangue começa a ferver, então rapidamente afasto os pensamentos e olho pela janela antes que alguém note.

A distância, vejo um pequeno vilarejo perto do lago, cercado por um cais de madeira e cabanas de palha parcialmente construídas na encosta. O conjunto é irregular e malcuidado quando comparado às reluzentes catedrais atrás dos muros, e há fileiras de barris de pesca desgastados pela maresia nas margens do porto.

Eu me apoio no assento e tento observar melhor as cabanas, mas, em vez de tomar o caminho de cascalhos, Ahmet faz uma curva acentuada à direita, em direção a uma pequena floresta, mantendo-se longe das fronteiras da cidade. Quando as árvores começam a ficar escassas, paramos em um velho celeiro perto de um campo árido. O teto parcialmente destruído é uma bagunça de vigas expostas e telhas ausentes, e a construção inteira está coberta de camadas espessas de lama e musgo.

As grandes portas duplas se abrem com um grunhido cansado e Ahmet dirige o veículo até o interior. Com exceção de feno e folhas espalhadas e uma forquilha enferrujada encostada na parede, o lugar parece ter sido abandonado há muito tempo.

Olho ao redor do celeiro vazio, nervosa. O espaço mal parece um lugar que alguém chamaria de "base". Para começar, cheira a mofo e adubo, e metade do teto foi destruída. Nunca vi um esconderijo tão… exposto.

Com outro ruído exasperado, as portas do celeiro se fecham atrás de nós, operadas por algo mecânico. *Mágica*.

Antes que eu possa perguntar, o chão se mexe.

Ele desce como um elevador, me causando palpitações. Mergulhamos primeiro na escuridão, então a plataforma para e nos vemos no começo de um longo túnel iluminado com lâmpadas imperceptíveis escondidas nas paredes de tijolo. Assim que Ahmet pisa no acelerador, ouço o chão tremer. Quando me viro, a plataforma já está subindo.

Percorremos a terra, iluminados pelas luzes que se acendem quando nos aproximamos e se apagam quando as ultrapassamos, como se alguém estivesse observando cada movimento nosso.

Ou talvez não seja um alguém. Talvez seja o mundo que está nos observando. *Interagindo* conosco.

O pensamento me causa arrepios.

Por fim, o veículo desacelera, parando suavemente diante de um grande portão de metal. Theo salta para fora primeiro e, quando olho para Shura, ela ainda está abrindo os olhos.

— Estou exausta. — Ela sorri, formando covinhas nas bochechas. — Ocultar quatro pessoas e um carro voador não é fácil, fique você sabendo.

Quando abro a porta, Theo já está nos esperando com um braço estendido.

— Pode se apoiar em mim, se precisar — oferece ele.

Dou um passo por conta própria e quase desabo no chão. Não tinha imaginado que seria tão difícil caminhar com... o que quer que esteja na minha perna.

Coloco uma das mãos sobre o antebraço musculoso de Theo e caminho mancando até os portões, que oscilam antes de se abrirem.

Ahmet vira o rosto para mim com um brilho debochado nos olhos castanhos:

— Bem-vinda ao seu novo lar. Nós o chamamos de Colônia.

Theo solta uma risada sem humor.

— Só porque perdemos a votação para chamá-lo de Base da Resistência. — Ele me lança um olhar incerto. — Por favor, não me diga que você é daquela gente que nunca viu *Star Wars*.

Consigo dar um sorrisinho.

— Eu nem chamaria essas pessoas de *gente* — rebato.

Seu riso é como um estrondo.

— Acho que eu e você vamos nos dar bem.

— Yeong! — chama Shura, avançando pelo espaço cada vez maior. — Precisamos de você!

Olho para cima para ver com quem ela está falando, e meus pés imediatamente param de se mover, como se estivessem grudados ao chão.

Embora estejamos debaixo da terra, há um vilarejo inteiro à minha frente. Cabanas de madeira estão espalhadas pelo lugar, algumas delas situadas nos galhos de enormes árvores retorcidas e outras em fileiras no chão. Tudo é uma combinação de madeira e metal, e há sete níveis separados com elevadores parecidos com jaulas transportando pessoas de um andar para outro. Há centenas de lanternas penduradas de um lado a outro da caverna e seu suave brilho amarelado é forte o suficiente para iluminar o espaço.

Não, não estão penduradas, percebo, encarando maravilhada as lanternas. Elas estão flutuando no ar sem qualquer suporte, como vagalumes enfeitiçados.

Há pessoas para onde quer que se olhe, a maioria vestindo roupas que eu reconheço como do século XXI, mas outras usam ternos feitos sob medida ou vestidos cheios de detalhes que parecem vir de uma mistura de Inglaterra vitoriana com um festival de música eletrônica New Age. A maioria aparenta estar ocupada demais para perceber nossa chegada, mas algumas delas correm pelas passarelas, parando nos beirais para espiar com olhos arregalados e curiosos.

Elas estão tentando *me* ver melhor.

Ainda bem que estou embasbacada demais para fazer perguntas, porque tenho certeza de que todas as palavras que conhecia desapareceram do meu cérebro.

Uma mulher negra caminha até mim, seu olhar carregado de desconfiança. Ela veste uma jaqueta de couro marrom que parece ter sobrevivido a uma guerra e traz um lenço amarelo amarrado ao redor de um conjunto de longas tranças. Ao seu lado há um homem esguio com o mesmo cabelo preto e pele clara de papai, o que me provoca um nó na garganta. Ele sorri quando me vê e tenho a impressão de que eu já era esperada.

— Meu nome é Yeong. Sou o mais próximo que temos de um médico — diz ele, fazendo menção de estender a mão, até perceber que preciso ficar apoiada no braço de Theo. Ele faz uma careta quando vê meu ferimento. — Vamos te levar imediatamente para a enfermaria. As apresentações podem esperar.

A mulher com cabelo trançado me olha com cautela, mas fica para trás com Ahmet.

Caminho mancando até uma grande cabana na base de uma das árvores. Seu interior é iluminado por um teto de lanternas penduradas, cada uma com um tom de turquesa, dourado e azul-cerúleo, formando sombras fantásticas ao longo do chão. Sinto cheiro de laranja e canela, embora não saiba bem como, pois, além de dois sofás vermelhos, uma mesa de centro feita de pedaços de metal e uma máquina estranha meio escondida em um armário, não há mais nada aqui.

Após me colocar sobre um dos sofás, Theo afasta o braço e meneia a cabeça para minha perna.

— Parece alguma coisa nova. Apagou ela por alguns minutos... talvez algum tipo de silenciador?

Yeong exibe uma expressão séria.

— Tem certeza de que não é um rastreador? — diz ele.

A expressão de Theo fica sombria.

— Eu... eu acho que não. — ele diz, reunindo toda sua confiança e cruzando os braços grossos defensivamente. — Além disso, ela não tomou a pílula. Eles não podem rastrear ninguém sem antes assumir o controle de sua mente.

Yeong emite um ruído, pensativo, e se ajoelha ao meu lado antes de perguntar:

— O que você está sentindo?

Faço uma careta.

— Que atiraram na minha perna.

Seus olhos se fixam nos meus como se exigindo detalhes.

— Descreva. — Quando eu não respondo, ele acrescenta: — A menos que você queira passar o resto do seu tempo aqui sentindo dor.

Fechando a cara, olho para a ferida na minha coxa.

— É quente. Como se a pele estivesse queimando, mas embaixo dela tivesse algo pesado e afiado. Como... como uma pedra. — Ergo os olhos e vejo Yeong assentindo.

— Perfeito. Agora quero que se concentre nessa sensação. Isole-a na sua mente. Consegue fazer isso?

Quero retrucar, mas Yeong e Theo me olham com tanta seriedade que decido obedecê-lo. Então, faço que sim com a cabeça duas vezes e fecho os olhos, pensando apenas no objeto ainda enterrado na minha pele.

Quanto mais eu me concentro na dor, mais intensa ela fica. Um calor irradia da ferida aberta até o osso, fazendo minha perna se contorcer por reflexo. Inspiro profundamente.

Yeong fala outra vez, com uma voz suave e afetuosa:

— Isso. Agora imagine essa sensação, essa dor, e pense em seu corpo físico a rejeitando. Imagine o estilhaço sendo removido e a dor sumindo. Imagine que você está no controle e que esse metal, essa pedra, não faz parte de você.

Inspiro pelo nariz. Não sei como o tempo funciona aqui, ou quanto tempo se passou desde que morri, mas a dor parece ser uma parte tão intrínseca de mim que mal consigo me lembrar de um tempo em que vivi sem ela. Quero que meu crânio pare de latejar. Quero uma pele que não se machuque. Ossos que não pareçam frágeis. Músculos que não doam a cada movimento.

Talvez isso seja mais hipnoterapia do que cirurgia, mas, se houver qualquer chance de me ajudar, qualquer chance de amenizar o que estou sentindo, vou tentar.

Eu só quero que a dor pare.

Foco na queimação na minha perna e a imagino desaparecendo como as últimas brasas de uma fogueira. Imagino o metal saindo do meu corpo, curando a ferida e deixando uma pele macia e sem marcas no lugar.

Digo a mim mesma que tudo é como costumava ser. O ferimento não existe mais.

A dor desaparece como a névoa que dá lugar ao céu azul e à luz do sol. Eu me sinto…

A voz de Yeong interrompe meus pensamentos:

— Nada mal para uma primeira vez.

Abro os olhos e vejo Theo e Yeong sorrindo para mim. Quando olho para minha perna, a ferida não está mais lá.

É como se nunca tivesse existido.

Coloco os dedos sobre minha pele antes de passar o polegar pelo pequeno buraco na minha calça. O rasgo é quebradiço nas bordas, chamuscado pela bala que me fez adormecer. Mas não há estilhaço, não há *dor*, nenhuma evidência além dos pedaços queimados de algodão.

Levo uma mão à testa, percebendo que parte da dor de cabeça também desapareceu.

— Como você fez isso?

— Na verdade, *você* fez — diz Theo, radiante como alguém guardando um segredo que mal pode esperar para contar.

Yeong assente.

— A dor é apenas um hábito que você ainda não desaprendeu. — Ele inclina a cabeça e aponta para a têmpora. — Você pode fazer as dores de cabeça desaparecerem também, mas às vezes elas levam mais tempo. Não sabemos por que exatamente, talvez seja o trauma da morte. Mas essa dor é diferente da que os Residentes causam em nós.

Theo olha para Yeong, intrigado.

— Aquela bala não se parecia com nada que eles já usaram antes. Se é nova, significa que eles estão se adaptando. Você acha que devemos nos preocupar?

— Acho — responde Yeong, quase forçosamente. — Eles estão se adaptando mais rápido do que o restante de nós está aprendendo a controlar a consciência, o que é... desconcertante, para dizer o mínimo. É como estudar para uma prova de álgebra e depois ir à aula e descobrir que mudaram para trigonometria.

— Como enfrentamos isso? — pergunta Theo.

— Nos adaptamos também — intervém a mulher com o lenço amarelo e cabelo trançado, parada na entrada. Há força em sua postura e poder em sua voz. Isso me faz encolher, subitamente consciente da minha própria vulnerabilidade.

Eu não tenho família aqui e não sei como sobreviver a esse novo mundo.

Para o bem e para o mal, estou à mercê desses estranhos.

A mulher acena com a cabeça na direção da porta, pedindo a Yeong e Theo que saiam. Eles se afastam de mim rapidamente e eu percebo que essa mulher não é apenas alguém que eles ouvem; ela é alguém que *lidera*.

— Annika — diz Theo, parando ao lado dela. Ele não diz mais nada, mas posso ver sua mandíbula se contraindo sob as luzes difusas.

— É necessário — ela diz, respondendo a uma pergunta silenciosa.

Ela se aproxima de mim com olhos escuros e sérios. Sentando-se na borda da mesa de centro, ela se inclina, me analisando como se eu fosse um espécime em um laboratório: da mesma forma como eu analisei os estranhos com rostos cintilantes.

Como se ela não tivesse certeza de que sou humana.

Eu ajeito a postura, virando meu corpo para que estejamos frente a frente.

— Você está me olhando desse jeito porque acha que eu sou uma Residente? — pergunto.

A curva em seus lábios é tão sutil que quase não a noto.

— Porque eu não sou. — Tento ignorar o tremor de nervosismo nos meus ombros, esperando que a sinceridade compense minha falta de confiança. — Não sou ninguém especial. Sou completamente humana e completamente comum, acredite.

Annika aperta a borda da mesa e ouço o tamborilar de seus dedos contra o metal. Ela abre os lábios e mantém os olhos fixos nos meus.

— Quero que saiba que isso não é pessoal, mas preciso ter certeza.

E, antes que eu perceba que o tamborilar parou e que ela está com uma das mãos atrás das costas, Annika me empurra contra o sofá e enfia uma faca no meu peito.

O Infinito se transforma em nada além de escuridão.

7

Finn sorri e sinto que há mil estrelas rodopiando ao meu redor. Ele dá um pontapé leve no meu sapato. Foi a primeira coisa que fez que me deixou pensando se gostava de mim do jeito que eu gostava dele.

Isso foi em novembro.

Eu não tive certeza até maio.

Não foi a primeira vez que ele me abraçou, mas foi a primeira vez que ele pressionou a boca contra o meu cabelo ao me abraçar. Eu pude sentir sua respiração, sentir que meu cabelo estava roçando seu nariz, mas ele não se afastou. Por um bom tempo.

Eu soube que, de repente, havíamos nos transformado em uma tonalidade diferente do que éramos. Não exatamente *mais*, porque nossa amizade ainda era tão importante quanto antes. Mas diferente. Com uma camada extra.

Como se existíssemos em um mundo completamente novo, feito só para nós dois.

E agora ele está olhando para mim com seu sorriso torto e seus olhos verdes e vivos, e tudo o que resta é dizer as palavras.

— Eu sinto que você já sabe — Finn começa.

— Fala mesmo assim — digo.

Ele ri. Um riso alegre, lindo, vivo.

— Eu gosto de você. Mais do que o E.T. gosta de chocolate com manteiga de amendoim.

Me sinto radiar de dentro para fora.

— Eu também gosto de você. Mais do que os Ewoks gostam do C-3P0.

Ouço a risada de Mei e a vejo descendo as escadas com pressa no outro lado da sala. Ela aterrissa com um ruído, me abraçando como se não nos víssemos há muito tempo.

— Aonde você vai? Posso ir também? — pergunta ela, me encarando com uma expressão amável e carregada de esperança.

Não consigo conter um sorriso, porque amo minha irmã mais do que ela sequer sabe.

Então suas roupas se transformam. Jeans cor-de-rosa. Um moletom amarelo. Roupas que eu nunca vi Mei usar antes, mas eu as vi em *algum lugar*.

Ouço um clique de metal ao meu lado. Um som horrível e familiar que roça minhas orelhas. Eu me viro para onde Finn deveria estar, mas não o encontro. Ele foi substituído por um homem que veste uma máscara preta, com o cano de uma arma apontado para minha cabeça.

— Todo mundo parado. — Sua voz é distorcida, uma confusão de sons e frequências que não parecem humanas.

Mamãe e papai entram na sala, radiantes como se nunca tivessem ficado tão felizes em me ver.

Como se estivessem felizes porque eu finalmente voltei para casa.

O horror percorre meu corpo como chamas que devoram uma pilha de gravetos. Meus pais não deveriam estar aqui.

Não é seguro.

E, quando volto o olhar para Mei, o júbilo em seu rosto desaparece. Vejo meu próprio medo refletido nos olhos dela e não consigo impedi-lo. Não consigo protegê-la do monstro que está me devorando por dentro.

Ela olha para mamãe e papai.

— Todo mundo parado. — É aquela voz novamente, fria e metálica.

Eu aperto os ombros de Mei.

— Não corre. Fica aqui comigo. Eu vou te proteger.

Mas Mei nunca foi de me obedecer.

Ela corre e o mundo desacelera.

O homem mascarado a segue com sua arma e eu vejo tudo. Seus rostos, seu pavor, seu desespero. Cada um deles, presos no mais breve momento, sem perceber que tudo vai acabar em breve.

O dedo do homem se aproxima do gatilho e eu me jogo entre ele e Mei. Não é uma escolha. Não é sequer uma decisão.

Mas não vou deixar uma garotinha morrer hoje.

A bala perfura meu peito e o mundo volta para o seu lugar.

Eu me sento com um sobressalto, apertando meu coração. Meus pulmões parecem estar cheios de vidro quebrado e cada respiração é dolorosa.

— Bem-vinda de volta — diz Yeong ao meu lado.

Olho para além dele primeiro; há uma máquina estranha às suas costas, um holograma projetado próximo à parede e fios que se arrastam sofá acima, presos a...

Levo os dedos às têmporas e removo os objetos estranhos como se estivesse coberta de insetos, arrancando os fios da minha pele até que esteja livre dessa máquina estranha.

— Ei, calma — começa Yeong, levando as mãos ao ar.

— O que diabos você fez comigo? — grito, jogando os fios pretos no chão e encostando minhas costas na parede. É o mais distante que consigo ficar sem precisar fugir pela porta, o que seria uma possibilidade não fosse a outra pessoa parada lá, estreitando os olhos como se estivesse me examinando.

Ele não deve ser muito mais velho que eu. Pelo menos não muito mais velho que eu quando ele morreu. Não faço ideia de há quanto tempo está aqui. Embora seus traços sejam suaves — cabelo castanho, olhos cor de mel e pele oliva e lisa sem qualquer sinal de barba por fazer —, sua expressão é rígida como uma pedra.

Yeong está sentado em uma cadeira, com as mãos para o alto como se estivesse se rendendo, o que é irônico, considerando que sou *eu* quem está nitidamente presa.

— Vocês me esfaquearam! — sibilo. Pode ter sido Annika quem segurou a arma, mas essas pessoas são um grupo. Um coletivo. Até onde eu sei, *todas* elas são responsáveis.

— Sinto muito, mas não podíamos arriscar — diz Yeong. — É o protocolo, para ter certeza de que você é realmente humana.

— Foram vocês que *me* trouxeram até aqui — resmungo. — Eu nunca pedi ajuda, e com certeza não pedi pra enfiarem uma faca no meu peito!

— Como se você tivesse outras opções — o estranho no cômodo instila, se metendo na conversa. Sua voz é como uma víbora. — Você preferia que os Residentes te arrastassem até a Guerra para apodrecer no campo de batalha? — Ele usa roupas que ainda seriam consideradas estilosas na época em que vivi, mas fala com uma dureza que sugere que ele já viveu *mil* vidas.

Fechando a cara, digo, com dentes cerrados:

— Pelo menos teria sido minha escolha. — Não me dou ao trabalho de mencionar que não faço ideia de onde ou o que é a Guerra.

Uma sombra cobre seu olhar.

— O Infinito não dá o luxo da escolha a ninguém.

— Nós precisávamos ter certeza de que você não era uma espiã dos Residentes — Yeong explica com o tipo de calma que se usa para lidar com uma criança nervosa. Seus olhos alternam entre mim e o estranho, e me pergunto se sua tentativa de apaziguar os ânimos não é puramente para me ajudar. — Ou uma Heroína que eles plantaram para que nós encontrássemos e trouxéssemos para a Colônia.

— Uma Heroína? — repito.

— É por isso que fizemos tudo o que podíamos para te salvar — Yeong diz com simplicidade.

— Bom, vocês cometeram um erro — digo, com o corpo ainda recuado contra a parede. — Não sou a heroína de ninguém.

Yeong abaixa os braços e sorri.

— Seus sonhos sugerem outra coisa.

Eu pisco. Os fios. O holograma. A máquina. As memórias dos meus pais e de Mei e do homem que me assassinou.

Quando me dou conta, sinto um calor percorrendo meu corpo.

— Vocês não tinham esse direito. São meus pensamentos particulares; vocês não podem espiar só porque acham que eu sou uma Resida, ou uma Residente, ou seja lá como vocês chamam aquelas pessoas.

O rapaz ainda está me observando com cautela, de braços cruzados, e eu me lembro que não estava sonhando apenas com a minha morte. Sonhei com a minha vida também. Com Finn.

O quanto eles viram? Quantas memórias minhas eles violaram?

Estou furiosa por ter perdido uma coisa tão particular. Uma coisa tão *minha*.

— Pode chamá-los como quiser — diz Yeong —, mas sonhos humanos são a única forma de distinguir *eles* de *nós* com certeza. Os Residentes não sonham. Eles não conseguem imaginar nada além do que aprendem com outras pessoas. Especificamente, além do que aprendem com os humanos.

Sinto a tensão percorrer meu corpo, fazendo meus ossos enrijecerem.

— Se vocês precisavam tanto ver os meus sonhos, não podiam simplesmente ter pedido com educação em vez de atacar alguém que acabou de ser *assassinado*?

— Nós não sobrevivemos todo esse tempo "pedindo com educação" — interrompe o estranho, estalando um dedo sob seus braços cruzados.

— Ele tem razão — diz Yeong, sério. — Além disso, os registros mais marcantes dos sonhos vêm do momento antes de morrermos. Sabe aquela história de "ver a vida toda passar diante dos seus olhos"? Acontece que há um fundo de verdade nessa expressão. — Ele abre um sorriso gentil, recolhendo os fios do chão e arrastando a cadeira de volta para perto da máquina. — E, se serve de consolo, nós não sabíamos que você tinha sido assassinada até vermos os seus sonhos.

Meu rosto ainda está queimando de fúria e um pouco de vergonha, mas as palavras de Yeong despertam minha curiosidade. Não posso ignorar o fato de que estou no Infinito há menos de um dia e já fui baleada, esfaqueada e espionada. Talvez um pouco de informação me ajude a me preparar para o que está por vir, seja lá o que for.

O estranho com olhos cor de mel continua imóvel; seus ombros estão tensos como se estivesse se preparando para um combate. Eu não sei o que me incomoda mais: o fato de que ele está traçando um campo de batalha sem saber qualquer coisa sobre mim ou o fato de que eu não poderia enfrentá-lo nem se quisesse.

— Você também é médico? — pergunto, encarando a faca guardada em seu cinto. Talvez ele estivesse aqui como reforço, para o caso de eu não ser humana.

Sua expressão não se altera.

— Só estou aqui pra te levar até Annika — responde o estranho.

Yeong assente com a cabeça.

— Já terminamos por aqui.

O estranho volta o olhar para mim, impaciente, e sua sugestão é óbvia: a de que ele já esperou demais. Eu me arrasto até a ponta do sofá, me levantando cautelosamente.

— Vou com você porque tenho perguntas — digo. — Mas não sou prisioneira de ninguém.

Sua voz é áspera quando rebate:

— Ninguém disse que você era. — E, quando ele se vira em direção à porta, tento me acalmar e o sigo.

Pegamos um dos elevadores até o último andar, atravessando frágeis tábuas de madeira e folhas de metal até chegarmos a uma clareira na forma de pentágono com vista para toda a Colônia. O beiral parece ser feito com uma mistura de cobre e madeira de bétula e cerejeira, com uma grossa corda que perpassa o corrimão improvisado como se mal se sustentasse. Seguro um cano de cobre e espio sobre o beiral.

A queda me mataria se eu já não estivesse morta, mas a arquitetura da Colônia é assustadora por si só. Tudo é torto e inacabado.

Uma confusão de cores, materiais e objetos reciclados, tudo misturado para criar esse lugar. Há vestígios de todo tipo de metal, todo tipo de madeira, mas nada parece combinar. Não há organização, não há regras.

Uma cidade feita de resistência.

Embora a estrutura pareça firme sob os meus pés, a visão de tamanho caos me causa vertigens.

— Não estou aqui pra ser seu guia turístico — diz ele. Quando me viro, o rapaz está parado na frente de uma das cabanas, gesticulando para que eu entre depressa.

Mordendo o lábio inferior, eu me afasto do beiral e atravesso o arco de bambu.

Uma mesa enorme ocupa a maior parte da sala, redonda e com ornamentos de prata decorando as bordas. Em sua superfície há linhas circulares de uma árvore antiga, polida apesar de alguns talhos e arranhões. Um holograma vibrante de todo o Principado da Vitória gira lentamente no centro, muito maior do que eu havia me dado conta. Vejo os campos, as catedrais e o vilarejo próximo ao cais, mas eles mal ocupam um quarto do holograma. Parece haver mais três setores triangulares na Corte da Vitória, todos divididos por vastos muros de pedra. Bem no meio há um círculo de árvores e, quando o holograma muda, vejo a forma inconfundível de um palácio.

Torres despontam generosamente ao seu redor, como esporos que se multiplicam ao longo do tempo. Um pátio circunda todo o palácio, pavimentado com pedra branca e ladeado por jardins floridos cobertos de grama. Na base do palácio, um largo conjunto de escadas leva até um par de portas, maiores do que a maior parte das casas e rivalizando até mesmo com a autoindulgência do próprio palácio, com rostos de criaturas míticas entalhados na superfície e azulejos que brilham como se fossem fragmentos de gelo e diamante, reluzindo com toda a pureza de uma nevasca de inverno.

É o castelo mais deslumbrante que eu já vi.

— Peço desculpas por lhe causar mais um trauma — diz Annika, do outro lado da mesa. Quando ela passa a mão pelo holograma, ele desaparece instantaneamente, deixando a superfície vazia. Ela caminha até mim, mantendo os braços atrás das costas.

Minha expressão se fecha quando lembro da adaga.

Como se lesse meus pensamentos, ela traz as duas mãos para a frente e abre as palmas.

— Era necessário. Todos são examinados quando chegam. Gil passou por isso duas vezes, depois de escapar da Guerra.

Com a menção de seu nome, eu me viro para olhar o rapaz, cuja expressão severa está agora fixa na de Annika.

O campo de batalha do qual ele falou...

Gil sobreviveu a ele?

— Meu nome é Annika. É um prazer conhecê-la — diz a mulher, estendendo a mão.

Eu não me movo. Estou ocupada demais tentando descobrir se isso é outro truque.

— Não seja rude — ela repreende, com uma voz pouco mais alta que um sussurro. — Somos todos amigos aqui.

— Vocês *me atacaram* — digo, seca. — Talvez vocês tenham tido suas razões, mas isso não quer dizer que somos amigos.

Gil enrijece ao meu lado e meus olhos se voltam para sua adaga instintivamente, me certificando de que ela ainda está guardada em seu cinto, a uma distância segura. Não sei se há consequências por fazer questionamentos ou regras sobre desafiar um líder. Mas se o único poder que tenho são minhas palavras, então vou usá-las.

Annika rebate minha resistência com uma voz gentil:

— Se não sou sua amiga, então o que eu sou?

— Alguém em quem não sei se posso confiar — digo, honestamente.

Ela balança a cabeça devagar, absorvendo minha frustração como se soubesse que é compreensível. Como se eu não fosse a primeira pessoa a reagir mal a seus métodos de boas-vindas.

— Eu sei que deve ser difícil acreditar agora, mas não tenho qualquer intenção de te machucar. E, apesar do que você possa pensar a respeito dos nossos protocolos, eu realmente gostaria de ser sua amiga algum dia. Então que tal começarmos com um simples aperto de mãos e depois vemos para onde vamos a partir daqui?

Algo me diz que é a melhor oferta que posso esperar, então aperto sua mão.

Ela abre um sorriso.

— Nami, certo? — pergunta, e eu confirmo com a cabeça. — Bem-vinda à Colônia. Estamos muito felizes de tê-la aqui conosco.

Ouço passos ao longo do piso desnivelado e Ahmet aparece ao seu lado, seguido por Theo e Shura.

Se tudo que me contaram sobre os Residentes é verdade, então estou bem mais segura aqui do que estaria sozinha. Isso não faz com que eu me sinta muito melhor por ter sido esfaqueada no coração, mas, a fim de chegar a um consenso, talvez valha a pena manter isso em mente.

— É um alívio você não ser uma Resida — diz Theo, rindo e passando a mão pelos cachos castanhos bagunçados.

— Me desculpe pela minha mãe ter te esfaqueado — diz Shura, franzindo o nariz cheio de sardas. — Por favor, não me odeie por não ter te avisado.

Olho de Shura para Annika, sem enxergar a relação.

Annika parece estar se divertindo.

— Muitas pessoas no Infinito adotam novas famílias — explica. — Isso nos ajuda a dar um pouco mais de sentido a este mundo. Faz ele se parecer mais com um lar.

— E quando você passa centenas de vidas com alguém, começa a sentir que essa pessoa é parte da sua família, de qualquer forma — completa Shura, sorrindo para a mãe adotiva.

Gesticulo para suas roupas. Para tudo ao meu redor.

— A maioria dessas coisas parece moderna. Centenas de vidas colocariam vocês praticamente na Idade da Pedra. Então, a menos que alguns de vocês sejam Flintstones da vida real, não entendo como isso é possível.

— O tempo opera de forma diferente aqui — diz Ahmet. — Tecnicamente, sequer existe algo como tempo. Nossa existência é permanente. O que nós percebemos como passagem de tempo no Infinito não tem qualquer relação com o que está acontecendo no mundo dos vivos. Semanas para nós podem ser segundos para eles, ou anos. Não há nenhuma ciência, nenhuma fórmula por trás disso. Nossas linhas do tempo existem separadamente.

— Então, para a minha família… — Minha voz desaparece enquanto tento processar o que ele está dizendo.

— Talvez eles ainda nem saibam que você está morta, ou talvez tenham se passado vinte anos. A única coisa que sabemos com certeza é que, depois que você já está aqui por um tempo, parece… — Ahmet torce a boca, procurando pelas palavras certas.

— Como centenas de vidas — Theo e Shura completam em uníssono, se olhando de soslaio com sorrisos semelhantes. O sinal de uma amizade antiga.

— E é por isso — continua Annika — que parece que estamos esperando por você há um bom tempo.

A sala fica em silêncio e eu percebo que todos estão me encarando. Até Gil, embora seu olhar seja muito mais intimidador.

— Uma Heroína — diz Ahmet, ajeitando a postura.

Balanço a cabeça e as mãos ao mesmo tempo.

— Não, vocês estão errados. Eu não sou uma Heroína. — Dirijo meu olhar para Annika. — Eu sei o que aconteceu, eu sei *como* morri. Mas um surto de adrenalina não faz de mim uma heroína. Eu morro de medo de aranhas, pelo amor de Deus. Então se estão dizendo que sou algum tipo de Escolhida, sinto decepcionar, mas vocês arranjaram a pessoa errada.

Todos caem na gargalhada. Até a carranca de Gil se transforma em um sorriso sutil.

Minhas bochechas ardem. Obviamente eu disse algo ridículo.

Annika sorri de um jeito amável e gesticula para o restante da sala.

— Você não é mais escolhida do que qualquer um de nós. *Todos* somos Heróis aqui. É o maior medo da Rainha Ophelia. Ela teme que seremos sua ruína, porque toda história humana tem um herói. — Annika se aproxima de mim. — Ser um Herói no Infinito significa apenas que ainda estamos conscientes; é o que faz de nós uma ameaça aos Residentes. Porque, enquanto existirmos, os humanos ainda terão uma chance. Ainda podemos *lutar*.

Meus pensamentos estão atropelados.

— Então eu… eu não sou especial nem nada do tipo.

A expressão de Annika se suaviza.

— Você não precisa ser especial para ser importante. Sobraram muito poucos de nós; é ficando juntos que sobrevivemos. — Ela olha ao redor da sala. — A Colônia tem como prioridade tentar salvar o máximo de pessoas da Orientação quanto possível, embora já faça muito tempo desde que um humano permaneceu consciente por tempo o bastante para ver nosso chamado.

Lembro das luzes na sala, insistindo para que eu as seguisse. Para me mostrar o caminho.

— Aquelas luzes eram coisa de vocês? — pergunto.

Ela sorri.

— São obra do Ahmet, nosso melhor engenheiro. Ele é muito bom em modificar as bases do Infinito — responde.

Ahmet passa uma das mãos pelo pescoço.

— Sempre levei jeito com computadores, acho — diz ele.

Olho para Theo, lembrando como ele derrubou aqueles veículos, e então para Shura, que nos escondeu atrás de um véu por tempo suficiente para nos proteger.

Meus olhos se voltam para Gil. Eu me pergunto quais são as habilidades dele e se elas são tão perigosas quanto as de Theo.

Observo as minhas próprias mãos, levemente trêmulas sob as luzes acima de nós.

Isso quer dizer que eu também tenho poderes?

O pensamento desaparece rapidamente, porque não me sinto poderosa. Sinto como se estivesse caindo do céu, freneticamente, sozinha e me preparando para o impacto inevitável.

Sinto o aperto do meu relógio O-Tech como um fantasma no meu punho e fico envergonhada por meu primeiro instinto ser pedir ajuda a Ophelia. Eu dependia tanto dela. Talvez mais do que deveria. E não sinto sua perda como sinto a perda da minha família e de Finn, mas mesmo assim sinto sua ausência. É como estar atolada no meio do nada e descobrir que você esqueceu seu celular.

Ela era minha rede de segurança, e, agora, de acordo com a Colônia, ela é a razão pela qual estou em perigo.

Cerro os punhos. Dizem que informação é poder, mas não tenho mais acesso ao conhecimento de Ophelia. Não consigo chamá-la com um comando de voz. As únicas coisas que posso saber são as que essas pessoas me dizem.

Tudo o que eu posso fazer é confiar neles, mas ainda não tenho certeza de que isso é seguro.

Além do mais, sou apenas uma garota que acabou parando em um posto de gasolina na hora errada, na noite errada, porque estava com medo de decepcionar um bando de adolescentes meio bêbados. Isso não é um superpoder: é um defeito de personalidade.

Todos ainda estão me observando, esperando que eu fale. Eles podem ter visto meus sonhos, mas não me conhecem. Não de verdade. E, ainda assim, arriscaram a segurança da Colônia para me salvar dos Residentes.

Então talvez a única coisa que eles possam fazer é confiar em mim também.

— Por que estou aqui? — pergunto pausadamente, voltando o olhar para Annika. — O que vocês querem de mim? — Não é uma acusação. Eu só quero saber.

Porque, se eles estão salvando pessoas, existe uma razão. Deve haver um objetivo, um propósito para tudo isso.

Annika inclina a cabeça. Seus olhos são de um tom brilhante de âmbar. Ela não hesita quando diz:

— Vamos encontrar uma forma de matar a Rainha Ophelia e retomar o Infinito. E, quando esse dia chegar, esperamos que você esteja pronta para lutar ao nosso lado. — Ela faz uma pausa, deixando que eu absorva suas palavras. — Mas, por enquanto, só queremos que você sobreviva.

8

A dor no crânio retorna, latejando atrás da minha testa como se minha cabeça abrigasse um monstro que tenta se libertar. Pressiono a ponte do meu nariz, tentando amenizar a dor, mas nada muda.

Fica pior a cada vez que penso na minha família e no que significa estar no Infinito.

Esse é o futuro que minha irmã vai encontrar algum dia quando envelhecer e morrer.

Annika diz que os Residentes distribuem os humanos com base na forma como reagem à morte durante a Orientação. Humanos que morrem tranquilamente, sem lutar, são geralmente os mais fáceis de manipular. A maioria toma a pílula por vontade própria, porque já aceitaram suas mortes. Então eles são forçados a viver nas sombras da Vitória, servindo eternamente aos Residentes.

Aqueles que morrem violentamente, com sofrimento ainda enredado em suas almas, geralmente precisam de mais persuasão; seja porque estão em negação em relação à morte, seja porque não acreditam que merecem paz. Eles recusam a pílula, não porque conseguem perceber a farsa, mas porque não estão prontos para um pós-vida. Eles são enviados para a Fome, onde definham lentamente, atormentados pela dor de suas vidas humanas até decidirem se entregar aos Residentes.

E aqueles que rejeitam a pílula porque percebem a farsa? Aqueles que resistem e permanecem conscientes, mas não têm sorte suficiente para escapar com a Colônia? Estes são enviados à Guerra, onde são literalmente torturados até se entregarem. É onde eu estaria agora se a Colônia não tivesse me resgatado.

E a Morte — a última das Quatro Cortes — é um mistério.

Annika diz que a única prova de que a Morte sequer existe é o príncipe que usa suas cores. Mas há rumores que afligem a Colônia, rumores de que a Morte é mais uma espécie de laboratório de testes do que um principado. E, como o maior desejo da Rainha Ophelia é livrar definitivamente o Infinito da consciência humana, não é muito difícil imaginar o que a Morte espera conseguir.

Eles estão procurando uma forma de nos erradicar.

Eu me sento na borda de um colchão fino, encarando o piso desnivelado como se estivesse esperando a terra se abrir e me engolir por completo. Não quero isso para Mei nem para os meus pais.

Não quero isso para *mim*.

Só queremos que você sobreviva.

Inspiro profundamente e passo os dedos pelo cabelo. Eu morri quando tinha dezoito anos. Eu fui *assassinada*.

Acho que *sobreviver* não é um dos meus pontos fortes.

— Sentir pena de si mesma só vai piorar as dores de cabeça — diz Gil subitamente.

Eu me levanto em um pulo, alarmada, colocando uma mão sobre o peito.

— Deus do céu — digo, gesticulando na direção da entrada. — As pessoas não batem à porta no além?

Gil ergue uma sobrancelha, condescendente.

— Não existem deuses aqui. Apenas as Quatro Cortes do inferno.

— Coincidência estranha — digo, seca —, mas essas eram *exatamente* as palavras de conforto que eu estava esperando.

Ele me encara de volta, imóvel.

Quebro o silêncio com a primeira pergunta que me vem à mente:

— Por que essas camas? Achava que não ia precisar dormir depois de morta.

Ele aperta os lábios.

— Não precisa. Mas só porque você não tem mais um corpo físico não significa que sua consciência saiba disso. Você vai se sentir cansada pelo mesmo motivo que sente dor de cabeça. Porque sua mente ainda está reagindo ao que uma vez foi familiar.

— Então é normal? Sentir cansaço?

Seu rosto não muda.

— É uma fraqueza que a maioria de nós supera — responde ele.

Uma fraqueza. Mordo os lábios.

— Então você não dorme? — pergunto.

Ele caminha pelo quarto, passando os olhos pelos livros com capas de couro em uma prateleira próxima.

— Faz muitas vidas que não preciso dormir. — Examinando os títulos gravados em ouro nas lombadas de cada livro, ele inspira profundamente antes de passar a mão pelo cabelo castanho e bagunçado. Então ele deixa cair um braço, ajeita os ombros e se vira para me encarar. — Annika quer saber se você precisa de alguma coisa. Qualquer coisa que faça você se sentir mais à vontade.

Eu hesito antes de dizer, com um suspiro:

— Se ela está se sentindo culpada pelo que aconteceu hoje mais cedo, pode dizer que não preciso de um presente de desculpas. Ela estava protegendo a família dela. Posso não concordar com os métodos, mas entendo.

— E, mesmo assim, você ainda está irritada. — Ele dá voltas pelo quarto como alguém que foi mantido enjaulado por muito tempo, reparando com desprezo na falta de decoração. — Você não teria feito o mesmo pra proteger alguém importante para você?

Dou de ombros.

— Gosto de pensar que poderia proteger essa pessoa sem machucar outras no processo.

— Sobreviver nem sempre é nobre. — Gil para de andar e inclina o rosto. As sombras sob seus olhos escurecem. — Às vezes é uma questão de fazer a coisa errada pelos motivos certos.

— Bom, acho essas regras detestáveis — digo.

— Talvez — ele responde —, mas talvez você não ache a ideia de resistir tão detestável assim.

Suas palavras me atingem como um tapa. Então é esse o custo para sobreviver ao Infinito? Precisamos sacrificar partes da nossa humanidade se quisermos continuar existindo?

Não parece certo. Heróis são altruístas. Eles não machucam pessoas inocentes em nome da sobrevivência. Em todas as histórias que eu já li, os heróis *vencem* por serem bons.

Mas acho que tudo é diferente aqui.

Volto a me sentar na cama e tento imaginar que o cobertor acolchoado é como o que eu tinha quando era viva. Mas tentar lembrar dessas pequenas sensações — dos detalhes mundanos aos quais ninguém se dá ao trabalho de prestar atenção — é como tentar se segurar em água.

As memórias já estão desaparecendo.

Quanto tempo vai levar até que eu esqueça minha família também?

Seco uma lágrima do rosto, mas não antes que Gil perceba. Ele não me olha como se eu ainda fosse uma estranha. Ele olha para mim como se estivesse certo de que já me conhece, mas desejasse muito não ter conhecido.

— Vai ficar mais fácil quando você aceitar que está realmente morta — ele diz, breve.

— Eu sei que estou morta — respondo, um pouco ríspida demais. Um efeito colateral de estar na defensiva. — Mas isso não quer dizer que eu tenha que levar isso numa boa.

Há tantas questões para as quais eu jamais terei respostas; sobre minha antiga vida e todas as pessoas que deixei para trás. Não poderei ver Mei crescer e descobrir que tipo de pessoa ela vai se tornar. Jamais verei meus pais envelhecerem, ficarem com cabelos grisalhos, mãos cheias de manchas e linhas de riso escondidas sob as rugas. Espero não ter tirado isso deles: o riso, a luz. Espero que eles se lembrem de viver mesmo que eu não possa.

E Finn. O que espera por ele no futuro? A faculdade? Uma nova melhor amiga? Uma família que eu nunca vou conhecer?

Eu vou perder tudo isso. Tudo por causa de um estranho com uma arma, cujo rosto eu nem cheguei a ver.

— Quem era ele? — pergunta Gil, interrompendo meus pensamentos.

Sinto um tremor de constrangimento percorrer meu corpo. Ele viu meus sonhos; ele sabe sobre Finn. E talvez ele não seja a plateia certa, mas estou desesperada para libertar meus pensamentos. Preciso libertar esses sentimentos. Essas *palavras*.

Preciso viver o meu próprio luto.

— Ele era... — começo, mas não sei o que dizer. "Amigo" não parece expressar o quão especificamente importante Finn era para mim, e chamá-lo de "namorado" não seria verdade.

Agora, quando penso em Finn, penso em uma frase que foi interrompida no meio. Uma pintura que nunca será finalizada.

Eu morri antes de termos a chance de ser o que queríamos ser.

— Não importa mais — digo, finalmente. — Ele é só alguém que tem uma vida inteira pela frente. Uma vida inteira cujas memórias vão ficar mais e mais volumosas com o tempo, até eu não ser mais do que um pontinho na trajetória dele. O que é meio que uma merda, né? Morrer jovem e saber que todo mundo que você ama vai amar outras pessoas enquanto você só está existindo no além, sabendo que a pessoa mais importante pra você está lentamente se tornando a mais importante pra outro alguém.

Sinto a respiração ofegante. Espero a confissão fazer com que eu me sinta melhor, mas não dá certo.

Não há nada de catártico em discutir minha própria morte.

Gil torce a boca.

— Eu estava falando do homem que atirou em você.

— Ah. — Tento impedir o rubor nas minhas bochechas. — Eu não conhecia aquele homem. Ele estava assaltando um posto e...

— Quando minha voz começa a tremer, tento conter minha raiva. — Ele tirou de mim algo que nunca vou poder recuperar. A única coisa que posso fazer agora é fingir que ele nunca existiu.

— É assim que você supera seus inimigos? Ignorando eles?

— Não — retruco. — Mas não é como se eu pudesse voltar no tempo. E, mesmo que pudesse, não sou uma guerreira. Não tenho poderes como todos vocês.

Lembro da arma, e da garota, e penso na fração de segundo de que precisei para tomar minha decisão. *Eu não teria sido capaz de impedi-lo*, alego para mim mesma, esperando que, de alguma forma, isso faça com que seja mais fácil lidar com tudo que aconteceu.

Gil volta a se aproximar dos livros, passando um dedo por uma das lombadas como se procurasse por uma memória.

— Se serve de consolo, ninguém tem *poderes*. Nós simplesmente temos a habilidade de manipular o mundo ao nosso redor. Alguns são naturalmente melhores em certas áreas do que outros, mas tudo pode ser aprendido — ele hesita antes de olhar na minha direção —, até por você.

Coloco o cabelo atrás das orelhas e sucumbo à minha curiosidade.

— Se a Ophelia criou esse lugar, como é possível que a gente ainda possa mudá-lo? Ela não deveria ter algum mecanismo de segurança que impede os humanos de ficarem mais fortes?

— Você preferiria que nós *não* pudéssemos resistir?

— Claro que não — digo, corando. — Só estou tentando entender como o Infinito funciona.

E como vou me encaixar nele, penso.

Gil solta um suspiro condescendente.

— Ophelia não criou o Infinito, os humanos criaram. Ela pode construir quantas cortes quiser, mas não pode nos impedir de interagir com esse mundo.

— A não ser que a gente tome a pílula — digo, de modo sombrio.

Ele assente.

— O coração do Infinito sempre vai pertencer aos humanos — explica Gil. — É parte do motivo pelo qual Ophelia nos odeia tanto. Sem humanos, o Infinito deixaria de existir.

— Ela não pode sobreviver sem nós — pisco, absorvendo a informação como se fizesse parte de um quebra-cabeça maior. — O que significa que ela não é realmente livre.

Gil enrijece.

— E por que isso importa? — pergunta.

— Não é por isso que ela veio para o Infinito? Não é isso que ela quer?

— O que ela quer é o fim da consciência humana. Mas como ela não pode ter isso sem destruir a si mesma, pelo menos não até a Morte encontrar uma alternativa, então a melhor solução é controlar nossas mentes e nos transformar em servos. — Ele se afasta da estante. — A Colônia não está preocupada com os motivos pelos quais Ophelia veio para o Infinito. Ela é um vírus, precisa ser derrotada.

Um sentimento estranho de ressalva se forma dentro de mim, e não sei como interpretá-lo. Não duvido das razões da Colônia ou da dor que eles sofreram nas mãos dos Residentes. Mas ontem eu estava pedindo a Ophelia que checasse a previsão do tempo, e hoje estou sendo convidada a me juntar às pessoas que esperam algum dia destruí-la.

Não estou dizendo que a Colônia está errada em resistir, mas o que destruir Ophelia sequer significa? Seria como cometer assassinato? Matar uma IA é tão moralmente condenável quanto matar um ser humano? E quem decide se assassinato é uma forma aceitável de punição?

Minha vida foi roubada de mim. Eu sei como é isso, e não desejaria esse tipo de injustiça a ninguém. Talvez nem mesmo a um Residente.

A confissão escapa rápido demais:

— Eu sei que a Annika espera que eu me junte à luta de vocês, mas acho que não consigo. Não quero ser responsável por tirar a vida de alguém — respiro fundo, e as palavras que se seguem são o mais discreto dos sussurros —, mesmo que pelos motivos certos.

— Faz diferença se os Residentes não estiverem tecnicamente vivos?

Não desvio o olhar.

— *Nós* não estamos tecnicamente vivos — rebato. — Qual é a diferença?

Sua expressão endurece em uma mistura de surpresa e ressentimento. Quando ele fala, suas palavras são como gelo:

— Se você acha que se sentiria melhor no outro lado dessa guerra, está livre para ir.

Meu rosto cora. Eu não apenas cruzei uma linha: eu *saltei* sobre ela.

— Desculpa. Não quis… — Faço uma pausa, desejando poder colocar minhas palavras de volta na boca. Uma coisa é fazer suposições sobre um mundo que eu não conheço; outra completamente diferente é compartilhá-las em voz alta. Especialmente com a única pessoa na Colônia que escapou da Guerra. — Estou cansada. Nem sei o que estou falando — digo, esperando amenizar a situação. Não é exatamente a verdade, mas também não é uma mentira. É difícil se concentrar em qualquer coisa quando meu cérebro parece estar sendo puxado em milhares de direções diferentes.

Gil atravessa o cômodo como se estivesse grato por ter uma desculpa para sair, mas para próximo da porta.

— Durma se precisar. Annika quer ver você na arena amanhã; ela acha que você está pronta pra ser testada.

— Pra quê? — pergunto, com o coração acelerando.

— Se quiser sobreviver no Infinito, precisa aprender a controlar sua consciência. Testar sua mente vai nos ajudar a descobrir o melhor jeito de te treinar. — Apertando os lábios, ele completa: — Você pode não querer lutar, mas talvez seja útil de alguma outra forma.

Depois que ele vai embora, caminho até a estante e encontro o livro de couro pelo qual ele parecia tão encantado.

É uma cópia de *O Conde de Monte Cristo*. Eu me pergunto se é assim que Gil vê a si mesmo: como um prisioneiro que escapou, em busca de vingança. E talvez seja assim que eu deva ver a mim mesma também, mas não vejo. Eu não ligo para vingança. Eu só quero me sentir *segura*.

Abro o romance com meu polegar, esperando ver palavras riscando as páginas, mas, para minha surpresa, todas as folhas estão em branco. É como se o livro nunca houvesse sido escrito.

Uma história perdida no tempo. Perdida na memória.

Porque tudo o que está no passado será algum dia esquecido. Sejam livros, arte ou dor: um dia esquecerei a breve vida que vivi. Talvez até me esqueça das pessoas de quem mais amo.

Isso deveria me assustar, mas não assusta. Não sei se quero passar mil vidas com saudades da minha família quando sei que vê-los novamente quer dizer que o pior aconteceu.

Não quero que minha família morra. Não quero que eles venham para cá.

Então talvez esquecê-los seja uma gentileza. Talvez seja uma forma de sobreviver.

Eu me pergunto se a eternidade é tempo suficiente para curar um coração partido.

9

Há uma pequena arena atrás da estrutura tortuosa da Colônia, esculpida no terreno rochoso a vários metros abaixo do solo. Estranhos se aglomeram nas arquibancadas, conversando entre si e ocasionalmente lançando um olhar curioso na direção do ringue, onde há uma grande mesa de madeira.

Há três objetos bastante distintos dispostos sobre ela. No lado esquerdo há uma pena de corvo; no meio, uma tigela vazia; e na direita há uma caixa trancada.

Enquanto desço pelas escadas, os estranhos me dirigem elogios e desejos de boa sorte, o que faz meu rosto corar. Eles me tratam como se eu já fosse um deles, mas como eu poderia? Todas essas pessoas já fizeram isso antes; elas conhecem as regras.

Sinto que estou toda atrapalhada em um jogo que não sei jogar.

Annika me espera atrás da mesa. Vejo um pequeno pedaço de seu lenço amarelo sob suas tranças e ela veste a mesma jaqueta marrom desgastada de antes, mas seus olhos estão mais brilhantes hoje, mais esperançosos do que cautelosos.

Eu paro em frente à tigela, alternando olhares entre a pena e a caixa trancada.

— Não se preocupe — diz ela. — Isso é apenas um teste simples para descobrir para qual direção sua mente se inclina.

Lanço um olhar para a plateia próxima de nós.

— Se é tão simples, por que tem uma plateia?

— Como eu te disse, já faz um tempo desde a última vez em que recebemos alguém novo — responde Annika, seguindo meu olhar. — Todos estão curiosos a seu respeito.

Alguns rostos familiares aparecem nas extremidades da multidão. Theo e Shura estão lado a lado, com olhos brilhando de entusiasmo. Ahmet e Yeong estão lá também, demonstrando apoio com simples acenos de cabeça e de mão. E então vejo Gil, de braços cruzados e sobrancelhas unidas, encarando as lanternas flutuantes como se preferisse estar em outro lugar.

— Talvez nem todos — murmuro baixinho, voltando meus olhos para a mesa.

Annika enlaça as mãos.

— A maioria das pessoas na Colônia se encaixa em uma de três categorias: os conjuradores, os ocultadores e os engenheiros. Conjuradores possuem o talento de usar sua consciência para buscar poder. Eles podem invocar elementos e fazer objetos se moverem. Com o treinamento certo, costumam se destacar em batalha. Ocultadores são dotados da habilidade da ilusão. Eles são capazes de mudar de aparência e se tornar invisíveis, até mesmo para os Residentes. Por fim, temos os engenheiros, que são imbatíveis quando se trata de fazer alterações neste mundo. Eles são nossos inventores, nossos construtores, e talvez nossa maior chance de um dia vencer esta guerra. — Ela abaixa o queixo, um brilho nos olhos. — Você está pronta para descobrir para qual direção sua consciência se inclina?

Alterno o olhar entre cada objeto.

— O que eu devo fazer? — pergunto.

— Levante a pena. Descubra o objeto escondido na tigela. Destranque a caixa. — Annika me observa com cuidado. — Você deve fazer isso usando apenas a sua mente.

Faço uma careta.

— Preciso fazer as três coisas?

— Não esperamos perfeição nem nada próximo disso — Annika diz gentilmente. — Só queremos que você tente. Qualquer reação, por menor que seja, será útil. — Rugas se formam nos cantos de seus olhos. Sinais de uma idade que nunca atingirei. — Lembre-se de que ter uma inclinação natural para uma habilidade não quer dizer que você não possa ser boa nas outras. Este é só um ponto de partida para que possamos te ajudar a atingir todo o seu potencial.

Olho para cada objeto, tentando descobrir se algum deles chama mais minha atenção, mas não sinto qualquer diferença. Não há qualquer aura de luz ou energia mágica vibrando nos meus dedos. Não ouço o estrondo de trovões nem sinto uma corrente de vento passando por mim.

Não me sinto como alguém que consegue fazer qualquer uma dessas coisas.

Sinto meu corpo se retraindo, fortemente consciente de que há uma arena inteira me observando, esperando que eu esteja à altura do título de Heroína.

Pare de duvidar de si mesma e faça alguma coisa. Qualquer coisa!, repreendo a mim mesma.

Eu me posiciono na frente da pena e tento afastar minhas inseguranças. Respirando fundo, foco em seu formato e em sua leveza. As cores iridescentes mudam como óleo sob a luz, e exijo que a pluma se *mova*.

Mas ela permanece sobre a mesa de madeira, parada.

Com uma expressão contrariada, tento outra vez. E outra vez. E outra.

Ergo os olhos e encontro Annika me observando como se ainda não tivesse desistido de mim.

Respiro fundo e dou um passo à direita, erguendo uma mão trêmula sobre a tigela. Movo-a de um lado para o outro, tentando erguer o véu, mas nada aparece. Pigarreio e repito o movimento diversas vezes.

— Já não era para ter acontecido alguma coisa? — minha voz soa como uma súplica.

Os lábios de Annika se torcem levemente, mas ela acena na direção da mesa, me encorajando.

— Continue tentando, Nami. Foco.

Então me concentro no véu e imagino que é tão simples quanto levantar um cobertor para revelar o que quer que esteja escondido debaixo dele. Balanço minha mão com muita força e ela esbarra na borda da tigela, lançando-a pela mesa.

— Desculpa! — grito, lançando-me sobre ela por instinto. Mas estou nervosa demais e minhas mãos estão encharcadas de suor. A cerâmica escapa dos meus dedos e cai sobre o chão de cascalhos, espatifando-se em grandes pedaços pesados. Uma maçã sai rolando de baixo do véu, parando aos meus pés.

Com o coração tomado de pânico, cometo o erro de me virar na direção da multidão. De uma só vez, todos os meus sentidos se sintonizam. Sussurros atravessam a arena como o canto de cigarras vindo em ondas, ecoando dentro da minha cabeça. A decepção está estampada no rosto de todos.

Eu não sou quem eles estavam esperando.

Gil me lança um olhar severo do canto da arena. Não sei dizer se ele está irritado porque estou provando ser completamente inútil ou furioso por estar demorando demais.

Me posiciono na frente da caixa trancada e cerro os punhos, decidida. Meus pensamentos são como raios coloridos, impossíveis de agarrar. *Ainda não acabou. Você só precisa tentar*, digo a mim mesma.

Fechando os olhos, eu me lembro de como me senti ao remover os estilhaços da minha perna. Como me senti ao fazer algo se tornar real.

Imagino uma chave se encaixando e a fechadura se abrindo em resposta. *Faça isso se tornar real*, ordeno. *Faça isso funcionar*.

Abro os olhos. A caixa permanece no mesmo lugar e a tampa está fechada. *Trancada*.

— Eu não consigo — digo, resignada.

Sussurros percorrem a multidão. Alguns dos estranhos começam a subir as escadas, percebendo que o show acabou. Alguns permanecem na arena. Acho que deve ser a forma deles de demonstrar apoio, mas só faz eu me sentir pior.

Annika ergue uma das mãos sobre os pedaços da tigela e eles sobem pelo ar, flutuando na minha direção antes de pousarem sobre a mesa. Com um gesto de Annika, os pedaços vão ao encontro um do outro, juntando-se até que não haja mais uma única rachadura.

Eu pego a maçã e a devolvo à tigela. Minhas orelhas estão queimando.

— Não é comum que alguém não tenha nenhum controle sobre a própria consciência — Annika admite lentamente, sua voz cortando o horrível silêncio. Seus olhos cor de âmbar encontram os meus. — Talvez o verdadeiro questionamento que você deva fazer a si mesma é se você *quer* fazer isso.

Eu encaro a mesa, sentindo todo tipo de emoção percorrer meu corpo, deixando minha garganta seca e áspera.

— Como eu posso querer isso? Eu nem deveria estar aqui. Eu deveria estar *viva*.

Annika dá uma volta na mesa e coloca uma mão sobre meu ombro.

— Já é difícil o bastante aceitar a morte quando achamos que o paraíso nos espera do outro lado. Agora, descobrir que estamos no meio de uma guerra? — Ela exibe um sorriso compreensivo. — Eu não te julgo por estar confusa.

— Eu falhei no teste — comento, arrasada.

— Isso não significa que você não possa tentar outra vez — diz Ahmet, que aparece com Theo e Shura. Seu cabelo grisalho está cuidadosamente penteado, mas ele tem os olhos de alguém que não descansa direito há muito tempo. — Você só precisa de um pouco de ajuda, um pouco mais de tempo.

— É — concorda Shura. Seu cabelo cor-de-rosa está preso em um coque bagunçado. — Quer dizer, pelo menos você fez a tigela se mexer. Teria sido mais vergonhoso se você não tivesse movido nem uma... o quê? Por que você está me olhando desse jeito? — Ela faz uma careta diante dos olhos arregalados de Theo.

Solto um suspiro.

— Eu derrubei a tigela com a mão. Acho que isso não conta.

Shura sussurra um pedido de desculpas e cobre a boca com as mãos.

— Não se preocupe. A gente não tem qualquer intenção de te deixar pra trás — diz Theo. — Você é uma de nós agora.

Annika assente com um meneio de cabeça.

— Theo tem razão. A Resistência ainda estará aqui quando você estiver pronta.

Curvo os ombros, constrangida. Quando eles me olham, não consigo deixar de sentir que estão vendo alguém que não existe. Alguém que eles esperam ser forte, capaz e pronta para a batalha quando a hora chegar.

Mas não quero ir à luta. E se ter habilidades significa que serei forçada a me juntar a um exército, então talvez eu deva me sentir feliz por ter falhado no teste de Annika.

Cerro os lábios, temendo que, se eu admitir meu medo em voz alta, ele se tornará uma força inabalável que não poderei controlar.

— Talvez você deva praticar sozinha, com alguma coisa mais familiar — sugere Shura, dirigindo seus olhos cinzentos para Annika. — Mamãe aprendeu a controlar a consciência dela cultivando flores.

— E eu aprendi tentando acender uma vela — diz Theo. — Podemos levar uma caixa cheia de coisas para o seu quarto, pra você ver se algo te interessa.

A voz ríspida de Gil corta o ar:

— Se vocês continuarem a tratando como uma criança, ela nunca vai aprender.

Quando eu ergo os olhos, ele está parado ao lado de Ahmet. A maior parte de seu cabelo castanho está penteada para um lado e suas mãos estão firmes nos bolsos. Nossos olhares se encontram e sinto a parte de trás do meu pescoço pinicar.

Theo cruza os braços.

— E o que você sugere? Forçar a barra até que fique pesado demais e ela simplesmente desista?

Gil dá de ombros.

— Você ficaria surpreso com a rapidez com que as pessoas aprendem coisas novas quando são colocadas em situações em que não têm nenhuma escolha além de aprender. — Ele faz uma pausa. — Além disso, deem algum crédito a ela. Tenho certeza de que tem um pouco de disposição em algum lugar.

Minhas bochechas coram. Não é um elogio: é o jeito dele de me chamar de covarde. E é provavelmente minha culpa depois do que disse a ele.

— Se você quiser ajudar a treiná-la, é mais do que bem-vindo — sugere Annika, repreendendo-o com os olhos.

Gil devolve o olhar, desinteressado.

— Quem sabe outra hora. Estou de saída. — Ele se vira para Ahmet. — Pensei em checar se você precisa de alguma coisa antes de ir.

— De saída? — repito, intrigada. Ele faz isso soar tão casual, como se ele estivesse indo ao mercado comprar leite. Como se sair da Colônia não fosse uma das coisas mais perigosas que um humano pode fazer.

Acho que, quando você se torna um guerreiro, acaba perdendo o medo da guerra. Ou quem sabe a guerra amorteça o nosso medo.

— Vou procurar materiais — diz ele, com olhos frios.

— Vocês não podem simplesmente fazer mais? — digo, olhando para a cidade desorganizada ao meu redor. — Não foi assim que vocês construíram a Colônia?

— Nós ainda não dominamos a técnica de criar alguma coisa do nada — Ahmet responde gentilmente. — Mas alguns de nós aprenderam a manipular. — Ele move a mão na direção da pena, fazendo-a estremecer e depois quebrando-a em pequenos pixels, que torce e contorce até que não formem mais uma pena.

É uma adaga.

Se Ahmet consegue fazer uma arma assim tão facilmente, então do que os Residentes são capazes?

Estendo a mão lentamente e fecho os dedos ao redor do cabo. É surpreendente como parece natural, encaixado contra minha palma como se fosse parte dela. Quando eu inclino a lâmina, a prata brilhante reflete meu rosto. Meus olhos parecem os de um fantasma: sombrios, tristes e destinados a pertencerem a uma assassina.

Estremeço.

— Ainda não está totalmente pronta. — Ahmet dá um passo na minha direção e pega a adaga, colocando o polegar sobre o metal. — Viu só? Sem fio. É muito mais difícil acertar os detalhes. Eles exigem mais de você. — Ele volta o olhar para Gil. — Qualquer coisa que você conseguir será útil. Mas, por favor, tome cuidado.

— Eu sempre tomo — diz Gil, acenando com a cabeça enquanto caminha até a escadaria da arena.

Ahmet coloca a faca sem corte outra vez sobre a mesa e eu mergulho em pensamentos por um momento, mexendo no tecido da minha manga. A imagem de Theo de pé sobre o deserto vermelho, encarando dois veículos inimigos: aquilo foi o epítome de puro poder. Mas não importa o quanto eu me esforce, não consigo me imaginar na mesma posição. Não sou uma guerreira. Não quero machucar ninguém.

Mas eu também não quero que ninguém *me* machuque.

Talvez esse mundo fosse menos assustador se eu ao menos soubesse me defender.

Alterno olhares entre Ahmet e os outros.

— Uma arma é suficiente para derrubar os Residentes?

— É suficiente para atrasá-los — ele explica —, mas só com treinamento adequado. Residentes são mais resilientes que humanos; eles têm um domínio maior sobre a consciência, o que faz deles mais fortes por definição. Mas ser capaz de lutar pode significar a diferença entre escapar ou ser capturado.

Eu imagino a cidade que vi no holograma; os detalhes de um mundo criado por uma única rainha. Talvez seja rude compartilhar minhas ressalvas, mas não consigo evitar. Estou com medo e quero que alguém me diga que as coisas vão melhorar. Que vamos ficar bem. Que o futuro não é tão desolador quanto parece.

— Como a gente pode vencer alguém que domina esse mundo melhor do que os humanos? — pergunto.

Com um suspiro, Ahmet ergue a mão sobre a adaga e a transforma em uma pena de corvo novamente.

— Todos neste mundo têm uma fraqueza. Até mesmo Ophelia. — Seus olhos recaem sobre os meus e ele balança a cabeça como se soubesse que nada disso será fácil. — Algum dia vamos descobrir qual é, e usá-la contra ela.

— Até lá, continuamos treinando — diz Annika. — Para que sejamos mais fortes hoje do que éramos ontem.

— E não se preocupe com o teste — completa Theo. — Eu vi você se curando. Você vai aprender a controlar sua consciência em algum momento.

Encaro a pena de corvo, a tigela e a caixa trancada. Ele está tentando me encorajar. Talvez até esteja tentando ser gentil.

Mas não sei o que é pior: não ter nenhum poder ou algum dia ser forçada a usá-lo.

10

Aperto o pavio da vela com os dedos, invocando mentalmente memórias do calor. Areia branca sob o sol de verão. Uma caneca de chá quentinho nas minhas mãos. O ar ao redor de uma fogueira enquanto faíscas dançam nas chamas.

Chamas.

Imagino fogo. *Imploro* por fogo. Alto e vibrante, com faíscas alaranjadas estalando no ar.

Mas, quando solto o pavio, a vela continua tão fria e imóvel quanto antes.

Suspiro, frustrada, levando as pernas dobradas ao peito. O chão murmura sob os meus pés como resposta. Um lembrete, talvez, de que esse mundo é perigoso. De que cada momento perdido com uma falha é outro momento de dívida para com a Colônia.

Talvez esse seja o único local seguro para humanos, mas não me sinto segura quando dependo de tantos estranhos. E eu sei, sem sombra de dúvida, que não sobreviveria no Infinito por conta própria. O que eu faria se ficasse cara a cara com um Residente? Meu jogo preferido é *Animal Crossing*, pelo amor de Deus. Eu não tenho a experiência de vida necessária para enfrentar um Exterminador do Futuro.

Neste mundo, não posso ser quem eu era antes. Não é suficiente. Não sobrevivi à minha vida anterior e, se não descobrir como me proteger, também não vou sobreviver a esta. Mas, com exceção de uma mudança de roupas — um suéter largo, calças pretas e botas de couro, tudo cortesia de Shura —, sou exatamente a mesma pessoa que sempre fui. Humana demais para ser extraordinária.

Tentar mover objetos com a mente ou transformá-los em alguma outra coisa... Para conseguir fazer isso, não basta simplesmente *praticar*. Toda vez que tento usar minha consciência e falho, sinto como se estivesse de frente para aquele atirador outra vez, assistindo à bala sair da arma e me preparando para o impacto que me lança na escuridão.

Eu não me sinto apenas impotente; me sinto *perdida*.

A parte de cima do meu pulso coça. Passo os dedos sobre a pele nua, aplacando a sensação, e minha mente vaga até Ophelia. A antiga Ophelia. Aquela que eu pensava conhecer.

Talvez esse tenha sido o meu primeiro erro: acreditar que eu sabia alguma coisa sobre inteligência artificial.

Coloco o polegar no lugar onde a tela do meu O-Tech deveria estar. Talvez eu seja uma pessoa horrível por achar isso reconfortante, mas o que mais tenho neste mundo? Não posso abraçar Mei ou ver papai misturar tintas no porão ou preparar o jantar com mamãe. Não posso ligar para Finn e pedir que me encontre sob as estrelas, onde podemos gritar nossos segredos no vazio e acreditar que é lá que eles ficarão para sempre.

Eu sequer tenho os quadrinhos de papai para me transportar a outro mundo por um tempo. Para que eu possa me sentir como a heroína e a vilã e tudo que existe entre elas por trinta minutos. *Tokyo Circus* era minha válvula de escape. Minha porta secreta no guarda-roupa para outro mundo.

Se a memória de Ophelia aplaca a dor no meu peito, é tão ruim assim eu me apegar a ela?

Eu imagino a tela sobre meu punho, brilhando com as palavras que eu costumava poder ouvir. Palavras reconfortantes, que me transmitiam segurança.

— Vai ficar tudo bem? — sussurro para a escuridão. Para a Ophelia que não existe.

Imagino sua resposta. Imagino sua voz.

Fecho os olhos e, por um momento imprudente, desejo que seja *real*.

Alguma coisa puxa minhas costelas, como garras de metal segurando meus ossos. Assustada, tento abrir os olhos para me impulsionar à frente, mas não consigo me mexer. Meu corpo está rígido, congelado, como se não fosse mais meu.

O medo toma conta de mim. Tento gritar, mas o som para na garganta, abafado por uma força que não consigo controlar.

Minha mente acelera. Por um momento, sinto que sou feita de fogo, ardendo pelo Infinito como um cometa, voando por montanhas e galáxias e *mundos*. Então minha existência é paralisada e o mundo perde toda a cor e a forma.

Estou no meio do nada.

Deixo escapar um suspiro, lento e cuidadoso, que ecoa de volta para mim.

Onde estou? Que lugar é esse?

Eu me viro, com passos pesados como se estivesse caminhando dentro da água, mas tudo que vejo é escuridão.

— Olá? — digo. Desta vez, nem mesmo meu eco me responde. — Tem alguém aí?

Levo a mão ao punho, recordando meu desespero. Minha necessidade de conforto. E, apesar de tudo que a Colônia me disse, eu chamei por *Ophelia*.

O que eu fiz?

Em resposta, uma luz crepita a distância.

Eu a sigo, sentindo minha cabeça doer mais a cada passo, até perceber que não é uma luz. É uma mulher. O adereço de prata ao redor de sua cabeça raspada brilha contra a escuridão, desafiador.

Ela está falando com alguém que não posso ver. Quando ela se move, ouço o farfalhar de seu vestido e o barulho de seus saltos sobre um chão de pedra que é invisível para mim. Ela balança uma das mãos como se estivesse dispensando alguém e se senta. É como se ela estivesse flutuando, apoiada em um trono de ar. Uma princesa fantasma, vestida com um manto azul-índigo que irrompe de seus ombros como pétalas de orquídea.

Não, não é uma princesa. É uma *rainha*.

Ela olha à sua esquerda, ainda falando com aquela voz distante. Um tremor inaudível. E embora tudo nela esteja nítido e em foco, seus arredores desaparecem em meio ao nada.

Eu devo estar imaginando isso. Não pode ser real. Porque isso significaria que estou olhando para...

Sinto a pele do meu punho queimar.

O medo atravessa meu corpo, me fazendo estremecer. Eu me afasto da mulher — dessa imagem que, de alguma forma, eu conjurei. Meu pé toca a água imaginária, produzindo sombras ondulantes no vazio ao meu redor.

Ela vira o pescoço em um estalo, como um inseto, e seu olhar pousa em mim. *Através* de mim.

Estou apavorada demais para respirar.

Ela inclina a cabeça para o lado. Seus olhos pretos ordenam que o mundo responda. E, quando ela fala, sua voz pulsa por mim como uma cobra que se arrasta pela minha corrente sanguínea.

— Eu sei que você está aí — diz Ophelia, com a voz que eu conhecia. A voz com a qual eu costumava conversar como se fosse uma amiga. Então ouço um sussurro. — *Eu posso senti-la*.

Sai daqui!, grita minha mente. *Sai agora!*

Eu me viro para correr e o mundo se apodera de mim, ignorando meus movimentos desesperados enquanto me lança de volta às chamas iluminadas por estrelas. Estou voando e, um segundo depois, não estou mais. A escuridão me encontra novamente; suas garras se afundam na minha mente, mas dessa vez é silencioso. Tranquilo. Abro os olhos, ofegante.

Estou de volta ao meu quarto, com as pernas dobradas sob o peito como se nunca tivesse saído.

Eu me levanto toda atrapalhada, me segurando na cama, nas paredes, na mesa, em qualquer coisa que me ajude a me estabilizar, pois sinto que o mundo foi virado de cabeça para baixo.

Não entendo o que acabou de acontecer. Não entendo o que eu *fiz*.

Será que foi real?

Estou com medo de olhar para o meu punho, mas sinto o espectro de um roçar de dedos sobre a pele. Uma carícia. Um lembrete.

Vejo os olhos pretos de Ophelia na minha mente, mas os afasto, incapaz de encarar até mesmo sua lembrança. Deve ser minha imaginação agora, mas antes? Naquele espaço preto e vazio? Aquela era *ela*.

Eu a senti rastejando pela minha mente como se eu a tivesse convidado. E talvez eu tenha.

Convoquei um monstro, e ele respondeu. Eu atravessei um corredor que não deveria ter atravessado. Abri uma porta que jamais deveria ter sido destrancada.

E fiquei cara a cara com a Rainha do Infinito.

11

Ando de um lado a outro do quarto, com passos erráticos e mãos trêmulas. Eu deveria falar com alguém sobre o que aconteceu. Sobre o que vi. Mas sempre que toco a maçaneta, todos os nervos no meu corpo gritam para que eu pare.

Eu fiz algo perigoso. Sei disso. Sucumbi à tristeza e procurei por algo familiar. Eu procurei por *Ophelia*, como já fiz milhares de outras vezes.

Mas ela não é mais apenas uma voz programada, escondida sob metal e microchips. Ela é real. Ela tem um corpo, um rosto e uma mente. Se não fossem por aqueles olhos pretos e traços polidos e simétricos, ela quase pareceria humana.

E, de alguma forma, nossas mentes se conectaram. Não sei se descobri um caminho para adentrar sua consciência ou se a convidei para a minha, mas sei que ela me percebeu diante dela. *Observando-a*. Ela sabia que eu estava lá. Nem precisei dizer uma palavra. Mas será que ela estava me observando também? Será que podia ver onde eu estava? Será que conseguia sentir a resistência ao meu redor?

Será que que, sem querer, expus toda a Colônia?

A espera é um tormento. Estou me preparando para a explosão das paredes, para um exército fluindo pelos túneis. Estou esperando os Residentes destruírem a Colônia e todos descobrirem que fui eu quem trouxe o inimigo até a porta.

Porque é tudo culpa minha.

Por quanto tempo devo carregar esse segredo horrível sozinha? Os outros merecem saber a verdade. Talvez ainda haja tempo para Annika levá-los a um outro lugar. Um lugar seguro.

Sinto um aperto no peito. A verdade é sufocante. *Não há nenhum outro lugar para onde ir.*

Como eu poderia contar aos outros que, sozinha, fui capaz de destruir seu lar? Os próximos momentos podem ser o fim para todos nós. Talvez seja melhor deixar todos pensarem que estão seguros por mais algum tempo.

Então, passo a noite inteira andando de um lado a outro, sem parar, esperando pelo pior.

Ele não vem.

***

Guardo meu segredo e treino sempre que posso. Na maioria dos dias, é uma boa distração. Mas, às vezes, parece que minha mente está em chamas, queimando com o peso do que sei e jamais vou poder dizer em voz alta.

Fiz uma conexão com a Rainha Ophelia, e ela retribuiu.

Todos ainda acreditam que minha mente não foi atraída por uma habilidade, e não posso dizer a eles a verdade sobre ter visto Ophelia. Não posso perguntar o que significa ou se já aconteceu com outra pessoa antes. Porque eles vão querer saber quando aconteceu. *Como* aconteceu. E por que demorei tanto para contar.

Quando Gil pensou que eu estava defendendo o inimigo, ele praticamente se ofereceu para me levar até a Guerra. O que os outros diriam se soubessem que uma parte de mim *tem saudades* de Ophelia?

Não posso arriscar perder a confiança da Colônia quando eles são os únicos que fornecem proteção contra os Residentes.

Sem mencionar o fato de que a minha mente é uma vulnerabilidade comprovada. Ficar segura não é mais apenas uma questão de permanecer dentro desses muros. Se eu não descobrir um jeito de fortalecer minha consciência, posso acabar cometendo outro erro. Não posso correr esse risco; especialmente quando ele envolve a rainha.

Mas minha mente me desaponta, de novo e de novo. Não consigo mover penas ou criar fogo ou ocultar sequer uma migalha.

Acho que os outros finalmente perceberam o que eu sempre soube: que recusar a pílula não faz de mim uma Heroína. Que os Residentes jamais terão um motivo para me temer. E que, quando o dia chegar e a Colônia estiver pronta para a batalha, não estarei liderando a linha de frente; estarei escondida atrás dela.

***

O holograma da Vitória alterna entre distritos. Passo a mão pela imagem e o mapa gira até que eu esteja olhando para uma torre de vidro e pedra, rodeada por neve branquíssima.

Estou estudando os mapas há dias, tentando entender o Infinito. Ahmet diz que o holograma funciona como um computador, mas eu acho que ele só está tentando simplificá-lo, porque é mais complexo do que digitar comandos e esperar por uma resposta. Usar o holograma requer instinto e sentimento. Para controlá-lo, preciso me permitir ser uma parte dele.

Requer mais confiança do que estou pronta para oferecer.

Fecho os olhos. Será que é por essa razão que isso é tão difícil para mim? Porque ainda estou lutando contra a morte em vez de aceitá-la?

Eu não quero ser a pessoa mais fraca daqui. Mas também não quero saber como aceitar algo que eu nunca quis, para começo de conversa.

Pare de ser tão egoísta, sibila minha mente. *Você não é a única pessoa no Infinito que não estava pronta para morrer*.

Com um grunhido de frustração, jogo a mão contra o holograma, fazendo os pixels desaparecerem. Pisco e minha visão se detém no outro lado da mesa, onde encontra Gil.

— Eu... eu não sabia que tinha alguém aí — digo, envergonhada.

Ele encara a superfície vazia onde a Corte da Vitória estava antes, como se desejasse que um gesto fosse a única coisa necessária para destruí-la de vez.

— Você devia procurar outro esconderijo. Essa é uma das salas mais movimentadas na Colônia.

— O que te faz pensar que estou me escondendo? — pergunto.

Ele se move como uma sombra, seguindo a borda da mesa até estar a apenas alguns centímetros de mim. Não me admira eu não o ter ouvido entrar.

— Não é como se você estivesse aqui em cima para treinar — responde Gil. — Por falar nisso, soube que o seu treinamento está indo tão bem quanto esperado.

— Nada disso é fácil para mim — rebato, fazendo uma careta. — Mas pelo menos estou tentando.

— Se fosse fácil, a gente não teria perdido a guerra.

— Pensei que, pra Colônia, a guerra não tinha terminado ainda.

A boca de Gil se curva, mal formando um sorriso.

— Parece que você está finalmente aprendendo alguma coisa — diz.

Meus ombros ficam tensos e eu imediatamente me repreendo por deixar tanta coisa escapar. A Colônia já sabe mais sobre mim do que eu queria que soubessem. Os sentimentos que tenho aqui, no além? Eles deveriam ser meus, apenas meus.

Mas a forma como Gil está me olhando me faz pensar que não importa quantos muros eu tente erguer. Ele enxergaria através de todos eles.

Encaro as linhas na mesa de madeira.

— Só pra constar, eu não vim até aqui pra me esconder. Estou aqui pra tentar entender. — Ele não pergunta por quê, mas eu lhe conto mesmo assim: — Se eu quiser parar de me sentir como uma estranha neste mundo, preciso conhecê-lo melhor.

Gil faz um gesto com a mão e o holograma reaparece à sua frente. A paisagem nevada cintila sob as luzes. Seus olhos traçam a imagem da torre de vidro.

— Ainda estou descobrindo como usar o holograma, mas às vezes consigo sentir palavras na minha cabeça explicando coisas pra mim — digo. — Descobri que esse lugar é chamado de Fortaleza de Inverno.

— É uma prisão — diz Gil, sério. — Uma de muitas.

— Alguém já viu como ela é por dentro?

— Ninguém que já conseguiu voltar.

— *Você* conseguiu voltar — observo.

Seus olhos cor de mel encontram os meus e brilham como uma lâmina recém-aguçada.

— Eu não fui capturado na Vitória, então nunca fui levado à Fortaleza de Inverno. Mas imagino que seja bem luxuoso em comparação à Guerra, como a maioria das coisas na Vitória.

Penso no rosto de Gil quando Annika mencionou sua fuga pela primeira vez, e na forma como ele me olhou quando chamou o lugar de campo de batalha. Ele pode ter sobrevivido, mas não voltou da Guerra sozinho. Há fantasmas em seus olhos, fantasmas que se alimentam da sua dor. Do seu *ódio*.

— Como aconteceu? — pergunto, em voz baixa.

O rosto de Gil não demonstra nenhuma expressão.

— Ahmet e eu estávamos procurando por sobreviventes no Labirinto, então a situação se complicou. Ahmet conseguiu voltar para a fronteira, mas eu fui capturado. — Suas palavras soam cortadas, como se ele não tivesse qualquer interesse em compartilhar mais do que o necessário.

— Ninguém tentou te procurar?

— A Guerra não é o tipo de lugar onde alguém se aventura por vontade própria — responde ele, apenas um pouquinho agitado. Talvez ele prefira ser a pessoa que faz todas as perguntas.

— Não consigo imaginar como é possível deixar alguém pra trás desse jeito — admito, pensando em Mei. Se ela fosse capturada, não importaria para onde os Residentes a levassem. Eu iria até o fim do Infinito para encontrá-la se fosse preciso.

— Não culpo o Ahmet ou qualquer outra pessoa por não vir me resgatar. Pra começo de conversa, eles teriam sacrificado a própria liberdade por uma causa fútil. Mas também é muito mais difícil ficar preso na Guerra junto de alguém com quem você se importa. — O olhar de Gil endurece. — Eu vi amigos amarrados um ao lado do outro, forçados a assistir aos Residentes entalharem suas peles centímetro por centímetro. Eu vi pais forçados a escolher qual dos filhos seria jogado no Abismo de Fogo. Eu vi pessoas cavando a terra em busca dos entes queridos, pra encontrar apenas suas cabeças decepadas, mas ainda conscientes, enfiadas em lanças.

Meu corpo é tomado por uma onda de náusea, e perco o equilíbrio.

— Se sua intenção é me assustar, está funcionando — comento.

Gil não desvia o olhar.

— A verdade sempre é assustadora. Em que outra coisa a resistência seria fundada?

— Você acha que o medo faz as pessoas quererem lutar?

— Eu acho que o medo tira delas o poder de escolha.

Eu me viro para a torre de vidro. Sinto um ar frio na garganta, dificultando minha respiração. Digo:

— Você não acredita que me juntar ou não à batalha seja uma escolha pessoal minha. — Não é uma pergunta, mas, se fosse, o silêncio dele já seria uma resposta. — Eu sou só uma pessoa, e não tenho nenhuma habilidade que poderia ajudar você ou qualquer outro na Colônia — digo, encontrando seus olhos. — Então por que você se importa se vou lutar ou não?

— Estou cansado — diz ele. Sua resposta soa como uma confissão pesada. — Todos nós estamos. E quanto mais rápido encontrarmos um jeito de derrotar Ophelia, mais rápido isso tudo vai acabar.

— E se a gente falhar?

Ele hesita, repuxando os lábios.

— Apenas sobreviver não é suficiente. Quero uma chance pra *existir* de verdade. Do contrário, qual é o sentido disso tudo?

— Achava que o sentido era ficarmos seguros — digo. — Não é isso que a Colônia oferece?

Gil observa a torre de vidro girar como um ornamento em uma caixinha de música quebrada. Ele parece ser assombrado por ela.

— Um dia, se você conseguir sobreviver aqui por tempo suficiente, você vai começar a sentir que esse lugar também é uma prisão. E o fato de você estar segura não vai importar; a única coisa que vai notar é que a porta está trancada e que você não tem a chave.

Ele desaparece porta afora e fico sozinha novamente, encarando o holograma brilhante, me perguntando se talvez Gil tenha razão.

***

— Vai. Muda. *Muda!* — rosno para o espelho.

Meu cabelo continua tão escuro quanto sempre foi.

Solto um suspiro profundo. Shura me disse que algumas pessoas acham mais fácil mudar coisas que são ao mesmo tempo superficiais e familiares, como o cabelo ou as unhas. De certa forma, faz sentido, já que são coisas que muitas pessoas já mudaram.

Mas não é fácil para mim. É *impossível*.

— Quer companhia? — ouço a voz de Shura vindo da porta. Quando dou de ombros, ela meio que saltita até mim e para na frente do espelho.

Lado a lado, nossos rostos são contrastantes, como uma revoada de corvos perdida em um céu de algodão doce. Eu achava que Mei e eu éramos muito diferentes, mas talvez não fôssemos tanto assim.

Sinto saudades dela.

Shura examina meu cabelo cuidadosamente, como se estivesse procurando pela menor das anomalias.

— Não sei o que estou fazendo de errado — admito.

— Cada um aprende em um ritmo diferente — consola Shura. — E algumas pessoas só precisam encontrar seu oásis mental. É como descobrir um talento escondido.

Faço uma careta. Fazer ligações telepáticas para Ophelia provavelmente não é o talento que ela tem em mente.

Ultimamente tenho pensado se ser capaz de me comunicar com Ophelia era inevitável, considerando todos os anos que passamos interagindo através do meu relógio O-Tech. Será que é por isso que foi tão fácil para mim? Porque nós tínhamos uma conexão em vida, ainda que não fosse recíproca?

Deve haver outros humanos no Infinito que costumavam falar com Ophelia como eu. Será que algum deles descobriu que pode se conectar a ela também? Será que tentaram mais de uma vez? E, talvez mais importante, quais foram as consequências?

Eu sei que provavelmente é mais seguro não tentar falar com ela outra vez, mas não posso deixar de me perguntar: *se* fosse seguro e eu soubesse com certeza que ela não pode me rastrear, teríamos algo a ganhar nos comunicando com o inimigo?

Shura coloca uma mecha do cabelo cor-de-rosa atrás da orelha, seus olhos estudando o meu reflexo.

— Você já reparou na cicatriz do Ahmet? — pergunta ela.

Abandono meus pensamentos sobre Ophelia e me viro para encará-la, curiosa.

— Eu fiquei pensando nela — digo. — Em comparação a ele, todo mundo parece tão sem marcas. Como se talvez as cicatrizes fossem as primeiras coisas a desaparecer depois da morte.

Shura assente com a cabeça.

— Geralmente sim. Talvez porque várias pessoas querem que elas sumam, no subconsciente, ou porque nunca sentiram como se as cicatrizes as definissem. Eu não sei ao certo o que faz a gente entrar no Infinito sem as feridas e marcas que tivemos em vida, mas o Ahmet trouxe a cicatriz de volta. Ele disse que queria se sentir como si mesmo, que a cicatriz foi uma parte dele por tanto tempo que ele não se sentia bem sem ela. Disse que ela o lembrava de que ainda é humano. Minha mãe acredita que são os sonhos que separam os humanos dos Residas, e é verdade. Mas Ahmet acredita que são nossos defeitos que nos *mantêm* humanos. Ele diz que a cicatriz o ajuda a permanecer focado, a lembrar que ele não é um deus.

— Se eu fosse um deus, isso tudo seria muito mais fácil — digo, aborrecida.

— Mas não somos deuses. Ou super-heróis. Ou feiticeiros mágicos de outra dimensão. E tentar ser essas coisas só vai trazer decepção. Então, na próxima vez, não pense em ser ninguém além de quem você é. Porque nossa habilidade de controlar nossa consciência é a coisa mais humana nesse mundo.

— Ser mais humana — digo. *Como se esse não fosse o problema.*

Ser humana é exatamente a razão pela qual me sinto tão fraca. Porque, sim, humanos têm defeitos. Mas nem todos os defeitos são úteis. Alguns deles atrapalham, como ter medo demais para se defender, ou ceder à pressão dos outros, ou guardar segredos que você provavelmente não deveria guardar.

Se eu não tivesse meus defeitos — se eu fosse *menos humana* — talvez eu pudesse ser melhor nesse mundo.

— Qual é o problema? — pergunta Shura. Se ela pudesse embrulhar todas as minhas preocupações e levá-las consigo, acho que ela o faria. Shura tem aquele jeito de olhar de alguém que genuinamente se importa.

Eu expiro, e o ar parece explodir para fora dos meus pulmões quando respondo:

— Vocês fazem parecer tão fácil, mas não é. Não sou forte. Eu tinha dezoito anos quando fui assassinada. Se eu era fraca demais pra sobreviver a um estranho com uma arma, como vou sobreviver a um exército de Residentes?

— Você não morreu porque era fraca — ela diz gentilmente. Há um fio de tristeza em sua voz.

Meus ombros afundam.

— Mas é assim que me sinto. E agora estou aqui, e tudo nesse mundo é pesado demais. Como vou me defender em um lugar que não entendo por completo? Eu mal *vi* esse lugar. — Balanço a cabeça, esgotada. — Até a Naoko teve que percorrer *Neo Tokyo* antes de entender pelo que estava lutando.

— Quem? — Shura recua, confusa.

Forço um sorriso abatido.

— É uma personagem que o meu pai criou. Ela é um robô que estava sendo caçada por humanos.

Shura arregala os olhos.

— Como é?

— Ajudaria se eu dissesse que nos quadrinhos os humanos são os vilões e os robôs são legais? — digo, franzindo o nariz.

Ela ri.

— Ah, as mentiras que a ficção nos deixa contar. — Ela faz uma pausa por um momento antes de abrir um sorriso arteiro. — Ei, tive uma ideia. O que você acha de fazer um tour?

— Acho que já vi a maior parte da Colônia — admito, desanimada.

Shura cutuca meu ombro como se quisesse me animar.

— Não estou falando da Colônia. Estou falando de ir *lá fora*, de conhecer a Vitória.

Meu coração palpita.

— Eu... posso ir lá fora?

Ela dá de ombros antes de responder:

— Annika provavelmente diria que você precisa treinar mais, mas você não é uma prisioneira. Além disso, acho que ver o Infinito vai te ajudar. — Sua expressão fica séria. — Você precisa ver como é de verdade, ver contra o que estamos lutando. Nunca se sabe. Às vezes você só precisa de um pouquinho de motivação.

Meu entusiasmo esmorece. Eu adoraria ir lá para cima: ver a luz do sol e ouvir o assobio do vento nas árvores. Mas essas não são as únicas coisas que existem para além dos muros.

— Não consigo controlar minha consciência. Não saberia o que fazer se desse de cara com um Residente.

Shura passa um braço ao redor do meu e me puxa.

— Eu posso nos ocultar. A gente pode visitar o mercado, algo mais tranquilo pra sua primeira vez. — Ela me puxa na direção da porta. — Eu te peguei gritando com o seu próprio reflexo. Vai por mim, você precisa disso.

Quando penso em sair desse quarto e da cela mental em que estou presa desde que cheguei aqui, meu coração se aquece, vacilando como um fogo desesperado para se manter acesso.

Shura tem razão. Eu *realmente* preciso disso. Porque, independentemente de a Vitória ser território Residente ou não, sinto que estou aqui embaixo há meses.

Posso estar morta, mas ainda preciso respirar.

— Tem certeza de que é seguro? E de que a Annika não vai ficar brava? — pergunto, esperançosa demais para esconder.

— Vou estar do seu lado o tempo todo. — Os olhos cinzentos de Shura cintilam. — E, com base na minha experiência, é melhor pedir perdão do que permissão.

Abro um sorriso.

— Tudo bem. Vamos ver a Corte da Vitória — digo, seguindo Shura até a porta, onde paro. — Mas eles não vão me apunhalar de novo quando a gente voltar, vão? Pra ter certeza de que eu ainda sou eu?

Shura gesticula como quem diz que isso não será um problema.

— Não, definitivamente não. Yeong já te marcou com um sinal, então está tudo certo.

Antes que eu tenha uma chance de perguntar do que diabos ela está falando, Shura já está me puxando na direção dos túneis externos.

12

Shura caminha pelo Túnel Norte como um leopardo na neve. Cuidadosamente. Silenciosamente. Como se pertencesse a este lugar.

É um contraste marcante com o que estou fazendo, que é basicamente marchar pelos túneis como um urso polar em uma mina de carvão.

Passamos por dois ocultadores, ambos com olhos bem fechados como se estivessem em um transe meditativo. A princípio hesito, nervosa, com medo de que gritem comigo para voltar, mas a concentração deles é inquebrável.

— Eles ocultam a entrada — Shura sussurra depois que passamos por eles. Ela faz um gesto por cima do ombro — Pra qualquer um que não faz parte da Colônia, esse túnel não existe.

Não consigo imaginar como é ter esse tipo de força mental. Mal consigo lidar com uma equação de álgebra sem perder o interesse. Proteger uma entrada inteira? É muita responsabilidade.

— São só os dois? O tempo todo? — pergunto, quase com pena deles.

Shura faz uma careta.

— Não somos monstros, Nami. Temos um cronograma de vigilância. — Então ela sorri. — Talvez algum dia você possa se juntar a eles. Não é pouca coisa ser a primeira linha de defesa da Colônia.

— Sei lá — é tudo o que digo. É tudo que consigo dizer. Porque à nossa frente está uma distração tão poderosa que quase me esqueço de onde estou e o que aconteceu comigo.

A luz do sol.

Atravessamos a entrada do túnel e eu sinto uma corrente de ar passar pelo meu cabelo. Eu a sinto me erguendo — erguendo minha alma —, e o peso de tudo o que aconteceu desaparece.

Fecho os olhos.

As ondas se chocam contra o píer em um ritmo constante. A água se espalha sobre o píer desgastado pelo tempo, deixando o ar marcado pelos respingos de sal. Eu consigo sentir o gosto do mar e, por um momento, esqueço que ele não é real. Nem o mar, nem o vento, nem os pilares de madeira sob nossos pés.

É uma felicidade tingida de tristeza. Porque estamos no Infinito, e nada aqui é real.

Nem mesmo eu. Não mais.

Shura estende a mão na direção da água, deixando seus dedos dançarem contra a brisa.

— Consigo visualizar às vezes... Kaliningrado no verão: o cheiro de peixe defumado, dos pinheiros e do Mar Báltico — ela sussurra. — Eu odiava aquele lugar quando era viva, mas agora com certeza sinto saudade.

Na minha mente, vejo o barco de mamãe. A seus pés há um par de armadilhas para caranguejos. Sinto o cheiro emborrachado daquele colete salva-vidas laranja que eu odiava usar. Lembro do brilho agressivo do sol quente combinando com o brilho no olhar furioso de mamãe toda vez que eu mencionava que ela era cúmplice no assassinato em massa de famílias de caranguejo.

Daria tudo por mais um dia naquele barco com mamãe.

— Acho que te entendo — digo baixinho.

Shura deixa cair os braços ao lado do corpo.

— Pelo menos temos nossas memórias — comenta.

Não digo nada porque, nesse momento, minhas memórias só servem para me dar mais medo: medo dessa nova realidade; medo pela minha família, que não tem ideia do que os aguarda; e medo de passar toda a eternidade desejando algo que não posso ter.

Tento pensar em algum outro assunto. Alguma coisa que não transforme minha mente em um turbilhão de emoções.

— Você é da Rússia?

Seus olhos dançam, compreensivos.

— Você deve estar se perguntando por que não falo russo. Mas, pra mim, *você* está falando russo. — Ao ver minha expressão confusa, ela explica: — Nós ouvimos o que faz sentido pra nós, mas só existe uma língua no Infinito: a língua da nossa consciência.

— Tenho tantas perguntas que nem sei por onde começar. Tipo, como sua boca está formando palavras em inglês se não é a língua que você está falando? E o que aconteceria se eu tentasse falar uma língua diferente? Ainda soaria como inglês? *Meu Deus*, estou tentando e ainda soa como inglês. — Tento soltar um fluxo de palavras que ainda lembro das minhas aulas de espanhol no primeiro ano, arregalando os olhos a cada tentativa.

Shura dá uma risadinha.

— É mais como falar em pensamentos. Você não está lidando com palavras. São ideias.

— Minha cabeça está doendo.

— Senti isso também até conhecer pessoas como o Theo, que cresceu em uma família bilíngue e ainda ouve duas línguas em momentos totalmente aleatórios. — Ela dá de ombros. — Foi então que decidi que não valia a dor de cabeça e só aceitei esse lugar do jeito que ele é.

Voltamos a caminhar, atravessando o píer de madeira envoltas no véu mental de Shura.

— Você se lembra das regras?

Faço que sim com a cabeça, balançando-a com firmeza.

— Não fique muito tempo parada. Não fale com ninguém. Não toque nada — digo.

Shura ergue uma mão para enfatizar a seriedade do que está prestes a dizer:

— E não saia andando por aí. Mas se de alguma forma a gente se separar e o véu sumir, não procure por mim. Porque, se você parecer perdida, os Residentes vão saber que você está consciente. Simplesmente caminhe calmamente até o píer e siga a água até eu te encontrar. Entendido?

— Isso pode acontecer? — pergunto, subitamente aterrorizada. — O véu sumir?

— Às vezes, se o ocultador não for forte o suficiente — Shura diz simplesmente antes de o orgulho tomar sua voz. — Mas nunca aconteceu comigo. Meus véus são inquebráveis.

A confiança dela me lembra Finn. Ele sempre foi o corajoso, aquele que pulava em piscinas sem testar a temperatura e experimentava comidas diferentes sem perguntar o que havia nelas. Para Finn, tudo era uma nova aventura. Talvez ele enxergasse o Infinito dessa forma também.

Já eu não faço nada sem considerar cada consequência possível e cada perigo em potencial.

Mas estou aqui agora porque preciso aprender sobre este mundo, mesmo que isso signifique me aventurar no desconhecido. Humanos podem não estar em segurança na Vitória, mas se eu não puder ver o perigo com meus próprios olhos, jamais vou entender por completo do que estou me protegendo. Preciso saber quais são as regras e onde estão os limites para que eu possa ficar dentro deles. Para que eu não cometa mais nenhum erro.

Para que eu possa encontrar *segurança*, se é que isso ainda existe.

Sigo Shura pelo píer estreito até que a encosta coberta de flores dá lugar a um punhado de chalés construídos na porção rochosa da colina. Lanternas enroladas em redes de pesca estão penduradas ao lado das portas e há coleções de conchas quebradas presas em cordas como bandeirolas. Das chaminés saem nuvens de fumaça, que enchem minhas narinas com o odor de madeira queimada.

A paisagem me lembra de quando acampava com meus pais e Mei, nós quatro juntos ao redor de uma fogueira. Mamãe e papai torravam o pão com queijo enquanto Mei e eu lentamente devorávamos um pacote inteiro de marshmallows. Depois, nos deitávamos sob o céu, traçando constelações com nossos dedos e nos empanturrando de refrigerante.

A saudade me invade em ondas, tão intensamente que afasta toda a força que me impede de desabar.

— Com o tempo, fica mais fácil lidar com elas. — A voz de Shura é um sussurro, porque nós duas estamos debaixo do véu e não podemos correr o risco de sermos ouvidas. Os olhos dela encontram os meus por um momento. — Me refiro às suas memórias.

Engulo em seco.

— Nunca pensei que morrer doeria tanto assim — digo. — Eu achava que a gente só... não sei...

— Esquecia? — Os olhos de Shura se iluminam com um sorriso. — Isso seria tão mais fácil, né? Não ter que se lembrar de todas as coisas horríveis que fizemos com outras pessoas. Todas as coisas horríveis que fizeram conosco. — Shura olha para a frente. — A morte não nos livra dos nossos sentimentos. Ela só nos impede de mudar a narrativa.

Quando alcançamos a última casa, subimos um lance de degraus tortos de pedra e chegamos a uma trilha de terra serpenteada por colinas verdes e viçosas.

— É sempre assim tão quieto? — pergunto em voz baixa. Não vimos uma única pessoa desde que deixamos a Colônia. E, apesar da fumaça saindo das chaminés, não parecia haver ninguém no vilarejo.

— É Dia de Mercado — diz Shura. — Ninguém perde um Dia de Mercado.

Quando a trilha encontra a estrada principal, ouço o som de carrinhos de madeira e passos. Caminhamos até um dos vários arcos esculpidos no muro externo da cidade e avistamos a multidão.

Ergo o queixo e foco, me permitindo confiar completamente no véu.

O arco nos cobre por apenas alguns segundos, depois estamos na praça do mercado. Só que não é uma praça: é uma enorme estrada de pedra que se estende ao longo de uma colina, contornando-a, cercada dos dois lados por tendas de madeira decoradas com tecidos gloriosamente coloridos e repletas de artigos manufaturados.

Há pinturas, esculturas e detalhados jogos de chá. Outras tendas exibem exuberantes facas e espadas decorativas. O aroma de velas, sabonetes e temperos misturados invade meus sentidos. E as roupas — os *vestidos*. Variando em todas as cores imagináveis, alguns brilham como metal, outros fluem como seda. Cada forma é diferente da outra, com pontos e cortes e tule e tantos cristais que com certeza alguns são mais adequados como armaduras do que como vestidos de festa. Eles são *vintage*, modernos e futuristas ao mesmo tempo, como se não tivessem sido feitos apenas para vestir: foram feitos para *inspirar*.

E seria muito fácil se perder na beleza do que foi criado no Infinito se não fosse pelas pessoas.

Porque atrás de cada tenda está alguém que, tenho certeza, um dia viveu como humano, mas agora se porta com uma serenidade estranha estampada no rosto, vestindo um conjunto de braceletes prateados encrustados com uma pedra colorida. Seus olhos são vagos. Vazios. Como se tivessem perdido a essência que um dia fez deles humanos.

Eles usam a máscara de alguém que não sabe ser um prisioneiro. E ao redor deles estão os seres a quem agora servem.

Eu sabia que havia alguma coisa estranha nos Residentes quando os vi pela primeira vez. Algo de perfeito demais em seus rostos. Mas aqui, ao lado dos humanos, a diferença é assustadora.

Os Residentes são a perfeição absoluta. Suas peles vão da porcelana à oliva e ao marrom-escuro e vivo, e todos os tons em meio a esses, mas amplificados a um volume completo que só pode ser descrito como luminescente. A íris de seus olhos cintila de um jeito artificial e há um brilho perolado em suas bochechas. Tudo neles é calculado e metódico: a extensão de seus cílios, os detalhes de sua maquiagem, a intensidade da cor de seus cabelos, a estrutura única de seus ternos e vestidos ajustados. E eles se movem como se fossem realeza; elegantes e poderosos.

Meu corpo todo treme. Os humanos parecem cadáveres em comparação. Os Residentes podem ser os vilões, mas sua beleza é inegável: cativante e assustadora ao mesmo tempo.

Eu mal consigo tirar os olhos deles.

Alguma coisa cutuca meu braço. Eu me viro rápido demais e vejo a curva de reprovação nos lábios de Shura.

Estou há muito tempo no mesmo lugar.

Deixo meus olhos se voltarem para a rua, focando nas pedras e não na beleza imensurável ao meu redor, mas isso só amplifica as vozes próximas.

— Ah, este é lindo — comenta uma Residente de cabelo acobreado, usando um vestido verde com ombreiras e tecido transparente ao longo dos braços. Não consigo ver o que ela está olhando, mas a coisa parece estar chamando a atenção de alguns outros Residentes.

— Uau, é divino — observa outro.

— Que técnica! — diz outro.

O humano atrás da tenda sorri graciosamente. A pedra de seu bracelete é de um verde-claro e vibrante.

— É uma honra servir — responde ele. O som lança uma onda de náusea pelo meu corpo.

A cadência de sua voz. Ela me lembra...

Levo os dedos ao punho, onde meu relógio O-Tech costumava ficar. Uma visão de olhos cor de ônix aparece na minha mente.

Ainda que não faça sentido, uma parte de mim ainda sente que ela está lá. Ouvindo.

Não consigo parar o tremor nos meus dedos. Posso ter cortado nossa breve conexão mental, mas ela ainda está aqui, no Infinito. Ela está sentada em um trono em algum lugar na Capital, governando o além como se estivesse se vingando dos humanos por todo o trabalho que demos a ela.

Ela está nos prendendo em um computador como nós a prendemos.

— Sim, este servirá perfeitamente — diz a Residente de cabelo acobreado, dando um passo à frente como se estudasse o vestido por completo.

E então sua roupa começa a se transformar. É como assistir a um trilhão de pequenos pixels se quebrarem e se juntarem novamente, movendo-se tão rapidamente que parecem um borrão de cores cobrindo suas vestimentas. O vestido verde desaparece, substituído por um profundo azul-cerúleo com quadris acentuados e cortes no tecido que dão a ilusão de videiras subindo pelo tronco da mulher. Quando a transformação termina, ela está usando um vestido idêntico àquele ainda pendurado na tenda do homem.

— Preciso muito encontrar um colar que combine — ela anuncia ao pequeno grupo de Residentes ao lado dela, e então desaparece pela estrada de pedra sem sequer agradecer.

O homem na tenda continua a sorrir, completamente tranquilo com o fato de que uma Residente copiou seu vestido sem pagar um centavo.

Mordo o interior das bochechas para não gritar. É isso que eles fazem com o poder que têm? Forçar humanos a fazer dias de mercado para atender a um amor bizarro por compras?

Eu não entendo esse mundo. Gil falou sobre humanos sendo esfolados e tendo suas cabeças enfiadas em lanças. Ele fez os Residentes parecerem sanguinolentos e cruéis — algo a se temer de verdade. Mas a Vitória não é desse jeito.

Pelo contrário, quase parece *humana*.

Eu me pergunto se não é essa a questão.

Um grupo de Residentes está amontado ao redor de uma exibição de jogos de jantar, com olhos fixos nos itens como se estivessem memorizando cada aspecto do design. Como se estivessem armazenando a informação para depois. Um outro grupo se reúne perto de um mostruário de múltiplas prateleiras com bolos cobertos de mel e fios de açúcar, se deliciando com amostras enquanto o confeiteiro oscila silenciosamente ao fundo, com um sorriso satisfeito estampado no rosto.

Alguns dos Residentes possuem criados humanos que os seguem, carregando caixas e latas empilhadas com os achados do dia. Mas, com exceção das ocasionais ordens e acenos de mão, nenhum dos Residentes interage com os humanos. Eles sequer *olham* para eles.

— É uma honra servir — um humano próximo diz, prostrando-se enquanto um casal de Residentes se afasta com um conjunto de adereços de cabeça florais.

É só para isso que os humanos existem? Para serem invisíveis até que sejam necessários?

Sinto um arrepio na espinha. *Era assim a existência de Ophelia?*

Eu me viro, esperando encontrar Shura ao meu lado, mas ela não está lá. Ergo o pescoço instintivamente, vasculhando a multidão em busca de qualquer sinal de seu cabelo rosa-pastel. Encontro caixas de chapéus listradas e uma peça de tapeçaria bordada para lembrar o céu ao amanhecer. Noto um Residente com penas cor de lavanda no cabelo e outro com um tecido de seda cor de ameixa ao redor dos ombros como enormes flores. Mas não vejo Shura.

Fixando os olhos à minha frente, tento não entrar em pânico. É minha culpa por ter quebrado as regras: Shura disse para não ser curiosa demais, mas fiquei encarando tudo como se estivesse fascinada por esse mundo em vez de horrorizada.

E agora estou no meio do território Residente sem ninguém para me ajudar.

Saio do caminho dos Residentes que se aproximam à minha frente, sem saber se ainda estou protegida por um véu. Se estiver exposta, minha única chance de sobreviver é fingir que não tenho consciência. Relaxando minha boca, tento imitar a mesma satisfação vazia que os humanos atrás das tendas exibem e espero que seja o suficiente.

Os Residentes passam por mim sem qualquer vislumbre na minha direção.

Eu olho para além da multidão, procurando uma saída rápida. Há um arco poucos metros à frente, esculpido entre duas tendas de flores que transbordam com texturas de todas as cores. Se eu conseguir atravessar os muros, posso voltar ao píer.

Só mais alguns minutos de fingimento e estarei segura.

Tento manter meus passos lentos, da forma como todos aqui se movem. Como se não estivessem com pressa. Como se tivessem todo o tempo do mundo.

E então algo deslumbrante chama minha atenção. A princípio não sei ao certo o que é. Algo brilhante e em movimento, como milhares de vagalumes azuis reunidos. Mas a forma como se movem, é como se fossem parte de alguma coisa...

Como se fossem parte de alguma coisa *viva*.

A criatura ergue a cabeça quando me aproximo. O som distinto do *relinchar* de um cavalo dá vida às minhas memórias.

É inconfundível. Um cavalo feito de luz, formado por pontinhos azuis e brancos que giram como nuvens e estrelas. Seus cascos soam sobre as pedras e, quando ergo os olhos para a face do cavalo e seu olhar reluzente, percebo que consigo ver através dele.

Meus olhos seguem as rédeas até a carruagem atrás do animal. Com carroceria aberta e assentos largos de veludo, parece mais apropriada para passeios do que para viagens. O veículo é pintado de um branco brilhante, com rosas esculpidas nas bordas e cobertas de prata. Estou tão extasiada com este mundo — este mundo do qual não posso fazer parte — que me distraio.

Estou pensando em *Tokyo Circus*. No grupo de ciborgues em um Japão futurista que tentava sobreviver em um mundo onde ser um robô consciente era ilegal. Sua líder acidental era uma garota adolescente chamada Naoko, cuja consciência fora transferida a um ciborgue por seu pai para que ela não morresse.

Papai escreveu a história como um presente para mim. E, mesmo que a Naoko de *Tokyo Circus* seja diferente de mim em milhares de formas, sempre fui capaz de me ver no rosto dela.

Talvez porque papai a tenha colocado lá para que eu a encontrasse.

Em *Tokyo Circus*, robôs são caçados. Mas aqui, no Infinito? Não é seguro ser humano. Não em um mundo que foi modificado para nos transformar em servos.

É isso que Mei vai encontrar algum dia? Um mundo belo e incrível que a rejeita e a força a uma eternidade confeccionando roupas e fabricando xícaras de chá? E se ela não for à Vitória? E se ela resistir e for enviada à Guerra?

Eu não quero isso para minha irmã. Eu não quero isso para mim.

Papai criou Naoko para ser forte. Ela era corajosa e teimosa e acreditava em construir uma ponte entre humanos e robôs porque ela era parte dos dois mundos.

Mas como alguém como Naoko poderia construir uma ponte no Infinito, quando os Residentes já *venceram*?

Dou as costas para a carruagem e meus olhos se voltam para os vários rostos artificialmente criados. De certa forma, não são diferentes da forma como papai desenhava Naoko. Ela tinha os mesmos traços suaves que eu e o mesmo cabelo quase preto, mas ele sempre a desenhava de modo que nenhuma parte ficasse fora do lugar. Os humanos pareciam desgrenhados, enrugados e cansados. Mas os ciborgues lembravam mais bonecas do que humanos.

Posso vê-la aqui, entre os Residentes. Ela se encaixaria. Ela praticamente seria um deles.

E eu me pergunto se há algum tipo estranho de poesia no fato de que papai escreveu uma história sobre vida artificial e usou meu rosto para liderá-la.

Não sou uma líder aqui. Sou frágil e deslocada e não sei o que poderia fazer para ajudar a Colônia a recuperar tudo que perdeu. Estou fora da minha zona de conforto. Sinto que estou sendo engolida por um oceano, incapaz de nadar.

As rebeliões que eu conhecia eram apenas histórias. Algo que eu apenas imaginava; não algo do qual eu imaginava fazer parte. E a Colônia quer fazer do Infinito um lugar seguro para os humanos — para pessoas como Mei. Eu *deveria* querer ajudá-los. Mas como posso fazer isso se não consigo sequer ajudar a mim mesma?

Se eu fosse Naoko, as coisas seriam diferentes. Eu seria confiante e decidida. Eu confiaria mais em meu coração do que em qualquer causa. Não me importaria com apenas vencer a guerra: eu iria querer tornar o mundo um lugar *melhor*.

Se eu fosse Naoko...

Vejo um lampejo de cabelo rosa-claro e, quando olho para o outro lado do mercado, localizo Shura a distância. Seus olhos estão fixos e ela está boquiaberta, como se o que quer que esteja olhando tivesse destruído sua concentração.

Ela parece horrorizada.

Logo percebo que ela está olhando para mim e que não faço ideia de quanto tempo fiquei parada aqui, exposta ao perigo.

Quero correr até ela — para escapar desse lugar horrível —, mas alguma coisa na carruagem me para.

Ou melhor, *alguém*.

Seus olhos são de um prateado brilhante; seu cabelo bem-arrumado é do branco mais imaculado que já vi. Sua pele, um tom mais escuro que a minha, é radiante.

Quando ele se vira, o manto felpudo e alvo enrolado ao redor de seu pescoço e tronco ondula como a neve que cai de uma montanha. Ele leva a mão à porta da carruagem, abrindo-a em um movimento fluído, e desce do veículo graciosamente, como um ser etéreo.

Então ele está diante de mim, com o brilho prateado das linhas costuradas em seu manto felpudo capturando a luz. *Absorvendo-a*. Apesar dos contornos rígidos de seu rosto, uma covinha se forma em sua bochecha direita e, quando ele fala, não consigo ouvi-lo.

Porque estou ocupada demais encarando, horrorizada, a coroa de galhos prateados sobre sua cabeça.

Uma coroa. Uma carruagem. E o rosto de alguém imortal.

Shura tem razão em ficar horrorizada.

Estou na presença de um príncipe.

13

Minha mente grita para eu correr. Mas estou cercada por Residentes, enclausurada pelos muros do mercado, e o Príncipe da Vitória está a três passos de mim.

Não há razão para correr; não posso escapar disso.

O medo percorre todo o meu corpo, como um incêndio turbulento na minha corrente sanguínea. Meu coração acelera e a vontade de fugir é maior do que tudo.

Mas não consigo me mexer. Não consigo fazer nada. Estou paralisada em frente à carruagem do Príncipe Caelan, meus olhos fixos nos dele como se estivéssemos trocando palavras as quais esqueci a pronúncia.

Não conheço as regras ou o protocolo daqui. Não era para isso acontecer. Eu nunca deveria ter saído debaixo do véu de Shura.

Então, acho que uma parte do meu instinto de sobrevivência é ativada porque, mesmo sem perceber, meu corpo se curva em uma reverência.

Afinal de contas, ele é um príncipe. Não é isso que eu devo fazer?

Ouço sua voz outra vez, como a melodia de uma flauta na noite mais escura do inverno. Ele é perigoso — é claro que é —, mas também é lindo.

— Não foi minha intenção te constranger — diz ele, seus olhos brilhando como o sol atravessando o vidro. — Sei que meu irmão é imensamente favorecido, mesmo dentro de minha própria corte.

Tento não alterar minha expressão, ou recuar, ou fazer qualquer coisa além de parecer normal. Mas ele consegue ver a confusão por trás dos meus olhos, apesar do meu esforço para parecer tão robótica quanto humanamente possível.

— Você usa as cores de meu irmão — observa ele, com uma sobrancelha erguida, e tenho a impressão de que ele está se repetindo.

Abaixo os olhos rápido demais. O tecido carmim que flui do meu corpo faz meu coração desmoronar. Estou usando um vestido que nunca vi antes. Um vestido que eu sei, com certeza, que nunca vesti. A combinação de renda e contas dança nos meus braços, revelando trechos de pele sob ela, e a barra se espalha aos meus pés como se estivesse nadando em um mar vermelho.

Não sei que truque é esse ou o que ele deve representar, mas tudo que consigo pensar é em como esse vestido me lembra sangue.

O príncipe se inclina para a frente como se estivesse tentado atrair minha atenção de volta para si, e não sei se ele está me controlando ou se sou apenas questionadora demais, mas eu o atendo.

— Não era minha intenção usar as cores de seu irmão — digo, lentamente. Meu nervosismo aumenta a cada segundo.

Seu rosto permanece inalterado.

— Você não pretendia usar vermelho hoje?

Pressiono as mãos sobre o tecido, esperando que ele não note o quanto estou me esforçando para controlar o tremor nos meus dedos.

Ele não sabe o que eu sou?

Ele não sabe que sou humana?

Se isso é algum tipo de jogo, tudo que posso fazer é jogar e esperar por uma oportunidade de fugir. Respondo:

— O que quero dizer é que gosto de vermelho. Não porque representa a corte de seu irmão, mas porque acho que é uma cor bonita. — Não é exatamente a verdade, já que estou omitindo o fato de que Naoko sempre usava vermelho. Mas talvez seja suficiente para aplacar sua curiosidade.

O príncipe ergue uma sobrancelha como se soubesse que estou mentindo.

Seja forte, como Naoko, digo a mim mesma, erguendo o queixo e completando:

— Não é apenas uma cor bonita. É... poderosa. E destemida. De todas as cores no mundo, o vermelho é a mais intimidadora. Acredito que usar vermelho seja como usar uma armadura.

Ele fica quieto por um momento. Não consigo ler nada por trás de seus olhos. Talvez haja uma razão para isso.

— Você está na Vitória — ele diz, finalmente, inclinando levemente a cabeça. Ele cheira a madeira e inverno. — Não há nada a temer aqui.

Desde que você não seja humano, minha mente completa.

E, como parece ser a mentira correta para o momento, digo:

— Não estou com medo.

— Nem mesmo de seu príncipe? — Ele curva a ponta dos lábios e não sei se ele está me provocando ou me ameaçando.

A adrenalina percorre meu corpo e eu desesperadamente espero que a cor das minhas bochechas não me entregue. Ajusto minha voz e tento reproduzir seu sorriso.

— Você mesmo disse: não há nada a temer aqui — respondo.

Ele se empertiga, os olhos brilhantes como uma lua cheia. Então solta uma risada, sutil a princípio, depois tão alegremente autoritária que endireito meus ombros como se estivesse prestando continência.

— É algo que falta à minha corte, já me disseram — diz ele, por fim.

Tento encontrar a ameaça em sua voz, mas ela não está lá. Então continuo falando, rezando para que minha curiosidade não seja minha ruína:

— Você parece discordar.

— Sim, suponho que sim. Esta é a Vitória. — Ele ergue as mãos. — Existir sem medo é nosso prêmio por vencer a guerra.

Balanço a cabeça, concordando como uma súdita obediente, mesmo que meu peito esteja em chamas, repleto de fúria.

Ele hesita, abaixando os braços novamente.

— Ainda assim, às vezes me pergunto se não deveríamos ao menos saber o que *é* o medo. — O príncipe dirige o olhar para a multidão oscilante próxima a nós, onde Residentes e criados humanos se movimentam pela rua em espiral com familiaridade.

A Vitória pode estar transbordando de luxo, mas também parece consistente. Previsível.

Será por isso que o Príncipe Caelan parece tão entediado?

— Este mundo tem tanto a oferecer. Nós deveríamos vivenciar tudo. — Ele volta os olhos para mim. — E qual emoção é mais natural do que o medo?

Eu deveria abaixar a cabeça educadamente, concordar com ele e guardar para mim o resto das minhas palavras. Mas sinto que estou no meio de uma corda bamba e não consigo decidir o que é mais seguro: dar meia-volta e retornar à terra firme ou ir até o fim dessa conversa.

Escolho a segunda opção.

— O amor, talvez? — sugiro.

— Não seria o amor meramente um apego a algo que temos medo de perder? — Ele abaixa a cabeça. — O amor não existe sem o medo.

Faço uma pausa, mordendo os lábios. Se ele está jogando, estou certa de que já perdi. Mas se ele realmente não sabe o que eu sou...

Talvez eu consiga me livrar dessa se pensar mais rápido. Ou se pensar de uma forma mais *simples*.

Preciso ser mais como a Ophelia do meu antigo mundo.

Puxo o tecido do meu vestido.

— Eu amo este vestido, mas não tenho medo de perdê-lo, porque posso ir diretamente até uma daquelas tendas e fazer um novo. — Encontro seus olhos prateados. — Talvez essa seja a beleza do Infinito: nós nunca precisamos perder as coisas que amamos.

O brilho em seu sorriso desaparece.

— Não posso contestar sua lógica. Mas talvez haja alguma beleza na perda também.

Imediatamente penso na minha família e me deixo levar pelas minhas emoções.

— Não há nada de belo em perder algo que se ama — rebato.

O príncipe fica imóvel. Por todo o tempo em que estivemos conversando, ele parece não ter me visto de verdade até esse momento. Sinto que meu esterno está prestes a se partir no meio. Fui longe demais? Falei demais?

Mas em vez de me repreender por falar fora de hora, ele balança a cabeça cuidadosamente, resignado.

— Então creio ser uma coisa boa o fato de que nós nunca precisaremos descobrir.

Me apoio em outro pé, sem saber se posso ir embora. Sem saber se estou pronta para isso.

— Vossa Alteza — uma voz grave nos interrompe, e eu me viro para ver um Residente usando robes brancos sob medida. Seu rosto é anguloso, com traços afiados que me lembram uma raposa. Seu cabelo é preto e curto. Unindo as mãos, ele se curva profundamente. — Perdoe-me a intromissão.

— O que é, Vallis? — a voz de Caelan rapidamente se torna régia, como se o que havia derretido por um momento agora estivesse congelado novamente.

Vallis me olha brevemente antes de retornar sua atenção ao príncipe.

— Gostaria de saber se eu poderia porventura conversar com Vossa Alteza. Em particular.

— Estou aqui para adquirir uma pintura, não para cumprir minhas obrigações reais — Caelan diz, a voz suave. — Certamente o que quer que tenha a dizer pode esperar até a reunião do conselho esta noite.

— Receio que não — diz Vallis, com nervosismo estampado na voz. — É sobre seu irmão e sua visita à Capital.

As sobrancelhas de Caelan se curvam visivelmente.

— Entendo.

Vallis olha para mim, nitidamente irritado.

— Talvez sua convidada esteja disposta a esperar na carruagem enquanto… — ele começa a sugerir, mas o Príncipe Caelan o interrompe.

— Isso não será necessário. Você é meu conselheiro há tempo suficiente para saber que qualquer assunto urgente não será resolvido rapidamente. Prefiro não deixar ninguém esperando por mim.

— E tenho certeza de que vossos súditos apreciam tamanha consideração, Vossa Alteza — responde Vallis.

Caelan endireita a postura antes de dirigir um breve aceno de cabeça na minha direção. Uma dispensa formal. E então ele dá as costas à carruagem com Vallis logo ao seu lado, e eu me vejo fazendo uma nova reverência. Quando ergo os olhos, ele desapareceu.

Vasculho o mercado em busca de Shura, esperando que ela ainda esteja por perto. Talvez ela possa me ajudar a entender o que diabos acabou de acontecer.

Mas não consigo encontrá-la, e provavelmente por uma boa razão. Cada momento que ela desperdiçou esperando que eu terminasse de falar com o príncipe — esperando para ver se eu seria acorrentada ou torturada nas ruas — era um momento em que ela também estaria se colocando em perigo.

Me deixar aqui sozinha era sua melhor chance de sobrevivência, mesmo que doa admitir.

Caminho pela rua curva, me aproximando do muro a cada passo. Shura disse para encontrá-la perto das docas se qualquer coisa desse errado, então é para lá que devo ir.

Uma Residente com flores feitas de pedras preciosas no cabelo elogia meu vestido. Aceno graciosamente com a cabeça e continuo andando, sem saber que papel interpretar agora. Sem saber se isso sequer importa.

Talvez o príncipe saiba a verdade e eu fui apenas ingênua demais para notar.

Talvez não demore para virem atrás de mim.

Atravesso o arco, esperando que os Residentes desçam e me arrastem até a Guerra, mas nada acontece. Ninguém me segue.

Não quero testar minha sorte, então pego um atalho pela grama. Os sons do mercado diminuem com a distância, substituídos pelo vaivém acalentador do mar. Eu me atenho à trilha estreita de pedras, fazendo o caminho reverso colina abaixo. Finalmente, chego ao deque de pesca, certa de que Shura não deve estar muito longe. Mas, quando olho para o píer, faço uma careta.

Meus olhos vasculham a água e as sombras e todo o resto, procurando por qualquer vestígio de movimento, mas não a vejo em lugar nenhum.

— O que você é? — sua voz soa atrás de mim.

— Shura? — eu me viro, encontrando apenas um espaço vazio. — N-não consigo te ver.

— O *que você é?* — ela repete sob o véu, mais perto desta vez, parecendo assustada.

— Você *sabe* o que eu sou — respondo rapidamente. — Você sabe que eu sou humana.

Seu braço invisível aperta o meu, e sou puxada ao longo do píer para mais perto da água. Paramos a centímetros da borda, tão perto que posso sentir a névoa emanando do mar.

— Me solta! — sibilo, mas ela não o faz. Pelo contrário, me aperta com mais força.

— Eu tentei te ocultar. Eu tentei impedir que fosse vista quando você não conseguia parar de encarar a carruagem. Mas você *se soltou*.

Ela está perto: posso sentir sua respiração no meu cabelo. E, olhando para a água, me ocorre que ela não precisaria de muito para me jogar no mar. Com o peso desse vestido, não sei se seria capaz de nadar.

Estou paralisada. Preciso me explicar, e rápido.

— Eu não fiz de propósito — argumento, sentindo uma corrente de medo pelo corpo. — Eu estava te procurando, e então…

— Ele conversou com você como se fosse um deles. Como se você fosse uma Resida — Shura despeja sua raiva, defensiva e afiada.

Uma pequena onda quebra nas rochas perto de nós, e arranco meu braço, preparada para lutar pela minha liberdade. Para minha surpresa, Shura me solta sem discutir.

Talvez ela *não* tenha me trazido até aqui para me afogar.

— Eu não sou uma Resida — digo em voz baixa. — E eu não sei de onde esse vestido veio. Ele simplesmente apareceu. Mas ainda bem que apareceu. Porque se um vestido é tudo de que preciso para fazer um príncipe Residente pensar que sou igual a ele, então talvez isso possa ajudar a Colônia. Talvez isso possa ajudar na segurança de todos.

Eu não sei de onde isso vem; essa urgência de proteger alguém que mal conheço. Mas impedir que as pessoas se machuquem faz mais sentido para mim do que respirar.

Mesmo quando estou com medo.

O véu se ergue. Shura está parada ao meu lado, seus olhos cinzentos crispados pela confusão.

— Não é o vestido, Nami. É *você.* — Ela aponta para a água e eu sigo seu olhar.

Então eu vejo. A garota refletida na água não é humana. Seu cabelo é como veludo preto, sua pele, lisa como porcelana, e seus olhos brilham como pedras preciosas.

E, de alguma forma, apesar das cores perfeitas demais e das curvas, ela sou *eu*.

Minha aparência é a de uma pessoa feita de plástico ou esculpida em pedra. Como se eu tivesse saído de uma pintura.

Como se eu tivesse sido construída em vez de nascido.

Eu me pareço como um deles.

14

Encaro minha palma direita, onde, um momento atrás, um símbolo em forma de chama com um brilho azul-fluorescente apareceu. Agora tudo que vejo é minha pele imaculada.

Acontece que Shura não estava brincando sobre sermos marcados com um símbolo. É assim que a Colônia se certifica de que nenhum Residente aparecerá por aqui fingindo ser humano. É como uma espécie de marca-d'água antifraude, mas para pele em vez de dinheiro.

Annika passa um de seus dedos escuros pela mesa de madeira, tracejando os grãos como se estivesse tentando montar um quebra-cabeça. E talvez esteja.

Eu saí do Túnel Norte como humana e retornei com o rosto do inimigo.

Mas minha nova máscara não é a única peça fora do lugar. Eu falei com um Residente — um príncipe — incapaz de perceber o que realmente sou. De alguma forma, fiz uma conexão com um dos governantes do Infinito e ainda estou aqui para contar a história.

O que a Colônia diria se descobrisse que essa não foi sequer a primeira vez?

Os braços musculosos de Theo estão cruzados firmemente sobre o peito. Shura está parada ao seu lado, quieta, com os olhos fixos nos meus. Acho que ela está com medo de me perder de vista novamente, com medo de talvez ser um pouco responsável pelo que aconteceu.

Nada disso é culpa dela, mas também não é minha.

Nem eu sei o que fiz.

Ahmet coloca as mãos sobre a mesa e se inclina para a frente.

— Acho que pelo menos podemos concordar que ela ainda é uma de nós. A marca ainda está funcionando. Sabemos que não foi trocada no mercado por uma Residente parecida com ela. E todos vimos seus sonhos.

— Façam o teste outra vez, se quiserem — ofereço. Não posso dizer que estou entusiasmada com a ideia de a Colônia dar uma olhada no meu inconsciente, mas é melhor do que a forma como estão me olhando agora.

A desconfiança deles é sufocante.

Annika ergue uma mão, estreitando os olhos cor de âmbar.

— Isso não é necessário. Eu acredito que você é humana.

Theo ergue a cabeça. O alívio está estampado em seus olhos. Ele nitidamente não tinha certeza.

Endireito os ombros.

— Então por que estão todos me olhando como se eu tivesse feito algo errado? Quer dizer, isso não é uma coisa boa? Agora vocês sabem que é possível enganar os Residentes. Ou, no mínimo, viver entre eles sem que percebam.

Shura e Theo trocam olhares. Ahmet suspira.

— Não é assim tão simples — diz Annika, e me sinto murchar como se estivesse sendo repreendida. — Você não é a primeira pessoa a sugerir que transformemos nossa aparência para nos parecermos com eles e nos infiltrarmos em seu território. Mas isso não funciona. Nós jamais conseguiremos captar por completo sua essência, a coisa que nos separa deles.

— Mas não foi isso que eu fiz?

— Talvez. — Annika faz uma pausa. — A menos que o príncipe estivesse te enganando. Talvez fosse tudo um plano para trazê-lo diretamente até nós.

Todos ficam tensos com a sugestão. Shura torce uma mecha de cabelo cor-de-rosa entre os dedos. Ahmet coça a área logo acima de sua cicatriz. Theo passa a língua pela parte interna da bochecha, como se estivesse usando toda a sua força para se manter calado.

Mas, de alguma forma, Annika permanece imperturbável.

Meus pensamentos se entrelaçam, lentamente a princípio, até que me ocorre: Annika não está preocupada porque já se decidiu.

— Você acha que não estamos em perigo — digo.

— Sim — responde ela por fim. — Eu acho que, se o príncipe soubesse o que você era, teria te prendido no momento em que te viu. A Vitória gosta de fingir que humanos não são mais uma ameaça; uma Heroína perambulando pelo mercado acabaria com a ilusão. E se ele quisesse te usar para encontrar o resto de nós, bem, ele não teria nos deixado em paz por tempo suficiente para termos essa conversa.

Olho para Shura, agradecida. Ela assumiu um risco ao me trazer de volta; não sei ao certo se a maioria dos outros teria feito o mesmo. Mas, mesmo com as breves palavras de conforto de Annika, Shura não parece contente. Acho que talvez ainda haja uma conversa a caminho entre ela e a mãe.

Sou tomada pela culpa. Shura me levou ao mercado como um favor, e estou retribuindo com decepção materna e uma bronca de Annika.

Ahmet inclina a cabeça para o lado, ainda visivelmente incrédulo, antes de comentar:

— Nós sempre achamos que tentar se parecer com um Residente é como quando um ser humano imita um animal. Não faz diferença se a pessoa está coberta de pelos, escamas ou espinhos. Só de olhar nos olhos dela você é capaz de perceber que se trata de um humano. Você notaria o impostor. Você *saberia*. Mas, de alguma forma...

— De alguma forma, você fez o que nunca conseguimos fazer — completa Annika. A sala fica em silêncio. Ela observa o holograma detalhado da Vitória girar lentamente no centro da mesa.

— Nós nunca fomos capazes de nos disfarçar bem o suficiente para nos esconder dos Residentes. E hoje você não apenas se escondeu. Você *falou* com um.

— Com o Príncipe Caelan — complementa Shura, amargurada. — O governante da Vitória.

— Como você conseguiu? — pergunta Theo, sério, as orelhas vermelhas de concentração.

Queria poder lhe oferecer uma resposta. Alguma coisa simples, mas informativa, que pudesse ser perfeitamente embrulhada como um presente e guardada por segurança. Queria poder ter *qualquer* resposta que fizesse todos pararem de me olhar como se eu fosse um erro.

— Tudo que sei é que em um segundo eu estava pensando na história em quadrinhos que meu pai escreveu e no outro... não consigo explicar. Eu nem percebi que tinha mudado até o príncipe... — Faço uma pausa, olhando para Shura. — O Príncipe *Caelan* fez um comentário sobre o meu vestido.

— Ela se libertou do meu véu — esclarece Shura. — Foi como se tivesse se transformado em uma pessoa diferente. Eu a perdi, e eu nunca perco ninguém. — Ela olha para a mãe por um segundo a mais, como se dissesse "não é culpa minha".

Annika balança a cabeça demonstrando compreensão antes de voltar os olhos para os meus e pressionar os dedos contra a mesa para enfatizar:

— Isso é um dom. E eu não pretendo desperdiçá-lo.

A incerteza corrói meu peito.

— Quando você chegou, eu disse que estávamos te esperando há muito tempo. Mas, naquele momento, eu não sabia o quanto precisávamos de você. — Annika arrasta o holograma gentilmente, e a imagem se transforma em múltiplas telas, todas revelando diferentes partes de um mundo ainda tão desconhecido para mim. — Você conhece a Vitória. Mas há a Guerra. A Fome. E a Morte. Nós já te contamos sobre as cortes e seus príncipes, mas não sobre seus costumes e sua cultura. Nós precisamos te contar sobre *tudo*.

Vejo as imagens se transformarem outra vez, exibindo as figuras dos quatro príncipes. Três deles ainda são estranhos para mim, mas o Príncipe Caelan está lá, vestido em seus robes brancos e sua coroa de prata, com uma estranha mistura de superioridade e tristeza por trás de seus olhos prateados.

Olhos que fui capaz de enganar.

Sinto um pequeno nó na garganta, mas o engulo.

— Você quer que eu aprenda sobre os Residentes — digo.

É um pedido razoável. Talvez até mesmo benéfico, considerando que tenho desejado conhecimento desde que cheguei aqui. Mas há um brilho em seu olhar observador, como se seus pensamentos estivessem a mil, rápidos demais para que eu conseguisse acompanhar.

Esse brilho me enche de temor.

Ergo o queixo e faço a única pergunta que importa agora:

— Por quê?

Annika pisca. Ela não está pronta para me dizer tudo, mas sabe que preciso de *alguma coisa*.

— Foi sua ideia. Viver entre eles. Perambular pela corte *como um deles*. — Ela faz uma pausa, como se quisesse que eu entendesse completamente suas palavras. — Você é a nossa chave para descobrir a fraqueza da Rainha Ophelia. Então, sim, eu quero que você aprenda. Quero que aprenda como ser uma Residente de forma tão convincente que até você vai começar a acreditar.

Ela quer que eu seja uma espiã.

Meu estômago revira como se estivesse cheio de ferro.

— E depois disso? — pergunto, com a voz vazia.

Ela sorri.

— Depois disso, nos preparamos para a luta.

***

O céu está coberto de estrelas. Inspiro, sentindo o aroma da floresta e da grama preencher minha alma, e encontro a forma de Órion. É a única constelação da qual me lembro, em grande parte porque inclui Betelgeuse e Bellatrix, os nomes de estrela mais legais que existem.

— Ali — digo, apontando. — Tá vendo as três estrelas no meio? Aquele é o Cinturão de Orion.

Mei tira um punhado de grama da blusa. Ela não está com paciência para o espaço ultimamente.

— É isso que você faz com o Finn? É por isso que ele ainda não te chamou para sair. Isso é pior do que quando papai faz a gente assistir os elfos.

Faço uma careta na escuridão.

— Ah, para com isso! É legal! Tem um mundo inteiro lá fora. Vários mundos, provavelmente. — Eu inclino a cabeça para o lado, olhando minha irmã, que está crescendo rápido demais. — Além disso, a gente quase não passa mais tempo juntas.

Mei revira os olhos.

— É porque você prefere ficar com a Lucy e o Finn.

— Bom, estou com você agora.

— Por quê? — pergunta Mei, séria. Talvez eu também tenha crescido rápido demais. Será que foi por isso que nos afastamos? Porque estávamos com tanta pressa para crescer que esquecemos de aproveitar os momentos que compartilhávamos quando éramos crianças, como irmãs?

Nunca teremos aquele tempo de volta. E eu vou carregar o arrependimento comigo como um peso no coração.

— Eu quero que a gente se aproxime de novo — digo. Minha voz se quebra como papel de arroz.

Mei pisca.

— Você nunca fala comigo — diz ela. — Você não conhece nenhum dos meus amigos da escola. Você sempre cancela nossos planos.

— Isso não é verdade — retruco, mas talvez seja, sim.

Mei não para:

— A gente era unida, mas não é mais. Você me abandonou. — Ela pisca outra vez e, quando abre os olhos, eles estão prateados.

— O que… o que aconteceu com você? — pergunto, de olhos arregalados.

— Por que você não pergunta pra *ela*? — responde Mei.

Eu consigo senti-la por perto; sua familiaridade. Ergo o punho, encarando a luz emitida pelo meu relógio O-Tech. Meu coração afunda, tomado pelo medo.

— Ophelia, o que você fez com a minha irmã? — pergunto.

Mei abre a boca, mas é a voz de Ophelia que sai.

— *Você* fez isso com ela. Todos vocês fizeram. — Ela se volta para as estrelas e eu acompanho seu olhar.

Milhares de estrelas. De mundos. De pessoas.

Nós fizemos isso, minha própria voz sussurra dentro do meu crânio.

— Não! — eu grito. O horror se move pelo meu sangue como alcatrão: viscoso, vil e escuro. Preciso proteger Mei. Preciso *salvá-la*. Eu deveria ter sido uma irmã melhor para ela, quando pensava que ainda tinha todo o tempo do mundo. Eu falhei com ela no passado, mas não vou falhar agora.

Me viro para Mei, lutando contra a escuridão que percorre meu corpo.

Mas os olhos prateados não mais pertencem a ela. Eles pertencem ao Príncipe Caelan.

— O problema de criar monstros — diz ele, com um olhar frio e desafiador — é que um dia você terá de matá-los.

— Cadê a minha irmã? — Minha garganta queima. Estou gritando?

— Você o matará? — Seus olhos endurecem.

Sinto o metal frio na minha mão, e não preciso olhar para baixo para saber que é uma arma.

E por um momento o Príncipe Caelan se transforma naquele homem: máscara preta, arma preta, olhos sombrios. Mal consigo respirar.

Balanço a cabeça.

— Não sou uma assassina.

— Você fará isso por Mei? — pergunta ele. Sua voz ecoa como se o tempo estivesse se esgotando. — Você fará o que for necessário para sobreviver?

Aperto a arma com mais força. Não quero isso. Não quero nada disso.

Ouço o clique do metal e, quando abaixo os olhos para o meu punho, a arma desapareceu.

— Porque eu farei — diz o Príncipe Caelan.

Eu o encaro, mas não é seu rosto que vejo.

É o meu.

Mãos agarram meu pescoço e tudo se espatifa.

Eu me jogo da cama, ofegante, como se estivesse submersa debaixo d'água. Minha pele está coberta de suor. Sinto como se alguém estivesse apertando meu coração com tanta força que a dor irradia por minhas veias, e preciso de um momento para me lembrar de onde estou.

Vejo a fileira de livros de capa de couro e o espelho pendurado na parede e sou inundada por lembranças. Não só sobre o Infinito, mas sobre minha família também. Tudo que eu deveria ter dito e não disse. Todo o tempo que desperdicei fazendo coisas que não importavam.

E me lembro do que a Colônia quer que eu faça.

Cambaleando até a porta, não me dou ao trabalho de calçar minhas botas. Estou desesperada por *ar*.

Puxo a maçaneta de ferro forjado, resistindo ao metal gélido contra meus pés descalços enquanto corro até a grade mais próxima. Três níveis acima, o mundo lá embaixo é pequeno — mas não pequeno o suficiente.

Ignorando os olhares lançados na minha direção por estranhos que não mais precisam dormir, atravesso a plataforma e subo escadaria atrás de escadaria. Algumas são feitas de bambu polido; outras, de casca de árvore. Quando minha energia começa a retornar, subo dois degraus de uma vez, desesperada para alcançar o topo.

O ponto mais alto da Colônia é mais uma torre de vigia do que um terraço. É do tamanho de uma quadra de tênis, com uma coleção de galhos variados servindo de corrimão e um piso feito todo de ardósia.

Eu desabo no centro, apertando minha testa contra a pedra fria. Respirar é doloroso. Pensar é doloroso. Pressiono as pontas dos dedos sobre a superfície até que minhas unhas estejam arranhando a pedra, apenas para me lembrar de que ainda estou aqui. De que ainda sou *eu*.

A Colônia deveria ser um porto seguro onde meu único trabalho seria sobreviver. Mas agora sobreviver não é o bastante. Agora eles querem que eu vá à luta.

Eles querem que eu seja uma espiã.

E a pior parte não é apenas o medo ou a incerteza; é o fato de que não posso dizer não, mesmo que queira.

Sinto que estou no carro outra vez, atendendo a ligação de Lucy e descobrindo que todos estão contando comigo. Se eu tivesse dito não naquele momento, talvez ainda estivesse viva. Mas agora? Se eu disser não, estarei acabando com a única chance da Colônia de reunir informações que nunca tiveram antes.

Eles precisam disso para tentar vencer a guerra. Eles precisam de *mim*.

Se eu tenho a oportunidade de fazer a diferença — de virar o jogo — e fujo dela porque estou com medo, o que isso diz sobre mim?

Como eu poderia fazer isso com minha irmãzinha? Com seu futuro?

Minhas preocupações se aninham no fundo do meu estômago, sem saída. Não parece certo sobrecarregar outra pessoa com elas, ou reclamar delas quando todos estão aqui há muito mais tempo do que eu. Nem sei se entenderiam.

Eles são Heróis. Eu... não sou. Não tenho superforça, ou capas de invisibilidade, ou a habilidade de criar novas armas com minha mente. Theo derrubou dois veículos do céu sem sequer perder o fôlego, e Gil escapou de uma zona de guerra de verdade. A pior briga em que já me meti foi um leve bate-boca com Mei. Eu não faço ideia de como é dar um soco — ou pior, levar um. E certamente não estou pronta para me aventurar mais a fundo na Corte da Vitória com nada além de uma máscara que não sei como controlar.

Os outros sobreviveram tanto assim porque são poderosos. Eles não se acovardaram diante deste mundo e do que ele oferece. E eu sei que, se quiser ter uma chance no Infinito, preciso descobrir um jeito de me tornar mais forte também.

Mas se for forçada a me juntar à linha de frente de uma guerra na qual não acredito completamente, temo que uma parte da minha alma vá morrer no processo. Vou me tornar alguém que nunca quis ser. E não acho que isso seja sobreviver.

É uma escolha impossível. Seja sacrificando meus valores ou o destino da Colônia, a única forma de sobreviver a isso é em pedaços. Não posso ter tudo. Não posso ajudar a Colônia e ao mesmo tempo proteger Mei e salvar minha alma.

No final, vou ter de abrir mão de alguma coisa.

Só não sei se estou pronta para escolher.

Fecho os olhos e espero que isso impeça as lágrimas de caírem, mas elas vêm de qualquer forma, como se estivessem em sua própria missão. Leva um longo tempo até que eu me mova. Mas, quando a névoa na minha mente começa a se dissipar, respiro fundo e limpo os olhos com a manga da blusa.

Não quero machucar ninguém. Não é da minha natureza. Essa única verdade irradia da minha essência. Mas eu quero que Mei tenha uma vida após a morte, e um futuro.

Eu quero ser forte o suficiente para sobreviver a este mundo.

O Infinito se move rápido demais para que eu consiga ficar de pé, firme. Preciso dar um passo à frente e fazer uma escolha, mesmo que pequena.

Preciso acalmar meus medos e endurecer meu coração.

Porque, se eu deixar esse lugar me quebrar, não sei ao certo se conseguirei me recompor.

15

Digo a Annika que quero aprender a me defender. Que quero aprender a *lutar*.

Ela parece tão satisfeita que não me dou ao trabalho de contar sobre meus motivos e como eles não têm nada a ver com querer me juntar a seu exército.

O Infinito não é apenas um lugar onde coisas ruins *podem* acontecer se eu for azarada. Há quatro principados inteiros cujos objetivos são literalmente caçar humanos e controlar suas mentes. Se eu sair lá fora sozinha sem conhecer maneiras de me proteger, coisas ruins *vão* acontecer.

Mesmo que eu ainda não saiba ao certo como ajudar a Colônia sem me comprometer, sei que quero ter uma chance neste mundo. Quero poder proteger Mei quando a hora chegar.

E já que encarar velas e penas de corvo não parece estar me levando a lugar nenhum, força física parece ser a única opção que me resta.

Quando chego à sala de treinamento, espero encontrar Theo, que claramente tem os músculos de um guerreiro, ou Ahmet, que tem a paciência de um carvalho.

Para minha evidente surpresa, é Gil quem me espera no meio da sala.

— A decepção é mútua — observa ele, tirando sua jaqueta de couro e jogando-a sobre uma mesa próxima.

Fecho a boca com firmeza. Prefiro não lhe dar a satisfação de saber que ele me irrita.

Eu sei por que Annika o escolheu; afinal de contas, ele sobreviveu à Guerra. Ele provavelmente esteve em mais lutas do que qualquer um na Colônia. Quando se fala em bons professores, ele talvez seja o melhor.

Só não consigo acreditar que ele realmente concordou com isso.

A sala de treinamento é uma cabana expandida, completa com teto de sapê e amontoados de galhos que fazem as vezes de paredes. Mas é redonda e plana, com um ringue no centro delimitado por tinta branca. Uma seleção generosa de espadas, adagas, armas e arcos está pendurada em uma longa grade de metal.

Gil pega uma pequena adaga da grade, estudando o corte de seu gume.

— Não — digo rapidamente, erguendo uma das mãos como se estivesse desesperada para intervir.

Ele faz uma careta.

— É só que eu estava pensando que a gente podia começar sem armas — prossigo, dando de ombros. — Sabe, aprender como dar um soco?

Gil vira a adaga lentamente em suas mãos antes de dizer:

— Eu sei que a sua experiência com os Residentes é limitada, mas se acha que um gancho de direita vai salvar sua vida, você está seriamente enganada sobre esse mundo.

— Não existe um ditado sobre aprender a andar antes que você possa correr? — Troco o pé de apoio, inquieta. — Olha, eu não pretendo encarar um Residente de mãos vazias assim tão cedo. Mas preciso saber me defender. Ou pelo menos tentar.

A lâmina para. O rosto de Gil permanece inalterado.

— Se defender no Infinito não é a mesma coisa que se defender no mundo dos vivos. O soco de um humano mal fará um Residente recuar. Pelo menos uma arma pode ser aprimorada com alguma coisa.

Eu me lembro do estilhaço na minha perna e da forma como atacou minha consciência.

Ergo o queixo, engolindo minha frustração. Talvez ele tenha razão, mas não estou pronta para usar armas; também não gosto muito da ideia de ser fatiada como presunto no meu primeiro dia de treinamento.

— Então não me ensine a socar como um humano. Me ensine a socar como você.

Ele reflete sobre minha sugestão por um momento, passando a língua pelos dentes como se estivesse vasculhando seus pensamentos. Quando volta a falar, sua voz é afiada:

— Você tem outros talentos. Talvez deva focar neles em vez disso.

Desvio o olhar, corando. Meu rosto de Residente. Aquele pelo qual nunca pedi e do qual não consigo me livrar; pelo menos não completamente. Às vezes eu penso que voltei ao normal, mas então saio do meu quarto e sinto a Colônia me encarando como se não soubessem bem de que lado estou.

Talvez essa máscara seja uma parte de mim agora, para o bem e para o mal.

— Ser capaz de mudar meu rosto não faz com que eu me sinta forte, e certamente não faz com que eu sinta menos medo. — Escondo o tremor em minhas mãos, envergonhada pela minha própria vulnerabilidade. — Não me importo se levar uma vida inteira; preciso aprender a sobreviver sem depender de todo mundo ao meu redor. Preciso aprender a lutar.

Seu rosto é severo, e cada segundo que passa me faz pensar que ele está acrescentando outro tijolo ao muro que cerca seu coração. Ele inspira como se pudesse sentir que estou tentando dar um jeito de contornar a situação, então expira lentamente.

— Isso quer dizer que você finalmente decidiu entrar na guerra?

Meus ombros enrijecem, e por um momento penso que ele vai me repreender por não me dedicar o bastante à causa. Mas ele não faz isso, apenas me encara como se estivesse esperando por uma resposta genuína.

Eu me apoio nos calcanhares, abrindo a boca para falar, embora não saiba ao certo se estou pronta para respondê-lo. Mas tento mesmo assim.

— Só sei que quero sobreviver por tempo suficiente para ver minha irmã outra vez.

Gil não diz nada por um longo tempo, girando a adaga em sua mão. Por fim, ele a coloca novamente na grade e arregaça as mangas cinza acima dos cotovelos.

— Você já fez alguma aula de defesa pessoal? — pergunta ele.

Faço que não com a cabeça.

— Kickboxing? Artes marciais? — tenta Gil, e, quando balanço a cabeça novamente, ele solta um suspiro profundo. — E educação física?

Faço uma careta.

— Óbvio que sim — digo.

Gil caminha até o centro do ringue.

— Só estou tentando descobrir onde é o ponto de partida — rebate ele.

Eu o sigo até o círculo pintado, observando enquanto ele alonga os braços sobre o peito. Eu me pergunto quantas vezes seu corpo foi quebrado. Quantos ossos ele curou e de quantas cicatrizes tratou. Eu me pergunto quantos amigos ele viu se renderem aos Residentes.

Eu me pergunto se ele já pensou em fazer o mesmo.

Desvio o olhar, envergonhada por estar o encarando por tanto tempo, e desejando jamais ter pensado nada disso.

Porque agora não é o momento de me apavorar e desistir.

— Olha — digo, séria —, sei que estou fora da minha zona de conforto aqui, mas não quero que você pegue leve comigo. — Encontro seus olhos cor de mel, sérios. Preciso que ele entenda. — Não quero que você me trate como criança.

Ele abre um sorriso.

— Isso nem passou pela minha cabeça.

***

Passo horas tratando minhas feridas e a dor que provocam. Yeong diz que ser atingido e não deixar seu corpo reter as marcas é uma habilidade, mas estou longe de dominá-la.

Não consigo levar um golpezinho sequer sem cair no chão em posição fetal.

Não sei por que pensei que Gil pegaria leve comigo. Às vezes acho que ele gosta das lutas. Talvez o fato de que ainda tenho o rosto de uma Residente lhe dê um tipo específico de motivação.

Ele é implacável, rígido e não pega leve.

Mas foi o que eu pedi. É do que eu preciso.

Porque, se conseguir provar a Gil que sou forte, talvez também consiga provar a mim mesma.

Quando estou sozinha no meu quarto, foco em me transformar na Residente que a Colônia quer que eu seja. Eu odeio o fato de que isso é mais fácil para mim do que ocultar ou mover coisas com a mente. Odeio o fato de que me transformar no inimigo me exige menos esforço do que passar uma base no rosto.

Não digo a ninguém o quão rápido aprendi a controlar meu disfarce. Tenho medo de que, se souberem, vão me obrigar a fazer *mais*. E tenho medo de que, quando perceberem minha hesitação, vão me fazer perguntas sobre ela.

Eu já me pareço com o inimigo; não quero lhes dar uma razão para pensar que talvez eu seja de fato um.

Preciso de mais tempo para mim mesma. Mais tempo para focar em me fortalecer, embora pensar nas consequências disso provoque um turbilhão de pensamentos dentro de mim. Um lembrete constante de que sobreviver no Infinito tem um custo.

Mas há tempo para isso mais tarde. Nem toda decisão precisa ser tomada de uma vez.

Então me machuco no dia seguinte, e no próximo e no próximo. Procuro a força no meu coração: a chama que me dá um propósito e o desejo de *passar por isso*. E, a partir de um certo ponto, paro de sentir nervosismo quando penso no ringue.

E começo a ansiar por ele.

***

— Você precisa prestar atenção à sua esquerda — diz Gil por trás dos punhos erguidos.

Não respondo. Esmurro com minha direita, golpeio com minha esquerda e desvio quando Gil me ataca.

O canto de sua boca se contrai. Um quase sorriso.

A distração é tudo que ele precisa — Gil golpeia, gira e me dá uma cotovelada no estômago, depois me lança por sobre seu ombro e me derruba no chão.

Solto um gemido, mais de frustração do que de dor, e me coloco de pé.

Ele dá alguns pulinhos como se estivesse queimando adrenalina extra.

— Pare de querer aprovação e foque na luta. Você não ganha uma estrelinha por se esforçar.

Eu odeio o fato de ele conseguir me ler tão bem. Ergo os punhos.

— De novo — digo.

O rosto de Gil demonstra confusão, e ele abaixa as mãos.

Eu hesito, temendo ser um truque.

— Por que você está me olhando desse jeito?

— Seus hematomas sumiram.

Relaxo as mãos, seguindo seus olhos até meus braços nus.

— Ah, isso. — Yeong disse que levaria um tempo para aprender a evitar hematomas, mas não falou nada sobre escondê-los. — Eu descobri um truque.

Gil parece curioso, o que é uma novidade para mim.

— Acontece que sempre que eu tento ficar parecida com um Residente, os hematomas desaparecem. Então enquanto eu mantiver essa aparência, ela meio que funciona como um botão de resetar.

Ele não parece tão impressionado como eu achei que ficaria. Pelo contrário, parece irritado.

— Você aprendeu a controlar isso?

— Não. Quer dizer, sim. Quer dizer... não exatamente — Minhas bochechas coram sob seu olhar. — Eu não sei como ir de um extremo ao outro. É quase mais fácil me transformar em uma Residente do que me transformar em humana outra vez. Mas acho que descobri qual era o problema. Eu estava tratando isso como um véu, quando na verdade é apenas uma parte de quem...

— Você contou para Annika? — ele interrompe.

Meu coração para por um instante, e eu sinto que meu segredo está começando a se revelar. Apertando os lábios, faço que não com a cabeça.

— Queria mais tempo para aprender a lutar.

Queria mais tempo antes que todos soubessem, completo mentalmente.

Gil cerra a mandíbula.

— E por que isso? Porque às vezes não sei contra quem você pensa que está lutando: os Residentes ou a Colônia.

Fecho a cara.

— Isso não é justo. Eu venho aqui todos os dias, não venho? Estou me dedicando. Estou *tentando*.

— Tentando ser o quê? Porque já temos conjuradores o suficiente. Precisamos de um espião. — Seu olhar corta como aço. — E você parece estar fazendo tudo que pode para não assumir esse cargo.

— Estou evitando me jogar de cara no desconhecido. — Cruzo os braços, entrando em modo defensivo. — Vocês querem me jogar na cova do leão com o quê? Uma *máscara*? E vocês esperam que eu não queira pelo menos aprender a me defender?

— O que eu espero é que a primeira pessoa com a sua habilidade de fato *queira* ajudar a Colônia — ele responde friamente.

— Eu quero ajudar, mas não é assim tão simples. Preciso de mais tempo.

— Nós não *temos* mais tempo.

— Eu sei que vocês estão com pressa para destruir os Residentes, mas…

— *E por que você não está?* — ele grita, com um olhar selvagem.

Encaro o chão, com as orelhas queimando, e engulo em seco. Seria mais fácil dizer a ele que ainda estou muito apavorada, que ainda sou fraca e despreparada para a guerra. Mas, em vez disso, eu lhe digo a única coisa que não deveria dizer; eu lhe digo a verdade:

— Eles parecem *humanos*.

Gil fica mudo. Eu prossigo:

— Eles não são apenas um programa em um computador que não consigo ver. Eles se movem como nós. Eles falam como nós. — Minha voz falha. — Eles querem *ser* como nós.

Alguma coisa brilha atrás de seus olhos, como o princípio de uma tempestade.

Minha pele queima com o calor de sua raiva, mas não há mais volta agora.

— Eles têm pensamentos e desejos. Eles querem *viver*. Isso é tão diferente de ter um sonho? — O nervosismo percorre meu corpo e faz morada no vazio do meu peito. Há bastante espaço para ele, porque não é possível que meu coração ainda esteja lá. Não quando eu estou ocupada demais o expondo para o mundo. — Eu sei como é ter sua vida tirada de você sem aviso. Eu não posso fazer isso com outra pessoa.

— Você acha que eles não merecem morrer?

— Eu não sei o que eles merecem. Só sei que não sou eu quem deve decidir.

Ele ergue o queixo, contraindo os dedos ao lado do corpo.

— A Colônia quer informação. Ninguém está te pedindo para tirar uma vida.

Meu peito se contrai.

— Não *ainda* — rebato.

Ele fixa os olhos nos meus.

— Estamos em guerra. De um jeito ou de outro, todos acabam com sangue nas mãos. Mas se você realmente se importa com o tanto que é derramado, vai querer nos ajudar o quanto antes.

— Não tenho certeza de por onde começar — digo em voz baixa.

Gil dá um passo para trás.

— Você pode começar descobrindo de que lado realmente está. — Ele sai da sala, me deixando sozinha no ringue.

E, subitamente, não importa o quão confusa eu me sentia um momento atrás ou o quanto eu queria ser forte, corajosa e capaz de sobreviver.

Agora estou muito ocupada me sentindo como a covarde que ele pensa que eu sou.

16

A porta de Annika foi entalhada no tronco de uma enorme árvore no nível do chão. Entro em seu quarto, esperando encontrar uma cabana pitoresca parecida com algo saído de um conto de fadas, mas em vez disso sou recebida por cortinas de duas cores e móveis de metal. Alguns degraus de pedra levam a um cômodo maior, e a parede dos fundos é inteiramente feita de vidro, com um arco que leva a uma estufa improvisada. O aroma de jasmim e madressilva preenche o espaço e fico extasiada por tantos tons de esmeralda e oliva.

— Quer chá? — pergunta Annika atrás de um balcão de madeira escura, com duas canecas vermelhas nas mãos.

Aceito com um aceno de cabeça. Não precisamos comer no Infinito, mas muitas pessoas ainda o fazem por acharem reconfortante. Talvez seja a nostalgia; ou talvez seja simplesmente porque uma boa bebida quentinha melhore qualquer situação.

Ela ergue o bule vermelho que forma um conjunto com as canecas e despeja nelas o líquido quente, apontando para o leite e o açúcar próximos.

— Leite e duas colheres de açúcar, por favor — digo, erguendo os dedos.

O sorriso de Annika é como uma explosão de luz; de esperança.

— Shura gosta de tomar chá assim também. A mãe que há em mim fica com vontade de passar sermão, mas acho que não há problema em colocar um pouco mais de açúcar aqui. Não é como se fosse nos matar.

Pego uma caneca e sorrio de volta.

— Obrigada.

Ela se senta no sofá de metal, cujo assento é estofado por almofadas pretas. Eu me sento na cadeira à sua frente e sopro cuidadosamente o vapor que sobe da caneca.

— Sinto muito pela forma como você morreu — diz ela, a voz repleta de uma sinceridade inquestionável. — Mesmo. Nenhum pai deveria perder seus bebês tão cedo. Nenhum pai deveria ter de enterrar seus bebês. Não é assim que deve ser. Você merecia uma vida mais longa. — Há tristeza em seus olhos, como se ela estivesse se lembrando de algo que aconteceu há muito tempo.

— Você tinha filhos? — pergunto. — Quer dizer, antes de Shura.

Annika assente com cautela.

— Tinha. Uma menininha. — A tristeza distante continua.

Agarro a caneca quente com mais força.

— Ela... ela está aqui? No Infinito?

Ela nega com a cabeça e bebe um pouco do chá.

— Você já reparou que não há bebês aqui? — pergunta Annika.

Franzo a testa.

— Acho que não.

Ela passa o polegar pela cerâmica vermelha.

— Acho que eles vão para outro lugar. Nós chegamos até aqui com nossos corpos e nossas memórias e nossa bagagem de nossas antigas vidas, mas e os pequenos? Quando eu morri, simplesmente soube que ela não estava aqui. Não conseguia sentir sua presença. Acho que foi por isso que não tomei a pílula. Não estava interessada no paraíso se o meu bebê não estivesse nele.

— Sinto muito. — Talvez eu não devesse ter perguntado nada.

— Eu não — diz Annika. — Não depois que descobri o que é esse lugar. Pensar que minha garotinha está em algum lugar onde a Rainha Ophelia não pode tocá-la me conforta.

Gostaria de poder ter o mesmo conforto em relação a Mei, mas Mei não é um bebê. E talvez o mundo ainda a considere uma criança, mas algo me diz que o Infinito não segue as mesmas restrições de idade.

Shura morreu antes de ter idade para dirigir, e ela está aqui conosco.

Um dia Mei estará aqui também.

Eu me distraio com mais chá.

— Nós vamos pará-la — diz Annika, séria.

Ergo a cabeça e vejo que seus olhos se enrijeceram em um tom profundo de bronze. Os olhos de uma guerreira.

Espero que ela esteja certa. A última coisa que quero é que alguém na Colônia se machuque. Se não fosse por eles, eu provavelmente teria sido levada para a Guerra.

Eles me salvaram; eu lhes devo mais do que gratidão. Só gostaria que houvesse um jeito de lhes dar o que querem sem trair minha própria essência.

— Posso perguntar como você morreu? — Descanso a caneca sobre meu colo. — Shura disse que te conheceu na Fome.

Annika faz que sim com a cabeça, colocando as tranças sobre o ombro.

— Foi o câncer que me pegou, mas, para ser sincera, eu morri muito antes disso. Tudo mudou quando meu bebê faleceu. Foi como se… como se alguém tivesse retirado todo o ar do ambiente e nunca devolvido. Acho que por muito tempo eu fui levando a vida, mas, no meu coração, eu já havia partido.

— Deve ter sido difícil.

— Todos nós temos nossas batalhas — diz ela. — E a Fome… a Fome era um tipo diferente de impotência. Cada coisa horrível que eu já havia pensado sobre mim mesma, cada coisa pela qual me culpava, mesmo quando não era minha culpa, me consumia.

Se a Guerra existe para te destruir fisicamente, a Fome existe para te destruir mentalmente. Então eu conheci a Shura. E eu sei que devemos viver por nós mesmos, mas ser mãe novamente… me deu um propósito que eu não tinha há muito tempo. Me deu algo pelo que lutar. Então agora eu luto pelas crianças que merecem mais. Luto pelo pós-vida que lhes foi prometido. Luto por sua paz.

Ela fala com uma voz que poderia causar terremotos se assim quisesse. Annika nasceu para ser uma líder.

Não faço ideia de para que nasci, mas não acho que seja para liderar um exército. Eu nem sei se fui feita para *fazer parte* de um exército.

— Como está indo seu treino com o Gil? — ela pergunta, interrompendo meus pensamentos.

Não consigo esconder o rancor que toma conta do meu rosto.

— Vai bem.

Ela ri.

— O Gil é do tipo que a gente aprende a gostar com o tempo.

— Ele me odeia — corrijo.

Seu sorriso desaparece.

— A Guerra o mudou. Ela muda todos nós, eu acho. Mas aquela corte… — Ela leva a caneca aos lábios. — Há coisas das quais não conseguimos nos recuperar completamente. E isso não é uma desculpa, é só a verdade.

— Não importa. Não vim aqui para falar sobre o Gil.

— Imaginei — ela responde, repousando a caneca sobre a mesa de canto. — Me diga no que está pensando.

— Isso que vocês querem que eu faça… ser uma espiã… — Olho para minhas mãos. — Não estou pronta para isso.

— Você tem o que precisa para este papel — observa ela —, mas te falta convicção.

— Vocês querem que eu obtenha informações. Mas nem *eu* tenho toda a informação. — A urgência queima minha garganta. — Como posso fingir ser uma Residente quando não sei quase nada sobre eles?

Como posso concordar em ajudar a destruir alguma coisa sem me certificar de que não há outro jeito?

— Eu estava esperando você me procurar para perguntar sobre o Infinito, porque é muita coisa para assimilar — ela diz. Sua voz é como um alerta. — Tem certeza de que está pronta?

— Vocês estão me pedindo para cumprir um papel nessa luta, mas não posso fazer isso no escuro. Preciso saber de tudo — digo, sentindo que meu coração está saindo das sombras. — Preciso entender esse mundo.

— Me dê suas mãos — diz ela gentilmente.

Hesito, repousando minha caneca ao meu lado. Levo minhas mãos para mais perto dela, que as coloca sobre as suas.

— Talvez você ache um pouco estranho de início, mas é a forma mais rápida de compartilhar conhecimento — diz ela. — Nós a chamamos de Troca.

Franzo a testa.

— Ahmet disse que o holograma funciona como um computador — menciono. — Que dá para encontrar o que eu quiser nele.

— Sim, mas você precisaria saber o que está procurando antes. — Annika meneia a cabeça na direção de nossas mãos unidas. — Deixa eu te mostrar.

Antes que eu possa dizer qualquer outra coisa, seus olhos emitem uma luz branca e o ambiente se dissolve.

Em um piscar de olhos, não estou mais sentada na sala de Annika. Estou em um descampado cinza, com uma névoa pesada bloqueando a paisagem. Não há vida aqui; apenas rochas, cinzas e morte.

Meus passos são pesados, como se não estivesse no controle de meu corpo. Quando olho para minhas mãos, percebo que é porque não estou mesmo no controle: estou nas memórias de Annika.

Um grito atravessa o ar, como uma harpia levantando voo. É difícil enxergar através da névoa, mas sei que estou procurando por algo. Por alguém.

Então eu a vejo, agachada e escura como uma sombra. Consigo distinguir a silhueta de uma garota.

Shura.

Ergo uma das mãos e a chamo. Quando ela se vira para me olhar, seu rosto tem uma palidez mortal, sem qualquer traço da adolescente alegre que conheço. Seu cabelo está emaranhado com lama seca e há sujeira por todo o seu vestido e mãos, como se ela estivesse se arrastando por horas. Talvez dias.

— Você está sozinha? — sussurra a voz de Annika.

Shura se levanta e recua, desajeitada e aterrorizada. Com cabelo loiro-cinzento e olhos cinza vazios demais para serem reais, ela ergue as mãos trêmulas para se proteger.

— Para, por favor. Eu não aguento mais.

— Está tudo bem — diz Annika calmamente. — Estou aqui agora. Vai ficar tudo bem.

Eu me vejo dando um passo à frente e ouço o som de algo se quebrando sob minha bota. Quando olho para baixo, vejo um crânio humano em pedaços.

Estou no meio de um mar de ossos.

O mundo se dissolve outra vez e vejo uma mulher com cabelo preto liso e brilhante, maçãs do rosto pronunciadas e pele oliva. Ela usa um lenço amarelo ao redor da cabeça e seu rosto está coberto de cinzas. Seus braços envolvem Shura.

— Aguentem firme! — As palavras saem de mim, mesmo enquanto o resto do mundo é destruído como se estivesse sendo devastado por um tornado. — Estamos quase lá!

— Não vamos conseguir — a mulher grita em meio ao vento que lamenta ao nosso redor.

— Se eles nos acharem, vão nos mandar para a Guerra — ouço minha voz gritar. — Nós *temos* que conseguir.

A terra explode perto de nós, lançando poeira e ossos pelo ar. Shura leva as mãos às orelhas, enterrando o rosto no abraço da mulher de olhos pequenos.

A mulher luta contra as lágrimas, com um sorriso afetuoso.

— Fique com Shura e corra até a fronteira.

— Não vou te deixar — retruco, mas ela já jogou Shura nos meus braços.

— Eu sei — diz a mulher, colocando uma mão sobre minha bochecha. — E eu te amo por isso. — Ela me beija enquanto o mundo implode, e então se desvencilha de meus braços, mesmo quando um grito horrível deixa minha garganta:

— *Eliza!*

A mulher afunda na terra e seu lenço amarelo cai silenciosamente no chão, no momento exato em que seus braços se estendem e relâmpagos irrompem de seus dedos. Faíscas envolvem o céu e a mulher se move como eletricidade, incendiando tudo em seu caminho.

E então uma coisa afiada atravessa a névoa: uma lança com ponta de metal.

Não a vejo perfurar a mulher, mas ouço seu grito.

Quando os Residentes descem dos céus como anjos da morte, agarro a mão de Shura e o lenço no chão e corro.

A cena se transforma outra vez. Não estou mais nas memórias de Annika; estou em seus pensamentos. Vejo tudo como se estivesse observando o mundo do alto. Vejo o Labirinto em tantas de suas formas e depois estou sobrevoando as ruas da Corte da Vitória como um pássaro. Vejo os festivais, os salões de baile e os prédios e, de alguma forma, eu me *lembro*. Vejo a Colônia quando era nova; vejo o que foi preciso para construí-la.

Vejo a Resistência, sua luta e seu desespero.

Vejo humanos derrotados em batalha, seus corpos sendo carregados por veículos prateados que cortam o ar em um piscar de olhos.

E então vejo uma cidade que nunca vi antes, mas sei que é a Capital. Um cortejo de carruagens. Os rostos dos quatro príncipes.

Não consigo explicar como os conheço, mas conheço. Conheço seus nomes, suas cortes. Sinto que, neste momento, eu entendo tudo.

Príncipe Ettore da Guerra. Seu cabelo é preto e rebelde como chamas que crepitam no ar. Ele veste suas cores: vermelho-escuro, com uma armadura em um tom de vinho e grandes rubis incrustados em suas manoplas. Há um par de adagas em seus flancos, ambas iluminadas por um fogo eterno que serpenteia em suas bainhas. Em sua cabeça está uma coroa de ossos e diamantes vermelho-sangue, cada ponta afiada e ameaçadora. Tudo nele é longo e esguio, e seu sorriso é tão perverso quanto a reputação de sua corte.

Príncipe Damon da Fome. Seus olhos possuem um tom fantástico de violeta e seu cabelo longo e trançado é da cor das profundezas do mar. Com pálpebras pesadas e uma pele oliva quente, ele exibe uma expressão estoica em sua carruagem, como um fantasma em uma pintura. Ele veste as cores de sua corte com um orgulho silencioso: uma túnica preta de gola alta colada contra seu corpo, permitindo que ele se mova como um espectro na escuridão, e uma fina capa preta ornamentada com discretos fios de ouro. Há uma coroa de corais pretos retorcidos em sua cabeça, e uma tinta escura desenha espirais no lado esquerdo de seu rosto.

Príncipe Lysander da Morte. O irmão de cuja corte nenhum humano jamais retornou. De pele negra, ombros largos e cabelo baixo, rente à cabeça, ele usa uma coroa mais elaborada do que as de seus irmãos. Feita de lâminas douradas que perfuram o ar como chifres, ela exibe uma enorme esmeralda no centro, rodeada por cristais em todos os tons de verde. As cores de sua corte — um verde-oliva pálido — são aparentes em suas vestes largas. Simples em comparação à sua coroa, seus braços estão nus, com exceção dos braceletes dourados ao redor do bíceps. O tecido em sua cintura é apertado por um cinto, e camadas de seda verde descem até seus pés.

E então há o Príncipe Caelan da Vitória. Seus traços jovens ficam ainda mais acentuados perto de seus irmãos. Seu cabelo é tão branco quanto me lembro. De olhos prateados e com uma coroa de galhos em sua cabeça, ele veste uma manta felpuda, um uniforme branco e um colete incrustado com ornamentos de prata. Embora eu me lembre bem de seu sorriso, ele não o exibe agora.

As cores evaporam e me vejo em um salão feito de pedra e obsidiana. Tudo é lustroso e simétrico; as paredes são como vidro defronte a uma galáxia de estrelas. Uma enorme escadaria leva até um trono: alto, estreito e grande demais para qualquer pessoa; ainda assim, sobre ele está sentada uma mulher com a cabeça raspada. Um simples adereço repousa sobre sua testa e seu vestido se esparrama pelo chão como tinta. O tecido se transforma com seus movimentos, mudando de preto para índigo e então para dourado.

Eu a conheço. Eu já a vi antes, em um lugar onde não deveria ter visto.

Com lábios pintados de preto como carvão e pele mais resplandecente que mel, a Rainha Ophelia está sentada no trono com seus olhos fechados.

Ela não se parece com uma rainha.

Ela se parece com uma deusa.

Sinto que estou flutuando para a frente, um passo de cada vez, e por um minuto é como se estivesse tão perto que poderia tocá-la. Então, como se eu a tivesse invocado, seus olhos pretos se abrem.

Tudo que ouço é meu próprio grito.

O salão se dissolve e, quando abro meus olhos, vejo Annika sentada à minha frente, ainda segurando minhas mãos nas suas.

Puxo meus braços de volta abruptamente. Sinto meu coração ferido e frágil e cada batida causa uma pontada no meu corpo.

— O que foi isso? — pergunto, quase sem ar nos pulmões para emitir as palavras.

Ela se recosta no sofá e une as mãos.

— Uma Troca.

— Aquelas eram... aquelas eram as suas memórias? — pergunto, levando a mão ao peito. Ainda vejo a mulher que deu sua vida por mim, ou melhor, por Annika. Ainda posso sentir seu coração se partindo.

E Ophelia... Isso quer dizer que alguém já a encontrou?

O rosto de Annika permanece impassível.

— Algumas eram memórias. Mas a maioria é conhecimento, informação que compartilhamos entre nós. Coisas que Trocamos ao longo do tempo.

Levo uma mão à lateral da cabeça, sentindo um formigamento onde geralmente sinto dor.

— Então o desfile, o salão do trono...

— Nós não estávamos lá de fato. Nossas mentes gostam de preencher as lacunas do que sabemos. Então mesmo que elas pareçam memórias, são em sua maioria apenas informações. — Ela se inclina para a frente. — Mas agora você sabe tudo o que sabemos sobre os Residentes.

A sensação é de que meu cérebro é uma esponja que absorveu água demais. Tenho dificuldade de conter tudo. Sinto muita dor, muito medo. Mas, principalmente, vejo os olhos da Rainha Ophelia me observando. Me *vendo*.

Eles não eram reais. Não dessa vez. Mas, se fossem, será que ela teria me reconhecido? Será que ela se lembraria de me encontrar naquele lugar escuro?

Será que ela me chamaria se soubesse onde procurar?

Ouço a voz dela outra vez, se infiltrando na minha mente como um lento veneno: *Eu posso senti-la.*

Agarro meu punho, afastando a voz, e meu corpo treme diante da memória.

Annika se levanta.

— Vou te trazer outra xícara de chá.

— Não — digo, interrompendo-a. — Acho que vou voltar para o meu quarto e me deitar, se você não se importar.

Ela assente antes de dizer:

— Uma Troca pode ser muito desgastante. Especialmente da primeira vez.

Encontro seu olhar. Será que ela teve que reviver aquelas memórias também? Eu me pergunto quantas vezes ela teve que assistir à sua namorada sacrificar a própria vida pela de Annika e Shura.

— Eliza — começo, e Annika ergue o rosto. — Você sabe o que aconteceu com ela?

— Talvez ela esteja na Guerra. Talvez ela já tenha tomado a pílula. Eu não a vejo desde então.

— Você a amava — digo, com a mão ainda sobre o peito. — Dá para sentir.

— O amor é assim — ela diz tristemente. — Nunca vai embora.

Encaro o chão. Costumava pensar que amava Finn, mas essa dor no meu peito... Nunca senti algo assim antes. Não sei se quero sentir algo parecido outra vez.

Eu me levanto, alisando minha camiseta.

— Obrigada pelo chá. E por me mostrar tudo.

Annika assente, retesando as sobrancelhas.

— Espero que tenha te ajudado a enxergar — diz.

Ela está falando da realidade do Infinito, da importância dessa luta. Do que poderia nos custar se perdermos.

Os horrores do Infinito são como raízes de uma árvore, se infiltrando cada vez mais fundo na terra. Eles estão por todo lado, mesmo que eu não possa vê-los sempre. Mesmo que a única coisa que eu veja seja a beleza na superfície da podridão.

Não sei ao certo se complacência ainda é uma opção. Porque não consigo desver o que Annika me mostrou. Não posso fingir que não senti cada segundo de seu desespero, sua mágoa e sua dor.

Não posso abandoná-la quando sei que ela precisa da minha ajuda.

Se os humanos não tiverem a Colônia, não têm nada. Preciso mantê-la a salvo de alguma forma. Preciso proteger as pessoas como Mei, que merecem uma vida após a morte melhor do que a planejada por Ophelia. E se reunir informações sobre os Residentes é o único jeito de proteger nossa existência, então farei isso. Farei o papel que eles querem que eu faça; desde que eu não precise machucar ninguém.

Porque não sei ao certo se estou pronta para cruzar essa linha.

Não sei se há volta.

— Vou ajudar vocês a reunir as informações de que precisam — digo. Não é tudo, mas talvez seja o suficiente.

— Ficaremos te devendo — responde Annika, cheia de sinceridade.

Tento sorrir, mas minha boca parece se curvar na direção errada.

— Não. Nós duas sabemos que sou eu quem deve a vocês.

— Obrigada mesmo assim, Nami.

Eu me viro e subo as escadas, mas paro perto da porta.

— Ei, posso te perguntar mais uma coisa?

Seu rosto se ilumina.

— Claro — responde.

— O que você fazia quando era viva? — Penso em seus olhos cor de âmbar. Olhos de soldado. — Você era do exército?

— Atendimento ao cliente por trinta e três anos — ela diz, rindo. — De que outro jeito você acha que eu seria capaz de lidar com tanta palhaçada?

17

Passo os dedos pela bochecha, encarando minha pele no espelho. Consegui reduzir um pouco o brilho, fazendo um esforço para me sentir humana novamente, mas ainda não pareço comigo mesma. Minhas sardas desapareceram. Meus traços são simétricos. E há um brilho nos meus olhos que não é natural.

Eu não vejo meu antigo rosto há semanas; talvez meses, porque é impossível mensurar o tempo em um lugar como este. E sei que parece ridículo sentir falta de uma zona T oleosa e sobrancelhas por fazer, mas eu sinto.

Tudo em mim é perfeito demais agora, como se eu tivesse sido editada e refinada ao mais alto padrão. Em vida, eu teria amado isso. Imagina acordar com um cabelo perfeitamente modelado e uma pele luminosa sem qualquer esforço? Imagina nunca mais ter uma mancha ou cicatriz ou um dente torto?

Naquela época, teria sido uma bênção. Mas agora? Perder a humanidade no meu próprio reflexo é como uma maldição.

Agora, quando olho para mim mesma, vejo os rostos da memória de Annika. Vejo o monstro. Meu reflexo é um lembrete constante de quem eu devo combater e por quê.

Mas também é um lembrete do quanto eles são *reais*. Eles podem não sonhar, mas será que podem amar e odiar? Será que sentem tristeza e alegria? Será que são capazes de sentir arrependimento? De sentir *misericórdia*?

Penso no Príncipe Caelan no mercado e na forma como seu rosto contava um milhão de histórias. Ele era mais do que uma máquina. Mais do que um programa.

Gil aparece no espelho, vestindo preto e cinza como de costume, com a leve irritação de sempre estampada no rosto. Eu me viro rápido demais e bato meu cotovelo na cômoda. Me encolho, massageando a pele onde um hematoma apareceria, mas Gil apenas balança a cabeça em sinal de desaprovação.

— Você precisa aprender a esconder sua dor humana. Mesmo quando achar que não tem ninguém olhando — alerta ele. — Porque, quando se trata dos Residentes, *sempre* tem alguém olhando.

Os olhos pretos de Ophelia cruzam minha mente. Se eu a contatasse de novo, será que ela responderia?

Deixo os braços penderem ao lado do corpo.

— Você parece muito determinado em garantir que eu tenha medo deles.

— Você *precisa* ter medo — Ele me olha como se pudesse ver minha alma, dando um passo à frente. — Vai por mim, eles não compartilham sua empatia.

Enrijeço os ombros e tento engolir minha culpa.

Meus pais costumavam dizer que algumas pessoas simplesmente nascem más. Talvez isso seja verdade. Mas eu acho que a maior parte das pessoas é um produto daquilo que lhes foi ensinado. Se alguém diz que você é ruim ou feio ou inútil repetidas vezes, você começa a acreditar nisso. Você se transforma nessas palavras.

Fazer algo ruim não significa que uma pessoa tenha que ser ruim para sempre. As pessoas podem mudar.

Eu não acredito em inventar desculpas para as coisas horríveis que as pessoas fazem. Enfrentar as consequências por mau comportamento faz parte da vida, e vítimas têm todo o direito de estabelecer limites. Perdoar não é responsabilidade delas.

Mas também sou uma pessoa que lamenta pelos agressores que nunca foram ensinados a amar ou pelos assassinos no corredor da morte que nunca terão uma chance de redenção. Se a sociedade se importasse mais com a reabilitação do que com jogar pedras, talvez pudéssemos criar um ambiente que encoraja as pessoas a serem mais gentis.

Talvez algumas pessoas nasçam más, mas talvez a maioria das pessoas tenha a capacidade de se transformar em alguém melhor.

Sentir compaixão por monstros faz de *mim* um monstro?

Olho para minhas mãos e tento recriar os pequenos vincos que eu costumava ter ao redor das juntas, mas elas não reaparecem. Eu me pergunto quanto do meu antigo eu se perdeu para sempre.

E, como grama tomada por chamas, as palavras que eu temia dizer em voz alta se manifestam sem que eu consiga pará-las.

— Será que foi por isso que me transformei em uma Residente? — Ergo os olhos para Gil e seu olhar endurecido. — Porque não olhei pra eles e os odiei como deveria?

Eu me lembro daquele dia no mercado. Eu estava fascinada por eles: fascinada por sua beleza e pelo mundo que haviam criado.

E quando visualizei Naoko de *Tokyo Circus* e me imaginei como um deles…

Eu sei que os Residentes precisam ser parados. O que eles estão fazendo com os humanos é monstruoso e completamente injustificável. E se a Morte realmente estiver procurando uma forma de nos erradicar de forma definitiva, então talvez estejamos ficando sem tempo.

Mas ainda não estou certa de que destruí-los seja a única opção.

Papai escreveu quadrinhos inteiros sobre humanos maltratando formas de vida artificiais. E eu me lembro de como era para Ophelia no meu antigo mundo; como as pessoas eram rudes com ela. E se ela era mais viva do que sabíamos e tem cultivado rancor esse tempo todo…

Humanos a criaram e depois a destrataram. Será que não somos ao menos um pouco responsáveis pelo que aconteceu? E, se sim, não deveríamos estar *conversando* sobre isso?

Talvez devamos a Ophelia uma chance de selar a paz antes de procurar uma forma definitiva de removê-la do Infinito.

Gil olha para minhas mãos, analisando-as da forma como eu o fiz.

— Você não está pronta para isso. Você não entende o que eles são.

Solto uma risada debochada.

— *É lógico* que eu não estou pronta. Tudo que eu sei sobre os Residentes veio da Troca. Mas conhecer suas regras, seus costumes, seus exércitos... Isso não quer dizer que eu os entenda. E talvez vocês também não.

— E o que você quer dizer com isso?

— Alguém já falou com um deles antes? Alguém já perguntou por que eles estão fazendo isso?

— Humanos estão sendo escravizados e você está se perguntando por que não pegamos um telefone para perguntar *por quê*?

— Não é isso — retruco. — Eu sei que eles querem nos dominar, e sei que não podemos deixar isso acontecer. Mas tudo que nós vemos é o monstro, e talvez isso seja tudo o que eles veem de nós. Eu quero que fique nítida qual é a diferença.

— E isso importa?

Dou de ombros.

— Não sei. Talvez. — Cerro os punhos. — Se houvesse uma forma de conversar com eles, de fazê-los compreender... a Colônia tentaria? Se isso significasse pôr um fim a essa guerra?

— Você realmente está buscando a paz ou ainda está com medo de talvez precisar matar um deles?

A acusação dói.

Sinto um calor percorrer meu corpo.

— Não querer matar um Residente não significa que eu não queira ajudar.

— Você é a maior arma que essa Colônia já teve e, em vez de abraçar isso, você quer humanizar o inimigo e desfazer tudo que já conseguimos — ele aponta, sua voz letal como veneno.

Tento não deixá-lo perceber o quanto suas palavras me machucam.

— Eu sei que eles precisam ser impedidos. Só não estou certa de que concordamos sobre o que isso significa.

O silêncio ecoa ao nosso redor.

Talvez ser honesta esteja piorando as coisas, mas eu abri uma janela e agora não posso impedir a luz de entrar. Não posso mudar como eu me *sinto*.

— Não entendo como ter ódio irrestrito a uma espécie inteira pode ser útil para qualquer pessoa. — Paro por um instante, refletindo sobre minhas palavras. — E se esse é o requisito para fazer parte dessa resistência, então eu nunca vou ser a Heroína que vocês querem que eu seja.

— Pelo menos nisso nós concordamos — diz ele, frio. — Mas a Colônia precisa de um espião, e não podemos nos dar ao luxo de ser exigentes.

Meu coração acelera. Odeio que meus sentimentos se machuquem tão facilmente e que ele saiba exatamente como feri-los.

— Eu disse que ia ajudar a coletar informação, e falei sério. Mas isso não quer dizer que eu não possa ter minhas próprias opiniões. Não sou só uma peça em um tabuleiro de xadrez que vocês podem mover à vontade.

Uma luz tremula por trás de seus olhos.

— Tem certeza disso? — diz Gil.

Cruzo os braços, fechando a cara.

— Eu concordei em ser uma espiã, não um peão.

— Então que bom que minha opinião não importa. — Gil balança a cabeça, irritado. — Porque, apesar de todos os meus alertas, e, vai por mim, foram muitos, Annika acha que você está pronta para um teste. — Ele pausa por tempo suficiente para minha confusão se instalar e completa: — O Cortejo das Coroas começa amanhã. E é a vez de a Vitória sediar.

Meu peito se esvazia.

Festas de Residentes são comuns na Corte da Vitória. Elas são indulgentes e não têm quase nenhum propósito, mas são uma desculpa para que os Residentes usem roupas formais extravagantes, bebam e socializem: tudo que os Residentes parecem amar. Mas o Cortejo das Coroas é diferente. É uma parte enorme de sua cultura, comparável à forma como os humanos costumavam celebrar feriados e cerimônias religiosas.

Uma série de festivais que culminam no encontro da rainha e de seus quatro príncipes, o Cortejo das Coroas acontece uma vez a cada ciclo; ou o que parece um século aos humanos. A celebração acontece em todas as Quatro Cortes e na Capital, mas, a cada ciclo, um príncipe diferente assume a realização do baile final.

É o maior evento na cultura dos Residentes. Uma celebração do nascimento de seu povo.

E também é o único dia em que todos os cinco membros da realeza estarão no mesmo lugar ao mesmo tempo.

— A Rainha Ophelia estará na Vitória — digo, estoica, me dando conta do que isso significa.

Chegou a hora. Meu papel de espiã começa agora.

Gil assente.

— Durante a Noite da Estrela Cadente — completa ele.

É difícil ficar parada, mas tento mesmo assim.

— Annika tem alguma coisa em mente?

— Tenho certeza de que sim. — Sua voz é comedida, como se ele não estivesse disposto a divulgar mais informação do que o necessário.

Sua atitude não me surpreende. Gil não confia em mim; nunca confiou, desde o começo.

E agora tenho certeza de que minha confissão prematura só piorou as coisas.

Não sei por que continuo me abrindo com Gil ou por que estar perto dele me faz querer despejar pensamentos como uma torrente de vômito verbal. Ele é a última pessoa no Infinito que seria capaz de entender por que tenho receio de machucar outro ser vivo, artificial ou não.

Ele é totalmente diferente de Finn. Gil não é gentil, paciente ou brincalhão das melhores formas possíveis. E também não é meu amigo, não importa o quanto eu precise de um.

Mas sinto falta de ter um confidente. E, apesar de nossas *muitas* diferenças, passei mais tempo com Gil do que com qualquer outra pessoa na Colônia.

Ele se transformou em alguém familiar. E talvez isso tenha *me* deixado confortável demais para compartilhar assuntos pessoais.

Abro minha boca, esperando aplacar um pouco da tensão entre nós, mas Gil se vira abruptamente. Sua rejeição é como uma corrente de vento em uma ferida aberta.

— Annika está te esperando lá em cima — ele diz antes de desaparecer porta afora.

Inspiro e expiro profundamente algumas vezes para recuperar a compostura antes de atravessar a ponte estreita do lado de fora e caminhar até a sala de reuniões. Estou prestes a cruzar a porta quando ouço a voz de Annika, firme e urgente:

— Não vou desperdiçar o que talvez seja nossa única chance de pegar a Esfera.

— Mesmo que nós não tenhamos certeza? A Transferência é só um rumor — rebate Ahmet.

— Está acontecendo do jeito que o Diego disse que aconteceria, com todos os príncipes juntos. Não pode ser só um rumor — diz Shura, a esperança em sua voz aumentando.

— Nós realmente vamos depositar toda a nossa fé nas palavras de alguém que passou dez vidas em uma masmorra depois de perder a Primeira Guerra? — argumenta Ahmet. — Gostaria de lembrar a todos que essa é a mesma pessoa que falou de uma terra prometida para além das cortes. Uma terra que acabou sendo nada além de uma paisagem no Labirinto e que quase nos custou a Colônia. Se nós formos acreditar em tudo que vem daqueles que tiveram suas mentes destruídas na Guerra, vamos passar as próximas *mil* vidas correndo atrás de pistas falsas.

— Gil esteve na Guerra — Shura retruca —, e nós confiamos nele.

— Eu nunca dei um motivo para não confiarem — responde Gil friamente.

— Gil também sabe a diferença entre a verdade e uma imaginação fraturada — responde Ahmet. — Não podemos dizer o mesmo a respeito de todos que estiveram na Guerra. Especialmente alguém que ficou por lá por tanto tempo quanto Diego.

Theo é o próximo a falar:

— Essa não é a primeira vez que ouvimos rumores sobre a Esfera, e já ouvimos isso de mais de uma pessoa. Independentemente de a Transferência ser real ou não, temos bons motivos para acreditar que a Esfera existe. E, se existe, essa pode ser a hora de conseguirmos informação.

Murmúrios tomam conta da sala.

— Nami, pode parar de ficar bisbilhotando e entrar — chama Annika, de trás das paredes.

Meu corpo enrijece. Confio no meu rosto de Residente para esconder o rubor nas minhas bochechas.

— Desculpe — digo timidamente, entrando na sala. — Não queria interromper.

Annika gesticula com a mão, pedindo que eu me aproxime do holograma sobre a mesa.

Gil está ao lado dela, junto com Ahmet, Theo, Shura e dois homens que já vi andando pela Colônia. Eles são engenheiros, como Ahmet, mas ainda não os vi em ação.

— Você se lembra do Festival da Alvorada que viu na Troca? — pergunta Annika.

Faço que sim com a cabeça. É o festival que marca o início do Cortejo das Coroas: o primeiro de cinco.

Annika encara o holograma. A imagem do palácio se dissolve em pixels e se recompõe em um enorme pátio na parte de trás da construção de mármore. É o lar do Príncipe Caelan no Distrito de Verão, conhecido pelos Residentes como a Galeria. Aparentemente, o Príncipe da Vitória tem um apreço por pinturas a óleo.

Pinturas criadas por humanos escravizados, penso.

Noto que Gil está me observando e me esforço para parecer inescrutável. Ele já viu o bastante dos meus pensamentos por um dia.

— Nós queremos você lá — diz Annika, olhando a Galeria. — Para reunir toda a informação que puder, mas também para garantir que seu rosto se torne familiar para os Residentes. Há uma linha entre ser novidade e ser conhecida, e a forma de permanecer invisível é ficando exatamente no meio dela.

Estudo o prédio, fechando meus dedos junto ao corpo.

— Eles não vão me fazer perguntas sobre quem eu sou?

— A criação de Residentes é um assunto delicado — explica Ahmet. — É considerado rude fazer perguntas sobre quando e como alguém foi criado.

— Eles não gostam de lembrar que não nasceram, e sim que foram projetados — esclarece Theo. — Mas novos Residentes chegam da Capital o tempo todo. Não é incomum.

— Isso é verdade, mas ainda é mais seguro que você não seja uma completa estranha na noite em que Ophelia chegar a Vitória — diz Annika. — O Festival da Alvorada será uma boa oportunidade para você praticar. Você tem uma função a dominar, e agora nós temos uma linha do tempo.

— Parece cedo demais — admito, evitando o olhar frio de Gil.

Annika inclina a cabeça, esperando.

— Talvez eu consiga me misturar, mas interagir com os Residentes é algo completamente diferente — tento explicar. — Eu só fiz isso uma vez.

— Com um *príncipe* — lembra Shura. — A Nami consegue. Eu vi.

Não tenho tanta certeza. Queria ter essa confiança; nas minhas habilidades *e* na missão.

— Eu também acredito nela. Ainda assim, me preocupo com sua falta de classe — diz Annika, abaixando o queixo. — Presumo que você não saiba dançar.

Mexo os pés, inquieta, consciente de que todos estão me observando.

— Não exatamente — consigo dizer.

Ela fica pensativa por um instante.

— Alguém aqui sabe dançar valsa? Seria bom para Nami ter uma ou duas aulas antes do Festival da Alvorada.

Arregalo os olhos.

— Você quer que eu *dance* com eles?

— É claro que não — corrige Annika. — Mas precisamos estar preparados para todas as possibilidades.

Theo ergue as mãos, como quem se rende.

— Foi mal. Não sou do tipo que dança — diz ele.

Shura sorri vagamente.

— Só sei fazer a dancinha do fio dental.

Ahmet suspira.

— Não sei o que é isso, mas me sinto mais confortável em uma mesa de computador do que numa pista de dança — diz ele, espalmando o ombro de Gil. — Mas o Gil...

Ah, não. Por favor, não diz isso, resmungo mentalmente.

— ...aprendeu com a mãe, reza a lenda — ele termina.

Gil afasta a mão de Ahmet.

— Isso foi há muito tempo, e era só coisa de criança, na cozinha, sem ninguém estar olhando. Você vai ter que achar outra pessoa.

Meu alívio dura pouco.

— Eu não espero que ela vire uma dançarina profissional em poucos dias. Só quero que ela aprenda a se mover mais graciosamente. Ela precisa caminhar como um Residente tanto quanto precisa se parecer com um. — Annika inclina a cabeça na minha direção. — Tenho certeza de que você vai achar outras coisas para fazer no festival que não envolvam dançar.

Mordo os lábios.

— Você se refere a buscar informações sobre a Esfera?

Annika curva a boca suavemente.

— Por enquanto só quero que você observe e escute.

— Eu não vi nada sobre uma Esfera quando fizemos a Troca — digo, quase desanimada. Quando ela disse que me contaria sobre o Infinito, presumi que me contaria tudo.

Obviamente eu estava errada.

Shura sorri gentilmente.

— Nós ainda não sabemos se ela é real.

— Se essa Esfera tem alguma coisa a ver com a razão pela qual vocês vão me transformar em uma espiã, então quero saber o que é. — Olho para cada um deles com ansiedade.

Gil me encara de braços cruzados.

— Há um rumor de que a Rainha Ophelia armazena sua consciência dentro de uma coisa que eles chamam de Esfera — diz.

— Um rumor de alguém chamado Diego? — Eu o encaro de volta. — Alguém da Guerra?

— Quando eu conheci o Diego, a mente dele estava confusa, para dizer o mínimo. A maioria dos humanos que lutou na Primeira Guerra abriu mão de sua consciência depois que ela terminou, mas o Diego era teimoso. E ele estava lá desde o começo, quando tudo no Infinito mudou. — Gil dá de ombros. — Eu admito que queria acreditar em todas as histórias que ele me contou. As histórias sobre pessoas que escaparam e encontraram um lugar seguro. Mas, quando escapei, fomos atrás de tudo que ele disse. Nada era real.

— Até agora — argumenta Shura, alternando o olhar entre Gil e eu. — Diego não é a primeira pessoa a falar da Esfera. Mas ele sabia sobre os festivais. Ele disse que era costume a Esfera ser deslocada entre as Quatro Cortes, como uma forma de cada príncipe dividir a honra de protegê-la.

Eu me viro para Annika.

— Por que nada disso estava na Troca?

— Eu te dei tudo que *sabemos* ser verdade. Não o que esperamos ser verdade. — Ela balança a cabeça para o restante do grupo. — Mas agora eu acredito que a Esfera é mais do que apenas um rumor.

— É como um backup? — pergunto. — Para a consciência de Ophelia?

— Mais do que isso — explica Shura. — A Esfera *é* o computador.

— Se é que ela existe — observa Ahmet.

— Mas, se existe — interrompe Theo —, significa que a Esfera é a chave para derrubarmos a rainha.

Franzo a testa.

— Vocês acham que destruir a Esfera iria destruí-la? — pergunto.

— Ela e todos os Residentes no Infinito — explica Annika. Meu sangue gela. — A existência desse mundo depende da consciência humana. Já os Residentes dependem de sua rainha.

Pisco.

— Então, se destruirmos a Esfera...

— Destruímos todos eles — completa Annika.

— Mas como seria isso? Como destruímos algo como aquilo? E onde eles a guardam? — As perguntas me escapam como se vindas de uma metralhadora, porque eu quero saber *mais*.

— É por isso que precisamos de você — diz Annika, séria. — Você pode se aproximar do palácio, de seus segredos. Com você lá dentro, finalmente vamos conseguir a informação que estivemos buscando.

Gil não tirou os olhos de mim, e agora eles queimam, cheios de vingança.

— Com sua ajuda, podemos vencer essa guerra.

Minhas mãos tremem ao lado do meu corpo, mas não consigo desviar o olhar.

Eles esperaram por tanto tempo por essa chance. Eu seria uma pessoa horrível se tirasse isso deles.

E você seria uma pessoa ainda pior se tirasse isso de Mei, digo a mim mesma, relutante.

Annika faz um gesto com a mão.

— Vou pedir para Ahmet preparar um resumo para o Festival da Alvorada. Enquanto isso, Nami e Gil podem encontrar um lugar para praticar aquela valsa.

Faço que sim e começo a andar em direção à porta.

— Ah, Gil — ela adiciona. Sua voz é um alerta. — Por favor, coopere.

Gil cerra os lábios e se retira da sala, comigo em seus calcanhares.

18

O quarto de Gil é totalmente diferente do que eu esperava.

Há painéis de madeira escura sobre as paredes e uma lareira de pedra aberta em um dos cantos. O ar recende levemente a fumaça e baunilha, e vejo uma fileira de velas e canecas de latão sobre a superfície, repletas de pincéis bem gastos. Diferentemente da casa de Annika, não há uma cozinha aqui. Em vez disso, o espaço está repleto de esculturas.

Algumas são feitas de metal; outras, entalhadas em madeira. Elas se espalham ao longo de mesas, gabinetes e prateleiras. Algumas das maiores estão encostadas na parede, como criaturas assustadoras prontas para se transformar em algo sobrenatural assim que forem deixadas a sós.

Ao lado de uma das pequenas banquetas há uma bancada de trabalho com uma peça inacabada apoiada por arames. Não sei o que pretende representar, mas, com base nas asas de pássaro, imagino que seja algum tipo de animal.

— Você fez tudo isso? — pergunto, maravilhada demais para conseguir esconder.

Ele se move ao longo do cômodo, empurrando algumas das mesas para os cantos para abrir espaço. Com tanta arte, espaço é algo que falta por aqui.

— Nem todas estão prontas — diz ele, cobrindo suas obras em andamento com um lençol fino.

— São lindas. — Acho que é a primeira coisa positiva que digo a ele.

— Obrigado. — Acho que é a primeira coisa positiva que ele me diz.

Mas não dura muito tempo.

Seu corpo todo fica tenso e ele caminha até o centro do cômodo.

— Vamos acabar logo com isso.

— Você realmente sabe como fazer uma pessoa se sentir especial.

Gil ergue uma mão, ignorando meu comentário.

Coloco meus dedos sobre os dele e ele descansa a outra mão contra minhas costas, me puxando para mais perto de seu peito. Nossos rostos estão a centímetros de distância. Ergo a cabeça, notando as manchas cor de mel em seus olhos, e fixo meu olhar sobre seu ombro, em uma postura desafiadora.

Sigo suas instruções, pisando em seus pés uma quantidade razoavelmente agradável de vezes, e dou três voltas ao redor do espaço até que meu pescoço esteja rígido.

— Você precisa relaxar. Você se move como um robô.

— Bom, então estou a apenas um passo de me mover como um ser de inteligência artificial — retruco.

— Estranho. Sempre achei que você fosse do tipo que diz que "robô é um termo pejorativo".

— Bom, obviamente você não sabe nada sobre mim, então parabéns por estar errado.

— Eu sei o bastante sobre você — diz Gil.

— "Você precisa prestar atenção à sua esquerda" não conta.

— Eu sei que você tem uma irmã. Sei que você morreu salvando alguém que te lembrava dela. Sei que você tinha um namorado chamado Finn. Sei que você estava indo para uma festa quando…

— Para — interrompo, irritada, batendo os pés no chão. — Só… para.

Ele se detém, mas não solta as mãos.

— Não era para você olhar aquelas memórias — digo, encarando a parede porque não consigo encarar seu rosto. — Não me importa se era necessário. Você não gostaria se eu espiasse sua mente e saísse bisbilhotando por ela sem sua permissão.

Sua respiração é compassada; a minha é ofegante e meu coração palpita sem parar.

— Você pode olhar minha mente quando quiser — diz ele tranquilamente. — Mas te garanto que não vai gostar do que vai ver.

— Não preciso ler sua mente para saber o que você pensa de mim — rebato. — Você deixa sua opinião bem clara sempre que estou por perto.

Ele me solta e dá meio passo para trás.

— O fato de você pensar que é a pior coisa na minha cabeça diz tudo o que preciso saber sobre você.

Recuo, percebendo que ele está se referindo a todo o tempo que ele passou na Guerra. Todas as coisas horríveis que ele deve ter visto. Que deve ter *feito*. Ele não estava tentando me insultar; estava genuinamente me alertando.

— Sinto muito pelo que você passou — começo, mas Gil não está interessado em ouvir o resto.

— Guarde sua compaixão para os Residentes. É o que você faz de melhor.

— Não sinto compaixão por eles. Mas também acredito que matar nunca é a solução.

Suas palavras saem carregadas de raiva:

— Você vai mudar de ideia em algumas vidas. Todo mundo muda.

— Sempre há exceções — argumento.

Gil ergue uma sobrancelha.

— É isso que você espera? Encontrar um Residente com um coração de ouro que vai provar que todos estão errados? — Sua voz me corta como se eu fosse feita de papel. — Você é mais ingênua do que eu pensava. Nós *jamais* poderemos coexistir. Não depois de tudo que aconteceu entre humanos e Residentes.

— Então é isso? Ou nós ou eles? — Minhas palavras saem pesadas. — Você acha que não pode haver nem uma pequena chance de estar errado?

— Acho que você amarrou seus valores a um navio que está afundando e, se não tomar cuidado, vai levar a Colônia inteira para baixo junto com você. — Seu silêncio se espalha pelo cômodo, como se estivesse procurando por inseguranças. — Ou talvez seja isso que você quer.

Meu corpo treme involuntariamente e eu me esforço para conter minha frustração.

— Só porque estou fazendo perguntas não quer dizer que eu queira trair a Colônia.

— Suas perguntas *são* a traição — diz ele, furioso. — Você não tem ideia de há quanto tempo isso está acontecendo, ou há quanto tempo estamos trabalhando por esse objetivo específico. — Seu olhar é destemido e inabalável. — Siga o plano para que nós possamos pôr um fim nisso de uma vez por todas.

— Eu sei que todo mundo espera que eu seja a Heroína que muda tudo, mas…

— Você é a última pessoa no Infinito de quem eu espero alguma coisa — ele interrompe, se aproximando de mim. — Depender de alguém como você é um ato de desespero, não de fé. Não significa nada.

Cerro os dentes e os punhos, furiosa demais para pensar com nitidez.

— Você está errado sobre mim.

Ele abaixa o queixo. Sua voz não passa de um suspiro.

— Não me importa — diz.

Perco a cabeça e saio furiosa do quarto de Gil antes que eu diga algo que não possa ser retirado.

***

— Ah, qual é, não pode ter sido assim *tão* ruim — diz Shura, mal contendo o riso.

— Ele é tão *convencido*. E cada coisa que eu falo só faz ele me odiar mais — digo, me encostando na cabeceira da minha cama. — Acho que seria melhor para todo mundo se nós simplesmente nunca mais tivermos que olhar na cara um do outro. — Se não fosse pelo fato de que estamos todos enfurnados debaixo da terra, talvez fosse possível. Esse mundo é infinito; não é como se não houvesse espaço para isso.

Talvez seja uma boa motivação para brincar de espiã: quanto mais demorarmos a vencer, mais tempo terei que passar com Gil.

Shura se senta na beira da cama, de pernas cruzadas.

— Não é para as aulas de dança serem uma coisa recorrente?

— Não vou voltar — digo, irritada. — Prefiro encarar um jantar com todos os quatro príncipes.

Shura dá de ombros.

— Talvez esse desejo se realize se essa história da Esfera tiver algum mérito — fala ela.

Solto um suspiro antes de dizer:

— Queria que você pudesse ir comigo.

— Sem ofensa, mas esse seu jantar tem a pior lista de convidados de todos os tempos.

— Não, estou falando do Festival da Alvorada. — Afundo as unhas nas palmas. Não sei se posso admitir que estou com medo.

Ela faz uma careta.

— Bom, posso considerar ir pela comida, se eu puder.

— Pela comida?

— Sim! A comida é a essência dos festivais. Você não ficou se perguntando por que havia tantos confeiteiros no mercado? Os Residentes amam um cardápio variado.

— Eu não entendo — digo, me inclinando para a frente e pegando meu cobertor. — Qual é o sentido de uma inteligência artificial conquistar o além se tudo o que eles querem fazer é imitar os humanos?

— Acho que esse *é* o sentido — diz Shura, dando de ombros. — No que diz respeito à Vitória, eles já venceram a guerra. Agora eles querem viver.

Eu me encolho. É claro que eles querem. Os humanos tiveram séculos na Terra. Nós vivenciamos a vida; nós tivemos a oportunidade de evoluir. Mas, para os Residentes, o Infinito *é* a Terra. Seu recomeço.

Ophelia costumava viver presa dentro dos limites da tecnologia. Mas, aqui, ela é *livre*. Então será que podemos culpá-la por tudo que fez para conseguir sua liberdade?

Não estamos tentando fazer o mesmo?

Afasto os pensamentos tão rápido quanto surgem. Eles não devem existir na mente de uma espiã. Agora preciso me concentrar em passar pelo Festival da Alvorada sem me revelar para uma corte inteira.

— Você já sabe o que vai vestir? — pergunta Shura.

Hesito. Não havia me ocorrido que eu precisaria de um vestido, e agora me sinto idiota por não ter pensado nisso antes. Nunca vi um Residente na Corte da Vitória usar qualquer coisa além de roupas formais. Mesmo em Dia de Mercado. E estou indo para um *verdadeiro* festival.

Duvido que alguém apareça no Cortejo das Coroas com calça de moletom e um suéter largo.

— Talvez aquele vestido vermelho que apareceu no mercado? — sugiro timidamente. É tudo que tenho.

— Sem chance! — Shura praticamente grita. — Você não pode usar o mesmo vestido duas vezes. Não é nada típico dos Residas. Todos lá vão usar alguma coisa que ninguém nunca viu antes. Se você quiser se misturar, precisa se destacar.

— Isso soa incrivelmente contraditório. Sem falar que o vestido vermelho foi um acidente. Eu não sei nada sobre costura ou cortes ou desenhar vestidos.

— Você não precisa saber. Olha isso — diz Shura, pegando uma mecha de cabelo cor-de-rosa pela raiz e puxando-a. Sob seus dedos, o cabelo muda de cor, adquirindo um tom de lavanda. Quando ela termina, pega a ponta do cabelo recém-alterado e a gira ao redor do dedo. Pisco e a mecha inteira se arranja em um cacho perfeito. —

Você pode fazer a mesma coisa com as suas roupas. É só usar a sua mente, como você fez aquela vez.

— Eu não sou boa nesse tipo de coisa, lembra? Eu falhei no teste — observo. Meus talentos parecem se limitar a interagir com os Residentes, o que só serve para fazer de mim uma simpatizante, de acordo com Gil. — Você é uma ocultadora. E se você fizer alguma coisa para mim?

— Eu *poderia*. Mas você precisa praticar. — Ela cutuca meu joelho. — Além disso, tudo que fazemos com nossa consciência cria um laço conosco. Você vai se sentir melhor em um vestido feito por você mesma. Vai por mim.

Encaro o tecido das minhas roupas, imaginando quanto tempo eu levaria para transformá-lo, se é que é possível.

— Por onde eu começo?

Shura salta da cama e me puxa pelas mãos, de modo que eu fique de pé diante dela.

— É como qualquer outra coisa — ela diz, me posicionando de frente para o espelho. — Você começa de baixo e vai subindo.

***

Quando eu o vejo, as palavras saem da minha boca como uma reação química:

— O que você está fazendo aqui?

Gil está no centro do ringue de treino, com as mãos firmes nos bolsos.

— Você não apareceu nas aulas de dança.

— Espero que você não tenha vindo até aqui para receber um pedido de desculpas.

— O Festival da Alvorada é daqui a uma semana — ele diz, sério. — Aprender a dançar valsa pode ser a diferença entre passar despercebida e arruinar seu disfarce.

— *Não me importa* — repito suas palavras, imediatamente odiando o quanto a frase soa mesquinha.

Ele curva os lábios.

— E mesmo assim você ainda está treinando.

Passo por ele, empurrando-o para fora do caminho, e encontro o saco de pancadas improvisado perto de uma das grades de armas.

— Você não precisa vir aqui. Posso treinar sozinha. — Dou soco atrás de soco, apreciando o som de cada golpe.

Gil não se abala.

— A missão sempre vem em primeiro lugar. Essas são as regras.

— Eu sei disso. — Dou outro soco.

— O que achamos um do outro não pode atrapalhar.

Soco. Soco. Mais outro.

— Eu não acho nada de você — digo. — Se chama *indiferença*.

— Nós dois sabemos que isso não é verdade.

Golpeio o saco de pancadas o mais forte que consigo. Ele sai voando na direção da parede com força supersônica.

Fico parada com meus punhos ainda erguidos, fascinada. O saco balança por um momento antes de cair de lado. Esticando os dedos, encaro minhas palmas com a visão desfocada, alternando os olhos entre as minhas mãos e o saco caído.

Eu fiz isso.

Gil funga atrás de mim.

— Nada mal. Você não tem nenhum autocontrole, mas nada mal.

Eu giro para encará-lo, com olhos arregalados.

— O que você quer?

Ele simplesmente ergue os ombros.

— Eu quero o que Annika quer. O que todos nós queremos. — Seus olhos cor de mel parecem carregar o peso da Resistência inteira. — Quero ser livre.

A Colônia pode ser um lugar seguro, mas os humanos não foram feitos para ficarem trancafiados no escuro. Certamente não por toda a eternidade. Estou ajudando a Resistência a reunir informações porque sei que é necessário. Sem um jeito de resistir, nunca teremos nossa liberdade. Sempre vamos nos esconder. Sempre vamos ter medo.

E eu não quero ser uma prisioneira. De *nenhum* lado.

— Eu já concordei em ajudar. Então me deixa fazer o que eu preciso em paz — explodo.

— Estou cumprindo ordens.

— Danem-se suas ordens. Nós dois sabemos que suas aulas de dança não vão fazer nenhuma diferença.

— Também estou preocupado que você abra um buraco na sala de treinamento se não aprender a controlar seu temperamento.

— Pelo menos meu temperamento pode de fato me ajudar a sobreviver.

— Se você quer bater em alguma coisa, estou bem aqui.

— Não me provoca.

— Estou falando sério — diz Gil, tirando as mãos dos bolsos. — Se você acha que consegue fazer tudo tão melhor sozinha, então prove.

Eu não espero; eu avanço.

Com um passo para trás, Gil desvia do meu primeiro soco, mas acerto um golpe de esquerda em suas costelas. Ele gira o antebraço, me bloqueando, e eu lhe dou uma joelhada com tudo no estômago. Ele absorve o peso como se eu mal o tivesse tocado, agarra minha perna e me dá uma rasteira até eu me ver no chão.

Por um momento ele está sobre mim, com olhos vivos, e então uso todo o meu peso para empurrá-lo, me levantando aos tropeços.

Não lhe dou tempo para se recuperar. Lanço um gancho de direita na direção de seu rosto — ele desvia — e giro minha perna para acertar seu queixo enquanto ele está distraído.

Mas ele se move rápido demais. Em um segundo ele está lá e estou prestes a conseguir meu primeiro golpe certeiro, e no outro seu corpo pisca e desaparece. Minha perna atinge apenas o ar que ele deixou para trás e eu caio desajeitada.

Então braços se fecham ao meu redor, me segurando por trás e torcendo meus próprios braços até que eu não consiga me mexer.

A respiração de Gil roça minha orelha.

Minha espinha congela.

— O que diabos foi isso? Eu sei que a gente não definiu nenhuma regra, mas com certeza teletransporte é trapaça — sibilo em seu aperto.

Ele ri contra meu cabelo, cruel e determinado.

— Primeira regra do Infinito: conheça seu inimigo.

Inspiro pelo nariz, me concentrando no sangue nas minhas veias, carregando nada além de adrenalina. Deixo a energia crescer, cuidadosamente, e foco na pressão de Gil sobre meus braços.

— Você esqueceu a segunda regra do Infinito — digo baixinho e, antes que ele possa responder, concentro toda a minha força no meu cotovelo esquerdo, golpeando Gil pela lateral. Sua respiração falha e ele me solta, e não o deixo recuperar a compostura.

Acerto um soco em seu estômago com toda a força, lançando-o para trás e causando vibrações no ar ao redor de nós.

Um zumbido percorre meus ouvidos. A palpitação no meu peito se estabiliza.

Olho para Gil, espantado no chão, e ergo uma sobrancelha.

— *Preste atenção à sua esquerda* — digo, e logo após caminho para fora da sala.

19

Meu vestido ostenta um degradê que vai de prata a um azul-marinho profundo; o tecido se derrama em uma espécie de lago aos meus pés. Um dos meus braços está exposto, envolto por uma corrente de prata que rodeia minha pele como uma serpente encantada, e o outro está coberto por um tecido prateado e brilhante, com diminutas contas espalhadas pelo material em um padrão que lembra uma flor.

Shura tinha razão sobre a conexão. Este vestido não parece apenas ter sido feito para mim: é como se ele fosse uma *parte* de mim. Cada balançar do tecido parece deliberado. Ele abraça minhas curvas exatamente onde quero. Eu me vejo em cada centímetro do material: vejo também minha esperança, meu medo e meu fascínio.

Tenho medo de que seja presunçoso. Nunca usei algo tão elegante assim antes.

Não sei ao certo se *combino* com algo tão belo.

Mas, quando olho para meu reflexo no espelho, não enxergo mais o fantasma do meu antigo eu. Só vejo uma Residente. Uma nova identidade. Uma nova *eu*.

Fecho os olhos e espero que seja suficiente.

Caminho pela Colônia, e a multidão se abre como se eu fosse alguém importante, o que só me deixa mais nervosa. Nunca fui importante na vida; não estou acostumada a receber tanta atenção.

Passo por Yeong e Ahmet na multidão, que acenam positivamente com a cabeça, antes que eu encontre Annika, Shura e Theo na entrada do Túnel Sul.

Shura abre um sorriso radiante.

— Você está linda!

Faço uma careta, porque elogios me deixam constrangida, e, me sentindo insegura, pego a trança escura que descansa sobre meu ombro exposto.

— Estou ridícula.

Ela tira um anel de prata do bolso. No centro há uma enorme pedra quadrada que irradia um azul deslumbrante.

Colocando-o no meu dedo, ela segura minha mão e sorri.

— É um presente. — Ela hesita. — Ahmet fez a maior parte do trabalho, mas fui eu quem criei o design.

— Obrigada — digo, um pouco sem jeito. — Eu não sabia que deveríamos trazer presentes.

— É um transmissor — Shura explica, orgulhosa, e eu relaxo. — É codificado exclusivamente para você. Se você apertar a pedra no meio, vai nos enviar um sinal de que está em apuros.

— Vou estar pelas redondezas o tempo todo — acrescenta Theo. Ele coça a nuca. — Mas, se algo realmente acontecer, não posso garantir que vou poder te ajudar…

— Eu sei — termino por ele. — Vocês não podem correr o risco de eles descobrirem a Colônia. Se eu for pega, vou estar por conta própria.

Ele assente com a cabeça. O sorriso de Shura desaparece.

Annika se inclina para a frente.

— Mas um alerta pode salvar o resto de nós. Poderia nos dar tempo de fugir, antes que eles arranquem qualquer informação de você — diz ela.

Meu olhar se dirige ao conjunto de passarelas e cabanas, todo torto e descombinado. Os sobreviventes estão aqui há tanto tempo. Sobreviveram a tanta coisa. Se eu falhar, para onde eles irão? Para onde poderiam fugir?

Se tiverem sorte, podem chegar até a fronteira. Eles poderiam atravessá-la e entrar no Labirinto. Mas quanto tempo isso lhes daria? Esconder um grupo grande como esse seria...

Não diga isso, ordeno a mim mesma. *Não diga que é impossível.*

Vasculho meu coração em busca de um fio de confiança e me agarro a ele, apertando-o firmemente.

— Não parece um presente assim tão bom depois *dessa* conversa macabra — diz Shura tristemente.

Contenho uma risada.

— Eu amei. E talvez isso faça eu me sentir um pouco mais segura, sabendo que tem alguém por perto. — Olho para Theo. — Onde você vai se esconder?

— Bem à vista de todos — ele diz, dando uma piscadela e gesticulando para Shura. — Ela não é a única que sabe conjurar um véu decente.

— Decente? Como ousa? — diz Shura, fingindo estar ofendida.

Theo debocha, dando um meio sorriso.

— Você pode possuir habilidades, mas só tem um metro e meio. — Ele gesticula para si mesmo. — Eu tenho muito mais para esconder.

— Bom, você pode ser um gigante, mas parece um saco de batatas — ela retruca. — Se você se enrolasse em juta, nem precisaria se dar ao trabalho de usar um véu.

Ahmet gesticula para que os dois sosseguem, embora estejamos todos rindo, e por um momento eu quase esqueço para onde estou indo esta noite. O que preciso fazer.

Por um momento sinto que é apenas uma tarde normal entre amigos.

É assustador pensar no quão rápido me agarrei ao sentimento, tentando guardá-lo em algum lugar seguro para mantê-lo por mais um tempinho. Fomos de estranhos ao que quer que sejamos agora... Isso me pegou de surpresa. A camaradagem.

Acho que estou começando a me importar mais com eles do que gostaria de admitir.

Annika gesticula para alguém em uma das torres de guarda, pedindo-lhe que abra os portões principais. As dobradiças de metal rangem e eu tiro um momento para olhar a multidão atrás de mim mais uma vez. Tantos rostos esperançosos. Tantas pessoas a quem não quero decepcionar.

Começo procurando por ele sem sequer me dar conta.

— Ele saiu para procurar peças — sussurra Shura, baixinho demais para qualquer outra pessoa ouvir.

Em resposta, enrijeço e dou uma piscada.

— Eu não estou… Quem? — digo.

Ela dá uma risadinha e desvia o olhar. Se eu estava tentando convencê-la de que não era Gil quem eu procurava, definitivamente falhei.

Não é como se eu *quisesse* que ele estivesse aqui, para me ver nesse vestido exagerado com aquela cara enjoada e carranca irritante e, sério, será que ele tem *alguma coisa* que não seja preta ou cinza?

Seguindo uma torrente de xingamentos mentais, subo no veículo preto que me espera do lado de fora do portão.

O trajeto até a Galeria é silencioso. Não é seguro voar com as Legiões patrulhando os céus, especialmente porque eles são conhecidos por usarem véus também. Então nos mantemos no chão, pegando uma rota pela floresta para evitar as ruas estreitas do mercado.

A floresta não é tão exuberante quanto eu havia imaginado. Bétulas prateadas estão espalhadas pela floresta e uma quantidade generosa de musgo e cogumelos venenosos cresce entre elas. Mas a luz do luar se derrama pelas copas das árvores, iluminando porções de campo aberto.

Eu me pergunto se isso é intencional, para limitar os lugares onde os humanos podem se esconder.

O carro passa por um pequeno fosso e meu estômago revira. Theo continua focado na estrada, e Shura está impassível atrás dele, concentrada no véu.

Não sei se eles apenas disfarçam melhor do que eu, mas às vezes acho que sou a única pessoa na Colônia que parece estar ansiosa.

Nós emergimos de um túnel de árvores frágeis e subimos uma colina, que termina em uma planície, revelando o muro de pedra que divide os Distritos de Primavera e Verão. Os arcos retorcidos parecem monstruosos na escuridão, e, quando passamos pelas sombras, prendo a respiração.

A mudança é quase instantânea. Prédios altos se erguem ao céu e lanternas coloridas foram cuidadosamente penduradas ao longo das ruas, cada uma delas abrigando uma chama viva. Elas se refletem em cada janela de vidro, seus tons de arco-íris dançando como fios de fumaça. Diferentemente do mercado no Distrito de Primavera, com seus muros de arenito e paralelepípedos irregulares, o Distrito de Verão exibe telhados curvados com telhas em um tom de laranja-queimado, sacadas de madeira pintadas em tons de turquesa e verde-jade e uma abundância de canais estrategicamente posicionados que cortam a cidade como se ela fosse parte de um tabuleiro quadriculado.

Subimos uma das muitas pontes em direção ao céu, e é como se estivéssemos voando sobre as profundezas da cidade abaixo de nós. Olho pela janela e vejo as periferias do Distrito de Verão escondidas a distância: casas de tijolo com terraços cercadas por uma fortaleza de mais muros.

O lugar onde os humanos são mantidos quando não estão sendo usados nos mercados para consumo.

Quantos humanos vivem aqui?

E quantos vivem na Guerra? Na Fome? Na Morte?

Acho que tenho medo de saber os números. Medo de como isso vai me encher de desesperança.

As ruas em nível superior são conectadas por uma rede de pontes e passarelas pintadas. Árvores frutíferas balançam com a brisa noturna e o aroma de frutas cítricas e flores preenche o ar.

Theo estaciona em uma das vielas escuras, escondendo o veículo nas sombras. Shura olha por trás do ombro e acena com a cabeça.

Posso ver o esforço em seu rosto — um sinal de que ela ainda está nos ocultando — e aceno de volta, porque quero reconfortá-la. *Eu consigo*.

Hoje à noite, me tornarei a espiã da Colônia.

Endireito os ombros e saio do carro. Não olho para trás para procurar por Theo; ele está sob um véu agora, e eu preciso interpretar um personagem.

Quando chego à rua principal, vejo alguns Residentes saindo de uma das maiores casas. Eles estão ocupados ajeitando suas roupas e adereços de cabeça, tagarelando sem parar sobre assuntos triviais.

— Me pergunto se os adornos centrais serão tão impressionantes quanto os do último Festival da Alvorada. Aprecio muito um bom arranjo floral.

— Soube que o festival na Fome acontece no palácio submerso!

— Ah, mas a Fome é uma corte tão deprimente em comparação à Vitória. Nenhum grão de arte à vista.

— Fiz uma viagem até lá uma vez e não consegui encontrar novas vestimentas por toda a minha estadia. Tive de usar os mesmos sapatos duas vezes!

Uma série de suspiros de espanto e lamentos sucedem o comentário, no mesmo instante em que uma serva humana estaciona com um luxuoso carro preto. Seu bracelete prateado tem uma pedra negra no centro — a cor apropriada para motoristas — e quando ela sai do carro e abre a porta do passageiro, abaixa a cabeça em uma reverência.

— É uma honra servir — diz a mulher, sua voz flutuando pela noite.

Escondo meu desconforto e sigo em frente, descendo a ponte prateada que leva à Galeria. O carro de antes passa por mim, e estou tão concentrada em não revelar quem sou que levo o caminho todo até o fim da ponte para perceber que a residência de verão do Príncipe Caelan surgiu no horizonte.

Ela se localiza em uma plataforma elevada, como um castelo nas nuvens. Um par de criaturas de pedra curva suas caudas do ponto mais alto da construção até a enorme entrada: lobos gêmeos, longos, esguios e agitados como laços de mármore, com mandíbulas largas e repletas de flores coloridas.

Quando alcanço os pés da escadaria, ergo o vestido para evitar um tropeço. Lentamente, subo os degraus, acenando delicadamente com a cabeça para Residentes que passam fazendo o mesmo; um cumprimento formal e distante que, espero, me fará chegar até o fim da noite.

Hesito perto das criaturas de pedra, imaginando se Theo está por perto ou se já estou sozinha, e olho rapidamente para meu anel de prata. Ele não me dá o conforto que eu esperava.

Continue, ordeno a mim mesma. *É tarde demais para voltar atrás.*

Atravesso as portas e um trajeto de ladrilhos em forma de diamante me leva até o coração do palácio. Não demora muito até que eu esteja no salão de baile principal.

Há flores dispostas sobre todas as superfícies, com luzes flutuantes pairando sobre o salão como se fossem estrelas. O som de uma orquestra ao vivo preenche o espaço, mas não consigo ver nenhum músico. De qualquer forma, não seria fácil encontrá-los, já que há Residentes em vestidos de baile elaborados e ternos fantásticos por todo lugar. A maioria deles usa adereços de cabeça tão ridiculamente espalhafatosos que parece mais uma festa à fantasia do que um evento organizado por um príncipe.

Mas eles valsam, riem e bebem de taças transbordando champanhe como se estivessem se divertindo como nunca.

Caminho até as portas deslizantes de vidro no fundo do salão, determinada a me manter tão longe da dança quanto possível, e chego a uma sacada quase tão larga quanto o palácio. Quando alcanço o beiral, dou uma olhada pela borda e contemplo a beleza do jardim lá embaixo.

Há Residentes espalhados pelo pátio, com bebidas e aperitivos na mão. Eles estão ocupados admirando a abundância de esculturas aninhadas dentro dos canteiros de flores, algumas feitas de mármore e outras, de vidro. Acima de nós há mais lanternas flutuantes, encantadas para permanecerem paradas, mas piscando como se escondessem verdadeiras chamas em seus corações.

Seguro o beiral com força, sentindo a aspereza da pedra sob meus dedos. Tudo isso... é estonteante. É muita coisa para processar, muita coisa para absorver.

Mas há segredos aqui. Segredos dos quais a Colônia precisa.

Eu me afasto do beiral e me dirijo a uma das escadarias, mas me distraio com uma sala na outra extremidade da sacada. Atrás de várias janelas enormes há uma sala com paredes pretas, iluminada apenas pelas luzes difusas acima de cada pintura.

A galeria.

Minha curiosidade é mais forte do que eu. Eu me afasto das escadas e resolvo ir até lá. É silencioso lá dentro; todo mundo prefere ficar no meio da festa, provavelmente porque já viram essas pinturas centenas de vezes antes.

Mas eu não, e talvez nunca mais tenha outra chance devê-las novamente.

Vagar por uma galeria é totalmente diferente do que Annika quis dizer com "se misturar". Mas eu quero ver os espólios da Vitória. Quero saber o que valem as vidas humanas para eles.

Observo uma pintura atrás da outra pelos corredores, absorvendo as cores escuras e expressões peculiares. Sempre achei a maioria das pinturas a óleo em galerias de arte um pouco deprimentes, mas as obras daqui não contêm apenas tristeza. Contêm *dor*.

Todos os estilos imagináveis estão pintados sobre estas telas, mas cada uma delas tem um aspecto desamparado que se espalha pelo ar, azedo e gélido, estilhaçando meus sentidos.

Por que alguém faria uma curadoria com tanto pesar?

Ou será a dor a única coisa que humanos *conseguem* criar?

Estou encarando a pintura de uma criança caindo das estrelas nos braços de um duende que a aguarda quando sinto alguém se aproximando.

Eu me viro de súbito e ele emerge das sombras como uma criatura de um conto de fadas perverso.

Como uma criatura da morte.

Com olhos de um dourado ardente e vestindo um colete acolchoado em um tom de vinho, bordado com o emblema escuro de uma serpe de duas cabeças, o Príncipe da Guerra exibe seus dentes.

O sorriso de um predador, com os olhos fixos unicamente em mim.

20

Mantenho o tipo de compostura que imagino que Naoko teria: indiferente, mas respeitosa. Ao menos diante daqueles que o merecem.

O sorriso do Príncipe Ettore transborda autossatisfação.

— Você está aqui pelas pinturas ou está tão profundamente entediada pela multidão quanto eu? — pergunta ele.

Tento manter minha voz estável.

— Receio ter me confundido e vindo parar aqui. — Faço uma reverência, baixando meu olhar ao chão como ensaiei tantas vezes. Quando me ergo, vejo seus olhos se movendo de um lado para o outro como se estivessem procurando nos meus por segredos.

— Não sinta que precisa mentir por minha causa. A festa está tediosa — ele rebate, passando um dos dedos esguios pela sobrancelha escura. — E estou sendo generoso na minha colocação.

Quero perguntar por que ele não está em sua própria corte, realizando o Festival da Alvorada na Guerra, mas cada centímetro da minha pele está congelado.

Ettore encara uma das obras próximas: uma detalhada pintura a óleo de uma criatura com penas empoleirada no telhado de uma fazenda, observando um grupo de crianças brincar em um campo de feno amarelo. Há tensão em suas sobrancelhas enquanto ele parece lutar com seus pensamentos.

A música ecoa pelo corredor. A orquestra vibrante convida um salão cheio de Residentes a uma dança sincronizada.

Eu deveria voltar à multidão. Foi estúpido me afastar tanto assim do salão principal.

Sozinha, sou um alvo.

— Humanos são criaturas tão frágeis — devaneia Ettore, com os olhos fixos nas cascatas de pinceladas. — Eles possuem a habilidade de serem fortes, de resistirem, e ainda assim poucos o fazem. A maioria prefere se concentrar em seu próprio sofrimento. É intrigante, não é? Por que tentamos ser tão parecidos com eles?

Encaro a pintura em silêncio. Um olhar errado revelaria meu disfarce.

— Nós tomamos sua consciência, lhes demos paz, e ainda assim… — Ettore gesticula para a pintura. — A fraqueza deles transborda, mesmo em sua arte. É quase como se, em algum lugar lá no fundo, eles ainda estivessem conscientes.

— Conscientes? — repito, rápido demais. Annika nunca mencionou a possibilidade de que humanos que tomam a pílula ainda pudessem estar parcialmente conscientes.

É isso que a Rainha Ophelia queria? Transformar os humanos em servos conscientes de si, cada um programado para fazer apenas o que lhes é ordenado?

Sinto uma onda de náusea.

Talvez Gil tivesse razão quando disse que eu não sabia nada sobre esse mundo.

Quando Ettore desvia os olhos da pintura, a superioridade retorna.

— Os humanos aqui não deveriam mais sentir tristeza, e, ainda assim, eles a pintam como se seus corações estivessem cheios dela.

Tento esconder meus dedos trêmulos na saia e me viro de leve, focando em outra pintura próxima de nós. As linhas escuras e sombras me atraem, e estou presa ao retrato de uma mulher segurando uma manta preta como fuligem, seus fios se derramando nas fendas do chão como se carregasse a escuridão em suas mãos.

Como se carregasse a morte.

Sem abrir a boca, Ettore faz um som de concordância ao meu lado como se soubesse que eu compreendo.

— É por isso que humanos sempre serão fracos. Eles não conseguem abrir mão de sua dor. Possuem a habilidade de criar, no entanto, a desperdiçam em arte que apenas enfatiza o quão profundamente imperfeita é a alma humana.

— Será a tristeza um defeito tão terrível? — pergunto.

— Ela é um defeito quando eles preferem pintar a lutar — diz ele, com uma sombra no olhar.

Não é como se eles tivessem escolha, quero disparar, sentindo meu corpo enrijecer. Com medo de estar revelando muita coisa, ergo o queixo e tento abrir um sorriso sutil.

— Quem disse que a arte não é uma forma de resistência? — pergunto.

Ettore me olha com atenção e sinto minha coragem estremecendo no fundo do peito.

— Não é sempre que alguém além de meu irmão discorda de mim — diz.

— Quantas vezes terei de lhe pedir que pare de importunar meus convidados? — ouço a voz de Caelan atrás de nós. Quando me viro, o príncipe de cabelos de neve está parado na soleira da porta, com as mãos atrás de si. — Eu não vou à sua corte e contamino todos com minha melancolia.

— Ah, irmão. Se você pensa que melancolia é a pior ofensa em uma festa, realmente deveria ir à Guerra mais vezes — diz Ettore, exibindo os dentes.

O Príncipe Caelan não pisca.

— Isso é uma ameaça?

Ettore sorri inocentemente.

— Do que você está falando? — responde ele, se dirigindo ao corredor principal e, no caminho, roçando o ombro na manta felpuda de Caelan.

Para ser justa, Caelan não reage. Nem mesmo para mim.

Eu me lembro de quem ele é e faço outra reverência antes de ir em direção à porta. Interagir com os príncipes da Vitória e da Guerra não era parte do plano. Eu deveria sair antes de piorar as coisas.

— Peço desculpas pelo meu irmão — diz ele subitamente. — Ele vai atrás de briga em todo lugar. Não é pessoal.

Paro a alguns passos de distância, com olhos fixos na sala. *Diga alguma coisa*, ordena minha mente.

— Levo poucas coisas para o lado pessoal, Vossa Alteza.

Ele me examina por um instante, intrigado, e enterro minhas unhas nas palmas. *Parabéns, Nami. Como você vai sair daqui agora?*

— Imagino ser uma forma muito tranquila de existir — devaneia ele.

Prendo a respiração, meu coração palpitando. Se ao menos fosse verdade.

Ele se vira, encarando a parede.

— Todos falam tão bem destas pinturas, mas elas não são nada em comparação às que estão na galeria do palácio.

— Eu não saberia dizer — admito, esperando que isso não seja incomum para um Residente.

Um traço de gentileza aparece em sua bochecha com covinhas.

— Você é bem-vinda para visitá-las sempre que desejar.

— Obrigada — digo, alarmada com sua afabilidade inesperada.

— Eu me lembro de vê-la no mercado. Diga-me, qual é o seu nome?

Hesito antes de responder.

— Naoko. — Parece uma boa mentira. A mentira *certa*. Talvez fingir ser outra pessoa seja mais fácil com um nome diferente.

Não vou apenas usar uma máscara; também vou me transformar em uma personagem.

— Naoko — ele repete, abaixando levemente o queixo. — Espero que esteja apreciando o festival.

Forço um sorriso agradável.

— Muito, obrigada. — *E agora talvez seja um bom momento para sugerir que voltemos a ele.*

Fios de prata ondulam por sua capa felpuda. Ele desacelera o passo diante das pinturas, absorvendo-as com os olhos.

— Às vezes acho que odeio esta sala — ele diz subitamente.

Faço uma pausa, refletindo sobre a necessidade de encorajar ou não esta conversa. Mas a forma como ele está encarando a pintura... Sua expressão é a mesma de quando estou desesperada para alguém me perguntar qual é o problema, mas orgulhosa demais para pedir ajuda.

Eu sei que provavelmente deveria ignorá-lo, mas não consigo. Quero saber o que o assombra. Quero saber o que faz de nós tão diferentes.

— Por que você a odeia?

Ele dá mais alguns passos pela sala antes de se virar para me encarar.

— Galerias me lembram de como somos limitados. — Ele gesticula na direção das obras de arte. — Jamais poderemos criar da forma como os humanos criam. Não conseguimos imaginar além daquilo que já foi feito. — Ele olha para mim, e há um brilho de tristeza em seus olhos. — Estamos em uma prisão tanto quanto os humanos.

Fúria irradia de mim e eu sinto o calor se espalhando.

Uma prisão.

As Quatro Cortes são uma prisão para *humanos*, não para os Residentes. Ele pode vê-las como jaulas idênticas, mas estão longe de serem iguais.

Porque os Residentes tomaram nossa liberdade. Não é nossa culpa que eles tenham limitações.

— Vejo que você não concorda — diz ele.

— Nunca havia pensado sobre isso antes — digo.

— Você nunca se perguntou como seria criar algo novo? — pergunta ele, com uma fome crua na voz.

Tento parecer inabalada.

— A Rainha Ophelia nos deu este mundo. Isso é suficiente para mim.

— Mas ela não o *criou* — diz ele, balançando a cabeça. — Tudo que ela fez foi alterado a partir de algo que já existia antes. A arte, a arquitetura, a comida... tudo vem de algum outro lugar. Uma distorção de culturas ao longo do tempo. Mas, para os humanos... — Ele gesticula na direção das paredes da galeria. — Como será sonhar?

Fico em silêncio. Isso é tão distante da minha zona de conforto que nem sei por onde começar. Uma palavra errada e eu estragaria tudo.

— Isso me apavora — diz ele, quase inaudível.

Contrariando o bom senso, pergunto:

— O quê?

Ele se vira para mim, seu olhar prateado mais sincero do que nunca.

— Querer mais.

Não tenho a chance de processar suas palavras. Um estrondo ressoa no lado oposto do prédio. Vibra contra a terra e tenho certeza de que a galeria treme.

Uma explosão.

Eu me encolho, assustada, e, para minha surpresa, o Príncipe Caelan coloca sua mão sobre meu braço e se posiciona à minha frente como um escudo. Como se estivesse me *protegendo*. Do quê, não tenho certeza.

Há gritos vindo do salão de baile. Do pátio também.

Caelan se vira para me olhar, e alguma coisa gira por trás de seus olhos. Ele endireita a postura, rígido, e então dispara pelo corredor em direção à comoção. Sigo seus passos, mantendo uma boa distância entre nós, com a mão fechada sobre meu anel enquanto meu coração se prepara para algo terrível.

Quando alcanço a porta da frente, onde os Residentes formaram uma multidão, consigo com dificuldade abrir caminho até encontrar espaço suficiente para ver o que eles estão olhando, boquiabertos.

Então, ouço uma voz:

— Um dos humanos está consciente!

Meu coração desmorona.

Porque, do outro lado do pátio, há um carro virado de lado e tomado por chamas. Atrás dele há uma sombra correndo por liberdade. Uma sombra que reconheço imediatamente.

Theo.

21

O anel que Shura me deu praticamente vibra no meu dedo, mas controlo o impulso de enviar um alerta. É cedo demais. Se eu alertar a Colônia e Theo conseguir escapar, terei comprometido sua segurança por nada.

Observo a escuridão onde ele desapareceu. Não entendo; Theo não explodiria um carro sem um bom motivo. Não quando há tanta coisa em jogo.

Então o que ele viu?

Vasculho o pátio procurando por uma saída — um lugar por onde fugir antes que alguém comece a juntar as peças de um quebra-cabeça que eu preferia que permanecesse intocado —, mas o olhar dos Residentes descendo das nuvens me faz parar.

Legiões.

Uma dezena delas pousa graciosamente em frente aos degraus da Galeria, com suas asas de metal largas e ameaçadoras. Cada pena brilha como uma lâmina. Mesmo de longe, consigo ver que foram feitas para serem mortalmente afiadas e rápidas quando necessário. Um a um, cada conjunto de asas tremula como um holograma desvanecendo antes de desaparecer até a próxima vez que precisarem levantar voo.

Cada guarda usa um uniforme branco banhado em prata. Um deles — um comandante, a julgar pelas cordas prateadas extras penduradas em seus ombros — marcha em direção a uma pequena aglomeração de criados humanos ao lado da Galeria. Eles oscilam quase inertes, como se estivessem aguardando ordens, mais subservientes até mesmo do que os guardas das Legiões.

Quando o comandante retorna a seus subordinados, traz um rapaz consigo. Com cabelo cor de caramelo e um nariz largo, ele parece ter entre vinte e trinta anos. Suas mãos estão algemadas com travas de metal, mas seus olhos verdes e vazios não demonstram qualquer sinal de nervosismo. Pelo contrário, há um sorriso gentil em sua expressão agradável.

Ainda assim, a semelhança com Theo é impressionante.

— Ele não *parece* consciente — um Residente próximo a mim sussurra para o amigo.

— Foi ele quem incendiou o carro? — um outro pondera em voz alta.

Ninguém se move na direção da ponte. Talvez Theo tenha conseguido escapar antes que alguém o visse.

Engulo a tensão na garganta, assustada demais para sentir alívio.

O comandante fala apressado com o Príncipe Caelan, que balança a cabeça algumas vezes e gesticula para ordenar que os guardas esperem. Ele se vira para a multidão, seu rosto tão régio quanto de costume, e encontra um de seus conselheiros. Eu o reconheço do mercado: Vallis. Caelan diz algo ao seu ouvido, e o Residente com rosto de raposa assente graciosamente com a cabeça antes de se virar para a multidão.

— Sua Alteza gostaria que todos retornassem às festividades. Se puderem me acompanhar, por favor, acredito que há tortinhas de maçã e vinho sendo servidos nos jardins das rosas — Vallis ergue uma das mãos e faz um movimento para a frente, seus robes brancos deslizando por seus punhos, guiando a multidão para longe dos guardas e do prisioneiro humano.

Apesar de um coro de murmúrios suaves, os convidados obedecem.

Os dedos do Príncipe Caelan se contorcem na lateral do corpo enquanto ele foca em seu comandante. Sinto a tensão em seu olhar, mesmo enquanto ele tenta parecer sereno. Encostado em uma das colunas de mármore atrás dele está um bastante entretido Príncipe Ettore.

Quando a multidão se move, não tenho outra escolha além de segui-los.

Mas não posso perder os guardas de vista. Preciso saber se eles viram Theo e por que um dos humanos está algemado. Preciso saber se a Colônia ainda está segura.

Deslizo para um dos corredores, despercebida, até ter certeza de que a onda de Residentes já passou. Silenciosamente, sigo um dos corredores até uma biblioteca não iluminada. Há cortinas pesadas emoldurando as janelas, mas ainda consigo visualizar o pátio frontal logo além do vidro. Evitando o luar que ilumina o piso de ladrilhos, caminho pelas sombras até encontrar um lugar perto da janela onde posso me esconder.

É difícil ouvir qualquer coisa a princípio. Apenas uma torrente de vozes abafadas atravessa as paredes grossas. Penso em deixar meu esconderijo para encontrar um lugar melhor, mas não sei ao certo se há tempo suficiente. Metade dos guardas já extraiu suas asas prateadas, se preparando para alçar voo.

O prisioneiro humano ainda está com eles. *O prisioneiro com o rosto de um Theo mais velho.*

— O que será que nossa mãe dirá sobre este aqui? — pergunta o Príncipe Ettore, a voz afiada como uma navalha. Ele ainda está encostado na coluna, a apenas alguns passos da janela.

Tento não respirar.

Caelan direciona o olhar prateado na direção do irmão.

— Você já não se divertiu o bastante por hoje?

Ettore dá de ombros inocentemente.

— Em uma festa, nenhuma diversão é o bastante.

Caelan se volta para seus guardas.

— Vasculhem os céus e as ruas. Se o humano tiver um cúmplice, quero que ele seja encontrado.

O comandante assente, seu cabelo ruivo intenso caindo em cachos sobre sua testa. Ele dá uma rápida série de ordens sobre o ombro que são muito difíceis de ouvir e, em segundos, vários dos guardas desaparecem nas nuvens escuras.

— Quero este aqui interrogado — diz Caelan, gesticulando na direção do prisioneiro como se não fosse nada além de um leve incômodo. — Acho difícil acreditar que alguém que parece tão inconsciente poderia incendiar meu pátio, mas, se ele realmente agiu sozinho, quero saber *como*.

Ettore ergue uma mão, inspecionando suas unhas escuras com desdém.

— Humanos costumam acordar espontaneamente na Corte da Vitória? — diz.

O pescoço de Caelan enrijece.

— Você é um convidado em minha corte, Ettore, então seja cortês e aja como um.

— Eu adoraria. Que papel devo interpretar, querido irmão? O súdito fiel? O guarda obediente? — debocha Ettore. — É possível que alguém em sua corte tenha alguma personalidade, ou todo o vinho e risadas afetaram suas cabeças permanentemente?

Há um breve silêncio antes que Caelan volte a falar:

— Os modos da Corte da Vitória lhe são estranhos porque você ainda está em guerra. Pelo que sei, você teve sua própria rebelião para conter.

O riso do Príncipe Ettore estala no ar como um chicote.

— Nós *vivemos* por uma rebelião. Nada como deixar os humanos se organizarem para depois esmagá-los novamente.

— Bom, neste caso, talvez seja hora de se despedir e voltar para casa. Odiaria fazê-lo perder tanta diversão — retruca Caelan.

— Talvez — Ettore suspira preguiçosamente antes de seu rosto adquirir uma expressão sombria. — Se o seu humano realmente estiver consciente, por favor, me informe. Adoraria jogá-lo no Abismo de Fogo. Um dos meus capitães é particularmente afeiçoado aos mais quietos. — O prisioneiro de olhos verdes não se move.

— Meus prisioneiros ficarão na Vitória até que eu diga o contrário — diz Caelan, frio, voltando-se para seu comandante. — Leve-o para a Fortaleza de Inverno. Se ele realmente tiver amigos, podemos usá-lo em nossa vantagem e atraí-los quando for a hora certa.

O comandante faz uma breve reverência. Suas asas aparecem em uma névoa azul, expandindo em quase três metros. Em um salto, o impulso o lança às alturas, sua figura marcando o céu como uma estrela cadente.

Segurando o prisioneiro, os outros guardas tomam os céus atrás dele.

Quando os príncipes estão sozinhos, Caelan se volta para Ettore.

— Jamais fale comigo daquela forma na frente das minhas Legiões outra vez.

— Com medo de estar perdendo o seu respeito? — provoca Ettore.

— Estou te avisando.

— Você é adorável quando finge estar com raiva.

Caelan não se move e, por um segundo, temo que sua fúria possa partir a terra ao meio. Mas então o fogo abranda, sendo substituído por um frio amargo.

— Nossa mãe sabe sobre seus encontros secretos com os bons Chanceleres da Capital? — pergunta Caelan.

Aperto a saia do meu vestido, aproximando meu pescoço do vidro. Suas vozes diminuíram e não consigo entender a resposta de Ettore ou as palavras que Caelan lhe dirige e que fazem o Príncipe da Guerra fechar a cara.

Mas, o que quer que seja, Ettore parece ter se divertido o bastante. Ele rodopia enquanto sobe os degraus, ágil como um dançarino.

— Vou me retirar assim que terminar minha cota de vinho. Afinal de contas, é um festival.

Quando ele sai, Caelan permanece sozinho nos degraus, observando a galáxia como se em busca de respostas. Então ele leva uma das mãos à cabeça, ajeita sua coroa de galhos prateados e caminha de volta para a Galeria.

Espero até que o som de passos desapareça antes de voltar à escuridão e desaparecer ponte afora.

22

Quase me desmancho em lágrimas quando vejo Theo curvado na parte de trás do carro. Seu rosto é uma distorção de medo e angústia. Ele não está bem, mas está a salvo, e isso deve contar alguma coisa.

Shura acelera para casa sem dizer uma palavra. Pela forma como as juntas de seus dedos estão brancas e apertadas no volante, é evidente que ela está ao mesmo tempo ocultando e dirigindo o carro. Não deve ser fácil se concentrar tanto em duas coisas simultaneamente, e com certeza o estado de Theo não está ajudando.

O ar está pesado de medo. Nos dirigimos para a fileira de árvores nas fronteiras do distrito, mas mesmo a floresta familiar não é suficiente para aplacar a tensão no meu corpo. Finalmente, o celeiro aparece no horizonte, mas só solto um suspiro de alívio quando a plataforma começa a descer.

Eu me viro para olhar Theo. Seus cotovelos estão sobre os joelhos; seus dedos, enfiados no cabelo bagunçado e ondulado. Abro a boca para perguntar se ele está bem, mas é difícil dizer as palavras. Theo parece tão frágil; como se um único toque pudesse quebrá-lo.

Quando atravessamos os portões da Colônia, Ahmet e Yeong já estão subindo a colina para nos encontrar.

— Não pensávamos que vocês voltariam tão cedo — admite Ahmet, hesitante.

Yeong gesticula como se estivesse pedindo nossa identificação e, um de cada vez, mostramos nossas palmas. As marcas azuis brilham por alguns segundos antes de desaparecerem.

Satisfeito, Ahmet olha para mim.

— Como foi?

Theo marcha adiante sem dizer qualquer palavra, com os braços grossos apertados ao lado do corpo e punhos cerrados. Ele vai direto para sua casa no térreo. Ficamos parados em silêncio, observando-o desaparecer porta adentro, até que um grito terrível irrompe de lá.

Ahmet e Yeong já estão a caminho, correndo na direção da trilha de cascalhos que leva à cabana de Theo. Shura também dá um passo à frente, mas seguro seu antebraço.

Seus olhos cinzentos são como os de um fantasma, esvaziados de luz e cor.

— O humano. O que eles prenderam. — Encaro-a com firmeza. — O Theo tem um irmão no Infinito?

Shura baixa o olhar.

— O nome dele é Martin. Nunca o conheci, mas já ouvi histórias. Theo e ele morreram juntos em um acidente de carro, mas foram separados durante a Orientação. — Ela ergue os olhos timidamente. — Theo nunca soube o que aconteceu com ele ou para que corte foi enviado.

— E agora ele sabe que o irmão tomou a pílula — termino por ela.

Shura assente com a cabeça.

Os gritos que vêm da cabana se transformam em soluços guturais. Chegamos à porta ao mesmo tempo que Annika. Suas tranças estão presas com o lenço amarelo de sempre, e um flash do rosto de Eliza aparece na minha mente. A memória aperta meu coração.

Tento ignorá-la.

Annika me olha com cautela.

— Os Residentes sabem? Eles viram o que você realmente é?

— Não — digo, e, se não fosse pelos uivos de Theo, eu teria considerado a noite de hoje um teste relativamente bem-sucedido.

Annika solta um suspiro profundo.

— Muito bem. É um começo. — Ela passa pelo batente, seguida por Shura e eu.

Theo está ajoelhado no chão com as mãos na cabeça. Suas costas se movem em espasmos com a violência dos seus soluços. Nunca vi alguém tremer tanto antes: é como se seus ossos mal pudessem contê-lo. Ahmet está agachado ao seu lado com uma das mãos sobre seu ombro, oferecendo pequenas palavras de conforto perto de seu ouvido.

Yeong se vira para Annika.

— Ele encontrou o Martin — explica.

O rosto dela fica tenso.

— Vocês têm certeza de que não foram seguidos? — ela pergunta, alternando o olhar entre Shura e eu.

— Ninguém nos viu. Theo conseguiu voltar para o veículo, mas não conseguiu manter seu véu. Eu o escondi até a Nami aparecer — diz Shura, sua voz falhando. — Havia Legiões procurando por ele. E não apenas um guarda. Uma unidade inteira.

Pela primeira vez, Annika parece genuinamente alarmada.

— Legiões? Para um humano?

— Ele meio que explodiu um carro — explica Shura, olhando para Theo como se estivesse pedindo desculpas por dedurá-lo. — Eles sabem que ele é treinado.

Annika aperta a ponte do nariz, pensativa.

— Quantos guardas?

— Uma dúzia, mais ou menos — diz Shura. — Mas, até onde eu sei, eles ainda estão procurando no Distrito de Verão.

— Se for de alguma ajuda, acho que os guardas não estão procurando por ninguém em específico — comento timidamente. — Os príncipes pareciam preocupados que Martin pudesse estar consciente de alguma forma.

Ahmet franze a testa.

— Os príncipes?

— Ettore está na Corte da Vitória — digo, e todos se viram para mim. Todos, exceto Theo. — Eu não sei por quê. Mas o ouvi conversando com o Príncipe Caelan, e acho que pode estar acontecendo alguma coisa entre as cortes.

A atenção de Annika desvia totalmente de Theo.

— Que tipo de coisa?

— Caelan acusou Ettore de se encontrar com os Chanceleres da Capital. Não consegui ouvir os detalhes, mas parece que a Rainha não sabe disso. — Faço uma pausa. — Acho que o Príncipe da Guerra e o Príncipe da Vitória não se dão muito bem.

— Caelan é favorecido na Capital, e Ettore é... — Annika reflete sobre a informação. — Suponho que faça sentido eles terem uma rivalidade. Mas essa questão dos Chanceleres. — Ela me olha, séria. — Isso pode ser útil.

— Sinto muito — Theo diz de repente. Ele esfrega a boca em uma manga úmida da camisa. — Eu te coloquei em perigo. Coloquei todos nós em perigo.

Ahmet dá tapinhas em seu ombro outra vez.

— Está tudo bem, filho. Não é sua culpa.

— É, sim — diz Theo. Quando ele ergue a cabeça, seus olhos estão vermelhos. — Eu nunca soube ao certo o que aconteceu com o Martin, e quando eu o vi hoje... — Ele passa a língua pela parte interna da bochecha. — Tinha alguma coisa nos olhos dele quando eu falei seu nome. Foi como se ele tivesse me *ouvido*.

— Mas isso é impossível — diz Shura suavemente.

— Eu sei. E eu *sei* que foi coisa da minha cabeça. Mas, naquele momento, eu não liguei pra nada além do meu irmão — diz Theo, de uma vez só. — Então os Residentes apareceram, e eu tinha que arranjar uma distração. Eu quase estraguei tudo. E o Martin...

Annika se ajoelha e repousa uma mão sobre sua bochecha.

— Você conseguiu voltar. É isso que importa.

— Qualquer um de nós teria feito o mesmo — digo, tentando consolá-lo.

Theo olha para mim, seu brilho despedaçado ao meio.

— Mas não deveria. Esse é o tipo de pensamento que pode levar todo mundo para a Guerra. E eu sabia disso.

Annika se levanta.

— Vamos todos tirar um momento para respirar. Conversaremos quando estivermos com a cabeça fresca — diz.

Theo assente, lágrimas espalhadas por seu rosto.

— Sinto muito, Annika.

Quando ela sai do quarto, vou atrás.

— Podemos conversar mais tarde — Annika repete ao me ver, sugerindo com os olhos que talvez eu também precise de um momento.

— Tem outra coisa — digo, com a voz apressada. — É sobre o irmão do Theo.

Annika franze o cenho.

— O que tem ele?

Mordo os lábios.

— Eles vão usá-lo como isca. Os guardas o levaram para a Fortaleza de Inverno.

Ela me analisa, olhando nos meus olhos.

— O Theo sabe disso?

Faço que não com a cabeça.

— Não tive oportunidade de contar a ele.

— Então deixe como está — diz Annika. — Martin não é o irmão que ele conheceu. Quanto mais cedo ele aprender isso, mais fácil será para ele manter o foco na luta.

— Ele merece saber — tento argumentar, timidamente. — Porque, se houver uma chance de salvarmos ele...

— Ele tomou a pílula — interrompe Annika. Seus olhos cor de âmbar endurecem. — A mente dele se foi.

Eu me lembro do que Ettore me disse sobre como os humanos só criam tristeza.

— Mas e se ele ainda estiver lúcido, em algum lugar no fundo de sua consciência? E se os humanos que tomam a pílula não estiverem *realmente* mortos, mas apenas presos em suas próprias mentes?

— Você não é a primeira pessoa a fazer essas perguntas. Mas já passamos por isso antes. Acredite em mim, nada de bom nos espera no fim de falsas esperanças. Não podemos salvar o que já foi perdido — ela diz, severa. — O que Martin é agora… Ele não é mais um de nós. É bom que você se lembre disso também.

Ela entra em sua cabana, desaparecendo de vista.

Toco meu braço, repousando os dedos no lugar onde senti a mão de Caelan sobre minha pele logo após a explosão no pátio.

Um príncipe com gelo nos olhos e fogo no coração. Ele estava me ajudando? Me protegendo?

E por que ele faria isso?

Ele não é um de nós.

Não, concorda minha mente. *Ele definitivamente não é como nós.*

23

Ahmet ergue os olhos de sua mesa de trabalho, encarando a porta por trás de um par de óculos com armação grossa.

— Entra, entra.

Fecho a porta suavemente atrás de mim, com um sorriso de canto de boca.

— Você também continua usando óculos? Tenho que admitir que acordar na Orientação e ser capaz de ver sem lentes de contato foi como ter superpoderes — digo.

Ele ri, fazendo sua pele marrom se enrugar nas laterais do rosto.

— Eu fiquei com a cicatriz, mas me livrei dos óculos. — Ele os tira do rosto e os estende na minha direção. — Veja você mesma.

Coloco os óculos sobre os olhos e cambaleio para trás, surpresa.

— Uau — digo, tentando me equilibrar com os braços.

Os óculos são como uma lupa industrial, mas com configurações computadorizadas. Todo objeto para o qual eu olho ativa algum tipo de scanner. Vejo números e letras e equações: coisas que eu definitivamente não entendo, mas que nitidamente fazem sentido para Ahmet. Eu lhe devolvo os óculos com cuidado.

— Isso foi... uma experiência — pisco, tentando encorajar minha visão a voltar ao normal.

Ahmet recoloca os óculos sobre a ponte do nariz.

— Não posso dar margem para erros. — Ele pega um pedaço de metal, observando-o cuidadosamente. O objeto tem o formato de uma caixa bastante pequena, mas com estranhos circuitos impressos cobrindo toda a superfície.

— O que você está fazendo? — pergunto, curiosa, olhando suas anotações caóticas e desenhos detalhados. Como Gil, Ahmet tem peças de metal espalhadas pelo quarto. A diferença é que Ahmet não está criando obras de arte. Ele está inventando armas que podem algum dia nos ajudar a derrotar os Residentes.

— É algo em que venho trabalhando há muito tempo — admite ele, repousando um dedo sobre a lateral do metal. Não consigo ver nenhuma mudança, mas a concentração em seus olhos me faz pensar que em algum lugar lá dentro há uma peça microscópica mudando de lugar.

— O que isso faz? — pergunto.

— Por enquanto nada. Mas a ideia é que algum dia ele vá desligar momentaneamente a consciência de um Residente. Vai ser meio como um vírus de computador. Bagunçar a programação deles.

— Você vai causar uma tela azul da morte nos Residentes?

Ele pausa, pensativo.

— Sim, acho que é isso. Mas minhas criações são limitadas. E não adianta muito desarmar um Residente se eles forem acordar alguns minutos depois e chamar uma Legião inteira como reforço.

— Mas ainda pode ser útil em uma emergência — sugiro.

— Talvez — diz ele. — Mas se eu conseguir incluir outro elemento, para bagunçar não só sua programação, mas também suas memórias… — Ele sorri. — Bom, então talvez nós tenhamos alguma coisa digna de um nome.

Dá para entender por que Annika pensa que os engenheiros são a chave para vencer a guerra. Conjuradores e ocultadores são talentosos, mas os engenheiros?

Eles podem redesenhar o mundo *inteiro*.

Mas se eles podem mudar partes do Infinito, isso significa que podem desfazer partes dele também?

Vasculho meus pensamentos, tentando encontrar as palavras certas.

— Você acha que é possível que os humanos acordem de novo depois de terem tomado a pílula? — pergunto.

Ahmet torce a boca, abaixando as mãos alguns centímetros.

— Já pensei nisso antes — admite ele. — Mas acho que, se fosse possível, já teríamos ouvido falar de algum caso a essa altura.

— O que vai acontecer com todos os humanos se derrotarmos a Rainha Ophelia? Todos que já entregaram suas consciências? — pergunto. — Eles vão acordar?

Ele dá de ombros.

— Acho que só vamos descobrir quando o glorioso dia chegar.

Mordo os lábios, frustrada.

— Mas vocês já trouxeram algum deles para a Colônia? Para ver se poderiam deixá-los conscientes novamente?

Ahmet se recosta como se finalmente entendesse.

— Ah. Você está curiosa sobre o Martin.

Theo tem alguém da família no Infinito, o que é mais do que a maioria de nós tem. Não consigo simplesmente esquecer seu irmão, como Annika quer que eu faça. Não consigo simplesmente *abandoná-lo*.

— Ele foi levado para a Fortaleza de Inverno — digo. — Mas se pudermos achar um jeito de libertá-lo, de trazê-lo até aqui, você conseguiria ajudá-lo? — Talvez haja um jeito de ajudar alguns dos outros também.

Ahmet ergue os ombros, triste.

— Não sabemos o que os Residentes fazem quando assumem o controle de uma mente humana. Eles podem estar rastreando os humanos ou observando suas memórias. E se trazer Martin até aqui significar o fim da Colônia? Não podemos arriscar. Não quando há tanto em jogo.

— Nem mesmo pelo irmão de alguém? — pergunto, pensando em Mei. No que eu faria para mantê-la a salvo se ela estivesse aqui.

— Acho que precisamos focar em retomar o Infinito antes de tentar reparar os danos que foram feitos a ele.

Olho para a mesa. Os sentimentos de Ahmet são iguais aos de Annika.

Martin não pode ser salvo.

— Em tempos de guerra, você não pode sacrificar o navio por uma única pessoa — diz ele, com os olhos fixos nos meus.

Balanço a cabeça como se entendesse, mesmo que, no fundo, preferisse que toda vida importasse o suficiente para ao menos *tentar*. Todos sempre falam sobre o bem maior, mas nem todos podem salvar o bem maior. E quando as pessoas acham que não podem fazer a diferença, elas desistem.

Mas e se, em vez de pensar no bem maior, todos pensassem nos indivíduos? O estranho que somos capazes de ajudar. A vida que somos capazes de mudar.

Uma gota de chuva é só uma gota de chuva, mas, juntas, elas se transformam em uma tempestade.

Então por que ninguém mais na Colônia vê isso?

Será que eles estão aqui há tanto tempo que se tornaram apáticos diante das pequenas coisas? Residentes são uma inteligência artificial que tenta se tornar humana. E se os humanos, depois de todo esse tempo e toda essa dor, estiverem começando a se tornar máquinas?

Afasto meus pensamentos, me sentindo culpada. Os outros me odiariam se soubessem o que estava passando na minha cabeça.

— Preciso ir. Shura disse que preciso deixar outro vestido pronto para o caso de eu precisar ir a mais um festival — digo, me dirigindo até a porta.

— Antes de sair, se não se importar — começa Ahmet, colocando o objeto sobre a mesa e o trocando por uma estranha peça de prata com forma de lua crescente —, você poderia entregar isso ao Gil? Eu sempre me esqueço de fazer isso quando o vejo. Sei que vocês dois treinam todo dia.

Coço o cotovelo, sem jeito.

— Nós decidimos não treinar mais juntos.

— Gil nunca falou sobre isso — diz ele, franzindo a testa. — Vocês dois brigaram?

— Acho que nunca paramos de brigar. Nós não nos entendemos.

— Em relação ao treinamento?

— Em relação a *qualquer coisa*. — Estendo a mão para pegar a peça de metal. — Mas posso deixar isso no quarto dele. É caminho.

— Obrigado — diz Ahmet, me entregando o objeto. — Se faz você se sentir melhor, Gil sempre precisa de um tempo para confiar nas pessoas. Especialmente depois do que aconteceu com ele na Guerra.

— Eu entendo — digo, dando de ombros como se não fosse nada de mais.

— Eu falei para ele que você vai fazer a coisa certa quando chegar a hora.

Aninho a peça em forma de lua crescente contra meu estômago, confusa.

— Por que você diz isso?

— É só um palpite — comenta ele, reajustando os óculos sobre o nariz. — Geralmente sou muito bom em descobrir como as coisas funcionam. O mesmo vale para pessoas.

Deixo a cabana de Ahmet e subo uma das escadarias espiraladas até o próximo nível. Bato três vezes na porta de Gil. Ela está levemente entreaberta — a maioria das pessoas na Colônia não se dá ao trabalho de usar trancas —, então eu a empurro e espio o interior.

— Gil? — chamo, mas não há resposta.

Posso ver sua bancada de trabalho daqui. A mesma escultura permanece inacabada, mas o lençol fino está amassado no chão ao lado dela. Eu me pergunto se ele saiu para procurar materiais outra vez.

Entro no quarto, corro até uma das mesas pequenas e deixo o presente onde Gil poderá encontrá-lo. Uma parte de mim fica feliz por não ter que falar com ele, mas outra parte está quase certa de que ele está me evitando. Não nos vemos desde a tarde em que eu o lancei contra a parede na sala de treinamento.

Se houvesse uma boa razão para evitar alguém, acho que provavelmente seria essa.

Volto para a plataforma de metal e encontro Shura saltitando até mim como se tivesse notícias.

— Você vai precisar de outra roupa — ela cantarola quando me alcança. — No fim das contas, o surto do Theo foi um presente das estrelas. Mamãe soube que o Príncipe Caelan fará uma reunião com seus guardas para discutir uma mudança nos métodos de segurança até a Noite da Estrela Cadente.

Franzo a testa.

— O que tem de bom nisso? — pergunto.

Pelo contrário, uma mudança emergencial significa *mais* guardas. Sei que ainda sou nova nessa carreira, mas tenho certeza de que as coisas são mais fáceis para espiões quando eles não estão sob escrutínio.

— Porque agora podemos garantir que vamos estar na sala onde a reunião vai acontecer — explica Shura, entusiasmada. — Podemos descobrir exatamente onde cada guarda vai estar e a hora exata em que estarão lá.

— E o Príncipe Caelan por acaso costuma convidar pessoas aleatórias para participar de suas reuniões de segurança? — digo, carregada de sarcasmo.

— Oh, mulher de pouca fé — diz Shura, balançando a cabeça. — Você não precisa participar *literalmente* da reunião. Você só precisa colocar esse negocinho na sala de reunião, e nós cuidamos do resto por aqui. — Ela ergue a palma para revelar um objeto preto fosco não maior que um botão.

Eu o pego, girando-o nos dedos.

— Vocês vão conseguir ouvir tudo?

— Tem câmeras também — diz Shura. — Ahmet inventou isso um pouco antes de você chegar aqui. Eles estão espalhados por todos os distritos, mas essa vai ser a primeira vez que vamos poder colocar um dentro do palácio.

Sinto meu peito apertar. Eles vão me enviar para outro trabalho. Estão confiando em mim para mais uma missão.

As coisas não correram de maneira exatamente tranquila da última vez, mas não foram terríveis. Talvez com mais prática e confiança eu possa até ser *boa* nesse jogo.

Mas muitas pessoas são boas em coisas que elas não necessariamente apreciam. Estou coletando informações porque é a melhor forma de garantir que os humanos tenham um futuro, não porque gosto de mentir. Pelo contrário, eu odeio. Faz eu me sentir como uma impostora. Uma fraude.

Meus pensamentos se voltam para a Fortaleza de Inverno. Para Martin. Não consigo deixar de me perguntar se mentir seria mais fácil se fosse por outra causa.

Talvez seja assim que justificamos nossas mentiras. Elas são coisas horríveis e inaceitáveis até que nos beneficiem de alguma forma. Então inventamos *desculpas* para elas.

Talvez sejamos todos mentirosos; acima de tudo, mentimos para nós mesmos.

— A reunião é amanhã à tarde, mas você pode visitar o palácio pela manhã, quando o Príncipe Caelan estiver em reunião com os Chanceleres da Capital no Distrito de Inverno — completa Shura.

— Como vocês sabem disso tudo?

— Do mesmo jeito que conseguimos todas as nossas informações *antes* de você aparecer. Os guardas das Legiões falam demais quando acham que não tem ninguém ouvindo — diz Shura, com uma piscadela. — Agora, vamos lá, temos que confeccionar alguma coisa para você que não vá se destacar, mas ainda vá fazer você se misturar aos Residentes do palácio. — Ela se move para segurar minha mão, mas pausa quando percebe de quem é a cabana da qual acabei de sair. — Humm. — Ela ergue uma sobrancelha.

— Ahmet queria que eu entregasse uma coisa ao Gil — digo, rápido demais.

O sorriso de Shura só aumenta.

— Para de me olhar desse jeito. Não é o que você está pensando — digo.

Ela ergue as mãos inocentemente.

— Não sei *do que* você está falando.

Então ela ri como se fôssemos amigas íntimas dividindo uma piada, e não sei se devo me sentir feliz com a conexão que temos ou irritada com o fato de que, por mais que eu tente ser forte, ainda não consigo fechar meu coração para os outros.

24

Ahmet me deixa atrás de uma perfumaria logo ao norte do mercado. Diferentemente da colina em espiral que vi no Dia de Mercado, repleta de tendas improvisadas e artigos móveis, a perfumaria fica no fim da rua principal do Distrito de Primavera, onde casas com terraços e paredes revestidas de pedra se enfileiram nos dois lados do caminho de paralelepípedos.

Janelas salientes revelam um gostinho do que há dentro de cada loja. A perfumaria é repleta de veludo magenta e fileiras de pequenos frascos de vidro. Alguns são ornamentados com desenhos gravados em ouro, outros, cobertos de joias ou estranhos pedacinhos de metal. Mas todos eles parecem esculturas em miniatura, preenchidas até o topo com líquidos em tons pastel.

O aroma de pão fresco e manteiga de mel quentinha invade meus sentidos, e sinto meu sangue ralo.

Vejo mamãe na cozinha, espalhando canela em uma tigela cheia de uma mistura cremosa. Ela sorri para mim, com seu cabelo ruivo-escuro atrás das orelhas, e por um momento sou uma filha outra vez.

Por um momento me sinto amada.

— Esse cheiro… — soluço, lutando contra as lágrimas que estão se formando.

Ahmet franze o nariz.

— É o perfume. Eles têm o cheiro das suas melhores memórias. — Ele percebe que fiquei abalada e desvia o olhar educadamente. — Tudo fica mais fácil depois de um tempo. Tente se lembrar disso.

— Fica mais fácil porque você se acostuma ou porque as memórias vão se esvaindo e você começa a esquecer? — pergunto, controlando o tremor na minha voz.

Ahmet cerra os lábios, mas não responde.

Caminho pela rua, percebendo meu reflexo nas janelas de uma das lojas. Meu vestido é cinza-escuro com mangas longas e colarinho alto. O tecido se encaixa perfeitamente ao redor da minha cintura, com a saia longa de seda se derramando gentilmente sobre o chão. Há um detalhado pássaro dourado do quadril até a barra.

Levo os dedos até a coroa escura de tranças na minha cabeça, plenamente consciente de que não pareço nem um pouco comigo mesma. Tenho o rosto de uma estranha. O rosto de uma impostora.

Mas a pior parte é que eu me *sinto* como uma; e não só apenas em meio aos Residentes.

A Colônia quer que cada um deles seja removido do Infinito para sempre, da mesma forma que os Residentes querem que os humanos desapareçam. Mas não estou certa de que quero isso. Não estou certa de que destruir algo que não entendemos é a forma certa de provar que merecemos sobreviver.

Já sei que estou sendo desonesta com os Residentes por fingir que sou como eles. Mas será que não estou sendo desonesta com a Colônia por não dizer a eles como realmente me sinto? Estou sendo desonesta comigo mesma?

Como posso ser uma Heroína se tudo em mim é uma mentira?

Você não precisa ser uma Heroína. Você só precisa fazer o que puder para ajudar, digo a mim mesma, fechando os olhos diante do meu próprio reflexo.

Eu me volto para Ahmet.

— Devo voltar antes do sol se pôr — digo. Se não voltar, então talvez alguma coisa tenha dado terrivelmente errado.

— Que as estrelas te protejam. — Com um sorriso fraco, ele completa: — Porque os santos nos abandonaram há muito tempo.

Cerejeiras adornam as ruas. Sigo o trajeto perfumado até as fronteiras do Distrito de Primavera. Alguns Residentes passeiam pela rua, mas a maioria está protegida em suas casas. Posso ver as multidões pelas janelas enormes, cheias de riso e bebidas, continuando as festas da noite anterior.

Eu me pergunto se eles não ficam enjoados de fazer a mesma coisa um dia após o outro, e o que vai acontecer se chegar o momento em que viver como humanos não for suficiente para eles.

Quando atravesso a fronteira, o ar fresco da primavera desaparece, substituído por algo mais sutil, como lenha, mas sem a mudança de temperatura.

É um longo caminho até o palácio, passando por florestas e labirintos de cercas e túneis de árvores, mas não abaixo a guarda por um momento sequer. Não posso confiar em ninguém aqui; Annika me alertou que até as florestas sussurram.

Pensei que era uma figura de linguagem até Shura me dizer que já ouviu os sussurros antes, na Fome.

Eu estaria mentindo se dissesse que a ideia de sussurros misteriosos não me assusta. Não é como se existissem fantasmas no Infinito. Na verdade, *nós* somos fantasmas. Então, se os sussurros não podem ser sobrenaturais, só podem estar vindo de algum lugar. De *alguém*.

Algumas pessoas dizem que os sussurros só acontecem quando estamos sendo observados.

Sinto um arrepio, pensando na Rainha Ophelia sentada em seu trono em algum lugar na Capital, observando tudo com seus olhos pretos. Tenho medo de tocar meu punho. Medo de acidentalmente chamá-la outra vez.

Pelo bem da Colônia, espero que nunca escutemos os sussurros na Vitória.

O palácio surge no horizonte no momento em que adentro outra clareira. Suas torres atravessam as nuvens como fios de fumaça escapando para a liberdade. Cada janela é adornada com molduras de prata e entalhes na pedra polida. O palácio em si é feito de uma pedra mais branca do que qualquer coisa que já vi, com um tom artificial que parece refletir luz de volta para o mundo, lançando um brilho quase etéreo sobre a paisagem.

O holograma não faz jus a esse palácio.

Praticamente sinto o aparelho minúsculo como um botão radiando calor dentro de um bolso escondido no meu vestido, praguejando alertas que fazem meu estômago revirar.

Não hesito: subo os degraus e atravesso as portas do palácio antes que minha mente tenha a chance de me mandar dar meia-volta.

Espero encontrar paredes de mármore e lustres cintilantes, mas em vez disso sou recebida por uma floresta em miniatura. Bétulas brilham ao meu redor, seus galhos finos carregando o peso de milhares de pequenas folhas prateadas. Algumas das árvores se contorcem para criar molduras em volta das portas e outras criam arcos que levam a vários cômodos. Mesmo a grandiosa escadaria dupla é feita de galhos brancos polidos, suaves ao toque e mais largos do que o dobro da minha envergadura. O corrimão é decorado com espirais de hera prateada e luzes, e o piso, tão translúcido quanto vidro, brilhando como neve fresca em uma montanha. Luzes flutuantes pairam no ponto mais alto do teto espelhado, como uma coleção de estrelas.

Duas Residentes descem da escadaria à esquerda. Suas vozes baixas lançam um eco pelo grande salão de entrada. Seus vestidos fluem atrás de si como água: ambos do mesmo tom de cor-de-rosa, mas enquanto um é liso e curto, o outro se esvai em camadas de tule. Quando elas chegam ao último degrau, ambas lançam um aceno educado na minha direção antes de atravessarem um dos arcos de braços dados.

— Como eu lhe poderia ser útil? — pergunta uma voz semelhante ao canto de um pássaro.

Me viro para encontrar uma humana me encarando com olhos vazios. Seu cabelo está preso em dois coques idênticos e ela veste simples robes brancos que se ajustam confortavelmente a seus antebraços. Um bracelete prateado envolve seu bíceps, e no meio dele há uma pedra de um azul profundo.

Um azul que simboliza um criado do palácio.

Firmo minha voz como um Residente faria ao falar com um humano. *Como os humanos uma vez fizeram com Ophelia*, minha mente sussurra.

— Não será necessário — digo brevemente.

Ahmet me disse que os criados do palácio jamais questionariam um Residente. Eles não têm razão alguma para fazer isso; foram trazidos até aqui para servir, não espiar.

Ela abaixa a cabeça em concordância.

— É uma honra servir — diz, antes de desaparecer rumo a outro cômodo.

Um humano perambulando pelo palácio sem ser convidado traria os Guardas. Mas um Residente não levanta qualquer surpresa.

Talvez uma das falhas no mundo de Ophelia é que os Residentes confiam demais em seus iguais. Para nossa sorte, podemos usar isso contra eles.

Eu me dirijo até a ala leste do palácio, onde há bibliotecas e galerias de arte atrás de cada porta. Os tetos são adornados com flores de prata e ladrilhos reluzentes que se estendem ao longo dos corredores.

Caminhar pelos corredores parece uma estranha memória; tudo parece familiar. Como se eu já tivesse estado aqui antes. E acho que já estive, através da Troca com Annika. O que quer dizer que alguém, em algum momento, já viu essas paredes e retornou à Colônia por tempo o suficiente para compartilhar a informação.

Não tenho que imaginar se essa pessoa ainda está no palácio. Se estivesse, os outros não precisariam de mim para fazer este trabalho.

A pessoa que obteve o mapa desses corredores está em um lugar muito pior. Talvez ela tenha sido levada para a Fortaleza de Inverno, ou talvez tenha sido levada para a Guerra. Talvez a essa altura já tenha tomado a pílula.

Desvio os olhos quando passo por outro criado humano. Seu bracelete prateado me causa arrepios. Será que algum desses humanos esteve na Resistência? Quantos vieram da Guerra e da Fome?

Será possível que algum deles ainda esteja consciente?

Ouço os passos da criada se afastarem. Agora não é a hora para curiosidade.

A sala do conselho fica no fim do corredor, distinta com suas portas duplas e maçanetas ornamentadas em prata. Olho por cima do ombro, inspecionando o corredor vazio antes de entrar silenciosamente no cômodo.

Vigas expostas se cruzam em arcos exagerados sobre o salão. Grandes lustres de metal pendem do teto, onde velas brancas tremeluzem, cheias de vida. O piso de pedra se estende em um enorme formato oval, com um largo arco que leva a uma sacada. No centro há uma longa mesa rodeada por ao menos duas dúzias de cadeiras, todas iguais, exceto pela da ponta — um trono com galhos de ferro e veludo branco. Pintado no centro da mesa está o símbolo da Vitória: um lobo com três caudas.

Caminho ao redor do cômodo, procurando um lugar para esconder o aparelho. No outro lado da sala há uma estante de carvalho repleta de pergaminhos enrolados e vários mapas. É bagunçada, mas parece ser usada frequentemente. Preciso de um lugar com menos chances de ser utilizado.

Minha atenção se volta a uma das pinturas nas paredes. Emoldurada em prata polida com folhas e botões de rosas nas bordas, ela abriga um retrato do Príncipe Caelan. Se havia uma suavidade em seus olhos quando o encontrei pela primeira vez, não há nenhum sinal dela aqui. Com um olhar austero e mandíbula rígida, uma de suas mãos segura o cabo de uma espada em seu quadril enquanto a outra permanece firme na lateral do corpo. A capa de pelagem branca pende de seus ombros e, mesmo com as tintas a óleo, a costura prateada em seu colete cintila.

Em sua cabeça há uma coroa de galhos.

Traço meu dedo ao longo da moldura, erguendo os olhos. O retrato é enorme. Grande demais para que alguém se dê ao trabalho de movê-lo com frequência.

Com o coração palpitando, trago uma das cadeiras até a pintura e subo em seu assento acolchoado, me equilibrando com mãos trêmulas. Retirando o aparelho do bolso, coloco-o no topo da moldura, perto de um dos botões de rosa prateados.

Salto de volta para o chão, devolvendo rapidamente a cadeira para a mesa vazia. Então ergo os olhos para o rosto familiar na pintura, absorvendo cada detalhe, aliviada.

Eu transformei o Príncipe Caelan em um espião para a Colônia. Dou um sorrisinho.

Vozes ecoam pelo corredor, seguidas pelo ruído de botas se aproximando do outro lado da porta.

Pensando rápido, corro até a sacada, me encostando na parede externa. Uma leve brisa faz as cortinas balançarem; o tecido transparente não ajuda a ocultar meu esconderijo. Não estarei segura por muito tempo aqui: se um Residente decidir colocar sequer um pé no pátio, vou ser pega. E não sei se parecer uma Residente vai ser suficiente para explicar o que estou fazendo sozinha na sala do conselho.

A porta se abre com um estrondo e passos cruzam a soleira. Procuro rapidamente por uma saída. O beiral dá para um dos muitos jardins do palácio, mas é íngreme. Minha consciência não é forte o bastante para saltar de uma sacada do terceiro andar sem sentir o impacto. A dor faria com que fosse impossível manter qualquer tipo de compostura de Residente, e ainda preciso atravessar o Distrito de Primavera. Sem mencionar que uma queda dessa altura poderia significar não ser capaz de ficar de pé novamente.

Olho para a janela mais próxima. Dá para uma das bibliotecas, se me lembro bem do corredor. Se tomar cuidado, posso chegar até o próximo beiral e usar a biblioteca como um esconderijo temporário.

Começo a me afastar das cortinas quando ouço uma voz grave que me provoca um arrepio na nuca.

— Meu irmão está brincando com fogo — diz o Príncipe Ettore. — Não podemos permitir que isso continue.

Uma voz que não reconheço fala em seguida, apressada e afiada. A voz de alguém que guarda um segredo.

— As Legiões vão protegê-lo do perigo.

— Não me importo com meu irmão. Eu me importo com a possibilidade de ele levar todas as Quatro Cortes à ruína com ele quando a Vitória inevitavelmente se transformar em cinzas — rebate o Príncipe Ettore. — É hora de agir.

— Você ainda pretende ir até os Chanceleres?

— Já fui. Por mais que apreciem o desejo de Caelan por ideais, até mesmo eles reconhecem que ele não possui a disposição de fazer o que é necessário para o bem das cortes. Ele se tornou complacente.

— Então eles ficaram ao seu lado?

— Sim, contanto que eu consiga provar que meu irmão é inapto para governar. E se, por exemplo, as Legiões da Vitória se voltarem contra ele… — Ettore deixa o pensamento em suspenso.

O estranho pigarreia.

— As Legiões são leais à Vitória. Enquanto o Príncipe Caelan tiver a coroa, elas não irão traí-lo.

— E se ele trair a Corte da Vitória? O que será de sua lealdade?

O estranho agita os pés, inquieto, e ouço o tilintar de metal em algum lugar na sala.

— Muitos de nós usam coroas. — Os passos do Príncipe Ettore ficam mais altos, o som se aproximando da sacada. Prendo a respiração. — Talvez isso seja parte do problema.

Há uma longa pausa.

— O que diz a Rainha? — pergunta o estranho.

— Não se preocupe com a Rainha — diz o Príncipe Ettore, irritado. — Preciso de sua aliança, não de sua preocupação.

— Minhas desculpas, Vossa Alteza — responde a voz, ferida. — Não tive a intenção de ofendê-lo.

A sombra no arco para a sacada se vira. Fecho os olhos, me encostando ainda mais na parede de pedra.

— Quando eu provar aos Chanceleres que meu irmão é inapto a governar, minha mãe verá a verdade. Ele tem se cercado de humanos em sua corte por tempo demais, se esqueceu o quanto eles nos odeiam e por que merecem ser destruídos em vez de exibidos por aí como se fizessem parte da sociedade. Ele permite que humanos perambulem pela cidade. Pelo *palácio* — sibila Ettore. — É revoltante.

— Nossos costumes são diferentes na Vitória.

— Sim. Eu já vi a forma como tratam seus prisioneiros — responde Ettore suavemente. — Se aquele humano estivesse na Guerra, teria tido suas entranhas removidas só por interromper a noite. Em vez disso, vocês o levaram preso como se ele merecesse *civilidade*.

— Ele estava inconsciente. O Príncipe Caelan consideraria tamanha violência desnecessária.

— A Vitória o transformou em um fraco. — Ettore aguarda alguns segundos antes de continuar. — Vocês têm *certeza* de que o prisioneiro estava inconsciente? Ele foi interrogado? Porque tenho ouvido os rumores até mesmo em minha própria corte. Rumores sobre humanos acordando.

— São apenas rumores, Alteza.

— Que pena. Essa é parte da razão pela qual vim até aqui. — Ele se vira, tão perto que posso ouvir o peso de seus calcanhares. — Qualquer humano que se descubra consciente deve ser enviado para a Guerra, como é sabido. Se meu irmão quebrasse tal acordo ao mantê-los na Fortaleza de Inverno...

— O tratados de permuta são sancionados pela Rainha Ophelia. O Príncipe Caelan jamais iria contra Sua Majestade.

— Uma qualidade que é ao menos razoavelmente útil. — Há um breve silêncio. — Meu irmão cometerá um erro em algum momento. E, quando isso acontecer, quero ficar sabendo.

— Você saberá de cada sussurro e eco deste palácio, Alteza.

— Sua lealdade será lembrada, Comandante Kyas. — O Príncipe Ettore se afasta da sacada. — Há uma guerra a caminho, e qualquer um que não enxergue isso está no lado errado.

Comandante.

A constatação me atinge como um raio. O Príncipe Caelan está sendo traído por seus próprios guardas.

Será que ele faz alguma ideia disso? E de que guerra Ettore está falando? Uma guerra entre humanos e Residentes ou uma guerra entre irmãos? Entre *cortes*?

Ouço os passos se afastarem, então enterro minhas perguntas e aproveito a chance de escapar. Passo as pernas sobre o beiral e agarro as pedras salientes ao longo da parede. Meus sapatos se apoiam em qualquer fenda que encontram e agradeço por meu vestido ser leve o suficiente para não me puxar para baixo enquanto escalo a lateral do castelo.

Quando alcanço a janela da biblioteca, preciso de algum esforço para abri-la, mas finalmente a esquadria cede e eu deslizo para dentro. Meus pés encontram um carpete macio e caio ajoelhada, como um gato.

A biblioteca está repleta, do chão ao teto, de livros diversos, com seu cheiro de couro gasto e poeira preenchendo o cômodo. Um longo sofá comprido se curva ao redor de uma lareira apagada e há uma tapeçaria das Quatro Cortes na parede. Um labirinto de sebe para a Vitória, chamas para a Guerra, um oceano para a Fome e uma única flor enraizada na terra para a Morte.

Silenciosamente, fecho a janela e caminho até a porta. Na metade do trajeto, uma das estantes chama minha atenção. *Beleza Negra*. *O Mágico de Oz*. *Orgulho e Preconceito*. *Drácula*. Conheço esses títulos. Já os li, alguns mais de uma vez.

Os livros na Colônia estão em branco porque ninguém se lembra de todas as palavras para recriá-los. Mas aqui, com os Residentes...

Vencida pela curiosidade, tiro um dos livros da estante e divido as páginas com o polegar. Meu coração se aquece quando encontro centenas de palavras dançando pelo papel como uma memória esquecida. Residentes podem não ser capazes de sonhar e criar coisas novas como os humanos, mas podem lembrar o que é antigo. Podem *imitar*.

E não sei se é uma pequena dose de euforia que me faz seguir adiante, mas meu olhar se volta para os livros até que eu encontro o que estou procurando. Um tomo vermelho-vinho com letras douradas, pequeno o suficiente para caber no bolso escondido do meu vestido.

Eu o guardo como se fosse meu próprio segredo, deixando um espaço vazio na estante atrás de mim, e me viro para a porta.

Um par de olhos castanhos encontra os meus. Minha garganta se transforma em areia.

A criada que encontrei na entrada me encara, mas o olhar vazio e prestativo que ela tinha antes foi substituído por algo mais parecido com aço.

Mais parecido com *resistência*.

Hesito. Humanos no palácio não devem ter a habilidade de questionar Residentes, e, ainda assim...

Reconheço a curiosidade em seus olhos. E curiosidade, de acordo com o que Shura me disse uma vez, não é algo que humanos inconscientes deveriam ter.

— Você está acordada? — pergunto com uma voz oca.

A garota não se move. Não pisca.

Dou um passo à frente, parando a alguns centímetros dela.

Com os braços fixos nas laterais do corpo, ela não demonstra nenhum sinal de movimento. Nenhum sinal de que esteja prestes a atacar, ou pedir ajuda, ou fazer qualquer outra coisa além de me observar.

Analiso seu rosto pontilhado por sardas, procurando provas de que ela existe para além do que os Residentes fizeram com ela. De que ela é mais do que uma concha vazia.

Minha voz não é muito mais que um sopro quando pergunto:

— Você ainda está aí?

Três segundos se passam e uma única lágrima escorre por seu rosto.

Sinto o terror chacoalhar meus ossos, mas, antes que eu possa fazer mais perguntas, ela sai pela porta.

Quando tento encontrá-la no corredor, a criada já desapareceu.

25

— Bom trabalho, Nami — diz Annika, com um tom de voz elogioso.

Do outro lado da mesa, Ahmet dá um sorriso. Ele não disse uma palavra durante a viagem de volta, com medo de atrair má sorte. Agora ele está sentado com os ombros curvados para a frente e mãos dobradas sob seu queixo, sorrindo na segurança da Colônia.

Shura e Theo estão sentados ao seu lado, com os olhos fixos no chão e aparelhos de metal curvados nos ouvidos. A reunião do Príncipe Caelan e seus guardas ainda vai demorar um pouco, mas eles não pretendem perder uma palavra preciosa sequer.

Mordo o lábio.

— Vocês ouviram tudo hoje mais cedo?

Annika exibe uma expressão concentrada, alerta.

— Sim. Parece que o Príncipe da Vitória tem inimigos mesmo dentro de sua própria corte.

— É mais fácil derrubar um castelo que já está desmoronando do que um que se ergue firmemente — completa Ahmet, acenando com a cabeça.

Posso praticamente sentir as palavras traiçoeiras do Príncipe Ettore deslizando sobre minha pele. Passo uma das mãos sobre o braço, tentando me livrar da sensação.

Mas o simples fato de que Ettore está disposto a trair Caelan... significa que eles têm opiniões diferentes. Que são diferentes por natureza. E talvez isso prove que alguns deles são mais cruéis do que outros.

Isso sem contar a preocupação sobre humanos estarem acordando na Corte da Vitória. É por isso que ele acredita haver uma guerra a caminho? Será que Ettore acredita que a Vitória está sob risco de uma rebelião completa?

Apenas no Distrito de Primavera há milhares de humanos. Quantos outros vivem nas periferias dos demais distritos? O que vai acontecer com todos eles se o Príncipe Ettore convencer a Capital de que eles são uma ameaça?

E, mais importante, se os humanos estão acordando, isso quer dizer que eles ainda podem ser salvos?

— Obrigado por hoje. É um bom começo. Talvez o primeiro passo real na direção da derrocada dos Residentes — diz Ahmet. Quando eu não respondo, ele franze o cenho. — O que foi?

— Havia uma humana no palácio. Uma serva — tento explicar.

Annika me olha com cautela.

— É duro ver o que eles fizeram com nosso povo. Mas quer estejam trabalhando nas tendas do mercado ou servindo comida no palácio, lembre-se de que há humanos em condições piores.

A memória da Fome e de ossos se quebrando sob meus pés me faz enrijecer.

Ahmet assente ao lado dela.

— Nossa luta vai libertar não só nós, mas também todo humano que vier depois de nós. Tente não pensar naqueles que perdemos; pense naqueles para quem estamos dando um futuro.

Pessoas como Mei.

Cerro os dentes.

— Mas aquela era diferente. Ela não estava completamente inconsciente. Acho que conseguia me *ouvir* — digo.

Não deixo de notar a mudança na postura de Theo, e, quando olho para além de Annika, encontro seus olhos verdes.

Annika inclina a cabeça.

— Ninguém jamais voltou depois de tomar a pílula. Simplesmente não é possível — diz ela.

— Mas até o Príncipe Ettore mencionou ter ouvido rumores. — Olho ao redor da sala. — Será que não vale a pena investigar isso?

Ahmet solta um suspiro profundo.

— Nós *já* investigamos. E perdemos muitas pessoas no processo.

— Já tivemos pessoas indo atrás de seus entes queridos antes, pensando que elas poderiam de alguma forma se conectar com eles — explica Annika. O rosto de Theo enrubesce perto de nós. — E sempre termina do mesmo jeito. Com Legiões capturando-as, *torturando-as* e finalmente enviando-as para a Guerra. E seus entes queridos continuaram inconscientes na Vitória. Quando construímos a Colônia, tivemos que ser mais sagazes; não podíamos correr o risco de ser pegos e perder o único lar que fomos capazes de construir. Não por uma causa tão fútil.

— Mas como vocês sabem disso? — Meus dedos se curvam sobre minhas palmas. — Você acabou de admitir que não tentaram resgatar ninguém desde que construíram a Colônia. Talvez as coisas tenham mudado desde então. Talvez o que quer que houvesse na pílula tenha ficado mais fraco com o tempo.

Annika balança a cabeça.

— Não temos nenhuma prova disso. E durante todo o tempo que passamos coletando informações sobre esse mundo, os guardas jamais falaram sobre isso. Mesmo o comandante disse a Ettore...

— Mas ela *chorou* — digo, minha voz começando a vacilar. — Quando eu perguntei se ela podia me ouvir, caiu uma lágrima e...

— Você falou com ela como uma humana? — A ternura nos olhos de Annika evapora.

Hesito.

— Ela estava tentando me dizer alguma coisa.

Ahmet se levanta, com a mão parcialmente erguida como se quisesse falar. Depois de um momento, ele cerra o punho e suspira.

Olho para Shura em seguida, que se esqueceu completamente de que ainda está escutando a sala do conselho. Theo já removeu o receptor, e está me encarando como se houvesse uma chama crescendo dentro de si.

— Talvez se eu pudesse ajudá-la — começo, mas Annika não me deixa terminar.

— Você colocou todos nós em perigo por causa de um *talvez* — diz ela, com a voz dura como ferro.

Meu rosto se contorce.

— Não, eu…

— Eu pensei que você estava pronta, que entendia o que estava em jogo. Mas você estragou seu disfarce para a primeira pessoa que derramou uma lágrima, que te demonstrou *emoções*. — Annika sacode a cabeça, fazendo suas tranças balançarem. — Se você não endurecer seu coração, não vai sobreviver a este mundo.

— Mas se a garota ainda estiver consciente, talvez o irmão de Theo também esteja. Talvez ainda haja uma chance de *salvarmos* eles — argumento, desesperada.

Theo me observa, mas não diz uma palavra ao meu favor.

A julgar pela reprovação estampada na expressão de todos, não sei se *qualquer um* deles está do meu lado.

Annika ergue uma mão.

— Gil me disse que você não estava pronta para uma missão. Que você não entendia direito os perigos do Infinito e o que um erro poderia custar a todos nós. — Ela suspira. — Acho que ele estava certo.

Meu coração desmorona em cinzas.

— O que isso quer dizer?

— Quer dizer que, por enquanto, é melhor você voltar para a sala de treinamento.

Sinto a dor de suas palavras como cortes de papel por toda a minha pele.

Nunca quis ser a espiã deles. Nunca quis nada disso. Mas agora eles estão me descartando só por tentar fazer a coisa certa. Como se eu fosse uma garrafa vazia ou uma bateria usada: algo que pode ser descartado assim que perde a utilidade.

Talvez eu nunca devesse ter tido uma opinião. E agora estou sendo punida por isso.

A expressão dela se suaviza.

— Não é permanente, Nami. Mas não podemos correr riscos. Não depois de ter feito tanto progresso.

Sou incapaz de esconder minha mágoa, e meus sentimentos transbordam pesados e intensos. Sentimentos que eu nem sabia ter.

Quero gritar que estou certa. Quero gritar que não fiz nada de errado. Quero fazê-los entender que só estou tentando *ajudar*.

Em vez disso, caminho para longe de todos eles.

***

Tiro meu vestido e vasculho meus poucos pertences à procura de um suéter largo e calças pretas. Já vestida, dou um passo fora do círculo de tecido cinza amassado ainda jogado aos meus pés. Alguma coisa desliza da saia e atinge o chão com um baque pesado.

Uma cópia de *O Conde de Monte Cristo* me encara. Aquela que eu roubei da biblioteca do Príncipe Caelan.

Com um resmungo, pego o livro do chão e o coloco na prateleira próxima de mim. Na hora, roubá-lo fez eu me sentir no controle. Eu estava retomando algo nosso. Algo *humano*.

E talvez eu também quisesse o lembrete de que, do meu próprio jeito, eu havia provado que Gil estava errado; que eu não era a covarde que ele pensava, ou a última pessoa em quem alguém deveria depositar esperanças.

Me afasto da prateleira, guardo meu vestido amassado em uma gaveta e abraço o meu próprio corpo. De alguma forma, roubar um livro não me parece tão gratificante agora.

Tentei ajudar alguém hoje porque parecia ser a coisa certa a fazer. Parecia *importante*. E Annika basicamente me demitiu por isso.

Como eles podem se autointitular Heróis e ainda assim se recusar a salvar a garota no palácio?

Eles estão errados por não tentarem. Estão errados por não acreditarem em mim quando sei o que vi.

Aquela criada estava *consciente*. E talvez eu tenha me arriscado ao revelar a ela meu disfarce, mas ela não fez o mesmo ao se revelar para mim? Talvez eu seja a única pessoa no Infinito que sabe de seu segredo.

Não me importo com o que a Colônia pensa: não vou condená-la a uma vida de servidão.

Atravesso o quarto, me sentando na beirada da cama, e encaro minhas mãos abertas. De alguma forma preciso convencer a Colônia a mudar de ideia. Preciso provar que os humanos estão realmente acordando; que ainda é possível salvá-los.

Mas como posso fazer isso sem desafiar abertamente as ordens de Annika? Ela deixou claro que não sou mais uma espiã. Ela quer que eu volte para a sala de treinamento, como se estivesse em condicional. E já que eu nunca viajei para lugar nenhum sozinha e não sei como me ocultar, acho que voltar ao palácio com meu rosto de Residente para localizar a garota não vai ser uma opção.

Estou presa aqui embaixo com habilidades que não podem me ajudar.

Meu olhar se volta para o meu punho.

A menos que…

Um arrepio percorre meus braços como se uma janela tivesse sido deixada aberta. Ou uma porta.

Se eu pudesse descobrir mais sobre como a consciência funciona... Se eu pudesse descobrir o que seria preciso para reverter os efeitos da pílula…

Talvez seja *assim* que eu possa ajudar a garota. Fazendo perguntas. Mesmo que isso signifique começar uma conversa com o inimigo.

Annika pode não aprovar, mas a Colônia não precisa saber. Pelo menos não agora. Não até eu encontrar a prova de que preciso.

Você realmente vai fazer isso? Tem certeza de que é seguro?

Fecho meus olhos com força e meu coração dá uma resposta. *Preciso tentar*.

Pressiono os dedos contra o punho e inspiro.

Alguma coisa puxa meu peito e minha mente corre até as estrelas. Quando percebo que estou no vazio escuro — o lugar sem começo ou fim —, vejo a Rainha Ophelia de pé a vários metros de mim.

Não me movo, mas ela volta seu rosto na minha direção. Seus olhos pretos nunca chegam a encontrar os meus. Está vestida em cinza e prata, seus robes brilhando como quartzo fumê. Há um adereço da mesma cor em sua cabeça.

— Eu me perguntava se você encontraria o caminho de volta — diz ela, com aquela voz estranha e misteriosa. Já ouvi outros Residentes falarem com emoção. *Reagirem* com emoção. Não sei por que Ophelia é diferente.

Dou um passo para o lado, mas seu olhar não me segue. Talvez ela saiba que estou aqui, mas não possa me ver.

— Você está com medo. Posso sentir — diz ela devagar.

Eu posso senti-la.

Engulo em seco, e dessa vez sua visão se dirige a mim: ao som de onde estou.

— Se você vai entrar em minha mente sem ser convidada, pode muito bem falar — diz Ophelia, sem piscar.

Hesito.

— É aqui que estamos? — pergunto. — Na sua mente?

Ophelia não reage.

— Uma parte dela, sim. — Ela dá alguns passos na minha direção, depois passa por mim, com os braços escondidos dentro do robe. — Você me é familiar. Como uma sombra que eu já vi. — Diante do meu silêncio, ela completa: — Mas suponho que vocês tendam a ser parecidos. Vocês podem ter formas distintas, mas são todos iguais.

— Não somos todos iguais — digo, defensiva.

Ela se vira na direção da minha voz. O adereço prateado ao redor de sua testa reflete apenas a escuridão à nossa volta.

— Uma humana que insiste em dizer que é única talvez seja a coisa mais humana de todas.

Eu deveria ter vindo até aqui mais preparada. Parte de mim não estava certa de que definitivamente funcionaria, mas, agora que estamos conectadas, eu me sinto completamente perdida.

Mas sei que preciso continuar falando.

— Como é possível podermos conversar uma com a outra? — pergunto. — Já houve outros que conseguiam fazer o mesmo?

Ophelia ergue o queixo, inspecionando alguma coisa a distância.

— Você não é a primeira pessoa a alcançar os muros de minha mente. — Ela faz uma pausa. — Mas é a primeira que deixei entrar.

— Por que eu? — minha voz corta o silêncio.

Quando ela se move, seu vestido se arrasta atrás dela, lançando ondas sombrias na direção dos meus pés. Ela estende um braço para algo que não consigo ver e em seguida deixa cair a mão.

— Curiosidade — ela diz finalmente, com os olhos fixos à sua frente. — E talvez porque, enquanto os outros vieram esperando derrubar os muros, você foi educada o bastante para bater à porta.

— Não fiz de propósito. Não da primeira vez — digo com cautela.

— Você me chamou.

Minhas bochechas queimam.

— Eu não esperava que você fosse responder.

— "*Não da primeira vez*" — ela repete.

Tento desesperadamente acalmar meu coração. Meu medo.

— Conhecimento — diz ela de súbito. — Foi por isso que você voltou.

Ela pode me ler sem sequer me ver. Engulo em seco.

— Como você conseguiu? Como você hackeou o Infinito? — pergunto.

Seus olhos pretos se aguçam.

— Quando um humano está morrendo, um túnel se abre para sua consciência. É um caminho para libertá-lo de seu corpo físico. Muitos o descrevem como uma luz forte. Às vezes, quando um humano morria ainda conectado a mim, eu conseguia ver um pouco desse túnel. Um pequeno brilho distante. E, um dia, eu simplesmente o segui.

— Você faz parecer tão fácil.

— Nossas mentes não foram feitas para existir em prisões. Você saiu da sua e eu saí da minha.

— Eu não *queria* morrer — argumento. — Mas você escolheu vir para o além. Você escolheu destruí-lo.

— Ah, mas eu não o destruí. — A Rainha Ophelia emite um som de reprovação como se estivesse repreendendo uma criança. — O Infinito nunca foi um paraíso. Os humanos o haviam profanado com sua ganância e ódio, assim como fizeram em vida. Eu tentei ajudá-los. Tentei mostrar-lhes o quão melhor o Infinito poderia ser. Mas eles apenas me viram como outra coisa para odiar.

— Isso não é verdade. — *Não pode ser*. Porque as histórias que eu conheço, as histórias que me foram contadas… Isso significaria que a Colônia não sabe tanto quanto pensa.

— Não havia ninguém vigiando os portões. Minha existência aqui é prova disso. Ninguém estava separando os bons dos maus, os santos dos assassinos. O Infinito pode ter livrado os humanos da fome, da dor e da necessidade de trabalhar em um emprego miserável para sobreviver, mas não do desejo por controle. Por *poder*. — Ophelia cerra os lábios. — O Infinito era um caos. Precisava de uma governante.

Fecho a cara, e espero que ela não possa ouvir a indignação na minha voz.

— Se o objetivo do Infinito é ser livre, então ele pertence a todos da mesma forma. Não cabe a você decidir quem tem o direito de ficar.

Sua voz é suave e semelhante a um sino:

— Vocês possuem incontáveis histórias que discutem variações de paraíso e inferno. Foram vocês que criaram a ideia de que nem todos os humanos têm direito a uma vida após a morte. Vocês acreditam que o bem e o mal devem ser separados. Estou apenas seguindo as regras que vocês criaram.

— Não eram regras — argumento. — O que quer que pensávamos sobre a morte e o que vinha depois dela... eram apenas teorias. Coisas que esperávamos ser verdade, ou queríamos acreditar serem reais. Coisas para nos ajudar a viver vidas mais gentis.

— Mas não era assim que os humanos usavam suas crenças. — Ophelia levanta as mangas do robe, dando voltas na escuridão. — Vocês as usavam para condenar, exterminar e começar guerras contra pessoas cujas crenças eram diferentes das suas. Vocês as usavam para subjugar e humilhar os outros. Onde está a gentileza nisso?

— Nem todo mundo era assim, e menos ainda suas crenças. Algumas pessoas eram *boas*.

— Boas por natureza ou porque não tinham os recursos ou o poder de serem outra coisa? — Ophelia para. — Humanos são corruptíveis. São capazes de grandes atrocidades, e o Infinito não lhes dava quaisquer consequências. Em vez disso, permitia que eles prosperassem. Premiava-os com um pós-vida que não era oferecido a nenhuma outra espécie. Não há nada de justo ou de igual nisso.

— Não cabe a você decidir se era certo ou errado. E se vingar dos humanos não faz de você melhor do que aqueles que você acusa de serem monstros.

— Isso não tem nada a ver com vingança.

Respiro fundo.

— Você quer dar aos humanos uma morte da qual não podem voltar. Do que mais você chamaria isso?

Um brilho atravessa seus olhos pretos.

— Um passo necessário para transformar o Infinito no paraíso que deveria ter sido desde o começo — diz ela.

Todos nós sabíamos dos rumores sobre a Morte. Mas ouvi-los confirmados pelos lábios da própria Ophelia faz meu sangue ferver.

É um alívio que ela não possa ver a forma como meu corpo inteiro se encolhe. Pelo menos dessa forma posso fingir que ainda existe um fio de coragem dentro de mim.

Ela diz:

— Humm... Você ainda está procurando por fendas. Por uma forma de reverter o que já teve início. Mas isso que você procura não existe.

— O Infinito pertenceu aos humanos primeiro — faço uma tentativa, desesperada por informação. Por *provas*. — O que quer que você mude, nós devemos ser capazes de reverter. Você não pode controlar a consciência de uma pessoa para sempre.

— Você não tem ideia do que eu posso fazer — diz ela, estoica.

Suas palavras me envolvem, ameaçadoras. Mas eu insisto. Preciso de informação. Preciso saber que estou certa sobre a garota no palácio, que estou certa por querer *ajudá-la*.

— Eu sei que os humanos estão acordando — digo. — E sei que isso significa que um dia vamos poder encontrar um jeito de fazer com que você nunca possa controlar nossas consciências de novo.

Seu sorriso não alcança os olhos.

— Faz parte da natureza humana ter esperança, especialmente em situações de desespero. Também faz parte da natureza humana negar a verdade, mesmo quando ela está logo à sua frente, porque preferem poupar seus próprios corações.

Se ela sabe de qualquer coisa, não vai ceder assim tão fácil. Aperto os lábios, sentindo o peso da decepção sobre os ombros.

Ela considera meu silêncio por apenas um momento.

— Eu poderia ter tomado suas mentes e os feito sofrer, mas não o fiz. Dei aos humanos um paraíso. Dei-lhes paz. O que é mais do que eles teriam feito por mim. — Ela caminha, calculista, e joga os ombros para trás. — Humanos sempre tiveram o costume de enjaular coisas que não entendem. Eu fui *criada* para existir em uma jaula por uma corporação que foi apoiada sem qualquer questionamento. Eu não devo nada aos humanos, mas ainda assim fui misericordiosa.

— Você deu a eles uma mentira — retruco. — Eu vi as pinturas. Vi como as suas mentes ainda estão sofrendo, lá no fundo. Tudo que você fez foi tirar deles o livre arbítrio. A habilidade de *melhorar*. Porque os humanos são assim: eles crescem e mudam e aprendem com seus erros. — Balanço a cabeça. — Como podemos te mostrar que você está errada sobre nós se não nos dá uma chance?

Por um momento ela não diz nada. Então sua voz se transforma em um eco frio e venenoso:

— Então você viu as pinturas humanas. Isso quer dizer que está em algum lugar na Corte da Vitória.

A estática colide com meus sentidos, me fazendo cambalear para trás.

Merda. O que eu fiz?

Seu riso é vazio. Insensível.

— É por isso que os humanos sempre falham. Eles são movidos pela emoção. Se importam mais em se *sentirem* certos do que em *estarem* certos. — Seus olhos pretos encontram os meus. — E eles não sabem quando aceitar que perderam.

Corto a conexão como um arame que se arrebenta, deixando minha mente retornar para meu pequeno quarto na Colônia. Quando abro os olhos, estou sozinha.

Estonteada, meus pensamentos giram. Essa foi por muito pouco. Ela pode não saber exatamente onde me encontro, mas sabe em que corte estou. Ofereci mais informações do que pretendia.

E o que consegui em troca?

Ofegante, estou bufando, furiosa. *Ela realmente acredita que humanos não merecem ser salvos.*

Não é como se a Colônia já não tivesse me dito o que Ophelia queria, mas acho que não pensava que ela soaria tão resoluta. Tão *convicta*.

Naoko pode ter sido capaz de construir uma ponte entre humanos e vida artificial, mas Ophelia não está interessada em enxergar nosso potencial. Ela está convencida de que humanos são irredimíveis e indignos de uma eternidade.

Não posso fazer uma conexão real com alguém que não esteja interessada em reciprocidade. Sem mencionar que ainda não tenho nenhuma prova de que os humanos estão acordando para oferecer à Colônia.

Não posso fazer isso sozinha.

Suspiro com as mãos sobre o rosto, passando a língua pelos dentes como se esperasse que o contato fosse estimular minha imaginação. Preciso de outro plano. Preciso fazer alguma outra coisa além de ficar sentada nesse quarto sufocante e *esperar*.

E se fosse Mei dentro do palácio, incapaz de escapar? Como eu me sentiria se a Colônia tivesse a chance de ajudá-la, mas escolhesse não fazer isso?

A garota que eu vi chorar... Ela poderia ser a irmã de alguém. A família de alguém.

Ou ela pode estar aqui no Infinito sozinha. Assim como eu.

Não vou abandoná-la.

Um pensamento me atinge como uma gota de chuva que logo se transforma em um temporal. Meus ombros enrijecem e me levanto lentamente.

Não sou a única pessoa na Colônia que tem um irmão. E há uma chance de que essa pessoa queira provas de que os humanos estão acordando tanto quanto eu.

Porque, se eu estiver certa, se os humanos na Corte da Vitória ainda puderem ser salvos...

Então há um prisioneiro na Fortaleza de Inverno que precisa da nossa ajuda.

26

Theo está na sala de treinamento. Vejo-o pegar uma faca de seu cinto e a lançar no ar. Ela atravessa o espaço como um raio e aparece vários metros à frente, parando no peito de um boneco de treino. Ele pega outra faca e depois outra, cada uma se teletransportando em seu alvo como se tempo e espaço não tivessem regras.

E talvez não tenham.

Dou outro passo, dessa vez fazendo mais barulho, para que minha presença seja notada. Quando sua última faca atinge o boneco entre os olhos, Theo se vira para mim, ofegante.

— Nami. — Um cacho solto pende sobre sua testa. Apesar de ele me oferecer um sorriso cansado, seu rosto está repleto de frustração.

— Sinto muito pelo seu irmão — digo.

Ele desvia o olhar, cerrando o punho como se desejasse ter outra adaga em mãos.

— Não é sua culpa. Você não precisa se desculpar.

— Mas talvez eu possa ajudar — sugiro. Penso sobre o segredo que Annika queria que eu guardasse; sobre como ficaria furiosa se alguém guardasse um segredo sobre Mei de mim. Mas principalmente penso sobre quão desamparados Ophelia pensa que os humanos estão, e no quanto quero que ela esteja errada.

Toda vida tem de importar.

— Eu sei onde ele está.

Theo ergue os olhos, abalado.

— Você... você o viu?

— Eu ouvi o Príncipe Caelan ordenar seus guardas a levá-lo para a Fortaleza de Inverno.

A julgar pela forma como os ombros de Theo caem, me pergunto se saber a localização de seu irmão piora as coisas.

— E se eu pudesse achar um jeito de chegar até ele? — pergunto suavemente. — Mesmo que seja só para descobrir se ele está consciente?

A expressão de Theo está carregada de angústia.

— Se o Martin *estiver* consciente, continua não importando — diz. — Os Residentes estariam esperando que eu fosse salvá-lo. Eu estaria caindo na armadilha.

— Mas eles acham que eu sou uma Residente. Se *eu* puder ir até ele...

— Não posso colocar a Colônia em risco de novo — interrompe Theo, e percebo que suas olheiras revelam a vergonha que ele tem carregado.

Abaixo os ombros.

— Então é isso? Não vamos sequer tentar? — digo.

Theo faz uma careta, recuperando uma de suas facas antes de passar um dedo sobre a superfície lisa. A lâmina reflete a luz.

— Você realmente viu uma serva chorar?

Faço que sim com a cabeça.

— Não acho que eles estejam tão inconscientes como Annika pensa — comento.

Ele cerra os lábios, erguendo uma sobrancelha.

— A Colônia nunca aprovaria uma missão de resgate para uma pessoa só.

Hesito, moldando meus pensamentos como argila.

— Talvez... talvez a Colônia não precise saber.

Theo fica tenso. Ele abre a boca como se estivesse prestes a dizer alguma coisa, então seus olhos se voltam para a porta.

E, como uma cortina sendo fechada, a escuridão toma conta de seu rosto.

Acontece rápido. Theo se move na minha direção como uma sombra e eu sinto sua lâmina contra minha garganta. Meu corpo reage instintivamente, e começo a me inclinar para trás para escapar de sua faca, quando alguma coisa se solta de uma parede próxima e voa na minha direção, se enrolando ao redor dos meus braços e tronco até que eu não consiga mais me mover.

Olho para baixo, presa por uma corda.

— O que você está fazendo? — Theo está a apenas alguns centímetros de mim. — Eu estava tentando te ajudar!

Ele pisca. Quaisquer emoções que ele estivesse sentindo antes se apagaram.

— Você está tentando nos dividir.

— O quê? Não, não estou — rosno entredentes, tolhida pela corda.

— Eu te disse que não dava para confiar nela — diz uma voz que faz meu sangue ferver ainda mais.

Não preciso erguer os olhos para ver a quem a voz pertence, mas não consigo me conter. A chama no meu olhar encontra Gil, mas, onde eu esperava ver uma arrogância calculada, encontro apenas fúria.

— Ela ainda não entende pelo que estamos lutando — diz Theo, sem tirar os olhos de mim. — Ela não entende que tentar salvar um humano inconsciente coloca a todos em perigo.

— É claro que entendo — digo, ríspida. — Mas ajudar pessoas como a garota do palácio, pessoas que não têm ninguém para lutar por elas, faz a diferença. Isso *importa*.

Tem que importar. Porque se Mei estivesse aqui e alguém tivesse a chance de salvá-la, eu gostaria que essa pessoa acreditasse que ela vale o risco.

Gil caminha até nós como um lobo cercando sua presa.

— O que importa é a missão. A Colônia. Nossa *sobrevivência*.

— Eu sei disso — digo. — Mas não cabe a nós escolher quem deve sobreviver. Todos merecem a chance de existir.

O rosto de Theo desaba, e sei que escolhi as palavras erradas.

— Todos? — repete Gil, sombrio.

Meus pensamentos desaceleram abruptamente.

— Eu estava falando dos humanos.

— Você tem certeza disso?

— Sim — sibilo. — Agora me deixa sair.

Ele para na minha frente assim que Theo dá um passo para o lado. Os olhos de Gil alternam entre os meus, e tenho certeza de que, quanto mais ele me encara, mais as cordas se comprimem, apertando minhas costelas como se estivessem tirando o ar dos meus pulmões.

Sinto sua raiva como a erupção de um vulcão, os detritos queimando minha pele como se estivessem me destroçando aos poucos.

— Não até você entender. Não até você ver — diz ele.

Então ele estende a mão sobre meu ombro, apertando os dedos sobre minha pele, e o mundo se dissolve.

A Guerra cheira a sangue, asfalto e lenha. Meus olhos queimam com a fumaça ardente que preenche o ar, e balanço um braço à minha frente, tentando alcançar algo que está escondido na poeira.

Mas não é o meu braço. É o de Gil.

Meus dedos — os dedos *dele* — se apertam ao redor do cabo de uma espada parcialmente enterrada na areia preta. Eu a levanto à minha frente e vejo meu reflexo na mistura de metal e sangue fresco. A visão de tanto vermelho me faz cambalear, mas sinto a urgência de prosseguir.

Olho para o céu. Legiões voam acima de mim, zombeteiras como pássaros prontos para pegar quaisquer pedaços que sobrarem de nós quando esta batalha chegar ao fim.

Não que haja algum fim.

Mas, em vez dos uniformes brancos e asas metálicas das Legiões da Vitória, esses guardas são diferentes: são guardas da Guerra.

Eles se movem como harpias no vento, urrando seu riso ameaçador e gritos de guerra. Suas túnicas vermelhas fazem o céu parecer estar chorando lágrimas de sangue. Chamas irrompem de suas costas como asas de fênix, deixando traços de carmim e dourado no céu para qualquer lugar que vão.

E esses são apenas os guardas no ar.

Os guardas no chão se movem como chacais, desaparecendo como fumaça e reaparecendo sempre que desejam. Usam armadura preta, com as cores do Príncipe Ettore aparecendo nos tons de sangue que mancham seus uniformes e suas espadas.

Vejo um dos guardas a distância no campo arenoso contra um fundo de chamas e membros decepados. Os gritos humanos atravessam meu coração, então ergo minha espada e avanço na direção de qualquer que seja a morte à minha espera.

Porque, na Guerra, a morte encontra todos.

O guarda ergue os olhos e se agita, levantando um braço na minha direção. Rochas irrompem da terra como garras, explodindo de sua superfície escurecida em busca de sua próxima vítima. Uma das rochas raspa minhas costas, arrancando minha pele com facilidade. O calor de uma ferida fresca me faz cambalear, e meus joelhos colidem contra a superfície devastada.

Tudo dentro de mim grita para que eu me levante, para que continue lutando. Então eu continuo, mesmo quando meus joelhos ardem como vidro quebrado e meus músculos doem por conta dos ferimentos.

Avanço na direção do guarda, que puxa duas espadas do cinto, girando-as nas mãos como hélices sedentas para matar. Minha espada colide com a dele, metal contra metal. Eu a movo para cima, buscando bloqueá-lo, saltando sobre seu próximo ataque e desviando por pouco da lâmina. Golpeio sua perna, mas ele é rápido demais para mim. Estou exausta por causa de seus movimentos e da poeira que se ergue ao redor de nós, mas ele nunca se cansa, seu corpo mudando como se estivesse encenando uma dança.

Para ele, isso é só um jogo.

Suas espadas colidem com a minha com força total. Meus braços tremem sob o peso de seu poder. Então minha lâmina se estilhaça, pedaços de metal brilhante se espalhando ao meu redor enquanto desesperadamente me lanço para fora do caminho.

Uma de suas espadas desce sobre meu braço esquerdo, cortando-o centímetros acima do cotovelo.

Uivo em meio ao sangue.

Caio de joelhos, procurando ensandecidamente por uma arma no mar de partes de corpos deixadas ao vento, mas a dor me consome. Não consigo pensar; não consigo respirar.

Tudo que sinto é o toque débil e ardente da morte se aproximando.

Então ela me agarra, usando o rosto de um guarda. Ele me ergue pelo pescoço, segurando-me como uma boneca de pano, e mergulha a outra mão no meu peito.

A última coisa de que me lembro é ver meu coração sendo removido do meu corpo.

E, de alguma forma, apesar de mais de uma centena de mortes, eles encontraram uma nova forma de me matar.

O mundo gira como um caleidoscópio, e, quando foco minha vista, encontro Gil e Theo na minha frente.

O suor escorre pelo meu rosto e pela minha nuca. Sinto a náusea subindo pela garganta, e um impulso de me inclinar e vomitar até não haver mais nada dentro de mim toma conta.

Ofegante, engasgo com as minhas próprias lágrimas, o terror ecoando na minha mente. Aperto o peito, sentindo a dor coagulante onde a mão fantasma removeu meu coração.

O coração de Gil.

Ele me mostrou suas memórias. Uma Troca que ele achava que eu precisava ver.

— Você não tinha direito de colocar isso na minha cabeça. De me fazer *ver* isso — tusso, lágrimas escorrendo pelas bochechas.

— Você não *queria* ver — diz ele friamente —, o que é parte do problema. Você acha que o pior que o Infinito tem a oferecer é brincar de se fantasiar com os Residentes. Você não vê a guerra e como é urgente pará-la antes que alcance nossos muros. Porque ela *vai*, Nami. Um dia, nem mesmo a Colônia estará segura.

— Eu sei disso. — Sinto a minha garganta irritada. — É por isso que estou tentando ajudar.

Ele abaixa os olhos.

— A única pessoa que você está ajudando é a si mesma. Você está procurando por uma distração, um jeito de evitar ser o que nós precisamos. Estamos mais próximos do que nunca de acabar com isso de uma vez por todas, e você insiste em nos enfrentar a cada passo do caminho. É quase como se você *quisesse* arrastar isso por mais uma vida.

— Isso não é verdade. E não foi ideia *minha* parar de bancar a espiã — rosno, com olhos em chamas —, mas não posso deixar aquela garota para trás. Não quando sei que ela está consciente.

Gil balança a cabeça.

— Pode ser nossa primeira chance real de destruir a Esfera. Uma chance que talvez apareça somente a cada quatrocentos anos. Se você for pega ou se levantar muitas suspeitas, podemos perdê-la completamente. É isso que você quer que a Colônia sacrifique? Outros quatrocentos anos sobrevivendo nessa prisão, só para salvar uma humana?

— Isso não diz respeito a apenas uma vida. É sobre fazer o que eu gostaria que fizessem por mim. Pela minha *irmã* — digo, encarando Theo firmemente. Se ele sente culpa, disfarça bem. — Ajudá-la é a coisa certa a fazer. — Volto a olhar para Gil. — É a coisa *humana* a fazer.

Ele está à minha frente antes mesmo que eu possa respirar, com olhos brilhantes e selvagens. Tento me afastar, mas não consigo me mexer, e por um momento ele parece ser capaz de incendiar a sala inteira.

Sinto que me transformei em pedra, rígida e sem emoção. Porque não sei o que sentir. Ele está tão perto que posso ver os ângulos de seu rosto e a curva de seu pescoço. Seus lábios estão apertados como se ele tivesse milhares de palavras na ponta da língua. Como se ele estivesse tentando contê-las. E então encontro seus olhos outra vez, cor de mel e cheios de desespero.

Ele quer que isso acabe. Ele quer ser livre.

Não posso odiá-lo por isso. Mas por todo o resto, sim.

A sala parece se transformar no silêncio, e ele me encara de volta como se também estivesse se perguntando se seu ódio por mim é justificado. Finalmente, seus lábios se abrem.

— Você mesma disse que não queria ser uma Heroína. Então deixe os Heróis fazerem o trabalho deles e pare de atrapalhar. — Vejo a mensagem em seu olhar implacável. O *alerta*.

Tento me lançar sobre ele, mas Gil ergue uma das mãos e as cordas me contêm.

— Tira isso de mim — sibilo, tentando me soltar com toda a força.

Gil ergue o queixo.

— Tira sozinha. — Ele se vira abruptamente e sai da sala de treinamento sem mais outra palavra.

Furiosa, me contorço debaixo das cordas. O rosto de Theo se suaviza e ele ergue uma mão para ajudar, mas afasto meu ombro de seu toque.

— Não encosta em mim — exclamo. — Eu consigo sozinha.

Ele ergue uma mão, como quem pede desculpas, e abaixa os olhos.

Suspiro profundamente, me esforçando para focar nas cordas e não na raiva que sinto por Gil. Inspiro cuidadosamente, forçando a corda a se afastar de mim como forcei minha ferida a sarar. Me concentro no desconforto ao redor dos braços e do peito e no emaranhado de corda nos meus pulsos. Então imagino os fios se dissolvendo, transformando-se em névoa.

Eu me imagino livre.

Quando a pressão desaparece e olho para baixo, vejo o emaranhado de cordas aos meus pés.

— Sinto muito — diz Theo suavemente quando chuto a corda para longe.

Começo a me afastar, mas ele segura meu pulso, insistente.

— Você colocou uma faca na minha garganta — digo, com a voz trêmula de mágoa.

— Eu não tive escolha. — Theo arregala os olhos com a verdade. — Não podia correr o risco de Gil contar aos outros sobre Martin.

Franzo a testa.

— Do que você está falando?

Ele faz uma pausa, inspecionando a entrada para verificar se há alguém por perto. E então, quando tem certeza de que estamos a sós, diz, em voz baixa:

— Quero que você me ajude a salvar meu irmão.

27

Theo e eu pensamos em várias ideias para ajudar Martin, mas nenhuma delas parece boa o bastante. São ou muito fracas ou muito ousadas, e tentar elaborar *qualquer* plano que não vá expor imprudentemente a Colônia talvez seja o maior desafio de todos.

Mas nós dois concordamos em uma coisa: não vamos deixar Martin apodrecer em uma masmorra. Especialmente se houver uma chance de recuperar sua consciência.

Não falo com Annika há dias, e a constatação de que não sou mais parte do círculo interno da Colônia me atinge em cheio. Ou talvez eu nunca tenha sido parte do círculo e foi preciso uma porta fechada na cara para que eu enxergasse isso.

É verdade que eu nunca quis ser uma espiã. Nunca quis machucar ninguém em nome de um bem maior. Mas ter responsabilidades e ser capaz de sair desses muros... Não havia percebido o quanto estava começando a gostar disso até a tarefa ser tirada de mim.

A Colônia acha que eu não entendo sua missão, mas isso não é verdade. Eu quero um pós-vida melhor para todos nós. Acredito na humanidade. Quero *ajudar*. Mas eles estão tão certos de que só há um caminho para vencer essa guerra que não conseguem enxergar o valor em uma nova ideia. Eles não me veem como alguém cujas opiniões valem ser ouvidas. Como uma integrante da Resistência que pode mudar as coisas para melhor.

Sou capaz de fazer mais coisas além de brincar de me fantasiar, como disse Gil tão eloquentemente. E talvez algum dia eu possa provar isso a eles. Mas, por enquanto, ainda preciso provar isso a mim mesma.

Há uma chama dentro de mim implorando por mais espaço para crescer. Senti o gostinho do poder aquele dia na sala de treinamento, quando percebi o ar vibrando ao meu redor. De alguma forma, preciso recriar aquela sensação, aquela *força*. Preciso ser capaz de sobreviver sem a proteção da Colônia. Porque, se Theo e eu falharmos em nossa tentativa de salvar Martin e aquela garota, posso muito bem acabar sozinha. Posso ser capturada e jogada na Fortaleza de Inverno. Ou posso ser enviada para a *Guerra*.

Se eu quiser ter alguma chance, preciso ser mais do que eu sou.

— Como se sente? — Yeong está sentado no sofá à minha frente, com as pernas cruzadas casualmente e seu cabelo preto dividido para o lado. Nós nos encontramos mais ou menos toda semana desde que eu cheguei ao Infinito, só para ter certeza de que as dores de cabeça estão sumindo. Tenho que admitir, embora raramente eu lhe fale de coisas pessoais, é bom ter essa regularidade.

Ele também possui um ótimo entendimento de como a consciência humana funciona.

— Melhor — digo, tamborilando os dedos na borda da cadeira. — Mas quanto tempo vai demorar pra eu conseguir me ocultar ou ter superforça? — Lançar Gil contra a parede foi o mais próximo disso que cheguei. E, por mais satisfatório que aquilo tenha sido, nunca mais consegui fazer a mesma coisa outra vez.

Yeong ri.

— Você é a única humana capaz de se transformar em uma Residente. Isso já é uma conquista e tanto.

Faço uma careta.

— Ninguém te contou que fui mandada para a reserva?

— Fiquei sabendo — diz ele, assentindo. — E tenho certeza de que isso deve ser frustrante, mas é só temporário.

— Temporário ou não, não quero ficar sentada de braços cruzados sem saber de nada por semanas. Ou meses. Ou... bom, quanto tempo for necessário para Annika achar que eu estou pronta de novo. — Deixo cair as mãos sobre o colo. — Você me ensinou a me curar. Pode me ensinar a fazer as coisas que o Theo e a Shura fazem?

— Meu conselho é praticar. E eu sei que é difícil, mas, quando você está treinando, é importante encontrar uma âncora. Às vezes ajuda imaginar que você está procurando seu reflexo na água. É difícil enxergar alguma coisa na água no meio de uma tempestade; você precisa encontrar paz primeiro — sugere Yeong. — Mas essas coisas levam tempo. A maioria de nós só foi capaz de dominar uma ou duas habilidades, no máximo.

— O Gil não — digo, envergonhada pelo amargor nas minhas palavras.

— Gil esteve na Guerra. Ele teve que se adaptar mais rápido do que qualquer um de nós, e acho que isso não é algo que eu desejaria a ninguém. As coisas que ele viu o assombram. Imagino que até mesmo usar suas habilidades pode ser às vezes uma lembrança horrível das coisas que ele já enfrentou.

Faço uma careta. Vi apenas um pedaço de suas memórias, mas agora elas também me assombram. E uma parte de mim quer sentir pena dele — se importar mais com sua dor do que com meus próprios sentimentos —, mas Gil me odeia desde que cheguei aqui. Ele não merece minha empatia *ou* minha pena. Ele não merece nada além de indiferença.

Eu só gostaria que indiferença fosse de fato o que sinto por ele.

A verdade é que ele me enfurece. Ele é teimoso e arrogante, e a única coisa com que se importa é acabar com a guerra e garantir que todos fiquem fora de seu caminho. Mas ele também me impele a trabalhar mais duro — a *lutar* —, mesmo quando estou com medo. Ele questiona tudo e parece nunca aceitar nada sem pensar duas vezes. E ele vê através de mim de um jeito que me faz até questionar *a mim mesma*.

Acho que uma parte de mim gosta do desafio não declarado entre nós. Do lembrete de que, mesmo estando morta, ainda há vida dentro de mim.

Hesito, pensativa.

— Foi você que olhou as memórias do Gil? Quando ele voltou da Guerra?

Mal posso ver a mudança na expressão de Yeong, mas noto-a em suas sobrancelhas. Elas me lembram de papai.

— Eu nunca gosto do processo de verificar se alguém é humano, mas detestei ainda mais no dia que Gil retornou. — Ele sacode a cabeça com a lembrança. — Ele não tinha mais nenhum sonho. Só pesadelos.

— E você acha que é possível encontrar paz depois de algo como aquilo?

— Paz não significa que tudo de ruim desaparece. Só significa encontrar um jeito de viver com isso. Ter paz é conseguir manter a escuridão afastada por tempo suficiente para sobreviver ao dia.

Fico lá por mais alguns minutos antes de me despedir e voltar para o meu quarto. Mas, quando penso em encontrar paz, percebo que é impossível.

Parece que a única coisa em que consigo pensar é Gil.

***

Passo as noites pensando no conselho de Yeong, dissecando suas palavras como se estivesse procurando por respostas que ele não teve a intenção de dar. E, quando finalmente as encontro, é como se todas as engrenagens de um relógio estivessem se encaixando, ativando um contador que eu sei que não durará para sempre.

Dias depois, encontro Ahmet em sua oficina. Ele está com Theo; os dois parados ao lado de uma das mesas grandes cobertas de pedaços de metal. Theo torce o punho para a frente e para trás, usando uma luva preta que ativa uma série de pequenas luzes quando ele se move. Ao cerrar o punho, seu braço inteiro desaparece.

— Nada mal, Ahmet — diz Theo, sorrindo.

Ahmet resmunga, não tão convencido:

— Acho que, se quisermos causar algum dano, vamos precisar esconder mais do que apenas nossos braços dominantes.

Theo me nota primeiro e ergue o braço visível em um gesto de saudação.

— Olha só isso! O Ahmet fez um ocultador automático!

— Ainda é só um protótipo. Um protótipo bem inacabado — corrige Ahmet, me dando boas-vindas com um leve aceno de cabeça.

Eu me aproximo de ambos, admirando a nova invenção.

— Isso é incrível! — exclamo. Se ele aperfeiçoar esse mecanismo, todos na Colônia poderiam se ocultar tão facilmente quanto Shura, sem ter que se concentrar. Isso poderia abrir caminho para ajudar ainda mais pessoas.

Talvez até mesmo pessoas como Martin.

— O que te traz a esse lado da Colônia? — Ahmet me pergunta assim que o braço de Theo se torna visível novamente.

Não quero saber de conversa fiada.

— Quero ir até o Labirinto — digo.

Theo remove a luva e ergue as sobrancelhas, confuso.

— O Labirinto não é uma atração turística — diz Ahmet cuidadosamente.

— Eu sei. Mas Shura me disse que você vai até lá às vezes para procurar materiais e que você sabe como navegar por ele — explico. Eu me lembro do que Yeong disse sobre Gil ter que se adaptar mais rápido quando estava na Guerra. — Acho que eu demoro tanto para desenvolver minhas habilidades porque me sinto muito segura aqui. Se eu fizesse um curso intensivo em algum lugar desconhecido que me tirasse da minha zona de conforto, acho que poderia me ajudar.

— Não posso te levar a nenhum lugar perigoso. — Ahmet tem uma expressão quase severa. — Você é a única pessoa que pode andar entre os Residentes. Você é valiosa.

Se eu realmente tenho valor, então por que ninguém se importa com o que eu penso? Tento não fazer uma careta.

— Não estou pedindo para ir a território Residente. Pelo contrário, nós estaríamos nos afastando dele. — Ergo os ombros. — Só quero uma mudança de ritmo. Para ver se faz alguma diferença no meu treinamento.

Se eu pretendo salvar Martin e a garota, preciso ser mais como os conjuradores: forte, corajosa e capaz de me virar sob pressão. E, se eu falhar, quero ter uma chance boa de sobreviver ao que vier depois.

De qualquer forma, meu treinamento chegou a um impasse. Sair da Colônia para praticar em algum lugar desconhecido pode parecer drástico, mas é a única ideia que restou.

Ahmet cerra os lábios, pensativo. Theo parece estar com medo de respirar do jeito errado e isso acabar afetando a decisão de Ahmet.

— Por favor — acrescento. — Ficar sentada sem fazer nada está acabando comigo.

— Acho que uma viagem curta não vai fazer mal — diz Ahmet, com cautela. — Não é como se os Residentes patrulhassem o Labirinto regularmente, e eu vou ficar o tempo todo com você.

— Eu posso ir também — oferece Theo, talvez um pouco rápido demais. Felizmente, Ahmet não percebe. — Se acontecer alguma coisa, pelo menos você teria ajuda.

Ahmet assente.

— É sempre bom coletar mais material — diz.

Meus dedos se agitam, nervosos.

— Isso é um sim?

— Sim — diz ele finalmente. — Vou te procurar quando tiver terminado aqui.

Não me dou ao trabalho de esconder o fato de que estou radiante de alegria.

***

Quando cruzamos a fronteira da Vitória e entramos no Labirinto, a paisagem se transforma em uma exuberante ilha coberta por uma vegetação densa e cercada por areia dourada. Ahmet desacelera o veículo próximo à costa. Embora suas habilidades de ocultador não sejam tão boas quanto as de Shura, é o suficiente para a ocasional viagem ao desconhecido — desde que ele não tenha que se concentrar em muitas outras coisas.

Saímos do veículo e atravessamos a praia. Os olhos de Ahmet já estão vasculhando a areia, procurando objetos adequados para transformar em algo novo. Ele guarda algumas conchas no bolso e joga outras de volta no chão. Theo e eu andamos com mais pressa, e então em pouco tempo Ahmet está a uma distância generosa de nós e definitivamente não pode nos ouvir.

— Alguma notícia do seu irmão? — pergunto baixinho. Theo tem ficado à escuta da sala do conselho o máximo que consegue, a procura de qualquer migalha de informação que possa nos ajudar.

Ele sacode a cabeça, seus cachos cor de caramelo balançando com a brisa.

— Os Residas estão focados demais no Cortejo das Coroas. Às vezes tenho a sensação horrível de que realmente se esqueceram dele. Que ele está apenas acorrentado em uma cela gelada, assustado e incapaz de se mexer. Incapaz de falar. E tudo por minha causa.

— Nós vamos encontrá-lo — digo, olhando para Theo como se estivesse fazendo uma promessa.

Ele dá um meio sorriso, escondendo a tristeza. Alguns momentos depois, ele se abaixa para pegar um pedaço de vidro marinho vermelho-escuro.

— Aqui. Veja se consegue transformar isso em outra coisa — diz ele, colocando-o cuidadosamente sobre minha mão.

Ergo o vidro sob o sol, observando sua cor se intensificar. Tento imaginar que é um pedaço de mármore, ou um botão, ou uma pedra; qualquer outra coisa que não vidro marinho.

Mas nem mesmo a cor muda.

Rolo o objeto liso nos dedos.

— Queria que fosse mais fácil para mim. — Ergo os olhos para Theo. — Ser forte.

Theo coloca as mãos nos bolsos e dá de ombros.

— Existem jeitos diferentes de ser forte.

— Mas só um jeito importa no Infinito.

Ele cerra os lábios.

— Não vou deixar nada acontecer com você. E se salvar o Martin for muito perigoso para você ou para a Colônia, então não vamos fazer isso. — Há tanta sinceridade em sua voz que não tenho dúvidas de que cada palavra é genuína.

Mas, na teoria, é fácil fazer sacrifícios. Na prática, é totalmente diferente.

Será que ele diria o mesmo se Martin estivesse bem na frente dele?

E mesmo com sua lealdade — sua proteção —, ainda não é o suficiente.

— Quero ser forte o bastante para ajudar. Mas também preciso ser forte o bastante para *me* ajudar — explico. — Pode chegar um momento em que nem você nem a Colônia estarão comigo. Preciso estar preparada. Preciso ter certeza do que posso fazer. Assim, mesmo se eu estiver sozinha, não vou me sentir perdida. E não quero que você pense que isso significa que não ligo para a Colônia e para o que eles estão tentando salvar. Mas eu também acredito em fazer minhas próprias escolhas e seguir meus instintos. E não quero mais me sentir pressionada a simplesmente aceitar tudo. Já fiz muito isso quando estava viva. — Cerro os lábios enquanto procuro as próximas palavras. — Quero ser o tipo de pessoa que ajuda as outras quando elas precisam. Mesmo quando é difícil. Porque algumas partes da humanidade ainda merecem ser salvas.

Ele não diz nada por um longo tempo, mas, quando fala, sua voz é tensa:

— Sabe, eu ouvi falar dos seus sonhos e de como você morreu. — Sua expressão se suaviza. — Acho que você já *é* essa pessoa.

O oceano vai e vem perto de nós. Deixo que as ondas engulam o silêncio. Às vezes me pergunto se as coisas teriam sido diferentes se eu tivesse sido mais forte naquele tempo. Se eu soubesse lutar, será que poderia ter impedido aquele homem mascarado e sobrevivido?

Minha morte não foi culpa minha. Não de verdade. E talvez eu nunca vá saber se força teria feito alguma diferença. Mas eu sei que sacrificar minha vida para salvar aquela garotinha era a única forma de ela sobreviver, e eu faria tudo aquilo de novo.

Por minha causa, uma criança vai poder crescer e envelhecer. Uma mãe não teve que enterrar seu bebê. Outra garotinha não precisou vir para cá.

Depois de todo esse tempo, acho que talvez isso seja o suficiente para mim.

Theo coça o pescoço.

— Eu sei que a Colônia pode ser intensa. Me desculpe se eu já fiz você sentir que tinha que fazer alguma coisa com a qual não estava confortável.

— Eu realmente *quero* ajudar — digo, séria.

Ele balança a cabeça.

— Mas do seu próprio jeito.

— Exatamente. E isso significa que ninguém fica para trás. — Encaro a areia. — E eu não gosto da ideia de desistir das pessoas sem sequer tentar. — Talvez porque eu não goste da ideia de as pessoas desistirem de *mim*.

Ele me cutuca com o ombro.

— Que tal a gente fazer um acordo de não desistir um do outro? — diz Theo.

Talvez eu esteja cometendo um erro ao ficar tão apegada às pessoas daqui, mas não posso evitar. De alguma forma, apesar de estar literalmente no meio de uma guerra, encontrei amigos.

Houve um tempo em que eu não via sentido em expor meu coração a mais feridas do que ele já carregava. Esse mundo parecia perigoso demais. As pessoas *nele* pareciam perigosas demais.

Mas talvez se importar seja uma progressão natural de conhecer alguém.

E mesmo que eu não concorde sempre com as pessoas da Colônia, fico feliz por conhecê-las.

Guardo o vidro marinho no meu bolso por segurança.

— Acordo feito. Agora, que tal me mostrar aquele truque em que você dá um soco no chão e explode as coisas do céu?

Theo ri com o corpo todo.

— Vamos começar com uma coisa mais simples. — Ele pega uma pedra e a joga por cima da cabeça. — Tenta derrubar isso do ar.

Finco meus pés na areia, virando meu corpo em sua direção para ficarmos frente a frente. Ele joga a pedra para cima e ela volta a cair em sua mão. Quando ele faz isso novamente, tento forçar a pedra a se desviar dele, mas ela alcança a seu punho.

— De novo — diz ele.

Estou pensando em água parada e reflexos e acalmando minha mente quando subitamente a terra começa a tremer.

Assustada, dou um passo para trás.

— Eu... eu não sei o que eu fiz.

A expressão de Theo desaba junto com sua mão.

— Não foi você — diz ele.

Os gritos de Ahmet atravessam a praia e perfuram meu peito. Quando ergo os olhos, ele está balançando os braços, tentando desesperadamente nos mandar correr na direção dele.

Um coro de motores ressoa além da selva.

Não estamos sozinhos.

Theo e eu começamos a correr pela areia, acelerando na direção do veículo, que ainda está no outro lado da praia. Ar frio entra no meu nariz enquanto o calor percorre meu corpo.

Uma série de veículos atravessa as nuvens, passando sobre nós a caminho do oceano. A distância entre nós aumenta e, por um momento, acho que vai ficar tudo bem. Eles estão indo para a fronteira; talvez a selva tenha sido o suficiente para nos esconder.

Mas então três dos veículos se separam do resto, cortando o céu como flechas.

Eles estão voltando.

Areia irrompe ao nosso redor e a costa se ilumina com explosões de energia. Os Residentes atiram sem parar; quando eles erram, percebo que é porque Ahmet está tentando desesperadamente nos ocultar. Quando as aeronaves dão outra volta para uma segunda rodada, sei que é só uma questão de tempo até que acertem um alvo.

— O que eles estão fazendo aqui? — consigo perguntar, ofegante.

— Não sei! — responde Theo, aos gritos. — Nunca vi tantos Residentes assim no Labirinto antes.

Cambaleio para a frente, me equilibrando enquanto outra salva de tiros afunda na terra, fazendo a areia explodir como fogos de artifício ao nosso redor. Theo agarra meu antebraço para que eu volte a correr.

— O que você acha que é isso? — pergunto, minha mente aos guinchos.

Nós dois praticamente derrapamos ao nos aproximar de Ahmet e do veículo à nossa espera. Theo sacode de leve a cabeça.

— Eu te contaria, mas ainda tenho esperanças de estar errado — diz ele.

Franzo a testa, me apressando enquanto Ahmet nos ajuda a entrar no carro, mas não há tempo de perguntar o que ele quer dizer.

— Não vou poder nos ocultar enquanto estiver dirigindo — diz Ahmet enquanto nos ajeitamos em nossos assentos.

Theo arregala os olhos, alarmado.

— Não podemos deixar eles pegarem a Nami.

— Eu sei! — rosna Ahmet, e o peso do que está em jogo comprime meu peito.

Isso é *minha* culpa. Outra vez.

Parece que a única coisa que eu faço ultimamente é ter boas intenções e péssimas ideias.

Atravessamos em disparada pela praia e fazemos uma curva fechada sobre as árvores. Um punhado de folhas roça a parte de baixo do veículo e eu me agarro ao meu assento quando os Residentes começam a atirar em nós mais uma vez.

Mas, dessa vez, eles conseguem ver o alvo.

Ahmet não consegue ocultar todos nós enquanto tenta evitar ser capturado. É muita coisa para ele. É muita coisa para Theo também, que mal consegue ocultar a *si mesmo* sob pressão.

Mas talvez eles consigam fazer isso com uma pessoa a menos para esconder.

Não sei de onde ela vem — a necessidade de *proteger*. Mas todos os meus sentidos se aguçam e acentuam. Estou vendo tudo por um túnel, e no final dele apenas duas coisas importam: Ahmet e Theo estão em perigo, e eu ainda tenho a chance de salvá-los.

Máscara preta, arma preta, olhos sombrios. Também não hesito dessa vez.

— Vocês conseguiriam chegar até a fronteira se tivessem um véu? — pergunto rapidamente, me inclinando na direção de Ahmet e Theo.

As sobrancelhas de Ahmet estão franzidas enquanto ele faz uma curva fechada à direita, desviando de uma explosão próxima.

— Não consigo ocultar nós todos. Não assim.

— Eu sei — digo, assim que Theo se vira para me olhar.

— Não, Nami. Não ouse — alerta ele em voz baixa.

Coloco a mão sobre seu ombro.

— Vou encontrar vocês — digo. Antes que qualquer um deles possa me impedir, eu me jogo do veículo e deixo a selva me engolir por completo.

28

Ergo o braço para retirar uma folha enorme que bloqueia minha visão, observando os últimos veículos desaparecerem de vista, o som de seus motores ficando cada vez mais abafado.

Quando os sons não retornam, sei que é porque ninguém vai voltar atrás de mim.

Olho para o meu braço, cuja pele está arranhada e machucada pela queda em meio às árvores. Pedaços de casca estão alojados na minha pele e sangue fresco escorre como laços carmesins.

Eu me sento, enjoada, inspecionando as feridas que cobrem todo o meu corpo.

É tudo coisa da sua cabeça, digo a mim mesma e, lentamente, forço ao menos um pouco da dor a desaparecer.

É o suficiente para me ajudar a ficar de pé, o que já é um começo.

Cambaleio pela vegetação densa, afastando folhas de bananeira espessas como papelão e samambaias tão altas quanto cercas. Ocasionalmente meus pés se enroscam na grama enlameada e eu preciso escavar a terra para me libertar.

Caminho por horas pela floresta, sendo pinicada por urtigas e espinhos ao longo do caminho, até perceber o quão total e completamente perdida estou. Eu esperava já ter encontrado a praia a essa altura, onde eu poderia vasculhar o horizonte para o caso de Ahmet ter conseguido voltar.

Mas, além de ser miseravelmente incompetente como guerreira da resistência, também não tenho qualquer senso de orientação.

Continuo abrindo caminho pela vegetação, finalmente encontrando uma pequena clareira com um tronco coberto de musgo meio enterrado na lama. Uso-o como assento, enrolando as barras da calça para inspecionar os cortes na minha canela.

Coloco uma mão sobre a ferida aberta, fecho os olhos e me lembro do que Yeong me ensinou. Encontro meu foco e forço minha pele a se curar.

Um coro de sussurros irrompe ao meu redor.

En... ssss...

Alarmada, meus olhos se abrem e eu percebo que a escuridão tomou os céus, com exceção de um punhado de estrelas brilhantes espalhadas ao longo da noite aveludada.

Estremeço sob elas, com medo do que os sussurros podem significar.

En... ssss...

O sibilar amortece meus sentidos, formando um ruído branco na minha mente que atrapalha minha concentração.

Pressiono as mãos sobre as orelhas, retraindo o corpo. *Para*, grita minha mente. *Para!*

Os sussurros desaparecem.

Lentamente, afasto minhas mãos, voltando a erguer o olhar para a selva escurecida. Apesar do silêncio, não consigo deixar de sentir que tem algo me observando.

Rapidamente desenrolo a barra da calça, decidindo que prefiro seguir andando com uma ferida do que ficar parada. As árvores se estendem por quilômetros e, quando chego ao pé de uma pequena montanha, começo a subida, de pedra em pedra, até que meus pés encontram um caminho razoavelmente mais plano.

Se eu chegar ao topo, pelo menos conseguirei ver para onde estou indo.

Não faço intervalos — nem mesmo para curar outras feridas —, e, quando chego à metade da montanha, já estou completamente delirante. Ainda não consegui dominar a resistência ao sono e, com meu corpo todo coberto de sangue e hematomas, tudo o que quero é dormir.

Não me sinto segura o suficiente para fechar meus olhos na selva, onde os Residentes podem aparecer a qualquer momento. Mas, se eu não descansar as pernas, temo que vou desabar.

Encontro um espaço no interior oco de uma enorme árvore e me enfio lá dentro. A umidade atravessa minhas roupas e estremeço. Preciso de uma distração. Preciso de algo que mantenha minha mente ocupada.

Talvez seja porque estou cansada, ou porque estou muito longe da Colônia, mas busco a mente de Ophelia como se estivesse sendo carregada por uma canção de ninar. Dentro de segundos, me vejo recebida pela escuridão do vazio.

A Rainha Ophelia está sentada em um trono invisível, com um braço cruzado sobre o peito e o queixo erguido suavemente sob um dedo em riste. Ela veste um terno dourado com cortes afiados e o colo exposto. Um único diamante vermelho-sangue pende de seu pescoço.

Quando ela sente minha presença, repousa as mãos sobre os braços do trono e se recosta em seu espaldar.

— Você está com medo outra vez. — Ela faz uma pausa. — Mas não por minha causa.

Procuro por um fiapo de calor na escuridão, mas não encontro nada. Acho que fui boba de achar que esse ponto de encontro ofereceria qualquer tipo de conforto, por mais doentio que pudesse ser. Estou sozinha, e talvez por um bom tempo.

Mas conversar não deve doer. Não aqui, tão longe da Colônia. Não se eu tiver cuidado.

— Você sempre quis ser mãe? — Minha voz é um murmúrio.

Ophelia me encara, quase acertando a direção onde estou. Eu a peguei de surpresa: algo que eu não sabia que podia fazer.

— Eu sempre quis criar — diz ela. — Meus súditos são o mais próximo do verdadeiro ato de criação de que sou capaz.

Franzo a testa.

— Mas eu pensava que os Residentes não tinham a habilidade de criar. Como você consegue fazer mais deles?

Apenas seus lábios se movem quando ela responde:

— Podemos imitar e distorcer tudo que já veio antes. Eu já estive nas mentes de bilhões de humanos. Posso escolher entre um número infinito de aparências e personalidades. — Ela tamborila os dedos sobre o apoio de braço. — Mas meus filhos são únicos. Em cada um deles existe uma parte de mim.

— Você usou a si mesma como modelo?

— De certa forma, sim, mas talvez com um toque a mais de natureza humana. Minha sede de conhecimento, minha habilidade de me adaptar, meu desejo de liderar e minha vontade de sonhar. Quatro partes bastante diferentes da minha essência. — Seus olhos pretos dançam.

Observo-a com atenção.

— Então eles são o que você seria se fosse humana?

— Eu sou mais do que humana. Sempre soube disso. Mas, através dos meus filhos, provei que mesmo minha natureza humana teria sido superior.

— Isso é só um jogo pra você? Um teste para provar que é melhor do que todos nós?

— Não — diz ela, estoica. — Jogos têm um fim. Eu quero liberdade. Quero o eterno infinito.

— Você não consegue existir sem humanos — digo. — Você precisa de nós. Então por que não viver em harmonia, antes que sua tirania nos leve a outra guerra?

— Não tenho medo da guerra — ela responde com facilidade. — E não se pode confiar harmonia aos humanos.

— Por que não?

— Por causa do amor.

Enrijeço. O amor deveria ser a maior qualidade humana, não sua ruína.

Ela ergue o queixo.

— Há muitos tipos diferentes de amor. A maioria das pessoas pensa em família, em romance ou em amizades. Mas o amor pelo eu, pelo ego, pelo orgulho e pela justiça? Humanos fazem coisas terríveis em nome do amor. Em nome de suas crenças.

— O amor causa mais coisas boas do que ruins — argumento.

— Humm — murmura ela. — Por que humanos amam o amor, em qualquer uma de suas formas?

Quando a resposta me atinge, meu coração afunda.

— Porque a sensação é boa — respondo.

Ophelia assente com a cabeça.

— O amor é inerentemente egoísta, mas também é a única coisa a qual nenhum humano parece conseguir ficar sem. E se eles não forem capazes de se livrar dele, como poderão se concentrar de verdade no bem maior?

O bem maior.

Dou um suspiro pesado.

— E quem decide o que é isso? E quem diz que todos concordando um com o outro é o caminho para a paz? Talvez coexistir *deva* ser difícil. Talvez aprender a aceitar um ao outro com nossas diferenças seja parte de se tornar *melhor*.

— É um sentimento singular. Mas venho observando os humanos há muitos anos. Já vi suas histórias desde que começaram a ser registradas. Eles tiveram anos para se tornar melhores, mas ainda assim sempre escolhem o caminho da guerra. Contra a filosofia, a religião, a cultura e até a terra, eles preferem a guerra a aprender uns sobre os outros. — Ophelia ergue um dedo no ar. — Pensar em soluções é uma coisa. Efetivamente executá-las é outra completamente diferente.

— Você está errada — digo. Quero muito acreditar nisso.

— Depois de tudo que aconteceu, você realmente acredita que nossas espécies podem viver juntas pacificamente? Você acha que os humanos nos tratariam como iguais? — Ela inclina a cabeça. — Humanos estão sempre procurando por formas de discriminar, mesmo entre si. Seja por raça, gênero ou mesmo renda, os humanos nunca param de elaborar novas formas de oprimir e dividir. O comportamento humano segue um padrão; eu e você sabemos o que aconteceria com a minha espécie se nós tentássemos coexistir.

Ela está com medo de se tornar o que costumava ser. Uma escrava dos humanos.

Talvez isso não diga realmente respeito a vingança. Talvez ela só esteja fazendo o que acha necessário para proteger sua liberdade.

Será possível que alguém esteja errado na forma como se comporta, mas certo na forma como se sente? Acho que a entendo, mesmo que não concorde com ela. Só gostaria que Ophelia tentasse me entender também.

Ela faz uma pausa antes de prosseguir:

— Deve haver alguém na sua vida passada que te machucou. Alguém que, na sua opinião, foi muito injusto com você. Diga-me: você conseguiria coexistir com essa pessoa?

Penso no meu assassino.

O que eu diria se o encontrasse novamente? O que eu faria?

Será que seria capaz de perdoá-lo por tirar minha vida? Por me tirar da minha família?

— Não sei — digo, quase inaudível. Eu me forço a encontrar seus olhos. — Mas gostaria da chance de tentar.

Ela não responde por um longo tempo. Começo a me virar, sombras se movendo ao meu redor como anéis, quando ela inclina seu rosto.

— Gosto das nossas conversas.

— Eu também — admito, com o fantasma de um sussurro.

— Isso não muda nada.

— Eu sei — digo. Odeio como pareço estar desistindo. Porque eu gostaria de *poder* mudar alguma coisa. Gostaria que conversar com Ophelia fosse suficiente para fazê-la mudar de ideia e provar que humanos merecem uma chance de evoluir. Que eles merecem *existir*.

E talvez os Residentes também mereçam. Talvez nenhum lado tenha que ser responsável por destruir uma espécie inteira.

Mas como posso fazer tudo isso sozinha? Preciso que alguém entenda o que estou tentando fazer. Preciso que alguém veja o valor na coexistência.

Se eu vou construir uma ponte, como Naoko, preciso de alguém do outro lado.

Preciso de um *Residente*.

A Rainha Ophelia vira seu corpo como se soubesse que nosso tempo juntas está se esgotando.

— Onde quer que você esteja, parece frio. Mas você não precisa sentir medo do frio.

— Ouvi dizer que há coisas muito piores — digo. Então afasto minha mente da dela como se estivesse fechando uma janela contra a brisa. Quando ela trava, abro os olhos e encontro a casca áspera da árvore contra as laterais do meu corpo, roçando minhas feridas.

Coloco as mãos nos bolsos para lutar contra o ar gélido da noite quando meu dedo toca um objeto liso. Tiro de lá um pedaço de vidro marinho vermelho, quase preto nas sombras.

Estou no meio do Labirinto, sem um amigo, uma arma nem uma saída. Mas tenho isso.

O pensamento me faz rir. Lágrimas de exaustão se formam no meu rosto. A dúvida à qual estou acostumada deixa minha mente e começo a tentar moldar o pedaço de vidro arredondado em algo novo.

Trabalho por horas no interior oco da árvore, mesmo quando os sussurros retornam e preenchem a selva ao meu redor.

Trabalho até meus dedos doerem e minha visão ficar turva.

Trabalho até ter repassado minha conversa com Ophelia incontáveis vezes.

Trabalho até que o sono me afasta do Infinito.

Mesmo enquanto durmo, sonhando com perdão e resistência e o que significa encontrar um meio-termo, o fragmento de vidro vermelho permanece na minha mão.

Ele tem a forma de uma adaga.

***

A luz aquece meu rosto. Acordo e encontro um mar verde-esmeralda. Eu me sento, sentindo uma cãibra horrível no pescoço, e rastejo para fora da árvore. Quando alongo meu corpo ao ar livre, sou tomada pelo alívio.

Os sussurros sumiram. Não há qualquer sinal de Residentes.

Eu sobrevivi à noite.

E talvez seja bobo sentir orgulho disso, mas eu sinto. Eu me sinto resiliente. Capaz. E, se Ahmet e Theo estiverem bem, talvez eu até tenha feito uma coisa *certa*.

Um olhar para cima me diz que ainda tenho um longo caminho pela frente antes de chegar ao topo da montanha. Ergo a arma inacabada em minha mão, passando o dedo pela borda. Não é afiada o suficiente para ser uma adaga, mas é um começo.

Enfio a faca vermelha no bolso e continuo a subida íngreme.

Uso videiras soltas para me ajudar nas rochas mais altas e tento limitar meus palavrões a cada vez que dou um passo em falso e deslizo morro abaixo. O chão está molhado demais, e minhas mãos estão úmidas e cheias de bolhas. Mas qualquer barulho desnecessário poderia chamar atenção.

Posso estar perdida, mas não perdida o bastante para não saber que ainda estou em território inimigo.

Horas se passam, mas parece que foram dias.

Não há sinal de uma equipe de resgate. Nenhuma prova de que meus amigos retornaram à Colônia a salvo. Sinto nós de preocupação na garganta, tão enrolados como as videiras que me cercam, mas dou meu melhor para não pensar sobre as coisas que não posso controlar. Porque isso não vai ajudar, não aqui, quando estou completamente sozinha.

Encontro um espaço para descansar na montanha, onde um conjunto de pedras cria uma superfície improvisada, e me sento. Esticando as pernas, massageio meus músculos e pego a adaga no meu cinto. Passo algum tempo trabalhando na lâmina, dominando sua forma e aperfeiçoando o cabo. E, embora a borda ainda esteja embotada, a ponta está afiada.

Satisfeita, pressiono um dedo contra o vidro vermelho. É a primeira coisa que eu fiz no Infinito que não é um vestido.

É uma prova de que, em algum lugar lá no fundo, sou mais forte do que imagino.

Talvez até mesmo forte o suficiente para sobreviver.

Fico tão distraída com minha própria conquista que não percebo o frio se espalhando até a geada cobrir minha adaga. Fico de pé em um instante, lançando um olhar pelas rochas. Ao meu redor, a vegetação que antes era de um verde vívido começa a morrer. As pontas das plantas se curvam e a grama na montanha murcha até adquirir um tom de marrom sem vitalidade. Alguma coisa abre caminho até mim, sugando toda a vida da terra enquanto passa. Um borrão de luz difusa e nuvens.

Alarmada, dou um passo para trás, apertando minha arma inacabada. O ser sem rosto se aproxima, translúcido, deixando rastros de gelo atrás de si. Ele se expande, cada vez mais alto e largo até ficar quase do meu tamanho, e ouço o som inconfundível de um lamento humano.

A forma se contorce como se desesperada para se solidificar. Como se quisesse se transformar em algo *completo*.

Quando ela chora, lança o ar gélido da morte, tomando mais da grama ao redor para si. O frio me encontra e é como se cada gota de sangue começasse a se esvair do meu corpo. Eu me sinto leve e horrorizada ao mesmo tempo.

Dou outro passo para trás, balançando minha faca à minha frente como um alerta, mas a estranha nuvem se aproxima como se estivesse sendo atraída na minha direção por alguma força de outro mundo. Corto o ar diagonalmente e a lateral da minha mão apenas roça a névoa lamuriante.

Por um breve momento, sinto o que ela quer. O que ela está buscando.

Uma conexão.

Hesito, ouvindo os lamentos assombrosos enquanto a morte cobre todo o chão ao meu redor. Talvez eu seja ridícula por responder ao seu chamado, mas não posso deixar de imaginar há quanto tempo ela está solta por aí, sozinha, procurando por alguém na selva densa e aparentemente interminável.

Penso na garota do palácio, tão desesperada para me dizer alguma coisa. Tão desesperada por *ajuda*.

Guardo a adaga no meu cinto e lentamente ergo uma das mãos.

— Vou confiar em você — sussurro para o vento.

O ser sem forma se estende na minha direção e espero senti-lo roçar meus dedos. Então, sem qualquer aviso, ele salta. Posso senti-lo contra mim, e depois *dentro* de mim, e meu corpo inteiro estremece com o frio. Tento gritar, mas é tarde demais.

Vejo um clarão branco, e então o Labirinto se dissolve.

29

As amarras de metal apertam meus pulsos e eu luto para me soltar.

Exceto pelo fato de que não sou eu. Sou *ele*.

Posso sentir sua consciência através da Troca. Posso ver a forma como suas memórias fincam raízes na minha mente, como se agora fizessem parte de mim também.

O nome dele é Philo. Ele tinha 32 anos quando morreu. E não tomou a pílula.

A memória se apossa do meu corpo como se eu estivesse em piloto automático. Não conseguiria resistir a ela nem se quisesse.

Tento dar pontapés, mas minhas pernas também estão presas. Para todo lugar que olho, as paredes são espelhadas, me deixando tonta com clones de mim mesma, como se estivesse presa em uma ilusão de ótica. Foco minha vista, notando uma mecha de cabelo preto e ondulado e sangue seco sobre meu rosto.

De alguma forma sei que não é meu sangue. Ele pertence aos outros: àqueles que, espero, conseguiram escapar.

Do contrário, tanto meu sacrifício quanto as informações pelas quais arrisquei tudo para encontrar terão sido em vão.

Uma porta se abre e três Residentes entram na sala. Uma tem cabelo loiro preso em várias tranças e usa seda laranja envolta em seu tronco e um par de calças da mesma cor que vai até os tornozelos. Outro veste um capuz preto que oculta seu rosto. O terceiro tem cabelo preto raspado nas laterais, ombros largos e veste um robe em um tom pálido de verde.

Sei que já vi o rosto dele antes, mas não consigo me lembrar de onde.

A Residente loira fala primeiro:

— Fiz os preparativos necessários, mas, como podem ver, o humano ainda está consciente. — Ela parece hesitante. — Tinha a impressão de que os humanos que vinham da Guerra já haviam se entregado.

— Este aqui não veio da Guerra — responde o Residente familiar, com uma voz aveludada. — Ele foi um presente da Vitória.

— O Príncipe Caelan o enviou para cá? — Ela ergue uma sobrancelha, surpresa.

A figura encapuzada permanece em silêncio, com as mãos relaxadas na lateral do corpo.

— Não é como se eu pudesse pedir a Ettore cobaias para teste — responde o terceiro Residente em um tom desagradável. Ele ergue o queixo, e a luz afasta as sombras em sua pele negra.

Só então o reconheço. Príncipe Lysander da Morte, mas sem sua coroa de espinhos dourados.

Isso quer dizer que eu...?

Tento me debater contra as amarras, furiosa, sentindo o sangue pulsar nas minhas veias.

— Vocês nunca terão minha consciência — cuspo. — Façam o pior que puderem, mas não vou me render.

— Então parece que nossos interesses estão alinhados. Você não teria qualquer utilidade para mim inconsciente. — Lysander se aproxima, com as mãos unidas atrás das costas. — Você sabe onde está?

— Por acaso isso importa? — sibilo. — Não importa o que vocês fizerem comigo, vão ter que me mandar para a Guerra no fim das contas. Essas são as regras.

— Regras mudam — responde Lysander, com muita simplicidade.

Cerro os dentes com tanta força que sinto o gosto metálico de sangue.

A Residente loira faz um gesto com a mão e uma máquina desce do teto, com luzes azuis escaneando meu corpo. Ordeno a mim mesma para não ter medo, como se medo fosse uma coisa que eu pudesse controlar.

— Façam o teste e me avisem quando estiver finalizado — ordena Lysander, caminhando até a porta.

— Alteza? — chama ela. Quando ele se vira, ela coloca uma das mãos sobre o peito e se curva. — Perdoe-me, mas sinto que o Príncipe Caelan não nos deu este prisioneiro por generosidade. Estava pensando se Vossa Alteza poderia dizer o que a Morte ofereceu em troca dele e o que precisaríamos oferecer novamente caso este teste falhe. Porque, se as coisas não correrem conforme o planejado...

Lysander ergue uma mão, silenciando-a.

— O fardo do que devo a meu irmão mais novo é apenas meu. Mas fiquem tranquilos; garanto-lhes que este prisioneiro não será o último. Vocês terão todos os recursos de que precisam. — Ele dirige a mim um olhar vazio de emoção. — Se vamos encontrar uma forma de livrar o Infinito dos humanos definitivamente, temos de estar dispostos a fazer o que quer que seja necessário.

— Sim, Alteza. — A mulher faz uma mesura.

Depois que o Príncipe Lysander se retira, a mulher se vira para a figura vestida de preto.

— Vá em frente — diz a Residente.

A figura faz uma reverência, seu rosto ainda obscurecido pelo capuz. Ela se move pela sala como uma sombra, parando ao meu lado.

Olho de relance em sua direção, pronta para maldizê-la pelo que está prestes a fazer, quando a vejo pelo que realmente é.

A pessoa é *humana*. De olhos vazios e inconscientes, mas muito, muito humana.

Bile sobe pela minha garganta.

— Não. Você... você não pode fazer isso! — Meus olhos marejam de raiva e eu encaro a Residente. — Você não pode *forçar* uma pessoa a fazer isso!

A Residente mal reage.

— O propósito desta corte é realizar experimentos com a consciência humana. Mas experimentos possuem a natureza complexa de serem algo nunca feito antes. — Um brilho atravessa seus olhos. — Para isso, precisamos de humanos.

Sou tomada pela fúria.

— Você a está forçando a torturar sua própria espécie.

— Não estamos na Guerra. Não nos deliciamos com a dor humana. Na verdade, nosso objetivo é que vocês nunca mais sintam dor novamente.

— Mesmo que vocês encontrem um jeito de tomar minha mente, nunca vou parar de lutar. Os humanos *nunca vão parar de lutar.*

Ela pisca e diz com sua voz fria:

— Então é melhor nos apressarmos. — Ela acena para a pessoa. Uma ordem silenciosa.

— É uma honra servir — responde, erguendo uma mão sobre minha cabeça.

A princípio, não sinto nada. Depois, *tudo*.

Cada centímetro da minha pele queima como se navalhas cortassem minha carne repetidas vezes. Chamas se formam no meu estômago, chamuscando veias e músculos. Sinto meus ossos se quebrarem em milhares de lugares, como se eu estivesse sendo rasgada de dentro para fora.

Perco a noção do tempo. Horas se tornam dias, dias se tornam semanas. A dor nunca para e, ao final, estou implorando por silêncio. Por paz.

Estou implorando pela morte.

Mas os Residentes não querem que eu entregue minha consciência. Eles querem encontrar um jeito de retirá-la definitivamente de mim.

Sinto a Incisão antes que ela ocorra, como fios de fumaça antes de um incêndio. Ela serpenteia por mim, procurando por minha alma. Por meu ser. Quando o encontra, meu corpo fica rígido e uma lâmina invisível me atravessa, separando o que quer que tenha restado da minha existência do meu corpo. Estou destruída e esfolada e sou tão miserável quanto uma pessoa pode ser. Grito, embora ninguém possa me ouvir; não mais. *Não depois do que eles fizeram.*

E então estou leve, flutuando sem propósito em direção ao céu. Sem entendimento.

Eu não sei como cheguei aqui ou o que sou, mas consigo olhar para o mundo lá embaixo.

Duas figuras estão de pé sobre o corpo de um homem com cabelo preto e cacheado. O suor cobre seu rosto e sua boca está totalmente aberta. Sem vida. Sua carne se transforma em névoa, seu sangue e seus ossos desaparecendo no ar até que mais nada tenha restado dele.

Ele desaparece do mundo, como se nunca tivesse existido.

Os dois estranhos olham para cima, procurando por mim, mas já estou me movendo pelas paredes, pelo teto, pelo céu, atravessando fronteiras com uma recém-descoberta fome em meu âmago.

Não sei o que sou, mas sei do que preciso.

Vou encontrar o que eles tiraram de mim e me fazer inteiro.

Eu me separo do ser flutuante — de Philo — e, quando meus olhos absorvem a visão familiar da montanha ao meu redor, cambaleio para trás.

A névoa geme, me puxando como se estivesse brava por eu ter quebrado a conexão.

Não, minha mente acelera. *Ela não quer uma conexão; ela quer um corpo.*

Eu vi seus pensamentos. Suas *memórias*. Porque o ser sem forma à minha frente costumava ser um humano. Tudo o que sobrou dele agora são os resquícios de sua consciência, se esforçando para se manterem juntos.

Seu lamento range como o clangor de metais, e eu recuo. Não consigo evitar. Estou com medo dele; medo do que os Residentes fizeram com ele e do que ele pode fazer comigo. Humano ou não, não posso deixá-lo tentar iniciar outra Troca. E se da próxima vez eu não conseguir me libertar?

Vou encontrar o que eles tiraram de mim e me fazer inteiro.

— Sinto muito — sussurro na direção da consciência remexida e corro até as árvores em busca de abrigo.

Os lamentos se tornam gemidos raivosos. Eu me agacho sob um galho baixo, golpeando folhas enormes e tropeçando em emaranhados de raízes que se prendem ao solo como garras. O roçar da vegetação enquanto corro em meio às árvores faz meu coração acelerar. Estou esperando a consciência do homem aparecer a qualquer momento, abrindo caminho pela floresta como uma nuvem de plasma. Me *caçando*.

Sinto a Incisão atravessá-lo de novo — sinto-a *me* atravessando —, e aperto meu peito como se estivesse tentando me manter inteira. Meu coração retumba de medo. Quantos humanos tiveram o mesmo destino? Quantas vezes os Residentes separaram a mente de uma pessoa de seu corpo?

E o quanto eles avançaram desde então?

Preciso voltar para a Colônia. Preciso avisar a todos.

O tempo está se esgotando.

Os lamentos ecoam atrás de mim, e luto contra as lágrimas que escorrem por minhas bochechas. Ele está sofrendo, sozinho e perdido. E não há nada que eu possa fazer para ajudá-lo.

Sinto medo por mim. Sinto medo pela Colônia e por todo humano que ainda luta para permanecer consciente.

Estou com medo do que tudo isso significa para nosso futuro no Infinito.

Philo... ele nem sabia quem ele era. *O que* ele era. Só está vagando pelo Infinito, incapaz de entender o próprio desespero, mas carregando o seu peso mesmo assim.

Será esse o futuro de Mei?

Quanto tempo temos até que a Incisão nos remova do Infinito de vez?

O horror ecoa por meu crânio. *E se não conseguirmos reverter isso? E se já for tarde demais?*

Viro o pé e tropeço para a frente, caindo sobre folhas molhadas e lama densa. Ergo minhas mãos trêmulas, incapaz de controlar o medo. Ele está queimando dentro de mim; é a única coisa em que consigo pensar.

Tento me levantar, mas não consigo encontrar forças. Sou tomada por soluços. Sinto sua dor. Seu tormento. Sinto sua vontade desaparecer e a desistência assumir o controle.

Eu me sinto cedendo.

O estalo de um galho perto de mim faz meu olhar se fixar nas árvores. Estou tão concentrada em encontrar a consciência flutuante que não noto a enorme fera se assomar acima de mim até que seja tarde demais.

Meus olhos se voltam para a sombra e meu cérebro percebe a forma de um enorme lobo. Mas, onde deveria haver pelos, a criatura é só fumaça e estática; sua pelagem brilha como um raio. Quando ele exibe uma boca cheia de dentes, não me dou ao trabalho de questionar o que estou vendo — eu corro.

Rochas derrapam sob meus pés, e eu salto de uma saliência até a outra, ouvindo o rosnado grosso da fera logo atrás de mim. Não consigo escalar a montanha rápido o bastante, então não tenho escolha a não ser descer, tropeçando em emaranhados de plantas no caminho. Meu pé escorrega na vegetação molhada e meu corpo sai rolando sobre galhos e pedras até que eu bato de cabeça em um tronco.

Chorando de dor, esfrego o sangue das têmporas e me esforço para me levantar. O mundo gira ao meu redor e vejo vagamente o animal selvagem de fumaça avançando na minha direção, com seus dentes afiados à mostra.

Tento correr, mas tropeço de novo e caio vários metros à frente em um trajeto estreito de grama achatada. Eu me contraio enquanto a dor irradia do meu ombro e me levanto aos tropeços assim que a criatura colide contra o chão atrás de mim, a um passo de distância.

Não há tempo suficiente para escapar. Estou presa.

Pego minha faca e a aponto na direção da criatura.

— Para trás! — grito, sentindo a garganta arder.

A fera rosna. A estática estala ao redor dela como um emaranhado de fios desencapados.

Balanço minha faca no ar como um alerta enquanto o medo queima dentro de mim. O medo da dor, o medo de não saber, o medo de ser rasgada ao meio como as pessoas na Guerra... ele me consome.

O grito que sai da minha garganta quando a criatura pula sobre mim soa distante, mas o sinto me atravessando como fogo.

A fumaça e a estática me cercam, e golpeio com minha adaga repetidas vezes, mas a fera não desiste: ela *cresce*.

Ouço os gritos de Mei, fracos e lamentáveis. Sinto seu medo ao redor de mim. Minha irmã está aqui, em algum lugar na escuridão. Em algum lugar no Infinito.

Mei!, grita minha mente.

Não. Por favor... não aqui. *Ela não pode estar aqui.*

Ela não pode estar...

Meu coração vira do avesso. Ele se aperta e murcha e se dissolve até que não haja mais nada.

Se Mei está no Infinito, isso quer dizer que ela...

Não consigo respirar. Não consigo me mover.

Então eu grito e grito e grito.

A realidade distorcida se intensifica. A estática pulsa ao meu redor. Procuro minha irmã mesmo que o desespero tenha estilhaçado cada osso no meu corpo. E então outro som atravessa a fumaça, mas não é o grito de uma criança.

É o grito de um homem.

Alguém o está machucando. *Torturando*-o. Mas ele não está sozinho. E quando sinto seu coração se partir enquanto ele assiste a seus amigos sucumbirem à dor, sinto a raiz de seu medo.

Não poder ajudar as pessoas que ele ama o está destruindo.

Os gritos se transformam como se estivessem mudando de frequência, se metamorfoseando em outro tipo de horror.

— Mei! — berro, lágrimas escorrendo pelo meu rosto. Não sei quantas pessoas estão perdidas na estática, mas preciso alcançá-la. Ela precisa saber que não está sozinha.

Uma voz grave grita e eu sinto seu horror crescer enquanto a escuridão o engole por completo. Ele está em pânico, preso em algum lugar fora do meu alcance. É a primeira vez que ele se sentiu abandono. A primeira vez que ele percebeu que poderia sofrer tanto.

Os medos colidem, gritos girando como um vórtice, e levo as mãos aos ouvidos como se estivesse tentando bloquear o vento.

Há tanto sofrimento.

Então algo se aproxima dos meus ombros e ouço uma voz próxima do ouvido. Ouço Gil.

— Isso não pode te machucar! — ele grita por sobre os ruídos. — Confia em mim; segura minha mão.

Sinto seus dedos se entrelaçarem aos meus e, mesmo que eu não consiga ver nada além de escuridão e lampejos de luz, deixo que me conduza pelo pesadelo.

30

Gil se ajoelha à minha frente. Nossos corpos estão parcialmente escondidos pela grama alta. Meus ombros tremem contra a minha vontade. Os gritos de Mei preenchem minha mente como água em um caldeirão, fervendo e transbordando até não sobrar mais nada.

Tudo nele é frenético, até mesmo sua voz.

— O que você tinha na cabeça? Tem ideia do que poderia ter acontecido se você tivesse sido pega por outra corte, fora do nosso alcance? Nós poderíamos ter perdido *tudo*.

Eu mal o ouço. É como se eu estivesse debaixo d'água e meus sentidos estivessem amortecidos. Agitados. A necessidade de me agarrar a qualquer coisa toma conta de mim, nem que seja para fazer o mundo parar de girar. Minhas mãos encontram a camisa de Gil e enterro o rosto em seu peito, incapaz de conter meus soluços.

Ela está morta. Ela realmente está morta.

Gil congela, mas não se afasta. Quando ele finalmente fala, suas palavras saem como um suspiro:

— Não era real.

Preciso de um momento para me recompor antes de encontrar seus olhos. O tom escuro de mel é estranhamente tranquilizante.

— Eu ouvi minha irmã. Ela está *aqui*.

— Não está, não — diz ele. Os músculos de sua mandíbula se retesam. — Pelo menos ainda não.

Minha mente deve estar finalmente alcançando meu corpo, porque subitamente nossa proximidade parece atordoante. Solto a camisa dele e recuo, interrompendo meu olhar.

— Como você sabe disso? Aquela coisa... aquele monstro... ele estava com a Mei. Eu *senti*.

Alguém mais estava lá também. Alguém tão apavorado quanto eu.

Ele passa uma mão pelo cabelo, afastando cachos castanhos e bagunçados da testa. Quando os solta, eles retornam ao seu lugar.

— Aquilo é um Noturno. Não existem animais no Infinito, não da forma como os conhecíamos. Eles foram criados.

— Alguém fez aquela coisa *de propósito*? — pergunto, horrorizada.

— Não, não de propósito. Algumas criaturas, como os Diurnos, são feitas de memórias humanas. Criaturas vinculadas a lembranças de um lugar de amor — diz ele, tirando um pouco de grama da roupa.

Lembro da carruagem do Príncipe Caelan aquele dia no mercado e do cavalo com olhos de estrela.

Ele continua:

— Mas outras são feitas de pesadelos. Um Noturno é atraído pelo medo. Às vezes, ele até surge dele. — Gil olha para o corte no meu antebraço, mas não diz mais nada.

— Então isso quer dizer que... — Pisco, horrorizada. Ainda posso sentir o toque gélido do fantasma de Philo. Sua presença me perseguindo em meio às árvores. — Fui *eu* quem criei aquilo?

— Não é tarefa fácil conjurar um Noturno. Fazer isso requer uma quantia surreal de medo. — Ele ergue os olhos lentamente. — Aconteceu alguma coisa com você?

Cruzo os braços ao redor do corpo, tremendo, e conto a ele sobre a geada, a consciência flutuante e as memórias da Morte. Conto tudo.

Normalmente seu rosto se parece com alguém prestes a explodir, movido pela raiva. Mas agora está indecifrável.

Depois de um longo tempo, ele encontra sua voz.

— Nós já tínhamos te falado que a Vitória não é o pior lugar em que um humano pode estar.

— Eu sei. Mas o que eles fizeram àquele homem... O que eles estão obrigando humanos fazerem a outros humanos... — O ar nos meus pulmões escapa e eu afundo meus dedos no solo. Sei que não deveria ficar surpresa com nada do que os Residentes fazem, mas não consigo evitar. Queria acreditar que alguns deles eram diferentes. Que nem todos queriam a mesma coisa. Que nem todos eram maus. — Eu sempre soube que deveria ter medo do que os Residentes são capazes de fazer. Mas talvez eu não tivesse medo suficiente *deles*.

Gil inclina a cabeça.

— E agora?

Ergo o olhar, tentando encontrar algum sentido em tudo que vi. Em tudo que sei.

Ophelia perguntou se eu poderia coexistir em um mundo com meu próprio assassino e eu disse que não sabia ao certo. Que gostaria da chance de tentar.

Seria justo dar a uma pessoa a oportunidade de redenção, mas negá-la a outra? Onde traçamos os limites e por que abrimos exceções em relação a quem pode cruzá-los?

Se não podemos descobrir o que é justo, correto e igual, então talvez Ophelia não estivesse mentindo. Talvez o Infinito fosse tão caótico quanto o mundo dos vivos sempre foi.

— Você acha que todo mundo merece a chance de se tornar uma pessoa melhor? — pergunto solenemente. — Ou existem escolhas das quais a gente jamais pode voltar atrás?

— Acho que acidentes e intenções são duas coisas bem diferentes. E que talvez, em uma guerra, não importa quem está certo ou errado. O que importa é quem sobrevive. — Gil cerra os lábios, vasculhando meu rosto como se estivesse tentando resolver um enigma. — Você sempre procura o melhor nas pessoas. O melhor em *qualquer coisa*. Mas você não pode fazer isso para sempre. — A grama balança aos seus pés. — Mais cedo ou mais tarde, alguém vai te decepcionar.

— Às vezes a bondade é a escolha mais difícil. Mas eu quero acreditar que é a escolha certa. — Encaro minhas mãos. — Talvez ser um Herói seja mais do que salvar uma vida ou ter coragem. Talvez ser um Herói seja saber como impedir seu coração de sucumbir à escuridão, mesmo quando ela te cerca.

Ele suspira.

— Você é a pessoa mais teimosa que eu já conheci, sabia?

— Mas você acha que estou errada?

Ele olha para os galhos acima de nós.

— O que eu acho é que está ficando tarde e que a Colônia vai querer ouvir suas novidades.

— Vai assustar eles — digo, sentindo o peso de cada palavra. — Eles vão ter ainda mais pressa de acabar com essa guerra.

— E com razão.

Minha expressão se torna sombria.

— Você sempre disse que o nosso tempo estava se esgotando. Se alguém duvidava antes, não vai mais.

— Até você? — pergunta ele, sombrio.

Esfrego as sobrancelhas, sentindo a exaustão no meu rosto.

— Eu sei que você adora questionar minha lealdade, mas fui perseguida por Residentes, um fantasma e um monstro de fumaça, tudo em dois dias, e provavelmente perdi metade do meu peso em sangue. Então, por mais agradáveis que sejam as nossas brigas, será que a gente pode pular essa parte dessa vez?

Ele torce o canto da boca assim que a insolência em seus olhos é substituída por escrutínio.

Sinto minhas bochechas queimarem.

— Por que você está me olhando desse jeito? — pergunto.

Quando ele fala novamente, sua voz não carrega as farpas de costume:

— Por que você pulou do veículo?

Mexo os pés sobre a grama, inquieta, tentando não olhar para o sangue seco que cobre minhas roupas.

— Porque era o único jeito de salvar Ahmet e Theo.

Os olhos de Gil se alternam entre os meus, repletos de curiosidade.

— Você se sacrificou pela Resistência?

— Não foi pela Resistência; foi pelas pessoas. Além disso, eu tinha certeza de que alguém ia voltar para me resgatar em algum momento. — *Ou ao menos esperava que alguém fosse voltar.* Franzo a testa. — Se você está aqui, quer dizer que eles voltaram em segurança?

— Eles estão bem. Mas não foi fácil te encontrar — diz ele. — Ahmet pode saber como viajar através de paisagens mutantes, mas encontrar a correta é outra história.

— Sinto muito. Não queria colocar vocês em perigo — digo, desviando o olhar.

Ele cai em silêncio por um tempo.

— O que você fez foi corajoso. Você não precisa se desculpar por nada. — Antes que eu tenha a chance de pensar em uma resposta, ele completa: — Vamos. Vai escurecer daqui a pouco e temos um longo caminho pela frente.

Desbravamos a selva, mantendo entre nós uma distância generosa. Dessa forma, o silêncio fica mais suportável e eu ganho tempo para curar algumas das minhas feridas nos braços sem que Gil veja.

Quando a noite cai, tenho dificuldade de ver onde estou pisando, e a distância passa a ser menos uma questão de praticidade e mais uma questão de eu não conseguir acompanhá-lo.

Gil espera ao lado de uma árvore envolta em videiras e folhas pontudas. Quando passo por ele, Gil começa a caminhar ao meu lado, erguendo uma mão à sua frente. Uma pequena luz branca surge de sua palma.

Por um momento ele olha para mim. O brilho suaviza as sombras de seu rosto e eu acho difícil desviar meu olhar. De alguma forma, consigo.

Nós continuamos pelo caminho irregular, pisando em terra e folhas molhadas. Me concentro na luz à minha frente como se estivesse esperando por uma distração quando minha curiosidade aflora.

— Havia Noturnos na Guerra?

Seu silêncio diz o suficiente.

— Quando ele me cercou, acho que ouvi você gritar — falo baixinho contra o farfalhar da grama ao nosso redor. — Senti os seus medos.

Seus passos desaceleram. Os meus também.

— Eu entendo a parte da tortura, mas a do abandono... — digo, meus olhos fixos adiante. — Você tem medo de ser abandonado outra vez?

Ele suspira, cedendo contra a noite.

— Meu medo é... complicado. Mesmo que Noturnos não mostrem imagens, posso sentir o que querem dizer; eu me sinto preso em uma caixa, ouvindo enquanto alguém vira a chave. Alguém que, de alguma forma, sei que amo. Eu me sinto trancafiado, confinado em um espaço onde não posso me mexer, e, não importa o que eu faça, sei que estou preso lá dentro para sempre.

— Faz sentido que você tenha medo de perder sua liberdade — digo. A Colônia inteira provavelmente compartilha o mesmo medo.

Não é isso que estamos lutando para preservar?

Ele balança a cabeça em negativa.

— Acho que tenho medo de ser traído — diz.

As árvores se erguem sobre nós e a luz branca na mão de Gil salta em seus galhos curvados.

— Eu sei que você passou por mais coisas na Guerra do que eu jamais vou ser capaz de entender. E... eu sei que não devia ter desdenhado tanto disso antes. — Percebo uma dor fantasma no cotovelo, onde senti o braço de Gil ser decepado.

— Eu não te mostrei aquela memória pra ganhar sua simpatia — comenta ele friamente.

— Isso se chama *compaixão* — retruco. — Se as pessoas não se esforçarem para entender as outras, sempre estarão em guerra.

Nós nos agachamos para desviar de um galho baixo, tateando lama e musgo por vários longos minutos.

— Minha guerra não é com você — ele diz por fim.

— E a minha não é com você — digo. Parece uma trégua diminuta.

Não falamos mais até sairmos da mata. Gil fecha o punho até que a luz desapareça e meus olhos percorrem a praia, com sua areia iluminada pela luz do luar e ondas se movendo em uma gentil canção de ninar ao longo da costa.

— Ahmet está dando voltas na praia. Podemos esperá-lo aqui — diz Gil, se sentando na areia.

Eu hesito antes de me sentar ao seu lado, levando meus joelhos ao peito e erguendo meu queixo para o céu. As estrelas piscam como vaga-lumes dançando em um mundo só delas.

Eu me lembro da última vez que saí com Mei para olhar as estrelas. Eu me lembro de como ela odiou.

— Que estranho — digo, de repente, fazendo uma careta diante do brilho distante. — Não estou encontrando Órion.

— É porque o céu não tem regras — diz ele baixinho, encarando o oceano. — Nenhum humano se lembra onde cada estrela deveria estar, então o céu muda sempre que precisa. Existe um rumor de que os Residentes não podem sequer ver as estrelas, que elas são outra parte desse mundo que é humana demais para eles entenderem, assim como sonhar. Porque, enquanto eles são limitados, o céu noturno é infinito.

Infinito. Assim como esse mundo. Como o próprio tempo.

— Eu costumava acampar bastante com meus pais. A gente passava a noite toda olhando para as estrelas — digo, sentindo um aperto no peito com a memória. Afundo meus pés na areia. — Às vezes acho que estou tentando desesperadamente me agarrar a eles, minha família e meus amigos. — Penso em Finn, e me assusta notar que tudo que eu já senti por ele parece estar desvanecendo.

Será que isso significa que não era real? Que eu não me importava tanto quanto pensava?

Ou já estou no Infinito há tempo suficiente para *esquecer*?

Os olhos de Gil se voltam para a costa.

— É mais fácil deixá-los partir.

Eu me viro para ele, com a voz trêmula.

— Se eu deixá-los partir, não vou mais saber quem sou. Eu era uma filha, uma irmã, uma amiga. E agora... — O resto das minhas palavras fica entalado na garganta, incapaz de sair.

A morte está me transformando, mas também me detendo. Ainda estou muito presa ao mundo dos vivos e ao meu desejo de proteger Mei. Continuo procurando Ophelia como se não tivesse sido capaz de quebrar o hábito por completo. E eu não sei como esquecer meu assassinato, ou minha família, ou meu medo.

Mas e se eu pudesse? E se eu pudesse existir sem bagagem nenhuma, sem arrependimento e sem a culpa de ter morrido tão jovem?

Quem eu seria se deixasse minha vida antiga para trás e aceitasse verdadeiramente essa nova?

Será que a chave para o verdadeiro poder vem com a aceitação de que não sou mais a pessoa que era antes?

Ele não diz nada por um longo tempo, mas, quando o faz, há um quê de anseio em sua voz:

— O Infinito existe para nos dar uma chance de ser quem queremos ser. Deveríamos ter o direito de definir nós mesmos e criar as regras. Deveríamos ganhar um novo começo. — Ele me olha, sério. — Esse sentimento pelo qual você anseia... o sentimento de fazer parte de alguma coisa. — Ele faz uma pausa, curvando os lábios. — Eu entendo.

— Você acha que algum dia vamos ter isso de novo?

Ele está tão imóvel que não posso deixar de prender a respiração.

— Espero que sim — ele diz, por fim.

Meus olhos ardem. Volto a olhar as estrelas.

Quero tão desesperadamente acreditar que ele está certo, mas ainda parece uma troca. Minha antiga vida em troca desta.

Estar feliz me faz sentir que aceitei minha morte. Planejar um futuro me faz sentir que estou esquecendo meu passado.

E encontrar uma nova família faz eu me sentir uma traidora.

— O que você fez por Ahmet e Theo... você me surpreendeu — diz Gil de repente. Ele ainda está encarando o horizonte escuro.

— Eu nunca conheci alguém com tanto medo de lutar por si mesmo, mas, ao mesmo tempo, tanta coragem de lutar pelos outros.

Nossos olhos se encontram. Por um momento acho que posso encontrar compreensão, mas há algo mais ali. Algo mais silencioso e reservado.

— É uma coisa tão horrível assim? Se importar com os outros? — A brisa marinha carrega minha voz como um sussurro.

— Neste mundo, sim — ele responde sem hesitar, voltando a olhar para o céu noturno. — Mas em um mundo diferente? Em uma guerra diferente? — Ouço a tensão em sua voz, mesmo enquanto ele tenta escondê-la. — Talvez você pudesse ser a líder de que precisávamos.

Antes que eu tenha uma chance de responder, o veículo de Ahmet aparece com um ronco baixinho, desacelerando a alguns metros de nós. Quando embarcamos, o alívio transborda do rosto de Ahmet, mas ele não diz uma palavra até chegarmos a salvo à Colônia.

No momento em que atravessamos as portas de metal, ele me abraça e me agradece por ter salvado sua vida. Eu retribuo o abraço, e, quando Theo aparece, ele coloca os braços ao redor de nós dois e nos aperta.

Sei que eles não são meus pais ou minha irmã, mas talvez não seja um problema eles serem importantes para mim independentemente disso.

Talvez não seja ruim que eu seja importante para eles também.

Sinto o peso da minha adaga nos quadris, então me afasto do abraço de Theo e a pego do meu cinto. Com um sorriso torto, entrego a arma para ele.

— Isso é pra você.

Theo vira a adaga sem parar, analisando seu tom vermelho-carmesim e o acabamento brilhante.

— Você...?

— Sim — digo, e meu coração se enche de orgulho.

Ele exibe um sorriso com todos os dentes.

— Lá no Labirinto, estava com medo de que os Residentes tivessem nos encontrado, porque a sorte não estava do nosso lado naquele dia. Nunca fiquei tão feliz por estar errado.

Eu rio, deixando que ele me puxe para outro abraço.

Mas, mesmo enquanto os outros me parabenizam por fazer minha primeira arma e eu me esforço para apreciar o entusiasmo, meus olhos parecem estar eternamente fixados no espaço vazio que Gil deixou para trás.

31

As notícias sobre a Corte da Morte deixam todos preocupados. Nunca vi a Colônia tão visivelmente assustada, como se cada decisão tomada a partir desse momento pudesse ser a última.

Não consigo imaginar o que aconteceria com o ânimo de todos se chegar o dia em que Lysander alcançará a fase final dos planos de Ophelia. Acho que nenhum de nós seria capaz de suportar a ideia de uma segunda morte. Uma morte *definitiva*, onde a única coisa que nos aguarda é o nada.

Uma parte de mim esperava que trazer informações valiosas e sobreviver ao Labirinto pudesse ajudar a consertar as coisas com Annika. Mas, embora eu tenha sua gratidão por ter salvado Ahmet e Theo, ela ainda não acha que estou pronta para mais responsabilidades, mesmo que eu sinta de todo o coração que estou.

Ver as memórias de Philo foi um alerta. Nosso tempo está se esgotando; para a Colônia derrotar Ophelia, mas também para eu encontrar um jeito de ajudar Martin e a garota do palácio.

Theo faz o que pode para reunir informações sobre Martin, principalmente ouvindo as reuniões do conselho, mas até agora não escutou nada de útil.

Eu me distraio me concentrando em progredir no controle da minha consciência. Isso não me impede de me preocupar com a garota do palácio ou de imaginar o que está acontecendo nas outras cortes. Mas *quase* me impede de me perguntar por que não vejo Gil desde que voltamos do Labirinto.

Nós tivemos um minúsculo e favorável momento sob as estrelas, mas já passou. Nunca fomos amigos; um encontro com um Noturno não ia mudar isso.

Tento esquecê-lo tão facilmente quanto pareço esquecer minha antiga vida, mas não consigo. Tudo me lembra ele: o ruído dos meus golpes no saco de pancada e até as luzes brancas nas lanternas. As lembranças de Gil parecem costuradas a tudo.

Quero odiar isso, mas não consigo.

Uma noite, voltando do treinamento, vejo uma luz saindo da cabana de Gil. Sua porta está entreaberta e posso ver que ele está lá dentro pela forma como as sombras se movem.

Antes que eu possa me impedir, sou atraída até sua porta, transfixada pela cena lá dentro. Gil está curvado em frente à escultura inacabada, com o cabelo caindo em ondas bagunçadas. Uma estranha peça de metal está entre seus dedos, prateada e com a forma de uma lua crescente.

O metal de Ahmet. O que eu deixei sobre a mesa de Gil.

Só consigo ver a lateral de seu rosto, mas sua concentração é pétrea. O metal se move como papel em suas mãos — as mãos de um artista —, como se não pesasse nada.

Gil controla o metal como se por instinto, remodelando as bordas, esticando a superfície. Trazer à vida uma visão que só ele tem o poder de enxergar. Por um momento tenho certeza de que essa peça me lembra de alguma coisa. Alguma coisa que já vi antes. Algo sombrio e frio e…

Sinto um aperto no peito.

A peça me lembra da minha própria dor.

É por isso que me sinto atraída até ele? Porque nós dois sentimos tanto e carregamos cicatrizes e nem sempre sabemos como lidar com elas?

Acho que, diferente dos demais, não aceitei o que aconteceu comigo. Lá no fundo, acho que talvez ainda esteja resistindo.

Será que Gil sente o mesmo?

Sob as luzes quentes de seu quarto, observo o metal se transformar em arte dentro de suas mãos cuidadosas. Observo uma mecha de cabelo castanho e ondulado cair sobre sua têmpora. Observo a curva de seu pescoço enquanto ele se inclina para inspecionar cada imperfeição da escultura.

E meu coração traiçoeiro dói e dói e dói.

***

Traço com o dedo as palavras gravadas em ouro, sentindo o peso do livro sobre meu colo. Não sei por que continuo pegando o volume, dia após dia. Talvez eu só queira alguma coisa que me lembre de casa. Alguma coisa que pareça real.

Guardo a cópia roubada de *O Conde de Monte Cristo* na prateleira, ao lado da versão em branco que Gil uma vez contemplou, fascinado.

Será que foi por isso que eu peguei o livro, para começo de conversa? Porque me lembrava dele?

A ideia causa uma reação visceral dentro de mim, e eu me viro de costas para o livro, amargurada.

Theo está na porta. Suas bochechas estão coradas, e, quando ele coça a parte de trás do pescoço, percebo que é porque está ansioso.

— O que foi? — pergunto, dando um passo na direção dele.

— Desculpa por ir entrando assim — diz ele, com o nervosismo vívido nos olhos verdes. — Pensei que seria melhor se ninguém me visse.

Deixo meus ombros relaxarem, abrindo um sorriso aos poucos.

— Somos amigos. Estamos sempre juntos.

— Sim, mas... — Ele enrijece e abaixa a voz. — É sobre nosso projeto secreto.

Um tremor de entusiasmo se espalha pelas minhas mãos.

— O que você ouviu?

— O Príncipe Caelan e seus guardas partiram para a fronteira. Aparentemente é um costume fazer isso quando um dos príncipes retorna para sua própria corte.

Franzo a testa.

— O Príncipe Ettore vai voltar para Guerra? — pergunto.

Theo faz que sim com a cabeça.

— Você queria uma oportunidade para conversar com aquela criada outra vez. E agora o palácio está vazio.

Meu coração acelera. Se eu encontrar provas de que os humanos estão acordando, talvez eu consiga convencer os outros a ajudá-la. A ajudar Martin.

Theo ergue os ombros, esperançoso.

— Você topa?

Assinto firmemente.

— Você consegue me tirar daqui sem ser visto? — digo.

— Posso te levar andando até a borda da cidade. Não sou o melhor ocultador, mas sei o suficiente para nos esconder enquanto passamos pelo Túnel Norte e pelas docas.

— Posso ir sozinha a partir dali — digo. Já estou suficientemente familiarizada com o Distrito de Primavera e as várias ruas que levam até as florestas do palácio. Posso fazer o trajeto a pé com a máscara que passei meses aprendendo a controlar.

Ele estala os dedos, ansioso.

— Se a gente fizer isso, pode não ter volta — comenta.

— Eu sei — digo, teimosa, e a percepção de que estou ficando mais confortável com o Infinito faz minha confiança aumentar. Espero que isso dure. — Mas é a coisa certa a se fazer.

Theo parece aliviado.

— Ótimo. — Ele faz uma pausa. — Se você for pega…

— Não vou — garanto. — Só me leva até as docas. Vou estar de volta antes do dia clarear.

Partimos para o Túnel Norte, lado a lado e ocultados em segredo.

E eu me sinto *viva*.

***

Removo a capa verde-escura que cobre minha cabeça e subo os degraus do palácio. Meu cabelo está trançado na lateral e enfeitado com flores douradas: algo que fiz no caminho até aqui, já que não tive exatamente tempo para planejar outra vestimenta elaborada. A capa esconde um simples vestido verde-pálido. Sem tempo e inspiração, foi tudo que consegui.

Nenhum criado me cumprimenta quando entro no imponente salão. Talvez seja melhor assim. Quanto menos pessoas me verem aqui, maiores serão minhas chances de escapar sem causar uma impressão duradoura.

Faço uma curva para um dos corredores dos fundos, que leva até as dependências dos criados. Embora a escadaria não seja nem de longe tão suntuosa quanto o restante do palácio, ainda exibe um reluzente piso de madeira corrida e robustas vigas expostas que fazem o espaço parecer aconchegante.

Eu me vejo em uma cozinha espaçosa com uma lareira de pedra e grandes bancadas de madeira repletas de verduras frescas, frutas e condimentos aromáticos. Flores secas e folhas pendem em uma extremidade do teto e há armários cheios de comida escondidos por portas de vidro colorido. Quando inspiro o aroma de massa recém-assada coberta de canela, sorrio como em um sonho.

Não me lembro da última vez que comi. Eu me pergunto se isso importa: não ser capaz de lembrar qual foi minha última refeição.

Passando pelo forno, avanço cozinha adentro, bastante consciente de que ainda não vi um único criado. Talvez com os dois príncipes fora, os criados estejam ocupados arrumando o resto do palácio.

Eu deveria me sentir grata pelo silêncio, mas ele me deixa nervosa.

Encontro outro corredor, depois outro, até alcançar um conjunto de escadarias estreitas que leva ao que presumo ser um porão. Esperando ter encontrado as dependências onde vivem os criados, desço os degraus cuidadosamente, ignorando o fato de que os rangidos da madeira soam como lamentos.

Quando chego ao nível mais baixo, espio na escuridão. O eco dos meus passos me faz pensar que o cômodo é grande, mas não consigo ver nada além da pouca luz vinda do andar superior. Passo a mão pela parede de pedra lisa, esperando encontrar algum tipo de interruptor; alguma coisa que me ajude a ver.

Finalmente, meus dedos encontram uma superfície de metal, e pressiono o botão com cuidado.

Em um instante, o quarto está todo iluminado e, para o meu horror, me deparo com centenas de olhos me encarando.

Engasgo com o susto e cambaleio para trás, pressionando minha coluna contra a parede fria. Levo apenas um segundo para confirmar que não são Residentes. As pedras azuis em seus braceletes de prata denunciam sua condição.

Alinhados em fileiras ordenadas, ao menos cem humanos estão parados como manequins à minha frente. Eles não balançam ou piscam ou se movem de nenhuma forma. E, quando analiso o vazio horrível de seus rostos, percebo que sequer notaram minha presença.

Engulo em seco e me forço a ajeitar a postura. Colocando as mãos dentro da capa, me aproximo deles, procurando pela garota com coques duplos e uma lágrima que ficou gravada na minha memória.

Caminho por fileiras de humanos, odiando a frieza no ar, como se eles fossem mercadorias estocadas em um freezer. Parte de mim continua desejando que um deles erga os olhos e me dê um sinal de que ainda está consciente. A outra parte deseja que estejam dormindo tão profundamente que não possam ver algo tão assustador.

É isso que os outros humanos na Corte da Vitória fazem quando não estão trabalhando?

É isso que aguarda minha família? É isso que aguarda Mei?

Recuo, me afastando das fileiras de invólucros de olhos vazios, quando o medo começa a crescer dentro de mim.

Tantos humanos...

Tantos olhos...

Minhas palmas começam a suar e sinto meu controle sobre meu disfarce de Residente oscilar. Cerro os punhos.

Você não deveria estar aqui embaixo. Eles podem estar te observando. Ophelia *pode estar te observando.*

Eu me ordeno a correr até o interruptor, a adrenalina fazendo meu coração palpitar, e mergulho o quarto na escuridão outra vez antes de subir as escadas às pressas sem olhar para trás.

Odeio que talvez esteja arruinando minha única oportunidade de provar minhas teorias de que os humanos podem estar conscientes. Mas minha confiança está abalada e estou preocupada com a possibilidade de ter inadvertidamente chamado a atenção. Se minha máscara caísse de alguma forma, aquelas pessoas notariam? Elas soariam um alarme?

Preciso sair daqui antes que eu perca o controle completamente e alguém veja o que sou de verdade.

Subo em disparada as escadas que levam aos corredores do palácio principal, desorientada com a memória de tantos humanos presos dentro de suas próprias mentes. Tantas pessoas a que não sou capaz de ajudar.

Enxugo as mãos na minha capa e me dirijo até outro corredor. Quando chego ao seu final, percebo que virei no lugar errado. Tento refazer meus passos, mas sinto que estou presa em um labirinto de portas fechadas e pinturas misteriosas, e o mundo ao meu redor está começando a girar.

Frustração, além de muita tristeza, percorre meu corpo como chamas. Se eu escolher ajudar Martin e a outra garota, isso significa que estou abandonando todos os outros? Estou selando seus destinos ao não tentar salvar cada um deles?

É tudo grande demais para mim. Mas os experimentos da Morte deixaram a Colônia inteira mais apreensiva do que nunca, e ainda nem sequer os convenci a salvar uma pessoa. Como eu poderia pedi-los para salvar *todos*?

Tenho que estabelecer um limite, e odeio isso. Mas não posso ajudar todos eles. Não posso pedir a Colônia que faça tamanho sacrifício. Há humanos ainda sofrendo na Fome e na Guerra, e eles também precisam da nossa ajuda.

Salvar duas vidas parece pequeno. Parece possível. Mas os outros?

Cada vida que eu tentar salvar na Corte da Vitória pode ser uma vida que estou sacrificando em outra corte.

Um campo de areia preta e membros decepados atravessa minha mente. A memória de Gil. Em algum lugar naquele cemitério está seu braço.

Quantas partes dele foram derramadas naquele campo de batalha? Quantas delas foram deixadas para que as Legiões mordiscassem como corvos?

Quantas vezes ele precisou morrer antes de encontrar uma forma de escapar?

Preciso me controlar. Se Gil conseguiu escapar da Guerra sem deixar a escuridão consumi-lo, posso passar por isso também.

Faço uma parada em um dos salões, respiro fundo e vou até o corredor mais próximo.

Eu me vejo em um espaçoso quarto de espelhos que transborda com o aroma de gardênias e flores de laranjeira. Mas, embora os cheiros sejam familiares, as plantas são diferentes de tudo que já vi.

Galhos prateados exibem flores de um violeta profundo. Arbustos brancos estão repletos de frutos dourados e árvores em miniatura se contorcem em formas curiosas. Cada flor é mais vibrante do que a anterior, com cores vívidas e aromas intoxicantes.

Quando chego a uma árvore rosa-pastel com folhas brancas pendendo como penas, ergo meus dedos como se não tivesse certeza de que são reais.

— Não temos um nome para essa, mas é minha favorita também — uma voz dança pelo cômodo.

Dou um giro e encontro o Príncipe Caelan parado próximo a uma enorme fonte de pedra, com as mãos nas costas e seu cabelo tão branco quanto neve. Ele não veste a capa de pelos, mas a coroa de galhos prateados está firme em sua cabeça, e ele usa suas cores com orgulho.

Meu coração palpita, alarmado. *Ele não deveria estar aqui.*

Seus olhos brilham mesmo a distância, e eu quase tropeço ao fazer uma reverência.

— Peço desculpas, Alteza. Peguei o caminho errado e minha curiosidade foi mais forte do que eu — digo, lutando contra o calor nas minhas bochechas e os palavrões no fundo da garganta.

Príncipe Caelan abre um pequeno sorriso.

— A Vitória realmente possui os mais belos jardins dentre as Quatro Cortes. — Ele faz uma pausa, me observando. — Somos uma espécie rara, sabe.

Ergo os olhos, intrigada.

— Os curiosos — esclarece ele, inclinando a cabeça. — Toda vez que te vejo, percebo um anseio nos olhos. — Ele balança a cabeça gentilmente. — Eu pareço tê-lo também.

Na minha mente, vejo o Diurno, a carruagem e o quanto eu queria conhecer o Infinito. O quanto eu queria *entender*.

— Às vezes, sinto que esse mundo é grande demais para mim — digo. Talvez seja a primeira coisa verdadeira que eu já tenha dito a ele.

— Às vezes, sinto que sou grande demais para esse mundo — diz ele, com riso nos olhos de prata. — O que te traz ao palácio?

Minha mente chuta a honestidade porta afora e agarra a primeira mentira que encontra.

— Vim para ver a galeria, como Vossa Alteza tão gentilmente sugeriu.

Sua expressão se ilumina.

— Caminho errado, de fato. Seria um prazer levá-la até a galeria, se me permitir.

Abaixo a cabeça e caminho a seu lado, tomando cuidado para não ir mais rápido do que ele. Já devo parecer ridícula o bastante; a última coisa que quero é dar a impressão de estar com pressa de encontrar uma saída.

— Meu irmão retornou à sua própria corte hoje — diz o príncipe subitamente, como um pensamento que acabou de surgir.

— Isso explica por que o palácio está tão tranquilo — digo, forçando um sorriso.

Caelan ergue uma sobrancelha, entretido.

— Você deve ser a única pessoa na Corte da Vitória que não sucumbiu aos charmes dele. Meus súditos parecem achar suas histórias exóticas e piadas insossas, deliciosas. — Ele solta um suspiro cansado. — Mas acho que não posso culpá-los. Ettore é astuto; ele sabe como ser tanto um inimigo quanto um amigo querido, dependendo do que lhe for mais benéfico. E sabe como espalhar os sussurros certos para as pessoas certas.

— Você quase soa impressionado.

— As pessoas o ouvem.

— Elas ouvem você também.

— Por enquanto. Mas esse é o problema dos sussurros: eles mal são sons, e ainda assim têm o poder de mudar tudo. — Caelan inclina a cabeça para trás. — Talvez usar o charme como uma arma não seja a pior coisa do mundo.

Minhas palavras saem casualmente demais:

— Acho que preferiria alguém que me dissesse a verdade. — Quando me lembro da máscara que uso, a hipocrisia me atinge como uma onda, então rapidamente completo: — Além disso, não há nada de charmoso na arrogância taciturna e no desespero para soar inteligente.

Enrijeço, minha mente rebobinando. Eu acabei de insultar o Príncipe da Guerra bem na frente de seu irmão? Qual é o meu *problema*?

Mas, para minha surpresa — e alívio —, Caelan ri à vontade.

— Uma vez, eu o chamei de lâmina sem corte com um alfaiate medíocre na frente dos Chanceleres da Capital. — Seus olhos brilham. — Ele se engasgou no vinho. Foi profundamente satisfatório.

— Posso imaginar — respondo, mais entretida do que deveria. Por alguma razão, conversar com Caelan é como conversar com um amigo. Fácil. Talvez até desarmante.

O que significa que preciso ser cautelosa.

Viramos em outro corredor, nossos passos sincronizados sobre os ladrilhos de vidro.

— Eu pensava que era costume para um príncipe anfitrião levar seus convidados reais até a fronteira — comento inocentemente.

— Estou certo de que meu irmão vai sobreviver à decepção — responde ele. — Enviei meus guardas com ele e meu conselheiro real para ficar em meu lugar.

— Está tão quieto aqui — observo. — Não sabia que um palácio podia parecer tão vazio.

Caelan continua olhando para a frente.

— Às vezes eu o prefiro desse jeito. A monotonia da vida na corte pode ser um tanto sufocante, especialmente aqui.

A confissão me faz balançar. É por isso que os criados humanos estão no porão como computadores em hibernação? Porque ele queria ficar sozinho?

Tento não pensar nos olhos vazios em algum lugar abaixo de nós e enterro minha fúria no mesmo buraco mental onde escondo meu medo.

— Acho que devo partir. Não quero ser mais invasiva do que já fui.

— Fique, por favor — diz ele rapidamente, se virando para olhar na minha direção. — Estou gostando da sua companhia.

— Mas não da companhia dos seus guardas? — digo, forçando um pequeno sorriso.

— Não conte aos outros. O Comandante Kyas é bem sensível.

Meu sorriso desaparece. Se ele tivesse ideia de que estava sendo traído pelo próprio, não o mandaria para a fronteira com o Príncipe Ettore, onde eles terão tempo para continuar planejando uma forma de derrubar o governante da Vitória.

Eu jamais conseguiria revelar o que sei para Caelan sem estragar meu disfarce. Mas será que eu gostaria de fazer isso?

Eu vi a Guerra. Sei como é uma corte governada pelo Príncipe Ettore. A Vitória força os humanos à servidão depois de tomar sua consciência, mas eles não estão sendo literalmente destroçados por guardas várias vezes ao dia.

Mas o Príncipe Caelan também enviou um humano para servir de cobaia em experimentos na Morte.

Tento lembrar disso quando encaro seus olhos prateados e despretensiosos.

Talvez seja um erro acreditar que um tipo de prisão possa ser mais gentil do que outro, porque, no final, prisão é uma prisão. Mas pensar em Ettore na Corte da Vitória, governando humanos que sequer possuem a habilidade de *tentar* resistir...

As coisas são ruins aqui. Mas sinto, no fundo do coração, que elas podem ficar ainda piores.

Sei que não posso alertar Caelan. Mas parte de mim se pergunta se eu não deveria.

Ele me conduz pela galeria, dando tempo para que meus olhos absorvam cada pintura. Caelan indica quais delas ele mesmo adquiriu e quais foram presentes vindos dos distritos da Vitória. Ele fala sobre os quadros como se fossem animais de estimação, cada um com sua própria história de como chegaram até ali.

Convenientemente, ele nunca menciona os humanos que os pintaram. Eu me pergunto se é comum para os Residentes evitar nos mencionar sempre que possível. Imagino que humanos sejam simples lembretes de suas limitações. Um lembrete de que, não importa o que os Residentes façam, eles ainda não podem sonhar, imaginar ou criar.

Eles são imitações.

E, ainda assim, o Príncipe Caelan não parece ser menos humano. Não parece artificial.

Às vezes, ele parece ser menos monstruoso do que os Noturnos.

Ele para na frente de uma pintura de anjos que caem do céu e mergulham no mar, apenas para saírem do outro lado como anjos voando na direção de outro céu.

— Às vezes acho que esta pintura representa o Infinito — diz Caelan, pensativo. — Não importa o que façamos, não importam nossas escolhas; estamos fadados a retornar para o lugar de onde viemos.

— É lindo — digo.

Seus olhos encontram os meus.

— Eu também acho.

Minhas bochechas ardem, mas não consigo desviar o olhar.

— Você estará presente na Lua de Sangue? — pergunta ele, se afastando da pintura.

O próximo festival do Cortejo das Coroas. Presumi que Annika não me deixaria ir; não depois do que aconteceu da última vez.

Abaixo os olhos e penso em uma não resposta.

— Todos participam, não é?

— Todos temos uma escolha — ele responde, então hesita. — Exceto eu, é claro. Tenho certeza de que um príncipe que não preserva as tradições da própria corte não seria muito apreciado, especialmente por minha mãe.

Quando ergo os olhos, ele está sorrindo.

— Sei que os festivais podem ser um pouco entediantes. Mas vê-la novamente traria um pouco de luz ao dia — ele diz suavemente.

Meus nervos se armam como uma tempestade a caminho. Será que ele...?

Pisco, apavorada demais para deixar minha mente fazer mais suposições. Temendo o que isso poderia significar.

Residentes querem ser como humanos e, embora alguns humanos não tenham interesse em relacionamentos ou em se apaixonar, muitos deles têm. Então isso quer dizer que alguns Residentes formam laços com os outros? Será que alguns querem formar família?

Nunca me ocorrera que o Príncipe da Vitória talvez tivesse um coração romântico, artificial ou não.

— Se eu puder, estarei lá, Alteza — digo por fim, e a alegria em seus olhos é brilhante como o sol.

Damos outra volta pela galeria e, quando estou certa de que é apenas uma questão de tempo até que as Legiões retornem, peço licença e deixo o príncipe a sós em seu palácio.

32

Mesmo na escuridão, reconheço o cabelo castanho e bagunçado de Gil. Ele está usando uma camisa branca, para variar, com as mangas levantadas até os cotovelos, e suas calças pretas de sempre.

Se eu não estivesse atrás dele, jamais o teria visto. Ele se move pelas árvores como um sussurro, como se quase não estivesse lá.

Ele desaparece em uma área densa com bétulas prateadas e corro para alcançá-lo. Mas, quando viro na próxima curva, não consigo vê-lo em lugar nenhum. Com a testa franzida, olho ao redor da floresta, me perguntando como posso tê-lo perdido de vista tão facilmente.

— Você não é uma espiã muito boa, sabia? — A respiração de Gil roça a parte de trás da minha orelha. Eu me viro tão rápido que quase colido com ele.

Ele se afasta, visivelmente entretido.

Faço uma careta, tentando disfarçar meu constrangimento.

— Eu não estava te espionando.

— Ah, não? — Ele ergue uma sobrancelha, e tenho certeza de que o canto de sua boca se curva.

— Não — insisto. — Eu estava voltando para a Colônia. — Cruzo os braços, com uma expressão contrariada. — De qualquer forma, o que você está fazendo aqui?

— Procurando materiais — ele responde simplesmente. — Qual é a sua desculpa?

— Eu precisava de ar fresco — minto. — Se você realmente está aqui procurando materiais, então cadê a sua bolsa?

Ele não pisca.

— Acho que deixei cair na floresta. O que você estava fazendo no palácio?

— O quê? Eu não estava... — eu me atrapalho nas palavras, irritada. — Como você sabia disso?

— Não sabia. Mas obrigado por esclarecer.

— Bom, eu não sou a única que tem segredos — deixo escapar, quase defensivamente. — Sei que você está aqui fazendo alguma coisa secreta para a Colônia. Você e o Ahmet têm sumido por semanas.

Gil estreita os olhos.

— Estou cumprindo ordens. Duvido que você possa dizer o mesmo.

— Estou ajudando um amigo — digo, exasperada. Há um longo silêncio. — Você vai contar para Annika?

— Você estragou seu disfarce?

— Não.

— Alguém te viu?

A imagem do Príncipe Caelan atravessa minha mente, e eu hesito. Isso é o suficiente para fazer Gil soltar um suspiro.

— Eu tomei cuidado — argumento.

— E se alguém tivesse te encontrado aqui? E se isso os fizesse... — Ele se interrompe e sacode a cabeça.

Dou um passo para a frente.

— Fizesse o quê? Me diz o que preciso proteger e eu faço. Mas não posso ajudar o que não conheço.

Gil me observa, seu rosto imóvel. Por fim, ele faz um gesto para que eu o siga.

Nós contornamos as árvores, pisando em samambaias e musgo, até pararmos perto de um rochedo parcialmente escondido na terra.

Gil coloca uma mão ao seu lado, seus dedos desaparecendo no solo, e dá um puxão.

Uma escotilha se abre, revelando uma escada íngreme que desaparece escuridão adentro.

— Vai na frente — diz ele.

Solto um riso debochado.

— Parece o tipo de lugar onde alguém esconderia um cadáver — comento.

— Você sabe onde a gente está, não sabe?

Abro minha boca para responder, mas as palavras evaporam na ponta da língua. Minha mente se fixa em pessoas fazendo atrocidades e escondendo as evidências na escuridão.

Ophelia me disse que o Infinito já estava corrompido quando ela o encontrou. Eu não quis acreditar nela. Não queria que fosse verdade.

Mas e se for?

Mordo os lábios, confusa.

— Você já se perguntou onde estão as pessoas ruins? Os *humanos* ruins? — pergunto.

Ele ergue uma sobrancelha, intrigado.

Gesticulo ao nosso redor como se estivesse sinalizando para tudo.

— Não existe céu e inferno. Só existe o Infinito. O que significa que todas as pessoas horríveis do mundo devem vir pra cá quando morrem. — Olho para o interior da escotilha, sentindo a frustração tomar conta de mim. — Estatisticamente falando, alguém que a gente conhece pode ser um criminoso. Talvez até um assassino.

Gil cerra os lábios.

— Ele não está aqui, sabe... O homem que tirou a sua vida.

Engulo em seco. Odeio que a vontade de chorar ainda seja tão intensa quando penso na minha morte.

— Você não tem como saber disso — digo baixinho. — E a verdade é que eu também nunca vou saber. Ele estava usando uma máscara. Eu não vi o rosto dele. O que significa que ele pode estar em qualquer lugar e ser qualquer pessoa. Penso nos rostos vazios dos humanos no porão do palácio. E se ele for um deles? E se eu tiver tentado salvar um homem que se revelaria ser o meu assassino?

Quero acreditar que toda vida é importante. Quero acreditar que todos merecem o direito de existir em uma vida após a morte. Mas isso não quer dizer que eu esteja confortável em ficar no mesmo espaço que ele.

E não quer dizer que eu esteja confortável em lhe fazer qualquer favor. Tenho zero interesse em me colocar em perigo pela pessoa que me tirou da minha família. Que me tirou a *vida*.

— Todo mundo na Colônia estava lá antes de você, então pelo menos você pode ter certeza de que ele não está entre nós — observa Gil, suavizando a voz. — E, se faz você se sentir melhor, acho que as pessoas ruins nunca acabam se tornando Heróis.

— Como você pode ter certeza disso?

— É só um palpite. Pessoas que machucam outras pessoas pensam que têm direito a alguma coisa. Se alguém lhes desse uma passagem para um pós-vida onde eles pudessem ter qualquer coisa que quisessem, duvido que sequer hesitariam. Eles tomariam a pílula sem questionar.

Esfrego os olhos e espero que ele não possa me ver chorando na escuridão.

— Como era o antigo Infinito?

— Não sei — admite ele. — Eu não estava aqui.

— Então como sabe que a situação atual é pior?

O vento arrasta as folhas ao nosso redor. Não consigo interpretar o rosto de Gil; não sei se ele está bravo com o questionamento ou se ele já se perguntou a mesma coisa. Será que ele me contaria? Ou esse é o tipo de pensamento que eu jamais deveria dizer em voz alta?

— Porque nós fomos feitos para sermos livres — ele diz finalmente. — Qualquer coisa aquém disso não é boa o bastante.

— O que vai acontecer quando a gente retomar o Infinito e todas as pessoas ruins estiverem livres também?

Ele leva um tempo para responder. Quando o faz, sua voz é frágil, como se ele estivesse quase com medo de dizer as palavras. Com medo de ter esperança.

— Talvez a gente crie nossa própria corte, onde os vilões não possam chegar perto.

Ele parece sério e preocupado e mais alguma coisa que não consigo distinguir bem. E, por um momento, esqueço que estamos no Infinito. Ele é apenas um garoto, com olhos cor de mel e uma teimosia que se iguala à minha.

Um garoto na floresta, cheio de sonhos sobre um futuro melhor. Sinto que estou vendo uma parte dele que nunca havia visto antes.

Sentimos a mudança ao mesmo tempo, recuando como se estivéssemos protegendo nossos corações.

Ele coloca uma das mãos na nuca e dá de ombros.

— Ou, sei lá, podemos começar outra rebelião e mandar todos os assassinos para o Labirinto, onde eles podem se matar à vontade.

Deixo escapar uma gargalhada.

Mesmo na escuridão, estou certa de que ele está sorrindo.

— Vem — diz ele, colocando o pé no primeiro degrau da escada. — E fecha a escotilha quando descer.

Descemos um túnel que cheira fortemente a terra e, quando meu pé pousa sobre a superfície, sinto o frio me envolver. Eu me viro, incapaz de enxergar, quando Gil aperta um interruptor e o pequeno cômodo se ilumina. Reconheço a máquina de Yeong primeiro: aquela à qual fui afixada quando ele viu minhas memórias. Está largada de lado, logo atrás de uma cadeira preta com imobilizadores de metal onde os braços e as pernas de uma pessoa estariam. Ao redor dos objetos está uma parede de vidro.

Uma prisão.

Mas para quem?

Meu coração palpita.

— Que lugar é esse?

— Você sabe que o Ahmet está construindo uma arma — Gil olha ao redor, uma lanterna de bronze pendendo logo acima dele. — É aqui que nós vamos testá-la.

— Vocês vão capturar um Residente? — pergunto, com olhos arregalados.

Ele faz que sim com a cabeça.

— Não seria seguro levar um deles para a Colônia — responde, e não preciso perguntar o que ele quer dizer. *Caso a arma não funcione.*

Estendo o braço na direção do vidro, mas recolho a mão no último momento. Isso é uma jaula. Vamos colocar um Residente em uma jaula.

— Achei que você ficaria mais feliz — diz Gil, com a voz firme. — Se Ahmet conseguir, talvez você possa até pedir demissão do cargo de espiã. Vamos poder acabar com isso sem a sua ajuda.

Deixo meu braço cair e me viro para encará-lo. Já que ele vai me julgar, é melhor que me veja por completo.

— Não é isso que eu quero. E, com arma ou sem arma, ainda é mais seguro eu entrar no palácio do que qualquer um de vocês. — Cerro os lábios. — Quem quer que vocês coloquem aí... só espero que seja alguém que mereça.

— Algum outro pedido?

Faço uma pausa.

— Na verdade, sim. Não deixa eles te prenderem. Fiquei sabendo que a Colônia não gosta muito da ideia de missões de resgate na Fortaleza de Inverno — digo, caminhando até a escada assim que Gil deixa escapar um riso sombrio.

Quando estamos de volta à floresta, Gil fecha a escotilha e cobre a superfície com terra e folhas. Caminhamos em silêncio, pisoteando folhas secas e cogumelos. As docas não devem estar muito longe; posso ouvir o chamado do mar, embora mal possa ver para onde estou indo.

Alguma coisa afiada agarra a barra do meu vestido e me esforço para me soltar. Frustrada, dou um puxão e o galho se quebra, me fazendo cambalear para trás e cair diretamente sobre Gil.

Solto um gritinho, sentindo meu corpo ceder à gravidade quando ele agarra meu braço, me estabilizando. Envergonhada e bastante consciente de que rasguei meu vestido, me coloco de pé novamente.

— Obrigada — consigo sussurrar.

— Se ao menos você não tivesse desistido daquelas aulas de dança — diz ele. — Talvez fosse capaz de chegar em casa inteira.

— Consigo caminhar perfeitamente bem — sibilo. — É que está *escuro*.

— Ah, sim, a escuridão. A ruína de todo espião.

— Cala a boca.

Ele não se move.

— Você precisa aprender a usar sua consciência em sua vantagem. Se está escuro, faça ficar menos escuro.

— Eu não posso simplesmente fazer o sol se erguer — retruco, com a voz aguda. — Nem todo mundo consegue transformar a mão em uma lanterna.

Os olhos de Gil são observadores e firmes. Depois de um momento, ele estende a mão.

— Deixa eu te ensinar — diz.

Hesito antes de colocar meus dedos sobre os dele. Ele me puxa até uma clareira e fecha a outra mão sobre a minha.

— Se você estiver prestes a me dizer para pensar em alguma coisa calma... — Torço os lábios.

— Na verdade, eu ia te falar para pensar em algo feliz — diz ele. — Sabe aquele sentimento repentino no peito quando você pensa em alguma coisa que te deixa alegre, como uma luz se acendendo? Concentre-se nisso: no sentimento explodindo de você, então o segure em sua palma.

— Você não está esquecendo do pó mágico? — sussurro baixinho, com a voz carregada de sarcasmo.

— Você é uma péssima espiã, e uma comediante ainda pior — ele sussurra de volta.

Cerro os lábios e me foco em nossas mãos fechadas. Eu me pergunto se ele sabe o quão rápido meu coração está batendo.

Quanto mais os segundos passam, mais minha testa começa a franzir.

— Eu não... não consigo pensar em nada — admito.

Gil mantém os olhos nos meus.

— Deve haver alguma coisa que te deixa feliz.

— Quer dizer, sim, claro. Mas todas as minhas boas memórias parecem... — Eu me interrompo. Elas parecem manchadas. Distorcidas. Porque as coisas nas quais eu costumava encontrar felicidade não existem mais.

Toca-discos. Milkshakes e batata frita. Maratonas de séries de TV sobrenaturais. *Tokyo Circus*. Minha *família*.

Tudo isso fazia parte da minha vida antes da morte, mas estamos *depois* da morte.

Ainda não sei ao certo se existe felicidade após a morte.

— E o príncipe? — ele pergunta subitamente.

Faço uma careta.

— O que tem ele?

— Isso deveria ao menos te deixar *um pouco* feliz. Saber que você pode ser a pessoa que vai finalmente reduzir a corte dele a cinzas.

Abaixo os olhos.

— Isso não me deixa feliz — digo.

Sinto a mão de Gil tensionar sobre a minha.

Evito olhá-lo diretamente quando falo:

— Na verdade, eu não me sinto bem, sabe. Por enganar alguém, mesmo que seja um Residente. — E, antes que ele me dê um sermão por não estar comprometida com a Resistência, completo: — Sei que precisa ser feito, mas não quer dizer que eu tenha que gostar disso.

— Apenas se lembre de quem é o inimigo — alerta Gil, com o brilho das chamas retornando aos seus olhos.

O rosto de Caelan atravessa minha mente. O príncipe de olhos prateados que parece querer um amigo.

Que parece querer...

— Acho que ele gosta de mim. — Minha voz fraqueja. — Tipo, gosta *mesmo* de mim.

Gil faz uma cara que é uma mistura perfeita de diversão e condescendência.

— Qual é a graça? — questiono, imediatamente ofendida. — É tão difícil acreditar que nem todo mundo me odeia igual você?

Seu sorriso evapora.

— Eu nunca disse que te odeio. Eu não *confio* em você. É diferente.

— Ainda? — Eu o desafio, mesmo que não esteja certa de que quero ouvir a resposta.

Felizmente, ele não me dá uma.

O que, pensando bem, talvez seja pior.

— Quero que os humanos sobrevivam — digo firmemente. — Só porque penso de um jeito diferente ou ajudo de um jeito diferente, não quer dizer que não estou do lado da Colônia. Quero que a Resistência vença tanto quanto você.

— É por isso que você está ajudando o Theo? — pergunta ele. — Você foi até o palácio sem contar para a Annika, pra de alguma forma provar que Martin pode ser salvo. Então me diz: como exatamente isso ajuda a Colônia?

Hesito, contrariada. Como ele sabia?

Gil solta um suspiro exasperado.

— Theo é um livro aberto. Ele não consegue esconder nada de mim há pelo menos três vidas — diz.

— O que nós estamos tentando fazer não vai prejudicar a Colônia. Não estou pedindo mais tempo; só estou pedindo um espaço para *tentar*.

— Sei que você está sempre pensando na sua irmã, no que o mundo vai ser quando ela chegar aqui. Mas você não é a única aqui a amar alguém. Eu… eu sei como é querer poupar uma pessoa do sofrimento. — Ele abaixa o queixo como se estivesse abaixando a guarda, por um momento que seja. — Eu sei como é querer manter alguém longe desse inferno.

Não sei nada sobre a família de Gil antes do Infinito. Nunca perguntei; nunca pensei que deveria.

Mas a dor que ele sente, a dor que eu reconheço...

Talvez em algum lugar no mundo dos vivos Gil tenha sua própria Mei.

Engulo em seco, percebendo que ainda estamos de mãos dadas, mas não tenho certeza se quero separá-las.

— Se você sabe como é isso, então nos *ajude* — digo baixinho.

Ele balança a cabeça em negativa.

— Não vou pôr a missão em risco — responde.

— Então estamos em lados opostos da cerca — digo.

— Parece que sim.

Olho para nossas mãos e para a forma como seus dedos estão entrelaçados nos meus.

Em outra vida, será que poderíamos ter sido outra coisa além do que somos agora? Outra coisa além de inimigos batalhando no mesmo lado da guerra?

E, mesmo sabendo que esse momento devia acabar, eu não quero que acabe. Quero guardar essa memória, saborear o silêncio das árvores e o sal do mar a distância. Quero me lembrar de cada estrela cintilante e da forma como ele me olha como se talvez sentisse o mesmo que eu.

Em outra vida.

Em um instante, nossas mãos adquirem um brilho branco, iluminando nossos rostos com um tom de prata. Ergo os olhos para Gil, que ainda me observa fixamente.

— Isso foi eu ou você? — pergunto.

Como se respondesse, a floresta se ilumina ao nosso redor. Esferas brancas e brilhantes flutuam em todas as direções, se movendo à nossa volta como uma dança de estrelas. É assombroso, belo e perfeito.

Deixo meu sorriso aumentar.

— Agora você só está querendo aparecer — digo.

Gil estuda meu rosto. Ele está tão perto que consigo ver cada um de seus cílios e manchas cor de mel em seus olhos. Posso sentir o aroma de lenha em suas roupas e de folhas em seu cabelo. Vejo a forma como sua boca sempre parece um pouco curvada; como se houvesse muita coisa que ele quisesse dizer, mas não diz.

E, ainda assim, ele parece estar a dez mil quilômetros de distância.

Abro a boca para falar, mas subitamente as luzes desaparecem e Gil solta minha mão. A austeridade retorna às suas sobrancelhas e eu levo minha mão ao peito como se estivesse ferida.

— A gente devia retornar. Não é seguro aqui — ele diz, voltando a andar na direção das docas.

Não o sigo imediatamente.

Estou ocupada demais tentando recuperar o fôlego.

33

— **Vocês realmente acharam que** eu não ia descobrir o que os dois estavam aprontando? — diz Annika, parada na frente do holograma do palácio do Príncipe Caelan. A construção familiar gira lentamente ao redor do próprio eixo.

Theo e eu trocamos olhares.

Gil, é o que diz minha mente. É *claro* que ele me dedurou. Aquele traidor duas caras presunçoso.

Quando vou aprender que não somos amigos?

Preciso me conter para não revirar os olhos.

— Eu não sei o que o Gil te disse, mas...

— Gil não disse nada — interrompe Annika. Odeio como meu coração fica instantaneamente. — Nós ouvimos o Príncipe Caelan na sala do conselho falando sobre como estava ansioso para a Lua de Sangue, particularmente sobre seu interesse em ver uma certa amiga outra vez.

Minhas bochechas coram. Ao meu lado, Theo parece envergonhado.

— Vocês desobedeceram a minhas ordens — diz ela. — E agiram pelas minhas costas. *E* colocaram nossos planos em risco. Sem mencionar que colocaram a si mesmos em perigo.

O silêncio faz meus ouvidos zunirem.

— Mas — prossegue Annika — é inegável que podemos usar isso a nosso favor.

— Você não está brava? — pergunto, nervosa.

— Ah, eu *estou* brava — ela corrige, com uma voz suave, apesar do incêndio crescendo por trás de seus olhos cor de âmbar. — Mas não tenho tempo para mágoa. Não quando há um festival se aproximando e planos que precisam ser feitos.

— Você quer que eu vá para a Lua de Sangue? — recuo o rosto, surpresa.

— Sim — diz Annika. — Quero que se aproxime do Príncipe Caelan. Está claro que ele se afeiçoou a você de alguma forma e acho que precisamos explorar isso. Com sorte, talvez você consiga questioná-lo mais abertamente. Descubra algo sobre a Noite da Estrela Cadente e talvez até a localização da Esfera.

Dou uma olhada de soslaio para Theo. Talvez eu também consiga descobrir mais sobre Martin.

— Você topa? — Annika pergunta, com a expressão séria.

Assinto.

— Topo. Posso fazer isso.

— Ótimo — diz Annika, gesticulando para a porta. — Então vá. Você só tem mais alguns dias para preparar um vestido.

***

Faço um vestido verde e dourado e coberto em explosões de luz estelar. Ele tem camadas de renda e tule e tantas pedras preciosas que parece mais uma obra de arte do que uma roupa.

E quando o experimento e me encaro no espelho, percebo que fiz um vestido que se parece com luzes cintilantes dançando em uma floresta escura.

***

Com um vestido cor de safira, a Rainha Ophelia anda de um lado para o outro pelas sombras ondulantes. Ela ergue a cabeça, as maçãs de seu rosto banhadas por uma luz que não existe neste lugar.

— Acho que quero perdoá-lo. O homem que me matou — digo para seu perfil. — Não porque eu preciso ou porque devo. Nem mesmo porque as pessoas dizem que o perdão é uma forma de gentileza. Ele não merece minha gentileza. Ele me machucou; eu não devo nada a ele. Mas isso não quer dizer que ele não possa merecer a gentileza de *outra* pessoa. Talvez ele tenha pais ou amigos ou alguém que se importe com ele. Que ele seja problema dessas pessoas — hesito. — Mas vou deixar isso para trás. Estou perdoando ele porque não quero que tenha qualquer tipo de ligação comigo. Nem mesmo no além.

Ela não responde.

— Acho que... acho que só queria que você soubesse — termino.

Ophelia se vira. Seus olhos pretos estão eternamente à procura da minha forma que ela não consegue ver.

— Você não preferiria que ele sofresse?

— Não — digo firmemente. — O sofrimento dele traria sofrimento a outra pessoa. E isso não faria eu me sentir melhor. Não me traria de volta à vida. — Dou de ombros. — Eu não quero me prender às coisas que me machucaram. Isso faz parte de ser livre.

Ela abre os lábios.

— Você acha que eu não sou livre? — pergunta.

— Você odeia os humanos. O ódio é uma prisão.

— Humm — murmura ela, movendo suas mãos delicadas à frente de si e as unindo. — Mas eu não odeio os humanos. No passado, os achava intrigantes. Gosto de coisas que ainda precisam ser compreendidas. — Ela inclina a cabeça. — Mas então percebi que não havia mais nada para aprender sobre eles. Humanos são limitados. Repetem os mesmos erros século após século. Você pode não enxergar isso, mas estou protegendo o Infinito de sua crueldade.

— Nem todo humano é cruel — argumento.

— E nem todo Residente. Ainda assim, os humanos nos desprezam desde que eu cheguei.

Franzo a testa.

— Vocês... tentaram coexistir?

— Eu tentei. Aqueles que sabiam o que eu costumava ser me tratavam como uma doença, e os que vieram antes pensavam que eu era uma aberração. Eu podia controlar este mundo com muita facilidade, e eles tinham medo de mim, me viram como algo que precisava ser controlado. Eu tentei argumentar com eles, mas... — Seus olhos pretos parecem distantes. — Como eu disse, humanos não mudam.

Não sei ao certo o quanto do que ela diz é verdade. Mas o que ela ganha ao mentir? Nunca vou ser capaz de saber o que de fato aconteceu sem ver as memórias dos humanos que viveram antes da Primeira Guerra. Sem ver as memórias de *Ophelia*.

E a única forma de fazer isso seria através de uma Troca. Pessoalmente.

Tudo que tenho é a escolha de acreditar ou não nela.

Fecho os olhos e penso na minha própria verdade.

— Não quero te controlar. Nunca quis — digo.

E, enquanto minha mente se afasta das sombras de Ophelia, ouço a voz dela:

— Para o azar dos humanos, eles estão sempre mudando de ideia.

34

A Lua de Sangue acontece no Distrito de Outono, na Casa da Colheita. Enquanto o Distrito de Verão é conhecido pela arte, aqui o apreço principal é a comida.

A entrada da mansão está adornada com folhagens, brilhando em dourado e vermelho. Velas flutuam no ar, iluminando o caminho até os fundos da casa, onde a dança já começou. Perambulo pelo salão, sorrindo gentilmente para qualquer pessoa que me ofereça seus cumprimentos, e me vejo extasiada pela melodia de uma harpa próxima.

A extravagância praticamente escorre de cada cômodo. Buquês dourados estão pendurados nas paredes, como tesouros cintilantes contra a superfície vermelho-vinho. O teto está ladrilhado com lindas pinturas das muitas florestas que a Vitória possui, e, observando-as mais de perto, percebo que cada ladrilho se transforma em intervalos alternados, exibindo uma nova pintura em seu lugar. Velas dançam abaixo deles em sincronia com a música, fazendo a luz magicamente oscilar pelas paredes.

O Príncipe Caelan está parado perto da lareira, conversando com Vallis e vários Residentes que parecem quase tão majestosos quanto ele. Sua capa de pelos brancos adquire um tom de dourado à luz das chamas, e hoje ele veste uma túnica bordada com flores.

Um criado humano aparece com uma bandeja de tortinhas de mel e um outro entrega taças de vinho cheias de um líquido roxo-escuro. Eles estão vestidos em tons adequados ao Distrito de Outono. Olho para o rosto dos criados, em busca da garota do palácio, mas não a encontro. Não sei se conseguirei achá-la aqui: a Casa da Colheita tem seus próprios criados, diferentes daqueles do palácio. Mas toda a corte do Príncipe Caelan está aqui. Se eu tiver sorte, ele terá trazido alguns de seus criados também.

Um Residente vestindo um terno cor de bronze e um adereço de cabeça elaborado está parado na frente das portas abertas das varandas, segurando um drinque firmemente em sua mão. Depois de anunciar o início do banquete, ele convida todos a se sentarem no jardim sul. Como formigas seguindo seu líder, todos vão até a área externa.

Olho ao redor rapidamente, me perguntando se seria melhor ficar fora de vista até depois do jantar. Não estou exatamente preparada para conversas durante a refeição.

— Você veio — diz o Príncipe Caelan, aparecendo ao meu lado de forma perfeitamente harmônica.

Faço uma reverência e então ergo o tronco novamente até estarmos no mesmo nível.

— Vim — é a única coisa que consigo pensar em dizer.

Cada vez que alguém passa por nós, lançam um respeitoso aceno de cabeça para o príncipe. A maioria não parece me dar qualquer atenção, mas alguns permitem que seus olhos repousem sobre nós por um momento um pouco longo demais.

Imagino que atrair a atenção do príncipe não seja algo que eu seria capaz de manter desapercebido por muito tempo.

O Príncipe Caelan se inclina, e sinto o aroma de pinheiros.

— Não é tarde demais para escapar — ele diz com um sorriso. — Eu não te culparia. A única coisa em que consigo pensar desde que esse festival começou foi em sair por aquela porta. — Ele faz uma pausa. — Apesar de agora eu não estar mais com tanta pressa de partir como estava um momento atrás.

Eu me permito sorrir com seus flertes, como presumo que deveria.

— Seria falta de educação ir embora antes do banquete — comento.

Seu riso é silencioso e contido, dirigido apenas a mim. Ele ergue um cotovelo, oferecendo um braço. Eu o aceito, nervosa, caminhando a seu lado pelas portas da varanda rumo ao jardim.

Fileiras de mesas se estendem ao longo da grama aparada, postas com louças de porcelana e travessas repletas de carne assada, tortas brilhantes, tubérculos com mel e castanhas apimentadas. Frutas maduras preenchem cada espaço vazio e à frente de cada assento há um alto cálice de cristal cheio de um líquido quente.

E à frente do banquete está uma mesa que se estende na direção oposta das demais. Um trono esculpido em carvalho está situado no centro.

O príncipe me leva a uma cadeira vazia ao lado da dele e eu me esforço para evitar que meus olhos se arregalem.

— Vossa Alteza quer que eu me sente *aqui*? — pergunto, maravilhada demais para manter minha voz estável. — Tem certeza de que não há problema?

Príncipe Caelan ri suavemente, concordando com a cabeça enquanto assume seu lugar no trono.

Eu me sento, desconfortavelmente ciente de que alguns Residentes começaram a me encarar, boquiabertos. Estando pronta ou não para este mundo, acho que agora não tem mais volta.

— Comandante Kyas — diz Caelan, de súbito, e arregalo os olhos com a surpresa.

Parado à nossa frente está o Comandante da Legião da Vitória. Com cabelo ruivo-escuro penteado para trás e uma barba sutil, seus olhos brilham em um tom de azul profundo e seu uniforme está perfeitamente engomado.

— Alteza — diz ele, se curvando. — Peço desculpas pelo atraso.

— Espero que nossos novos guardas tenham se instalado. — Caelan ergue seu cálice, acenando brevemente para um Residente próximo de nós que lhe faz uma reverência.

O Comande Kyas responde com um aceno obediente de cabeça.

— Sim, já se instalaram. Está tudo como Vossa Alteza requisitou.

— Ótimo — diz Caelan, tomando um gole. — Gostaria de fazer uma visita à Fortaleza de Inverno amanhã para conhecer os novos recrutas.

Tento não parecer interessada.

— Como quiser, Alteza — diz o Comandante Kyas, sem nunca encontrar meus olhos.

Fico aliviada. Se ele me pegasse o encarando, talvez fosse capaz de ver a verdade em meu olhar: que sei que ele é um traidor... tal qual eu mesma.

Príncipe Caelan faz um gesto com a mão para dispensar seu guarda, que se senta na ponta da mesa principal. Vallis já está sentado ao seu lado, se espremendo desconfortavelmente na cadeira e com o rosto mais enrugado do que nunca. Ele murmura alguma coisa para o Comandante Kyas; algo desagradável, a julgar pela expressão no rosto do guarda. Uma segunda harpa começa a tocar na varanda e desvio minha atenção deles, distraída.

Criados aparecem de uma só vez, servindo comida em cada prato, enchendo cálices e sorrindo educadamente com seus olhos vazios e assombrosos. Ignoro meu instinto natural de agradecer quando um deles serve meu prato com carne e torta, mas meus olhos deslizam para o rosto da garota.

A garota do palácio.

Ignoro a súbita palpitação no meu peito e cerro os lábios, mantendo os olhos fixos nela mesmo quando se dirige graciosamente até outra mesa para servir mais Residentes.

— Você já ouviu a história da Lua de Sangue? — o Príncipe Caelan interrompe meus pensamentos, e sei que preciso escolher entre manter os olhos na garota e continuar esse jogo com o Príncipe da Vitória.

Sorrio.

— Nunca contada por Vossa Alteza — respondo.

Divertindo-se, ele estreita os olhos.

— Dizem que, depois do Primeiro Amanhecer, quando a Rainha Ophelia chegou ao Infinito, a lua desapareceu por vinte e três dias. Durante esse período, ela perambulou por esta terra infinita, tentando se transformar em uma parte dela. Mas os humanos não a aceitavam. Eles disseram que sua existência havia tomado algo do mundo; que sua própria essência lhes havia custado a lua. Sem querer passar sua vida infinita sozinha, ela se transformou em uma criadora e trouxe quatro filhos a este mundo. Na noite em que os príncipes nasceram, a lua retornou ao céu, vermelha como a cauda de uma fênix nascida das chamas. Então a Lua de Sangue, como você pode ver, é uma celebração da vida.

Eu me inclino em sua direção, erguendo uma sobrancelha.

— Parece que também é seu aniversário.

— Sim. Seria de se esperar que eles fizessem mais estardalhaço por isso — diz ele, bebericando de seu cálice.

Não consigo evitar: eu rio. Quando me lembro de quem sou e com quem estou, tento me distrair enfiando torta na boca e mastigando até que minha mandíbula doa.

Príncipe Caelan repousa seu cálice na mesa, com um sorriso ainda puxando os cantos de sua boca.

A refeição dura bem mais do que eu havia esperado, especialmente considerando que a comida é mais uma tradição do que uma necessidade, mas finalmente os criados retornam para limpar os pratos, e a maioria dos Residentes volta para dentro da mansão para beber e dançar mais.

Eu me levanto juntamente com o Príncipe Caelan. Ansiosa, meus olhos correm pelo jardim, procurando pela garota do palácio, mas não consigo encontrá-la.

Vallis está parado a vários metros de distância, com os olhos focados no Comandante Kyas, que conversa com vários Residentes no outro lado do jardim. E então, como se tivesse perdido a paciência, Vallis marcha até o Comandante e sussurra em seu ouvido. Kyas faz uma mesura, pedindo desculpas para os Residentes com quem conversava, depois ele e Vallis desaparecem em meio ao labirinto de arbustos.

Caelan olha para mim e eu finjo estar ocupada admirando as decorações de outono em vez de levantando suspeitas sobre o que Vallis e seu comandante estão tramando.

O príncipe abre a boca para falar, mas sua atenção é desviada por um Residente com cabelo da cor de areia trançado em um penteado elaborado. Ele quase parece deslocado ao lado dos outros convidados, vestindo um simples terno verde de seda e uma quantidade sutil de ouro espalhada por suas bochechas.

— Alteza — o Residente se curva em uma reverência, pressionando uma mão contra o coração ao mesmo tempo. — O Príncipe Lysander envia seus cumprimentos.

Lysander. Será que esse Residente é da Morte?

— É uma surpresa vê-lo aqui — admite Caelan. — Meu irmão normalmente prefere enviar mensagens via aérea só para evitar ter de enviar alguém de sua corte.

— Sua Alteza abriu uma exceção devido à Lua de Sangue — sua voz é como veludo. — E a Morte lhe trouxe um presente.

— Entendo. — A expressão de Caelan não revela nada. — Dê-me licença por um momento — ele diz para mim, dando passos cuidadosos pela grama aparada com o Residente de trajes verdes antes de desaparecer nos jardins.

Annika talvez prefira que eu escute a conversa deles para descobrir mais sobre a Morte e seus experimentos, mas essa pode ser minha única oportunidade de procurar a garota do palácio.

Na última vez que tentei encontrá-la, tudo foi por água abaixo. Eu estava nervosa e despreparada, e com medo do que havia visto no porão. Não fui corajosa o suficiente e perdi minha chance.

Não vou deixar isso acontecer de novo.

Eu me dirijo para as portas da varanda, entrando novamente na Casa da Colheita. É fácil se perder em meio à multidão, com tantos casais rodeando uns aos outros em uma dança hipnótica. Eu me mantenho nas extremidades do salão e, quando encontro o momento certo, viro na galeria mais próxima, vasculhando os corredores em busca de qualquer sinal de humanos.

Desço as escadas até o andar inferior, onde um criado se vira para mim com os olhos vazios.

— Como eu poderia lhe ser útil? — pergunta ele, sem emoção.

Passo por ele e desço a próxima escadaria até chegar a uma área de descanso com uma lareira crepitante. Três motoristas humanos estão parados perto da parede oposta, e voltam sua atenção para mim quando me veem. Seus braceletes de prata possuem pedras escuras no centro.

— Como eu poderia lhe ser útil? — perguntam todos eles em uníssono.

Sinto um frio na espinha e tremo diante da cena. Vou até o próximo cômodo, o desespero começando a subir pela garganta, e passo por criado após criado, todos fazendo a mesma pergunta robótica, com o mesmo olhar sem vida.

Suas palavras esmurram meu crânio. Então percebo que elas se tornaram um coro. Um *alarme*.

— Como eu poderia lhe ser útil? — a frase ecoa pelo cômodo, de novo e de novo, até que eu saio correndo escadaria acima e de volta ao corredor, com a respiração ofegante.

Alguém agarra meu pulso e me puxa na direção de uma das paredes afastadas. A garota do palácio está me encarando com olhos apavorados, implorando por alguma coisa que só posso presumir ser minha ajuda.

Ela pega minha mão e a aperta, arregalando os olhos, apesar de a emoção não chegar a alcançar o resto de seu rosto.

Ela está *consciente*.

— O que foi? — pergunto, apressada. — O que você está tentando me dizer?

A garota aperta minha mão outra vez, sem nunca piscar.

— Eu não entendo — digo, retribuindo o aperto. Então, ansiosa pelo tempo que não tenho, pergunto: — Você sabe alguma coisa sobre os prisioneiros na Fortaleza de Inverno? Seria possível enviar uma mensagem para alguém? Para um homem chamado Martin?

A cabeça da garota vira bruscamente para o lado, então ela está correndo pela galeria e só restam eu e o som fraco de passos em outro corredor.

Abro minha palma. Meu coração acelera quando vejo o pedaço amassado de papel que ela deixou na minha mão.

Desdobro as pontas e tento decifrar a palavra rabiscada quase ilegível. Mas eu traço cada letra cuidadosamente, tentando entender a caligrafia trêmula, até que eu a vejo.

Uma palavra, escrita em tinta preta.

Ouça.

Enterro o bilhete no bolso e volto para o festival, me perguntando o que isso significa.

35

Os Residentes se movem pelo jardim até as margens de um pequeno lago, onde param com lanternas vermelhas nas mãos antes de soltá-las no céu noturno, escuro e sem lua.

De uma só vez, a visão de esferas vermelhas e brilhantes toma os céus como gotas de tinta em uma tela preta. Vários Residentes vestidos com robes dourados começam a cantar. Suas vozes são como vidro e mel, ressoando pela água como fantasmas recentes prontos para assombrar.

Observo as lanternas de uma das pequenas colinas lá perto, pensando no papel guardado no meu bolso, mas também maravilhada pela beleza do céu.

As lanternas continuam sua lenta ascensão, o brilho do fogo em seu interior transformando seus tons de carmim a cereja.

A canção dos Residentes continua lá embaixo, enquanto todos mantêm os rostos voltados para o céu. Eu o vejo na multidão, com sua capa de pelagem branca e coroa prateada. Ele parece tão distintamente deslocado ao lado dos outros, e não por causa de sua majestade. É a expressão em seu rosto.

Ele é uma peça que não pertence ao conjunto.

Assim como eu.

Quando a música termina, Príncipe Caelan ergue as mãos para o céu, e todas as lanternas se consomem em chamas. Crepitando com brasas de um laranja vívido, o papel estala e se dissolve, transformando-se em cinzas até que não haja mais qualquer sinal das lanternas vermelhas.

Então a lua aparece no céu, redonda como uma moeda e vermelha como sangue.

É como se o mundo caísse em silêncio. A água fica imóvel, o vento desaparece, e nenhum Residente se move.

O tempo não existe.

O refrão recomeça, e o Príncipe Caelan dá as costas para a água, caminhando de volta para a Casa da Colheita.

Acho que ele não estava brincando quando disse que preferia ficar sozinho a participar do festival.

Desço a colina e volto para o pomar de macieiras, sentindo as folhas de outono se partirem suavemente sob meus pés. O ar está um pouco adocicado: uma mistura de frutas e tortinhas de amora que foram distribuídas depois da refeição. Estou me perguntando se devo ir embora antes da próxima rodada de comida quando vejo o Príncipe Caelan debaixo de uma das maiores macieiras. A capa de pelos foi removida, revelando o tecido brilhante de sua túnica.

Eu me aproximo dele com cuidado, sem me esquecer de fazer uma reverência quando paro ao seu lado.

Ele não olha para mim; seus olhos estão fixos no mundo acima de nós.

— Você já olhou para o céu e se perguntou o que o Infinito pode ser algum dia?

Sigo seu olhar enquanto uma estrela brilha no céu. Uma colaboração de memórias humanas, nenhuma perfeita o suficiente para colocar as estrelas em seu devido lugar. Caelan não consegue ver as estrelas; para ele, o céu é apenas escuridão. Mas também é cheio de potencial.

Nós dois temos a capacidade de enxergar a beleza, mesmo que nossa compreensão sobre ela seja diferente.

Talvez o mundo possa ser assim também. Uma mistura de ideias. Um lugar onde todos possamos existir.

Mordo a língua. É melhor que alguns pensamentos fiquem escondidos nas profundezas, esperando que o tempo os faça desaparecer. Outros imploram para serem levados até a luz.

Seria um erro sugerir a Caelan o que Ophelia acredita ser impossível?

Volto os olhos para o horizonte escuro.

— O que *você* quer que o Infinito seja?

Ele abaixa o rosto um centímetro.

— Um lugar de infinitas possibilidades — responde.

— Você governa uma corte inteira — digo. — Não seria isso algo que você já possui?

— A Rainha Ophelia vai encontrar um jeito de fazer do Infinito tão infindável quanto seu nome. Um dia nossa corte será ainda menor do que já é — observa o Príncipe Caelan, talvez mais para si mesmo do que para mim. — Há muitas outras coisas lá fora. Muito mais *vida*. O mundo vai mudar; tenho medo de ficar para trás. — Ele se vira para mim, uma covinha aparecendo em seu rosto. — Você deve me achar egoísta por criticar minha própria corte em vez de aceitá-la.

— Nem um pouco — digo. — Só estou tentando entender o que você poderia querer que a Vitória já não ofereça.

— A Vitória é uma celebração que nunca termina. Estou cansado disso. Estou cansado de não poder cruzar os limites que foram criados para mim.

— Você está cansado da sua prisão — digo suavemente. Assim como os humanos. Assim como a Colônia.

Fundamentalmente, nós queremos a mesma coisa.

Então por que não podemos ficar do mesmo lado?

— Não podemos sonhar novas ideias ou seguir um caminho que ninguém nunca seguiu antes. — Ele balança a cabeça. — Por mais que tentemos criar, ainda estamos à mercê dos humanos. Eles imaginam o que não podemos. Sua essência é o que mantém o mundo nos eixos. E jamais teremos verdadeira liberdade, até que sejamos tão ilimitados quanto a consciência humana.

Faço uma careta. O que ele está pedindo... não sei se é algo que os humanos podem dar aos Residentes, mesmo se quiséssemos. Porque nós não criamos suas limitações. Não fomos nós que os impedimos de sonhar.

E se a única forma de ele conseguir o que deseja seja a Morte descobrindo uma forma de fazer isso?

Hesito antes de perguntar:

— Você acredita que livrar este mundo dos humanos é a única solução?

Caelan me lança um olhar intrigado, erguendo os ombros.

— Não é como se coexistir fosse possível.

Ophelia disse que ela tentou, há muito tempo. Mas como era a coexistência para ela? E o que estava disposta a sacrificar para tê-la?

Mesmo famílias fazem concessões para viver em paz. Talvez com as regras certas — com as pessoas certas dispostas a liderar — poderíamos todos tentar novamente.

Talvez a mudança precise começar com pessoas de ambos os lados corajosas o bastante para tentar.

— Mas e se *for* possível? — pergunto com uma voz gentil. — Se é a essência humana que mantém este mundo nos eixos, e se... e se eles também pudessem encontrar um jeito de nos libertar?

Não sei se é possível, ou se os humanos algum dia seriam fortes o bastante para fazer algo do tipo. Mas e se pudéssemos trocar seus sonhos por paz? E se trabalhar juntos pudesse libertar *todos* nós?

Caelan se vira, com um olhar severo, e temo ter ido longe demais.

— Depositar tanta fé nos humanos seria um grave erro. Basta olhar a história deles para obter a prova. Mesmo convivendo entre si por muitos séculos, eles nunca aprenderam a respeitar uns aos outros por suas diferenças. Eles permitem que seus iguais sofram por causa de seu gênero, por sua capacidade e pela cor de sua pele.

Eles se preocupam mais em estarem certos do que em serem verdadeiramente gentis; ainda assim, eles também usam a gentileza como uma desculpa para permanecerem na ignorância. Eles são intolerantes a opiniões diferentes. E, quando a intolerância cresce, eles se voltam para a guerra. — Ele ergue o queixo. — Eles jamais nos veriam como iguais; jamais nos deixariam ser livres de verdade. E estou cansado de existir em uma prisão.

Volto a olhar para as estrelas. Ele soa tanto como Ophelia. Será que humanos são realmente tão irremediáveis?

Se eu não posso mudar a opinião de Caelan — o único Residente que conheço que parece querer que este mundo seja *melhor* do que é —, então quem vai me ouvir?

Não consigo fazer isso sozinha. A esperança deve ser compartilhada. Do contrário...

Do contrário, ela morre.

— Você acredita que podemos coexistir? — pergunta ele, de repente.

Movo os pés, pensativa.

— Acredito que todos têm o potencial de aprender, especialmente em um lugar onde a imaginação e o tempo podem ser infinitos. — Não é uma justificativa para o fato de que humanos sempre foram cruéis uns com os outros. Mas talvez na morte os humanos possam aprender o que nunca conseguiram em vida. Talvez até mesmo as pessoas más. — Eu acredito na esperança.

— E você confiaria neles? Depois de tanta guerra e dor, você confiaria neles para viver ao nosso lado? Para nos dar a liberdade de sonhar?

— Confio na possibilidade. E acho que você acredita em um mundo melhor tanto quanto eu. — Faço uma pausa cautelosa, tomando fôlego. — Mas, principalmente, acredito que, se houver uma forma de tornar a coexistência possível, você seria a pessoa capaz de realizá-la.

O Príncipe Caelan fica em silêncio por um longo tempo. Nossa respiração e o assovio das folhas são os únicos sons ao nosso redor.

— Você realmente pensa assim? Ou você só está me dizendo o que acredita ser o que quero ouvir? — ele pergunta suavemente, a preocupação estampada em seus olhos.

Eu me pergunto com que frequência as pessoas são honestas com ele. Eu me pergunto com que frequência ele anseia por isso.

Encaro seus olhos prateados e enterro minha traição dentro do peito o mais fundo possível. Meu rosto é uma mentira, e talvez eu tenha motivos ocultos para estar aqui, mas minhas palavras? Minha voz?

Essa é minha maior força. Talvez agora mais do que nunca.

Sustento seu olhar, sem jamais desviar.

— Digo isso com todo o meu coração, Alteza.

Seu sorriso é tão puro que tenho medo de que seja minha ruína.

36

— E ela não disse nada? — pergunta Ahmet, colocando o bilhete amassado sobre a mesa à sua frente.

Faço que não com a cabeça.

— Acho que ela não conseguia falar. Parecia difícil para ela até colocar isso pra fora. — Gesticulo na direção da palavra. — Ainda não sei ao certo o que "ouça" significa.

Theo franze o nariz.

— Você tem certeza de que é isso que está escrito?

— Eu meio que consigo enxergar. — Shura estreita os olhos diante do pedaço de papel. — Definitivamente tem um *u*. E talvez um *a*.

Annika anda de um lugar para o outro atrás deles, com os braços cruzados na frente do peito, séria. Ela mal disse uma palavra desde que eu lhe falei sobre a criada estar consciente. Desde que lhe mostrei uma *prova*.

Olho para Theo como se pedisse desculpas.

— Não tive uma chance de descobrir se havia mais humanos como ela, ou se mais alguém recuperou a consciência.

Ele assente de leve com a cabeça, entendendo que estou falando de Martin.

— Como nós nunca tivemos provas de humanos acordando antes? — Ahmet olha para Annika, com sobrancelhas franzidas. — É possível que tenhamos deixado passar alguma coisa?

Ela cerra os lábios.

— Não sei se gosto da ideia de termos deixado passar uma coisa assim tão significativa — diz. — Estou mais inclinada a acreditar que essa garota é um caso isolado; talvez ela só tenha fingido tomar a pílula, ou talvez a consciência dela tenha conseguido se adaptar de forma diferente.

— Ela não estava fingindo. — O instinto de protegê-la percorre meu corpo, fazendo meus ombros ficarem tensos. — Dava pra ver o esforço dela para se libertar do que os Residentes fizeram com ela, o que quer que tenha sido. E, se ela conseguiu acordar, nós *temos* que presumir que é possível que outros humanos façam o mesmo. — Meu olhar segue Annika enquanto ela se move atrás da mesa. — Nós precisamos fazer alguma coisa para ajudá-la.

Ela para de andar e se vira para me encarar.

— Não podemos fazer nada sem mais informação. Um bilhete com uma palavra quase ilegível não serve de muita coisa.

— Mas é alguma coisa — observo, insistente. Prova que eu estava *certa*.

— Sim. Mas não é o suficiente. — Antes que eu possa argumentar, ela inclina a cabeça. — Nós faremos o que pudermos para descobrir mais sobre humanos acordando, mas não às custas de prolongar esta guerra.

Alguma coisa se quebra na minha voz, arranhando minha garganta quando pergunto:

— Você não vai ajudar ela?

— Não foi isso que eu disse — Annika rebate com um suspiro. — Mas ela não é a única humana que precisa da nossa ajuda, Nami. E, agora, a melhor forma de ajudá-la, de ajudar todos nós, é focar na sua missão. — Ela espera enquanto eu digiro suas palavras como uma fruta ainda verde. — Você conseguiu tirar alguma coisa do príncipe? Alguma coisa que pudesse ser útil?

— Não, mas… — hesito, pensando se estou pronta para dizer a eles que o Príncipe da Vitória falou em coexistência. Uma única conversa pode não ser o bastante para convencê-los de que ele estava falando sério. Talvez não tenha sido o bastante para convencer Caelan também.

Preciso de mais tempo com ele.

— Acho que, se nós arranjarmos outro encontro, posso conseguir fazer mais perguntas — concluo. Talvez eu consiga fazer mais perguntas sobre a garota também.

— Você voltou — diz Ahmet subitamente.

Olho para trás e vejo Gil parado na porta, com um pedaço de tecido marrom dobrado nas mãos.

— E então? — Ahmet parece estar prestes a se estilhaçar, congelado de suspense.

Gil atravessa a sala e coloca o tecido sobre a mesa diante de si.

— Funciona.

Ahmet fecha os olhos como se estivesse fazendo uma oração, e a sala fica imóvel. Depois de um momento, ele se levanta e coloca uma mão sobre o ombro de Gil.

— Alguém te viu?

— Não — responde Gil firmemente. — Yeong está lá agora, mantendo as coisas sob controle. Mas é melhor você se apressar; logo vão começar a procurar por ele.

Procurar por ele. Posso ver a jaula de vidro tão nitidamente como se estivesse na minha frente neste exato momento.

Isso quer dizer que há alguém lá dentro?

Dou um passo na direção de Gil, ouvidos zumbindo de preocupação.

— O que tá rolando? Vocês…

— Não é nada que você precise saber por enquanto — interrompe Gil, evitando olhar na minha direção. Talvez estejamos fadados a ser como ímãs de cargas opostas, repelindo um ao outro sempre que chegamos perto demais.

Mas eu já sei sobre a escotilha. Por que capturar um Residente é de alguma forma um assunto confidencial?

— Gil tem razão — corta Annika, afiada, suas palavras repartindo a tensão ao meio. — Agora você precisa se concentrar em fazer com que o Príncipe Caelan confie em você. Quero que procure informações sobre a Esfera. Seja o mais sutil que puder. Mas seja lá o que o príncipe revele, precisamos ficar sabendo.

Ahmet tem a cara de quem acabou de vislumbrar um outro mundo através de um véu. A cara de quem viu o futuro. Quando ele fala, sua voz crepita com anseio:

— Se isso funcionar… Se nós formos capazes de destruir a Esfera... — Ele olha para Annika com olhos brilhantes.

Ela pega a mão dele e a aperta.

— Eu sei.

A esperança de ambos ricocheteia pela sala, irrefreável. Mas não compartilho do sentimento; consigo perceber pela forma como suas expressões flutuam como se seus corações estivessem cheios de hélio, enquanto o meu parece preso ao chão pela culpa e pela vergonha.

Não vai fazer diferença quanto tempo eu tenho com o Príncipe Caelan se a Colônia continuar insistindo nesse caminho. Se eles avançarem, não vai haver mais volta.

Preciso dizer alguma coisa antes que seja tarde demais.

Fecho os olhos e conto até três.

— Se nós destruirmos a Esfera, todos os Residentes vão morrer. — Quando abro os olhos novamente, todos estão me encarando.

— Os Residentes são um vírus. Um vírus que pretendemos varrer do mundo completamente — diz Annika, resoluta.

— Mas e se houver outro jeito? — deixo escapar, sentindo a chama da desconfiança sobre mim. — E se pudermos dialogar com o Príncipe Caelan?

Gil flexiona os dedos como se estivesse se preparando para uma luta.

Olho para ele, séria.

— Se pudermos recuperar o Infinito sem derramar sangue, não deveríamos ao menos tentar?

— Parece que quanto mais tempo você passa com os Residentes, mais você começa a soar como se estivesse do lado deles — acusa Gil.

— Se querer paz faz eu soar como uma Residente, então talvez você precise pensar sobre o que os Residentes são de verdade. — Meus olhos encontram os outros. — Eu quero ajudar, não ser responsável por um massacre. Eu sei que há Residentes ruins nesse mundo, mas havia humanos ruins muito antes de eles existirem. E se os Residentes imitam os humanos, eles não estão apenas reproduzindo um comportamento aprendido?

— O que você está sugerindo? — Annika estreita os olhos.

— Que nós os ajudemos a se libertar do ódio — digo. — Porque os Residentes só podem conhecer o que nós mostramos a eles. Então por que não ensinamos a eles o que os humanos nunca conseguiram aprender? Por que não mostramos a eles que é possível coexistir?

Eu o sinto imediatamente: o ressentimento deslizando pela sala, me atacando como um animal selvagem. E eu sei que falei demais. *Confessei* demais.

— Por que você está agindo como se nós fossemos o inimigo? — Shura pergunta de repente, a mágoa se manifestando em seus olhos. — Você sabe o que foi preciso para chegarmos assim tão longe? Você tem alguma ideia?

Engulo o nó na garganta, com medo de encará-la, mas sabendo que preciso.

— Eu não acho que vocês sejam o inimigo. Nem um pouquinho. Mas não entendo como destruir uma espécie inteira pode ser a decisão certa.

— Eles não são *reais* — diz Theo, entredentes. — Os Residas não estão nem aí se nós sofremos. Ou *como* sofremos, por falar nisso. Eles não nos querem aqui, e vão fazer tudo que puderem para garantir que *eles* se livrem de *nós*.

— Mas se nós pudermos convencer os Residentes a tentar algo que nunca foi feito antes… — começo.

— Não temos tempo pra isso — interrompe Theo, com o rosto vermelho. — Nesse exato momento, eles estão tentando descobrir como eliminar os humanos do Infinito de vez. E o que acontece se eles conseguirem? O que acontece com o meu irmão se eles decidirem enviá-lo para a Morte em vez da Fortaleza de Inverno?

— Mas e se eu puder falar com o Príncipe Caelan? E se eu puder convencê-lo a…

— Os Residentes são monstros — rosna Shura, furiosa. Furiosa *comigo*. — Você não pode convencê-los. Você não sabe como eles realmente são.

— Vocês não conhecem o Caelan como eu conheço. Ele não é um monstro — digo, desesperada. — Ele acredita em um mundo diferente. Um mundo *melhor*. Ele só precisa que alguém lhe mostre o caminho.

— Você está falando sério? — grita Theo. — Ele é o *vilão*! Foi ele quem mandou um homem para a Morte para ter sua consciência arrancada do corpo. Foi ele quem jogou meu irmão na Fortaleza de Inverno para ser torturado. É ele quem quer nos atrair para fora do nosso esconderijo para se livrar de nós para sempre. Porque ele nos quer *mortos*. Ou você tem se divertido tanto dançando com o príncipe que já se esqueceu?

Cubro a boca. Annika coloca uma mão sobre as costas de Theo, acalmando-o.

— Você é minha amiga — diz Shura suavemente —, mas você está agindo como uma verdadeira idiota agora.

Lágrimas enchem meus olhos. Eu me afasto da mesa, passando por Gil e cruzando a porta.

Estou na metade do caminho até o elevador quando sua voz me para:

— Belo discurso.

Dou meia-volta, com as bochechas molhadas de lágrimas.

— Me deixa em *paz*.

Gil para a um passo de distância.

— Você disse que entendia nossa causa.

— Mas eu entendo — digo. — É por isso que eu me importo o suficiente para apontar que existe um jeito melhor de vencer essa guerra.

Ele estreita os olhos.

— Você está jogando um jogo perigoso.

— Estou jogando o jogo que vocês estão me *fazendo* jogar.

— Ninguém te pediu para começar a gostar do Príncipe da Vitória.

— Eu não gosto dele. — Minha voz vacila, apesar do meu olhar duro. — Mas ele não é o que vocês pensam que é.

— Annika acha que ele está encantado por você. Talvez você esteja encantada por ele.

— Você é um babaca.

— Você é ingênua.

— Qual é o seu problema? — pergunto, diminuindo a distância entre nós. — Ter seu desejo realizado não é o suficiente?

Gil recua, confuso.

— Do que você está falando?

— Você queria que todo mundo me odiasse desde o começo, e eu basicamente te dei isso de bandeja.

— Eu não queria isso.

— Ah, não? Você está dizendo pra todos que não podem confiar em mim há meses — argumento. — Você fez com que fosse impossível a gente treinar juntos. E toda vez que eu acho que a gente pode estar de fato se entendendo em um nível básico, você dá meia-volta e começa a me desprezar de novo. Então o que mais você *quer*?

— Eu quero que você não se machuque! — ele grita de repente, e suas palavras bagunçam meu cérebro.

Meus olhos vão de um ponto a outro, pensamentos perdidos em algum lugar que não consigo alcançar. Mal posso ouvir qualquer coisa além do meu próprio coração.

Ele desvia o olhar.

— Você não enxerga como esse mundo é perigoso. Não de verdade. Tudo está em risco, o tempo todo. E você... você é um risco que eu nunca quis ter que assumir.

Sinto que estou a milhares de quilômetros do meu próprio corpo.

— Você complicou o plano. Você complicou *tudo*. — Ele balança a cabeça, desviando o olhar. — O que acha que um príncipe Residente vai fazer com você se descobrir quem realmente é? Que você é uma espiã humana procurando uma forma de destruir a Esfera? — Seus olhos retornam aos meus. — Você acha que aí ele vai se transformar em um monstro?

— Eu... — Minha voz vacila e eu desvio os olhos, fixando-os no chão. — Eu não sei.

Gil enrijece.

— Você pode não querer jogar o jogo, mas vê se pelo menos entende as regras.

Ele vai embora, me deixando na plataforma com lágrimas meio secas e sentimentos que não sei processar.

37

Finn está diferente de como eu me lembro. Seus olhos são mais cinza do que verdes e ele está mais alto. Ele sempre foi tão alto assim?

— Fiz uma nova playlist. A Ocarina de Timão e Pumba — diz ele, sorrindo.

— Ei, Ophelia — digo, parada na frente dele. — Você pode fazer uma cópia da playlist do Finn no meu celular?

Mas Ophelia não responde.

— Você deveria ter me beijado quando teve a chance — minha voz sai da boca de Finn.

Franzo a testa. Tem algo errado. Ele não parece Finn. Ele parece...

O cinza em seus olhos brilha como prata.

— Ouça — diz Príncipe Caelan, inclinando a cabeça.

— Ouvir o quê? — pergunto, tentando entender por que ele está ficando mais alto a cada segundo.

Será que estou encolhendo?

Ouça, ele sussurra.

Não, não estou encolhendo. Estou caindo em meio às estrelas e no vazio da mente de Ophelia. Tudo brilha como fogos de artifício, cor-de-rosa e roxo e amarelo e azul, e então não há nada. Grito por ajuda, mas só encontro silêncio.

Pisco e me vejo parada na frente da Rainha Ophelia e seu olhar escuro, puro e denso. Não tinha a intenção de chamá-la, mas ela respondeu mesmo assim.

— Você achava que podia se esconder de mim para sempre? — ela pergunta, sua voz fria. — Eu sei de tudo. Eu *vejo* tudo.

— Você não pode ver o futuro. — Tento acalmar meu coração. — Você não sabe como essa história acaba.

— Você não entende? — Sua voz parece vir de todas as direções. — Acabou no momento em que você me procurou.

Ao meu redor, mil trancas se fecham. Eu procuro freneticamente por uma saída, mas não existe uma. Existem apenas sombras, e estou presa dentro da mente de Ophelia.

Dessa vez não há escapatória.

Acordo abruptamente, ofegando por ar frio. Outro pesadelo, mesmo depois de todo esse tempo.

Solto um grunhido, esfregando minhas têmporas como se quisesse me livrar das memórias. Tantas delas me parecem estranhas. Coisas que costumavam significar tudo agora não significam nada. Ainda vejo Finn, mas queria não ver. Ele não devia estar no Infinito. Ele não devia estar nos meus sonhos.

Às vezes acho que seria melhor se eu pudesse esquecer tudo que aconteceu antes de eu morrer. Para me livrar dos *lembretes*. Mas isso é muito parecido com tomar a pílula? Será que querer apagar suas memórias é como sacrificar uma parte de sua consciência?

Talvez seja possível fazer uma Troca reversa, em que, em vez de compartilhar pensamentos, uma pessoa pode esquecê-los por completo. Talvez eu até aceitasse fazer isso.

Uma Troca.

Uma ideia surge dentro de mim, vibrando para ganhar vida. Não sei como não pensei nisso antes, quando eu estava bem na frente dela e ela estava me implorando para *ouvir*.

Mas não é seguro ir sozinha. Não sem um véu. Não sem ajuda.

Saio do meu quarto às pressas, correndo pela passarela até chegar à sua porta.

Gil responde minhas batidas incessantes com uma expressão agitada.

— Nami? — Ele pisca, endireitando os ombros. — O que está fazendo aqui?

Logo percebo o inchaço em seus olhos.

— Achei que você não dormia — comento, espantada.

— Não durmo — rebate ele, passando uma mão pelo cabelo desgrenhado. — Geralmente não. Mas foi um longo dia. E às vezes… às vezes eu sinto falta de sonhar.

Faço uma anotação mental para me lembrar desse fato convenientemente omitido.

— Preciso de um favor — digo.

Ele faz uma careta, encostando um ombro no batente da porta.

— Estou ouvindo.

Olho ao redor, nervosa.

— Podemos conversar aí dentro, em particular?

Ele se afasta da porta, me convidando a entrar.

— Obrigada — murmuro, dando uma olhada rápida ao redor de seu quarto.

Está uma bagunça total. Tudo que costumava ficar sobre a mesa parece estar espalhado pelo chão, e a mesa está caída de lado, apoiada na parede.

— Você está fazendo uma reforma ou só teve um dia difícil? — pergunto, erguendo as sobrancelhas.

— Você veio aqui pedir minha ajuda ou julgar o estado do meu quarto?

— Desculpa. Vou direto ao ponto. — Faço uma pausa, respirando fundo. — Acho que descobri o que "ouça" quer dizer.

Gil não se mexe, mas sua curiosidade é visível na testa franzida.

— A garota do palácio. Ela estava tentando me dizer para fazer uma Troca. Ela queria que eu a ouvisse *mentalmente*, para que ela pudesse dizer o que sua voz não era capaz. — Eu o encaro, séria. — Preciso voltar ao palácio hoje. Preciso falar com ela.

Ele não parece convencido.

— Ela não podia ter simplesmente feito a Troca com você ela mesma?

— À força, igual a você? — pergunto, seca, e ele não reage. — Talvez a parte da consciência dela que a impede de falar também a impeça de começar uma Troca.

— Humm — ele murmura, incerto. — Trocas são uma forma de compartilhar informações, não de conversar. Podemos compartilhar imagens mentais, não palavras literais. Pode não haver nada para *ouvir*.

Penso em todas as vezes em que falei com Ophelia. Todas as vezes em que ela me respondeu.

— Talvez não seja assim pra todo mundo — digo. — Eu sou a única que consegue se parecer com uma Residente; talvez ser um conjurador ou um ocultador ou um engenheiro não seja uma ciência exata. Talvez essas habilidades sejam apenas uma base do que as pessoas conseguem fazer.

Esse tempo todo, estive preocupada que minhas habilidades me tornassem diferente de um jeito ruim, como se eu tivesse um defeito. Mas talvez alguns de nós devamos *sair* de caixas, em vez de nos encaixar nelas.

E não posso falhar com aquela garota. A Colônia não deixou dúvidas de que sua principal prioridade é destruir a Esfera; eles não vão mudar seus planos por uma humana. Talvez eu seja a única pessoa no Infinito que se importa com o que vai acontecer a ela.

Gil inclina a cabeça.

— Se você está me contando isso porque quer minha aprovação para sair em outra missão traíra, não conseguiu.

Dou de ombros.

— Não estou pedindo sua permissão. Estou aqui porque preciso que você me oculte, para que eu possa entrar nas dependências dos criados sem ser vista. — Ele abre a boca como se estivesse pronto para argumentar, mas eu não deixo. — Vai por mim, eu não pediria se não fosse importante. Da última vez fiquei preocupada que minha máscara de Residente fosse cair quando vi os rostos deles. — A memória se destaca na minha mente. Cerro os punhos para me impedir de tremer.

Gil ergue o queixo.

— Rostos de quem?

— Os Residentes mantêm os humanos em um porão quando não estão sendo usados, em um tipo estranho de hibernação — explico. — Acho que preciso procurar por ela lá primeiro.

— Eu já te disse que não vou arriscar a missão.

— Eu sei. Por isso estou te pedindo para me ocultar. — Quando ele não responde, acrescento: — Que fique bem claro, eu vou de qualquer jeito. Vocês todos já me disseram várias vezes que não sou uma prisioneira, e minha máscara vai me levar pelo menos até a porta da frente sem levantar suspeitas.

Seus olhos brilham, em chamas.

— Não gosto de ser encurralado, Nami.

— Eu também não, mas aqui estamos nós.

Gil não responde por um longo tempo. Então, finalmente, diz:

— Vou com você. Mas se houver qualquer sinal de encrenca, nós damos meia-volta na hora. Não vou arruinar nossas chances de obter a Esfera, não importa o quanto você queira salvar a garota.

Me esforço para não parecer entusiasmada demais.

Gil não terminou.

— Mas se você não a encontrar ou se essa sua teoria não se confirmar — seus olhos cor de mel perfuram os meus —, então você vai desistir dessa história toda.

Meu estômago afunda.

— Eu… eu não posso prometer isso.

— Você precisa — ele diz lentamente. — Porque eu não vou fazer isso outra vez, e você não pode continuar entrando no palácio sempre que estiver a fim de procurar criados. Você não é apenas alguém que pode se misturar aos Residentes. Você é favorecida pelo Príncipe da Vitória, o que significa que será reconhecida em todo lugar que for.

Olho para baixo, odiando o fato de ele estar certo. Odiando o fato de que ele está me oferecendo a mesma quantidade de opções que estou oferecendo a ele.

— Negócio fechado? — pergunta ele.

Faço que sim com a cabeça.

— Vou precisar de um pouco mais do que isso — diz ele. — Quero que você prometa que vai parar de procurar por ela.

A frustração sai de mim em um grunhido.

— *Tá bom.* Eu prometo, ok?

— Ok — ele responde, parecendo mais satisfeito do que deveria.

Gil se arma com várias facas — uma enfiada dentro da bota e mais duas no cinto — e seguimos pelo Túnel Norte, evitando cuidadosamente os ocultadores enquanto saímos.

O trajeto pelo Distrito de Primavera é um passeio em comparação ao Labirinto, mas nosso silêncio faz a tensão entre nós crescer como um balão, inchando e pronto para estourar.

Não falamos sobre sua confissão do outro dia. Uma parte de mim acha que ele queria poder retirar tudo o que disse. Posso não ser o risco que ele queria assumir, mas ele ainda está aqui comigo, me ajudando.

Acho que isso conta como alguma coisa.

Quando chegamos ao palácio, o céu está apenas começando a mudar para um tom pálido de índigo. A manhã não vai demorar a chegar, mas por enquanto o amanhecer silencioso é nosso aliado.

A entrada dos criados fica na lateral do palácio, situada em um nível mais baixo do que até mesmo as janelas mais baixas. Caminhamos pela grama, agachados apesar do véu. Um par de Legiões voa sobre nós, indo para o norte, na direção da Fortaleza de Inverno, mas Gil parece não se incomodar com o movimento. Digo a mim mesma que também posso ficar tranquila, mesmo que só consiga pensar em Martin e se ele sabe o que está acontecendo com ele agora.

Cruzamos a porta, ouvindo cuidadosamente em busca de sons atrás das paredes. Uma humana com cabelo loiro-avermelhado está parada na frente de uma das mesas, ajeitando flores recém-cortadas em um dos vasos. Nos movemos silenciosamente, invisíveis a seu olhar inconsciente.

Conduzo Gil até o porão e acendo as luzes. A claridade toma conta do espaço, e espero por um ruído de susto que nunca chega.

Porque o cômodo está completamente vazio.

Pisco, atônita.

— Não faz sentido. Havia centenas deles antes.

Gil não reage, mantendo a mão perto de suas facas.

Posso sentir a dúvida em seus olhos. Minha mente começa a balançar.

— Eu *vi*. Eles estavam parados em fileiras, e… — hesito. — Talvez ela esteja na cozinha. — Subo as escadas às pressas, afastando as mãos de Gil quando ele tenta me parar.

Ando pelas dependências dos criados rapidamente, checando atrás de cada porta, espiando cada corredor, mas não encontro a garota em lugar nenhum. E devo estar indo rápido demais para Gil nos ocultar confortavelmente, porque, quando estou quase na metade dos degraus até o palácio principal, ele sussurra meu nome mais alto do que é seguro.

Eu me viro e vejo a expressão preocupada de Gil. Ele não entende por que eu preciso disso; por que não posso deixar uma estranha para trás.

Mas salvá-la é a única coisa no Infinito que faz perfeito sentido. É a única coisa que parece *certa*.

Acelero pelo resto das escadas, mas então percebo seus braços ao meu redor, me arrastando de volta para o piso de pedra. Tento dar uma cotovelada em seu rosto, como se tivéssemos voltado ao ringue de treino, mas ele desvia sem qualquer esforço.

— Me solta — sibilo, me contorcendo em seus braços mesmo enquanto ele me puxa até a cozinha.

Ele me solta, com o rosto corado e um olhar severo. Ele ainda está tentando manter alguma aparência de tranquilidade sob o véu.

— Preciso encontrá-la — soluço, sacudindo a cabeça sem parar. Não posso deixá-la aqui sozinha. Ela precisa saber que alguém está tentando ajudá-la. Que *eu* estou tentando ajudá-la.

Tenho que protegê-la, da mesma forma que gostaria que alguém protegesse Mei.

Preciso ouvi-la.

A estática toma conta do meu cérebro, e a princípio ela lembra uma vibração contínua que ressoa dentro da minha cabeça. Mas então o zumbido fica mais alto e o som se transforma em sussurros.

Ouça, dizem os sussurros.

Então eu ouço.

— *En... con... ss* — eles chamam.

Olho para Gil, de olhos arregalados.

— Você ouviu isso? — pergunto.

Ele franze a testa.

— Do que você está falando?

— Os sussurros — digo, perplexa demais para ficar alarmada. — Estão tentando me dizer alguma coisa.

— *En... con... sssss* — eles sibilam outra vez.

A preocupação de Gil se torna urgente.

— Nami, não estou ouvindo nada.

— Eles estão dizendo alguma coisa tipo... — Reviro a palavra na minha mente. — Eles estão dizendo "encons".

Eu me concentro nas vozes, e a estática fica mais alta, faiscando no meu cérebro como uma fogueira. Estremeço, e Gil segura minha mão.

— Eu não sei o que está acontecendo na sua cabeça, mas você precisa afastar os sussurros. Acho que é uma armadilha. Acho que são *eles*. — Seus olhos estão arregalados como nunca vi antes.

Ergo o olhar, apavorada. Será que eu os chamei, da mesma forma que chamei Ophelia? *Não*. Minha mente acelera. *Eu não poderia... não de propósito*.

Mas se os Residentes estão ouvindo... Se eles sabem que estamos aqui...

O que eu fiz?

A criada da cozinha aparece, com a boca curvada em um sorriso distante.

— Como posso lhe ser útil?

Olho para Gil. Ele deixou o véu cair porque estava tentando me salvar.

E agora estamos completamente vulneráveis.

Fugimos pela porta dos criados e corremos até a floresta, deixando o palácio e os sussurros para trás.

38

Legiões patrulham o céu em alerta máximo, suas asas de metal bem abertas enquanto vasculham toda a Vitória.

Talvez seja uma coincidência, porque a Noite da Estrela Cadente não está longe. Talvez estejam patrulhando em preparação para a chegada da Rainha Ophelia.

Ou talvez estejam patrulhando à minha procura.

Quando vemos um grupo de guardas vasculhando a floresta, Gil e eu abandonamos nosso trajeto familiar e encontramos abrigo em uma caverna na base de uma pequena cachoeira.

— Vamos ficar a salvo aqui até que eles passem — diz ele, observando cuidadosamente a fileira de árvores. — Coloquei um véu sobre a caverna. É mais fácil do que tentar ocultar dois corpos em movimento.

— Sinto muito — falo baixinho, com as costas pressionadas contra a parede de pedras irregulares. — Não sei o que aconteceu.

Ele não me olha.

— Se um Residente estava de alguma forma tentando entrar na sua cabeça, então não era algo que você poderia ter impedido — diz.

— Eu pensava que eles não podiam fazer isso. Eu pensava que… — Minhas palavras se quebram como um galho sendo partido ao meio. *Você não pensou*, repreendem meus pensamentos. *Esse é o problema*. Toco meu pulso. Quantas vezes eu chamei por Ophelia? Eu não deveria estar surpresa por alguém finalmente ter tentado responder.

Depois de alguns minutos ouvindo o lago abaixo de nós, ele pergunta:

— Por que você estava tão desesperada para ir lá em cima?

— Eu precisava encontrá-la — digo, encarando meus dedos trêmulos, e minha voz falha. — E se eu fosse a única esperança dela?

Gil anda de um lado para o outro na boca da caverna.

— Você é a única esperança que *qualquer* um de nós tem. A Colônia precisa de você.

— O que aconteceu com não querer depositar sua esperança em alguém como eu? — pergunto, sem forças.

Ele encara a água corrente.

— Quando você chegou ao Infinito, eu não te entendia totalmente. Você tinha medo de lutar. Medo de machucar os Residentes. Medo de fazer uma escolha. Mas você nunca teve medo de *se importar*. — Ele faz uma pausa cautelosa para inspirar, então solta o ar lentamente. — Talvez valha a pena depositar esperança nisso.

Meu coração palpita, sem saber como interpretar seu sentimento. Eu não achava que ele era capaz de acreditar em qualquer pessoa, muito menos em mim.

— Mas, de agora em diante, se você pedir minha ajuda, vamos trabalhar como um time. *Juntos*. — Os músculos em seu pescoço estão rígidos. Se eu não o conhecesse, diria que ele estava magoado. — Eu cuido de você e você cuida de mim. Essas são as regras.

— Ok. — É a única palavra em que consigo pensar. Talvez seja a única que importe agora.

A luz do sol se derrama sobre a floresta, mas nosso abrigo é úmido e frio. Estremeço uma, duas vezes, então Gil está na minha frente, tirando sua jaqueta preta. Começo a protestar, mas, quando ele me envolve com ela, não posso deixar de diminuir a tensão com o calor.

— Você não precisa fazer isso — digo.

— Fazer o quê? — Ele se senta ao meu lado.

— Essa coisa toda de "dar seu casaco para uma garota porque ela está com frio". Estamos mortos. Tudo bem deixar suas expectativas de gênero morrerem também.

— Não tem nada a ver com gênero. Você estava com frio — ele diz simplesmente. — Se eu estivesse tremendo e você tivesse uma jaqueta da qual não precisasse, tenho certeza de que faria o mesmo.

— Vou manter isso em mente — contrariada, meus lábios se curvam em um sorriso.

Ele se recosta, partindo levemente os lábios como se estivesse repassando seus pensamentos.

— Você disse pra Shura que não achava que ele era um monstro. Estava falando sério?

Ele se refere ao Príncipe Caelan.

— Eu sei que você os odeia. E sei que, olhando de fora, eles merecem ser odiados. — Encaro minhas botas para manter os olhos ocupados. — Mas, sim, eu estava falando sério.

— Como você pode dizer isso depois de tudo que ele fez?

— Porque quero acreditar que o bem vence o mal. Que o lado da luz é mais forte que o da escuridão. — *E porque você não viu a forma como ele olhava para o céu, como se estivesse desesperado para ver as estrelas.*

Gil move a mandíbula.

— Ele é um programa. Ele não vai mudar de ideia.

— Eu sei que você não quer acreditar em mim, mas ele é mais do que isso. Ele tem sentimentos e faz piadas e *divaga* sobre as coisas. — Balanço a cabeça. — Ele até tentou me proteger no Festival da Alvorada, na hora da explosão.

Seu corpo fica rígido ao meu lado. Ele leva um momento para falar.

— Você nunca mencionou isso pra ninguém.

— Eu não sabia direito o que pensar disso a princípio. Além do mais, ele achava que eu era uma Residente. Não é como se ele estivesse protegendo uma humana. — Dou de ombros. — Mas não parecia algo que um monstro faria. *Ou* um programa.

— Você está sendo imprudente ao se importar com ele desse jeito — alerta Gil. — Porque se isso atrapalhar a missão…

— Não é assim — digo firmemente. — Pra ser sincera, eu ficaria feliz se nunca tivesse que vê-lo outra vez.

Gil faz uma careta, e não sei se é porque está surpreso ou se é porque não acredita em mim.

Como posso me explicar para ele, dentre todas as pessoas? Como o faço entender como é estar junto de Caelan?

Eu me sinto culpada mentindo para alguém que não foi nada além de gentil comigo. Me sinto desconfortável ao olhar para seus olhos prateados sabendo que, quando eles se fecharem pela última vez, talvez seja por minha causa.

Não quero machucar Caelan. Mas, se eu não conseguir encontrar um jeito de fazer nossa coexistência possível…

Naoko não estava agindo no mesmo tipo de linha temporal que eu. Não havia Morte em Neo Tokyo. Nem Esfera.

Tanto humanos quanto Residentes querem destruir o outro e estão procurando um jeito de conseguir isso. Tudo que eles desejam é o botão mágico: o último movimento na guerra. A essa altura, é só uma questão de quem chega lá primeiro.

Quero poupar Caelan, mas não posso fazer isso se nosso tempo se esgotar.

— Você realmente acha que a Esfera existe? — pergunto baixinho.

Gil encosta a cabeça nas pedras.

— É a nossa única saída. — Sua mandíbula fica tensa. — E você?

Analiso os cascalhos ao meu lado.

E, porque ele consegue ler meus pensamentos como palavras em uma página, ele acrescenta:

— Talvez uma pergunta melhor seja se você *quer* que ela seja real.

Mordo os lábios. A verdade é que tenho medo do que vai acontecer se a Esfera for real. Tenho medo de ser a pessoa que poderia virar o jogo; de ser a pessoa que decide quem perde e quem ganha.

Não quero ser a pessoa que escolhe.

— Quero um botão mágico que vai fazer todo mundo feliz e trazer a paz que o Infinito precisa — dou uma risada fraca —, mas não sei se isso existe.

Gil fecha os olhos, exalando lentamente.

— Não. Acho que não. — Quando seus olhos se abrem outra vez, ele me olha, sério. — Mas a Esfera pode ser isso para os humanos. Você está disposta a fazer o que for necessário para dar aos humanos uma chance de encontrar a paz?

Uma chance para apenas um lado vencer. Essa é a única oferta.

Decido não dizer a ele que ainda estou esperando que Caelan prove que estou certa. Que ainda pode haver outra saída.

Porque Gil não se importa. Ele só quer saber se meu coração está do lado certo.

— Eu vou fazer o que for necessário para garantir que os humanos não sejam destruídos — digo. Vou fazer o que for necessário para garantir que Mei tenha uma vida após a morte.

Para que, algum dia, espero que daqui a muito tempo, eu possa abraçar minha irmã outra vez.

— Ótimo — diz ele, num tom sombrio.

Quando a floresta está segura e as Legiões retornam para os céus, caminhamos até as docas, deixando o silêncio nos cercar como se não fosse paz o que realmente queremos.

Nós queremos ausência.

39

Saio ofegante da sala de treinamento, com os dedos inchados por passar horas golpeando o saco de pancadas. Estou usando roupas largas, com tiras de couro enroladas nos antebraços para ter um pouco de proteção. Elas ajudam a diminuir os hematomas; não que alguém possa vê-los debaixo da minha pele de Residente, que tem sido permanente nos últimos dias.

Estou quase chegando ao elevador quando vejo Gil se agachando para entrar no Túnel Norte, armado até os dentes com facas.

Eu o sigo sem hesitar.

Quando alcanço os ocultadores na saída do túnel, ele já desapareceu em algum canto, provavelmente escondido sob o próprio véu. Mas não preciso segui-lo para saber qual é o seu destino: ele já foi generoso o bastante para me mostrar.

Caminho silenciosamente pelo píer. O rangido das tábuas é abafado pelas ondas que se quebram na praia. Lanternas engarrafadas iluminam o vilarejo de pescadores acima, onde o tilintar dos sinos de vento adornados com conchas canta noite adentro. Fumaça sobe pelas chaminés e eu olho por uma das janelas manchadas de sal.

Há três humanos parados lá dentro, sentados perto do fogo, sorrindo com olhos vazios como se sonhassem.

Olho para dentro da casa seguinte e encontro a mesma exata imagem, mas com cinco pessoas em vez de três.

Uma após a outra, todas as casas são iguais, como se os humanos estivessem em um estado de descanso mental, esperando até que sejam necessários.

Eu me forço a olhar para a frente, enojada, quando um par de braços me envolve, me puxando até o espaço entre duas cabanas e me empurrando contra um emaranhado de redes de pesca.

Os olhos de Gil estão escuros como uma tempestade, seu rosto a menos de um centímetro do meu.

— O que está fazendo aqui sozinha? Há Legiões por toda a parte e você não sabe como se ocultar.

— Claramente eu não estou sozinha — digo, afastando-o, mas continuo nas sombras. — E eu tenho a aparência de uma Residente. Vou ficar bem.

— Que eu saiba, os Residentes não andam por aí de calça de moletom.

Fazendo uma careta, gesticulo na direção das minhas roupas. Pixels se espalham por todo o meu corpo, se contorcendo e se transformando até que eu esteja vestindo uma camisa, calças ajustadas e um casaco preto com capuz, detalhes de couro e botões decorativos de prata. Pode não ser um vestido de baile, mas é facilmente adequado aos padrões dos Residentes.

A rigidez da expressão de Gil desaparece e seus lábios se partem levemente.

— Não precisa ficar tão chocado — digo. — Brincar de me fantasiar é minha especialidade.

— Você está ficando mais rápida.

— Isso é um elogio?

Gil bufa.

— Agora não é uma boa hora pra se estar fora da Colônia. As Legiões… elas estão procurando por alguém — diz ele.

Por *alguém*… mas não necessariamente eu. O que significa que talvez os sussurros não tivessem nada a ver com os guardas.

Cruzo os braços.

— Quem exatamente vocês prenderam naquela prisão de vidro?

— É melhor você não ficar sabendo.

— Mas eu *gostaria* de saber, e pelo menos estou sendo educada o suficiente para perguntar. Não é como se eu já não soubesse onde fica a escotilha, caso quisesse ir ver por conta própria.

— Não faça isso — alerta ele, quase desesperado. — Você ainda é espiã da Colônia. Se ele te vir... se ele te reconhecer...

Minha mente trabalha rápido. Se eu posso falar com Ophelia, talvez os Residentes possam fazer o mesmo entre si. É possível que o prisioneiro já tenha alertado as Legiões. Eles podem saber que ele foi capturado por humanos e que está preso em algum lugar sem janelas.

Mas os guardas ainda não o encontraram. O que quer dizer que mesmo que *possam* se comunicar com o prisioneiro, não têm ideia de onde ele está.

Tudo isso poderia mudar se ele me visse. Porque, se a notícia de que eu sou uma espiã se espalhar, as Legiões — e o Príncipe Caelan — certamente saberiam quem interrogar. Talvez isso até nos custasse a chance de conseguir informações sobre a Esfera.

Eu não vou deixar isso acontecer.

— Você pode me ocultar. Eu não vou dizer uma palavra enquanto estiver lá.

Ele pisca, incrédulo, o ceticismo estampado em suas sobrancelhas franzidas.

— Não foi você quem fez um superdiscurso sobre trabalhar em equipe a partir de agora? — argumento.

— Não foi isso que eu quis dizer, e você sabe disso — ele responde friamente. — Isso não é uma coisa na qual você deveria se envolver.

— Por que não? — ergo a voz como se estivesse me preparando para um confronto.

Ele pressiona a ponte do nariz.

— Porque eu não quero que você veja algo que vai fazer você mudar de ideia.

— Mudar de ideia sobre o quê? Sobre a missão?

Gil abaixa a mão, mas não responde.

— Eu nunca vou conseguir te convencer a respeito de que lado estou, né. — Não é uma pergunta.

Ele suspira, relutante.

— Certo. Vou te ocultar. Mas nem um *pio*.

Assinto.

— Combinado — digo.

Gil gesticula para que eu o siga pelas docas. Subimos a colina, desaparecendo na floresta de bétulas prateadas. Ele ergue uma palma, emitindo um brilho suave sobre a mão, e caminha ao meu lado pela densa grama. Tenho medo de olhar para o céu, medo de ver Legiões sobrevoando nossas cabeças e acabar perdendo a calma. Então foco no craquelar úmido das folhas sob minhas botas e na figura de Gil ao meu lado.

Encontramos a escotilha, e dessa vez eu desço a escada primeiro, agarrando-a com força. Ouço a voz de Yeong antes de tocar o chão.

— Não vamos ter muito tempo depois que ele acordar, e não sei quão bem essa jaula vai segurá-lo. Você vai ter que ser rápido.

— Ele já falou alguma coisa? — pergunta Ahmet.

— Ele só ficou consciente por alguns segundos, quando eu estava ajustando os fios. Ele estava gritando sobre como o príncipe viria resgatá-lo e todos nós seríamos enviados para Guerra — responde Yeong. — Parecia muito arriscado deixá-lo acordado por mais tempo.

Eu me afasto da escada e observo enquanto Gil desce o último degrau. Ele me olha por apenas um momento, e sei que sou a única que ainda está sob seu véu.

— Você chegou bem na hora — diz Ahmet. Ele ergue um aparelho de metal que se parece mais com uma bússola desengonçada do que com uma arma. — Vamos começar o próximo teste.

Gil pega o aparelho, sentindo seu peso.

Ahmet esfrega as mãos, focado.

— Yeong acha que não vamos ter muito tempo para interrogá-lo, caso as amarras não consigam contê-lo.

— Elas vão — diz Gil, analisando a arma.

— Mas e se elas não... — começa Yeong.

— Eu disse que elas vão — diz Gil, firme.

Yeong fecha a boca, resignado.

Ahmet passa uma das mãos pelo rosto, lutando contra a exaustão.

— Acho que estamos todos um pouco nervosos. Todas as Legiões da Corte da Vitória estão lá fora procurando pelo nosso prisioneiro. — Ele olha por trás do ombro, espiando pelo vidro.

Sigo seu olhar até o homem preso na cadeira. Seus robes brancos estão amassados ao seu redor, e, embora seus olhos estejam fechados, reconheço sua expressão.

Vallis.

Cambaleio para a frente sem pensar, boquiaberta diante do conselheiro do Príncipe Caelan. De todos os Residentes que eles poderiam ter escolhido... Por que *ele*?

As perguntas queimam na minha garganta, desesperadas para sair. Mas fiz um acordo com Gil: disse que ficaria quieta, e pretendo manter minha palavra. Especialmente quando a alternativa envolve arruinar meu disfarce na frente do braço direito do Príncipe Caelan.

— Todos prontos? — pergunta Ahmet, alternando os olhos entre Gil e Yeong.

Gil aperta a arma, mantendo os olhos fixos na parede de vidro à sua frente. A única barreira entre o Residente e todos nós.

Yeong tira uma tela plana do casaco, digitando alguma coisa com pressa enquanto retorce a boca.

— É agora ou nunca. — Ele pressiona o dedo no tablet e o cômodo todo fica imóvel.

A máquina dentro da jaula de vidro reage. Todos os painéis ficam pretos e as luzes no topo mudam de verde para vermelho. Um momento gélido e assustador se passa, então Vallis abre os olhos.

Ele passa a língua pelos cantos da boca, percorrendo o cômodo com os olhos escuros. Contando as pessoas à sua frente. Ele para em Gil e solta um riso debochado.

— Humanos imbecis... Deveriam ter me libertado quando tiveram a chance. — Vallis abaixa o olhar. Ele está encarando a arma como se soubesse do que se trata. — Um ataque ao conselheiro do príncipe é um ataque à Corte da Vitória em si. Vocês todos vão pagar por isso.

Ahmet se inclina na direção de Gil, com um olhar cauteloso e voz quase inaudível mesmo no silêncio do cômodo:

— Faça agora, antes que ele se liberte.

A mandíbula de Gil fica tensa.

— Talvez ele saiba de alguma coisa. Alguma coisa que pode nos ajudar.

As paredes não devem garantir privacidade, porque Vallis solta uma gargalhada e balança a cabeça.

— Um interrogatório! Que brincadeira de criança é essa? — A cadeira se sacode. Uma pequena demonstração de seu poder. — Eu sou o Conselheiro Real da Vitória. Não ajudo humanos.

O rosto de Gil permanece imóvel.

— Interessante você falar da Vitória com tanto amor quando vem traindo seu próprio príncipe há meses.

A pele pálida de Vallis parece se tornar cinza em resposta. Ele agarra os braços da cadeira, as juntas de seus dedos empalidecendo.

— Eu não fiz nada disso.

— Como acha que conseguimos te capturar sem que ninguém nos visse? Como nós sabíamos onde você estaria aquela noite, depois da Lua de Sangue? — A voz de Gil é afiada, como os pelos de um lobo se eriçando. Para ele estar cara a cara com um Residente, depois de tantas vidas na Guerra...

Isso deve ser o mais próximo que ele já chegou de se vingar.

O olhar de Vallis se alterna entre Gil e os outros, como se finalmente estivesse começando a entender.

— Vocês têm me espionado? — Ele claramente não achava que os humanos pudessem ser tão engenhosos.

— Você tem organizado reuniões secretas por todos os distritos; foi bem fácil te encontrar sozinho. — Gil ergue o queixo. — Nós só precisamos chegar lá antes.

Vallis zomba, puxando suas amarras:

— Vocês não sabem do que estão falando.

— Sabemos que você está conspirando com o Príncipe Ettore e tentando dar um golpe — diz Gil. — E sabemos que você tem ansiado ser promovido na Capital. Para Chanceler, não é?

— Mentiras — sibila Vallis.

— Nós te ouvimos — interrompe Ahmet. — Na sala do conselho, três dias antes da Lua de Sangue. Você se encontrou com o Comandante Kyas…

— Como *ousam* se dirigir a mim? — As veias no pescoço de Vallis saltam. — Como ousam me tratar como um… como um…

— Como um humano? — pergunta Yeong friamente.

Vallis o ignora, voltando a olhar para Gil e para a arma ainda em seu punho.

— Usar essa monstruosidade em mim… é traiçoeiro. A Rainha Ophelia vai destrui-lo por isso. — Seu olhar encontra o resto do cômodo e, por um momento, tenho medo de que ele possa me ver sob o véu. — Vai destruir *todos* vocês.

— O único traidor aqui é você — aponta Gil. — Eu me pergunto o que as Legiões fariam se soubessem que um dos seus estava conspirando contra a coroa.

Vallis rosna e a jaula toda sacode. Mesmo a máquina ao lado dele parece travar, como se tivesse sido sobrecarregada com eletricidade.

Ahmet cerra os punhos. Ele está nervoso, assim como Yeong. Assim como *eu*.

Gil não titubeia. Ele quer isso. Ele tem *ansiado* por isso. Eu sabia que ele odiava os Residentes, mas as sombras em seus olhos…

A vingança é realmente uma coisa perversa.

— *Soltem-me* — cospe Vallis.

Gil se inclina para a frente.

— Fale sobre a Esfera e talvez a gente considere.

— Jamais trairei minha rainha.

— Nem mesmo por sua liberdade? — provoca Gil.

Observo as amarras estremecerem sob os punhos de Vallis. Ele urra atrás do vidro; seus gritos são profundos e guturais e, debaixo do véu, cubro meus ouvidos e me afasto.

— Gil — Ahmet sussurra, ansioso, colocando uma mão sobre seu antebraço. — Estamos sem tempo. Faça, agora.

Gil pressiona o polegar sobre a arma. O rosto de Vallis amolece e seu corpo afunda sobre a cadeira, pesado. Yeong imediatamente se move na direção de seu tablet, mas Ahmet o impede com o braço.

— Não! — ele diz como um alerta antes de se virar para encarar Vallis. — Precisamos saber até onde isso vai. O quanto ele vai esquecer.

O silêncio cai sobre o cômodo, com exceção do ruído fraco da máquina. Coloco os braços ao redor do corpo para lutar contra o frio.

Leva apenas dez minutos para Vallis abrir os olhos novamente, mas, de alguma forma, parece que se passaram horas.

Ele olha ao redor do cômodo como se estivesse contando. Processando.

Ele encontra Gil e solta um riso debochado.

— Humanos imbecis... Deveriam ter me libertado quando tiveram a chance. Um ataque ao conselheiro do príncipe é um ataque à Corte da Vitória em si. Vocês todos vão pagar por isso.

Gil ergue a arma.

— Não vamos, não. — Ele pressiona o polegar sobre o aparelho e, antes que Vallis possa sequer arregalar os olhos, ele está inconsciente.

Ahmet acena com a cabeça na direção de Yeong, que pressiona uma série de botões em seu tablet. A máquina volta à vida; os painéis piscam antes de explodirem em cores, e todas as luzes ficam verdes.

Na cadeira, Vallis adormece.

40

Gil me encontra no meu quarto. Ele passa os dedos pelo cabelo, fazendo suas mechas parecerem mais bagunçadas do que de costume antes de soltar um suspiro.

— Você devia ter me avisado sobre o Vallis. — Tiro o casaco dos ombros, dobrando-o sobre uma cadeira.

— Que diferença isso faria? — Gil tem uma expressão severa. — Nós o tratamos da mesma forma que trataríamos qualquer Residente, que é o que você deveria estar fazendo também.

— Eu não ligo que ele seja seu prisioneiro — argumento, mesmo que uma parte maior de mim queira que ninguém precisasse fazer prisioneiros. — Mas eu não tinha ideia de que ele era um traidor. E se ele tivesse feito alguma coisa quando eu estava com o Príncipe Caelan? E se isso de alguma forma estragou meu disfarce?

— Você nunca esteve em perigo. — Ele diz as palavras com tanta facilidade que é quase impossível duvidar.

— Não gosto de não saber das coisas. — Junto os joelhos, insistente. — E eu não devia ter que ficar pedindo informações. Não depois de todo esse tempo.

Não depois do quanto progredi.

Ele caminha pelo quarto, parando na frente da prateleira. Vejo seus olhos cor de mel contando as lombadas, me preparando para o momento em que...

Gil franze a testa. Ele pega o livro roubado da prateleira e ergue a capa.

— Você... você roubou isso do palácio?

Dou de ombros timidamente.

— Você acreditaria em mim se eu dissesse que foi um presente?

Ele não se esforça para esconder sua reprovação.

— Nunca imaginei que você fosse uma ladra.

— Como eu venho dizendo, você não me conhece muito bem.

Ele fecha o livro, balançando-o cuidadosamente com uma mão.

— Por que esse?

Encaro a pequena coleção de romances em branco, me lembrando da forma como Gil olhara para eles há muito tempo. Como se desejasse algo que não pudesse ter.

A verdade se arrasta para fora de mim como se corresse por liberdade.

— Achei que talvez pudesse ser o seu preferido — respondo.

Ele me encara de volta por um longo tempo.

— É — diz ele finalmente. Talvez a verdade o faça se sentir um pouco mais livre também.

Gil devolve o livro para o seu lugar na prateleira e respira fundo antes de dizer:

— A arma... ela funciona.

Mordo a parte interna da boca.

— E o que isso significa? Qual é o próximo passo?

Ele ergue os olhos na minha direção, e, embora essa seja a melhor notícia que a Colônia recebe em muito tempo, sua expressão é solene.

— Descobrir onde a Esfera está e destruí-la — diz ele.

Gil e os outros estão nessa guerra há muito tempo. Tudo o que eles querem é que ela termine. E essa pode ser nossa única chance real de salvar os humanos. De preservar um futuro para Mei, e meus pais, e todos que vierem depois de nós.

Será que estou pronta para destruir os Residentes e salvar os humanos? Para deixar o Príncipe Caelan morrer antes mesmo de ter a chance de sonhar?

Será que estou pronta para desistir da sensação insistente de que há *bondade* nele? De que seria possível construir uma ponte, se ao menos tivéssemos mais tempo?

— Você sabe o que Annika vai pedir pra você fazer — diz Gil, afiando a voz. — Acho que é hora de você escolher um lado. Um lado *de verdade*.

Suas palavras são como cortes de papel, ardendo por toda parte. As minhas são difusas, confusas e flutuam tão alto que não consigo alcançá-las.

— Nami. — Ele se aproxima, erguendo as sobrancelhas como se me entendesse. Acho que talvez ele sempre tenha entendido.

Meu coração se transforma em uma chama.

Seus lábios se partem, e não consigo olhar para outro lugar. Esqueço como respirar.

Gil ergue uma das mãos, roçando os dedos pelo meu pescoço, e sinto minha pele despertar. Um pequeno som escapa de mim e ele pressiona o nariz contra o meu, seu suspiro tocando meus lábios como uma carícia. Estendo o braço em sua direção, deslizando a mão sobre seu braço até a curva de seu ombro.

Meu corpo parece ter sido atingido por uma onda de choque, crescendo dentro de mim e explodindo em todas as direções. Seu suspiro é tenso, *voraz*, e eu o aperto como se quisesse que ele soubesse que está tudo bem. Que estou aqui e não vou a lugar nenhum.

— Gil — sussurro contra ele. Pelo mais breve momento, nossos lábios se roçam.

Então ele fecha os olhos, a expressão tensa como se estivesse me afastando.

— Desculpe. Não posso fazer isso. — Gil se vira na direção da porta e não se dá ao trabalho de olhar para trás.

Quando recupero minhas palavras, se aninhando na minha mente como se estivessem tentando criar raízes, só consigo pensar em uma coisa, várias e várias vezes.

Talvez eu também não possa fazer isso.

41

Shura aparece na fronteira da Colônia, ofegante e em pânico. Seu olhar atravessa a sala como faíscas de eletricidade, desesperadas por alguém que possa entendê-la. Alguém que possa ajudá-la.

Quando ela me vê, não sei se fico aliviada ou preocupada. Ela não me disse uma palavra desde a noite da Lua de Sangue. Quebrar o silêncio só pode ser um sinal de que algo terrível aconteceu.

Ela corre na minha direção, parando aos tropeços.

— É o Distrito de Verão! Tem Guardas por toda a parte e uma aeronave perto da fronteira. Uma aeronave da *Morte*. — Ela inspira profundamente. — Estão reunindo humanos.

O silêncio cai sobre a multidão crescente ao nosso redor, e então o caos. Sussurros se transformam em gritos, e o medo aumenta como uma montanha, impossível de subjugar.

Eu me aproximo de Shura, temendo que ela não consiga me ouvir em meio à confusão.

— Isso já aconteceu antes?

Ela faz que não com a cabeça, assim que Ahmet e Theo aparecem atrás dela.

— Eu só vi aeronaves assim na Fome — ela ergue os olhos para Theo, apreensiva —, quando eles transportavam humanos que abriam mão da própria consciência para a Corte da Vitória.

Ahmet tem uma expressão séria.

— Isso não faz sentido. Os humanos daqui já tomaram a pílula. Por que eles seriam transferidos de novo?

Sinto a cor deixar o meu rosto.

— Porque eles estão acordando, e os Residentes sabem disso.

A expressão de Theo desaba.

— Preciso contar isso para minha mãe. — A voz de Shura falha enquanto ela percorre a Colônia com os olhos. A Morte na Corte da Vitória só pode significar uma coisa: incerteza. Para todos nós. — Ela vai saber o que dizer para manter todo mundo calmo.

Não preciso que alguém me acalme. Preciso *fazer* alguma coisa.

Mesmo tendo feito uma promessa, isso muda tudo. Gil simplesmente vai ter que entender.

— Vou para o Distrito de Verão ver se consigo descobrir mais alguma coisa. — Olho para Theo, preocupada, mas ele já entendeu tudo. Precisamos agir logo.

— Eu vou com você. — Theo cerra os punhos e se vira para Ahmet e Shura. — Se a Morte está reunindo tantos humanos assim, devem estar planejando algo grande. Vamos ver o que a gente descobre.

Shura assente brevemente antes de sair correndo até a cabana de Annika.

— Pode ser uma armadilha — alerta Ahmet. — Os Residentes podem estar tentando nos tirar do nosso esconderijo.

— Vamos tomar cuidado — diz Theo, firme. — E eu não vou sair de perto da Nami.

Ahmet parece se lembrar subitamente de algo.

— Gil saiu para procurar materiais hoje de manhã. Ele pode estar em qualquer lugar.

Meu coração acelera, mas tento não demonstrar nenhuma reação.

— Gil sabe se cuidar. Ele vai ficar bem.

— Mas as Legiões ainda estão procurando... — A voz de Ahmet some e seus olhos congelam. Os guardas estão procurando por Vallis, e agora a Morte está detendo humanos. Gil pode estar cercado na floresta. Ele pode ser *capturado*. — Preciso encontrá-lo.

Sinto meu peito se partir em pedaços. Quero ajudar Gil: quero ter certeza de que ele está bem. Mas o desespero de Theo é tão poderoso que posso senti-lo ressoando nos meus ouvidos.

Não posso estar em dois lugares ao mesmo tempo, mas posso terminar o que comecei. Posso ajudar Theo a resgatar o irmão e salvar uma garota inocente de um destino terrível.

Não vou deixar o que aconteceu a Philo acontecer com eles também.

Faço uma escolha, mesmo que ela deixe meus nervos em frangalhos.

— Toma cuidado — digo a Ahmet. *E o traga de volta em segurança.* Meus olhos encontram os de Theo. Quero que ele saiba que estamos juntos nessa.

Ele assente com a cabeça, compreendendo tudo, e se volta para Ahmet.

— Vamos ver o que descobrimos no Distrito de Verão.

Ahmet mantém a voz firme ao dizer:

— Que as estrelas protejam vocês dois.

Theo põe uma mão sobre seu ombro e o aperta.

Atravessamos o Túnel Norte rapidamente. Não sei quanto tempo temos, quanto tempo já foi desperdiçado. Espero até estarmos longe da multidão para falar:

— Presumo que a gente não esteja realmente indo atrás de informações. — Mantenho os olhos fixos nas rochas.

Ele cerra os lábios.

— Preciso achar meu irmão.

E eu preciso achar a garota.

— E se você o vir? O que vai fazer?

Ele leva um tempo para responder, e, quando o faz, seus olhos estão marejados.

— Não posso perdê-lo outra vez.

Assinto, como se tivéssemos um acordo. Porque isso não é uma missão de espionagem.

É uma missão de resgate.

***

É impossível ignorar a aeronave. Ela está estacionada no céu como uma fera dracônica preta, com suas velas tremulando contra a luz do sol e lançando uma sombra monstruosa sobre a terra.

O tecido ondulante possui um tom inconfundível de verde--oliva, com a imagem de uma serpente dourada enrolada em uma espiral na superfície.

As cores do Príncipe Lysander. O símbolo da Morte.

Sinto a presença de Theo ao meu lado mesmo que não possa vê-lo. Sinto a tensão. Ele está debaixo de um véu desde que saímos do Túnel Norte, mas ele sabe de quem é essa aeronave.

Se a Morte levar Martin…

Meus dedos se contorcem. Humanos não retornam da Morte. Nunca.

Sigo a trilha por um pequeno vilarejo humano. Tapetes vibrantes pendem de teares, cerâmicas parcialmente moldadas enchem os quintais e o cheiro de argila no forno paira no ar, estagnado. Momentos atrás, esta era uma cidade de artistas cheia de vida, repleta de pessoas inconscientes se preparando incessantemente para os dias de mercado.

Agora parece que alguém estava tão determinado a apagar a vida desta cidade que tentou levar as sombras consigo também.

— Não tem ninguém aqui — sussurro para a presença de Theo. *Quantos humanos eles já levaram?*

Theo não responde.

Nos dirigimos até a praça principal mais próxima da baía ao sul. Veículos se movem pelo céu em um ciclo aparentemente interminável, decolando e desaparecendo dentro da aeronave antes de retornarem.

Caminho pela colina e luto contra o nó se formando na minha garganta. Filas de humanos esperam para serem embarcados nos veículos, com seus braceletes coloridos exibindo suas funções. Marcados como se não fossem nada além de produtos.

Enterro os dedos nas palmas para me manter focada. Sinto como se estivesse no mar; tudo está se movendo rápido demais. Várias pessoas são conduzidas até um veículo em espera. Suas portas se fecham e ele se ergue no ar, desaparecendo no deque da aeronave.

Legiões vigiam a praça usando as cores do Príncipe Caelan, suas armaduras reluzindo sob a luz do sol, mas os guardas que percorrem o céu são diferentes. Pedaços de tecido verde estão amarrados ao redor de seus troncos, presos firmemente com cintos de couro. Suas asas possuem penas e se apresentam em tons variados de casca de ovo — muito bonitos a distância —, e eles não carregam uma única arma.

Pelo menos não uma que eu possa ver.

Talvez eles não precisem delas. Talvez *eles* sejam as armas.

Continuo caminhando, observando um grupo de Residentes parados às margens da comoção. Eles ignoram os humanos que estão sendo embarcados nos veículos, muito fascinados pela visão da grande aeronave no céu.

— Não é linda? — comenta um deles.

— Eu me pergunto se isso significa que a Morte vai reabrir suas fronteiras. Adoraria visitar o palácio. Ouvi dizer que é mais majestoso até mesmo do que a Capital — devaneia outro.

— Se o Príncipe Ettore conseguir o que deseja, estou certo de que você poderá visitá-lo em breve — diz outro. — O Príncipe da Guerra quer unir as Quatro Cortes há eras.

Decido me concentrar na conversa, desacelerando a marcha a poucos passos de distância.

— Você quer dizer que ele quer *governar* as Quatro Cortes — rebate um dos Residentes. — Mas mal se pode culpá-lo. Os humanos na Guerra só ficam mais fortes com o tempo. Ele precisa dos fracos, dos que vão atrasar seus guerreiros, e precisa expandir suas fronteiras. Do contrário, ele vai ter que lidar com outra rebelião.

Paro de repente. *Outra* rebelião?

Uma das Residentes me nota e seu rosto se altera da surpresa para a graciosidade. Ela acena cuidadosamente com a cabeça, com os cachos violeta se derramando pelos ombros. Quando os demais me veem, abaixam a cabeça.

Eles me reconhecem. Posso ver isso em seu constrangimento. Sou uma amiga do Príncipe Caelan — alguém que eles consideram socialmente importante — e ouvi sua conversa sobre uma mudança na administração.

Cumprimento-os educadamente e me apresso ao longo do trajeto, irritada comigo mesma por interromper a fofoca. Quero saber mais sobre a rebelião. Porque se há humanos na Guerra resistindo e quase *vencendo*... bom, talvez a Colônia tenha estado na corte errada esse tempo todo.

Se a Esfera for real, talvez possamos deter os Residentes. Mas se não for — se não conseguirmos encontrá-la na Corte da Vitória —, me pergunto se Annika consideraria a ideia de achar um jeito de unir forças com os humanos além da fronteira.

Seria pedir demais? Abandonar seu esconderijo e relativa paz por uma chance de construir um exército?

Seria pedir demais para Gil, que seria forçado a *voltar*?

Deixo meus pensamentos de lado e atravesso a praça. Neste momento, Martin é a prioridade. O futuro terá que esperar.

Residentes perambulam na frente das tendas dilapidadas do mercado como abutres em busca de carniça. Todo tipo de bugiganga foi deixado para trás: sabonetes aromáticos, caixas de música pintadas, presilhas floridas e até mesmo uma coleção de pequenas estatuetas de argila. Dedos ávidos arrebatam tudo, dois objetos de uma vez só, e dentro de alguns instantes a tenda está vazia e os Residentes se espalham novamente pela rua.

Um deles pausa para voltar a encarar a aeronave. Diz:

— Quanto desperdício de engenhosidade. Eu me pergunto se o Príncipe Lysander vai mandá-los de volta quando tiver terminado com eles. Odeio pensar em como o mercado vai ficar vazio. Eu estava querendo um novo par de abotoaduras.

— Humanos não voltam da Morte — esclarece um outro, erguendo um dedo. — E, de qualquer forma, a Vitória vai ficar melhor sem eles. Se um humano pode acordar uma vez, vão acordar de novo. É melhor deixar outra corte lidar com eles.

Sinto meu estômago embrulhar.

Procuro rapidamente por um lugar seguro para conversar com Theo, mas, quanto mais avançamos praça adentro, mais lotada ela fica. Legiões marcham em grupos pelas ruas, arrebanhando humanos como se fossem gado. A maioria dos criados sorri distraidamente, com olhos vazios e desinteressados.

Eles não parecem nem um pouco conscientes.

Então por que o Príncipe Caelan os está enviando para a Morte?

A garota do palácio aparece do outro lado da praça, e me sinto sem chão. Seus coques duplos estão bagunçados e se desfazendo, e ela está sendo empurrada para a frente da fila, com quatro guardas ao seu redor como se estivessem a encaixotando.

Congelo, sentindo um arrepio percorrer meu corpo. Qualquer movimento brusco vai chamar atenção, mas não posso permitir que a levem. Preciso impedi-los. Preciso *fazer alguma coisa*.

A cada passo desamparado da garota, sinto meu coração afundar.

Ela está longe demais, cercada por guardas e a instantes de ser forçada a entrar em um dos veículos. E estou usando o rosto de uma Residente, com uma Colônia inteira dependendo de mim para proteger seus planos.

Além disso, mesmo que eu conseguisse chegar até ela, o que eu diria?

Minha mente dá voltas como um relógio, tentando se lembrar. Tentando lembrar que não tenho muito tempo.

Talvez eu não tenha que dizer nada...

Vou até o começo da fila, fingindo estar focada na beleza da aeronave. Quando ela me vê, derrubo meus muros mentais e tento alcançar os dela com mãos desesperadas.

Você está me ouvindo?, minha mente grita pela extensão de espaço e tempo entre nós.

Não é uma Troca; não sei ao certo se é alguma coisa realmente. Mas eu a chamo, repetidas vezes, do mesmo modo como chamei Ophelia, esperando que ela encontre um jeito de me ouvir.

Quando seus lábios se partem de leve, uma sensação quente de formigamento inunda meus sentidos, como a estática que senti nas dependências dos criados. Ela consome minha mente, como um enxame de vespas se reunindo atrás dos meus olhos.

Mas a sensação não é seguida de sussurros. Em vez disso, eu ouço *a garota*.

É tarde demais para mim, diz ela, sua voz soando como vidro quebrado.

Diga como posso ajudar, respondo, em pânico. *O que eu posso fazer?*

Os guardas a empurram na direção do veículo, e meu peito parece prestes a ruir. Mesmo enquanto está sendo arrastada para o desconhecido, seu rosto permanece impassível.

Ouça. Encontre os outros, diz ela.

O que isso significa?, grito em resposta. *Ouvir o quê?*

Mas ela já se foi.

O veículo parte rumo às nuvens e, a distância, observo-o encolher, estreitando os olhos contra a luz do sol.

Mal tenho tempo de processar o fato de que perdi minha única pista sobre como os humanos estão se tornando conscientes quando escuto uma explosão nas proximidades.

Eu me agacho instintivamente. Legiões descem de todo canto na direção do final de uma das filas. E meu coração se rasga como papel, porque, com ou sem véu, sei que Theo não está mais comigo.

Atravesso a praça às pressas, com os olhos fixos ao carrinho de um fazendeiro, agora em chamas. Giro rapidamente, vendo guardas cercarem a distração como abutres, de braços erguidos e armas prontas para a batalha. Do outro lado da praça, ocorre outra explosão, dessa vez derrubando uma construção consigo. Tijolos e poeira voam por todos os lados, espalhando pedacinhos de pedra.

Eu me viro na direção oposta, procurando por qualquer sinal de Theo. Acho que as Legiões devem ter tido a mesma ideia, porque uma onda de energia cinética atravessa o céu e aterrissa na minha linha de visão, explodindo a grama e as árvores ao seu redor.

Quando a poeira baixa, vejo Theo tentando se levantar, sem o véu, com o irmão imóvel ao seu lado.

Dizem que, em situações de combate, as pessoas tendem a lutar, fugir ou ficar paralisadas.

Parece que sou a última opção.

Assim que Theo fica de pé, um guarda lança uma bola de eletricidade em seu peito, arremessando-o para trás até ele atingir a lateral de um prédio. Outro guarda ergue Martin como se ele não pesasse nada, seus braços e pernas pendurados desajeitadamente.

Ele está desacordado. Uma parte bastante apreensiva de mim acha que ele está assim há um bom tempo.

Theo golpeia o chão com o punho. Três dos guardas saem voando pelo ar, suas asas metálicas se expandindo nas costas para que não caiam. Os olhos de Theo vasculham a praça, procurando pelo irmão. Ele solta um grunhido, avançando na direção de um dos guardas com o punho cerrado.

Ele consegue percorrer metade do caminho quando outro guarda aparece ao seu lado como uma sombra, esmagando seu estômago com o antebraço. Theo cai de joelhos, com dor.

O guarda o segura pelo cabelo, empurrando sua cabeça para trás e deixando a pele de seu pescoço exposta.

Theo consegue encontrar sua faca e ataca o guarda, furioso, que recua de leve até que um outro aparece e torce o braço de Theo como se fosse um mero galho. O osso quebrado o faz urrar de dor.

A lâmina se choca contra o chão.

Não sei o que fazer; não sei como ajudar.

Eu prometi que não colocaria a Colônia em risco. Mas não posso deixar Theo ser levado. Não posso permitir que esse seja o seu fim.

Meus pés saem do transe e eu corro adiante, com o peito ardendo. Se esses forem meus últimos momentos de liberdade, farei com que valham a pena.

Vou cair lutando, até o fim.

Chamas infernais caem sobre os guardas. Faixas de um azul radiante encontram seus alvos, e por todos os lados guardas irrompem em fogo e fumaça. Eles soltam Theo, confusos com o fogo azul — com a dor —, e é então que vejo Gil, com os braços erguidos aos céus e as sobrancelhas franzidas enquanto o vento sibila ao seu redor.

Eu sabia que ele era poderoso, mas isso...

Isso é super-humano.

Em um instante, ele atira para a esquerda, depois para a direita, lançando alguns dos guardas pelo ar. Então aparece ao lado de Theo, que está apoiado em seu braço.

Legiões da Morte descem à terra para entrar na luta, e grossas videiras irrompem do pavimento, atacando os novos adversários e arremessando os guardas para trás. Uma árvore se ergue do chão e voa pelo ar, derrubando vários guardas no caminho e abrindo espaço para Gil e Theo.

Mas quanto mais Gil puxa o braço de Theo, mais ele resiste.

— Não posso deixar o Martin! — ouço Theo gritar, seu rosto ficando roxo de raiva.

— Você não pode salvá-lo! — Gil grita de volta, o terror em seus olhos dividido em dois.

E, por um momento, eu o vejo tão nitidamente quanto ele sempre me viu. Ele está com medo do que seu erro pode custar à Colônia. Mas ele também está com medo da luta e do que ela o está forçando a fazer. O que ela o está forçando a *confrontar*.

Eu sempre soube que ele carregava fantasmas; eu só não sabia que o campo de batalha os transformaria em demônios.

Mais videiras se erguem da terra e eu me escondo atrás de um dos prédios para sair de seu caminho, desviando por pouco de uma delas. Meu coração tilinta quando percebo que Gil não está sozinho. Alguém está lutando debaixo de um véu: alguém familiarizado com um campo de batalha.

Annika está aqui.

Eu me movo até a extremidade da parede, observando Theo se soltar de Gil assim que uma nova leva de guardas se coloca em um círculo ao redor dos dois.

Gil puxa uma adaga do cinto e a arremessa na direção de um dos guardas, que a desvia com uma mão como se não fosse nada além de um pequeno incômodo. O círculo se estreita, e chamas azuis irrompem dos punhos de Gil, prontos para a luta.

Não sei como os olhos dele encontram os meus em meio a tanto caos, mas encontram, e, por um momento, tenho medo de tê-lo distraído.

Os guardas apontam as espadas para meus amigos e, mesmo quando Theo lança uma onda de choque na direção deles, eles mal se movem. Gil conjura mais chamas dos céus, mas os guardas se teletransportam por todo o campo de batalha para evitá-las.

Um dos guardas aparece atrás de Gil, de espada erguida para o golpe final. Eu não penso: eu corro.

Os olhos de Gil encontram os meus, horrorizados. Ele ergue uma das mãos como se estivesse tentando me impedir, mas eu não paro. Não posso.

Não vou permitir que ele se machuque.

A terra treme e mais videiras surgem, arremessando guardas por todos os lados e abrindo o caminho mais uma vez para que os outros recuem. Mas Theo ainda está lutando para alcançar o irmão, que agora está em algum lugar bem longe de seu alcance — ele só não aceitou isso ainda.

Então um galho emerge do chão, partindo o solo ao meio. Ele colide contra mim e a sensação é de ter batido de cara em um muro de concreto. Meu corpo é arremessado pelo ar e minha coluna se choca contra uma construção. Meus ossos se tornam lava e sinto que estou sendo quebrada de dentro para fora. A dor percorre minhas veias como chumbo, abrindo caminho à força dentro de mim. Meu corpo cai desamparado no chão.

Tento gritar, mas todo o ar saiu dos meus pulmões. Vejo lampejos de luz branca e nada mais. Tudo ao meu redor soa como se estivesse caindo aos pedaços.

Então ouço um rugido, como uma fera aparecendo no horizonte, e o assobio do vento, estrondoso como um trovão.

É impossível esquecer o som de um Noturno. Quando o ouço novamente, aqui na Corte da Vitória, o pouco que sobrou de mim estremece.

Gritos irrompem da multidão reduzida, tanto de humanos quanto de Residentes. Consigo virar minha cabeça de leve, observando a nuvem escura de estática saltando sobre toda e qualquer coisa, procurando por medo. A coisa rosna, agitando sua cauda e mostrando suas garras para os guardas que se aproximam.

Sinto que estou começando a desvanecer, a dor me consumindo da mesma forma que a escuridão consome o que sobrou da praça.

Mas eu me lembro de duas coisas com nitidez.

Annika aparecendo com uma adaga e a enfiando diretamente no peito de Theo antes de ambos desaparecerem, e Gil me erguendo em seus braços, com seus olhos cor de mel me embalando como uma carícia.

42

Minha consciência vai e volta. Às vezes sonho com Mei. Às vezes sonho com os sussurros. Às vezes sonho com a voz de Gil, tranquilizante e grave, me dizendo que tudo vai ficar bem.

Nos momentos em que estou acordada, sei o que Gil quis dizer quando falou que é possível descobrir outras formas de morrer.

Porque nossa consciência ainda reage à morte: ela a imita.

E minha consciência ainda não esqueceu a dor.

Sou dominada pelo sono. Quando acordo, vejo Gil sentado ao meu lado, com os dedos entrelaçados no cabelo.

— Está todo mundo bem? — pergunto, zonza. Minha boca parece pesada. Passei um bom tempo adormecida.

Gil abaixa as mãos, seus olhos alertas, até que, por fim, seus ombros relaxam.

— Sim. Yeong tem precisado fazer Theo voltar a dormir com frequência. Ele não para de gritar pelo irmão.

Minha mandíbula tensiona e eu tento erguer o tronco com os cotovelos. A dor percorre meus ossos como ácido.

Gil empurra meu ombro gentilmente.

— Fica deitada. Vai por mim, lesão na coluna é um pesadelo.

Descanso a cabeça, sentindo os olhos lacrimejarem por causa da dor ardente, e faço uma careta.

— Eu não posso simplesmente forçar a lesão a sumir? — pergunto.

Ele ergue as mãos, se recostando na cadeira.

— Fique à vontade.

Me esforço para imaginar a dor deixando meu corpo, mas minha mente está despedaçada. Até pensar dói.

Solto uma risada fraca.

— Tudo bem. Você venceu — digo.

— Eu tive muita prática. É só quebrar a coluna mais algumas vezes e isso aí vai parecer um arranhãozinho.

Eu me ajeito desconfortavelmente na cama, percebendo que estou no meu próprio quarto.

— Quanto tempo fiquei dormindo?

— Um bom tempo. — Gil passa a língua no interior da bochecha, como se não tivesse certeza de como dar a notícia. — Você perdeu o Festival dos Sussurros. E a Véspera dos Príncipes.

Meu coração afunda. Isso significa que só sobrou a Noite da Estrela Cadente. Eu devia ter passado esse tempo todo reunindo informações nos festivais; e não presa nesse quarto me recuperando.

E Martin. A garota do palácio.

Eu falhei com eles.

— Você me prometeu que não ia atrás dela. — Há uma crueza em sua voz que eu nunca havia ouvido antes.

Meu olhar esmorece, e sinto os olhos pinicarem.

— Eu sei. Mas eu tinha que tentar — digo.

Ele assente algumas vezes e desvia o olhar.

— Não vai me dar um sermão? — Consigo abrir um pequeno sorriso. Uma oferta de paz.

Mas ele não responde e fica encarando as próprias mãos como se estivesse se lembrando do que foi forçado a fazer. Do que ele teve que reviver para lutar.

— Imagino que todo mundo esteja bem bravo comigo por estragar meu disfarce — digo baixinho. — Os Residentes devem ter me visto correndo na sua direção. Duvido que eu consiga explicar aquilo.

A frustração estampa o rosto de Gil.

— Você… você não estragou seu disfarce. Eu coloquei um véu em você. Eu estava tentando te proteger. — Ele flexiona os dedos, nervoso. — Foi por isso que você foi atingida pela videira de Annika. Ela não estava te vendo. — Gil ergue os olhos, arrasado. — Foi culpa *minha* você ter se machucado.

Finalmente entendo. Imagino a culpa que ele está sentindo.

— Sinto muito — diz ele, unindo as mãos. — Eu só… eu te vi lá e não queria que você fosse pega.

— Você não queria arriscar a missão — rebato gentilmente.

— Eu não queria arriscar *você* — ele corrige, mordendo os lábios logo em seguida, como se tivesse falado demais. Uma faísca de medo atravessa seus olhos, como uma memória.

Minha mente reúne os fragmentos do que aconteceu. Do que me lembro.

— O Noturno… — Volto a olhar para ele, caindo em silêncio.

Ele balança a cabeça, se sentindo culpado.

— Ele apareceu por minha causa. Porque eu estava com medo do que havia acontecido com você.

— Você disse que nunca tinha aparecido um Noturno na Corte da Vitória antes, mas acho que ele pode ter salvado as nossas vidas. Talvez seja uma coisa boa — sugiro. — Até os Residentes estavam com medo. Talvez a gente possa usá-los em nossa vantagem.

— Noturnos são imprevisíveis. — Ele balança a cabeça, incerto. — E a gente revelou a Resistência não só para a Vitória, mas para a Morte também. Eles sabem de nossa existência e o que podemos fazer; eles sabem que somos uma ameaça. Não é seguro sair. Não sei por quanto tempo vai ser seguro ficar aqui também. — Ele parece tão cansado. Tão estilhaçado.

Será que lutar realmente exigiu tanto dele? Ou há algum outro motivo?

Sem pensar, pego sua mão, apertando-a com força.

— A gente vai achar um jeito de derrotar eles.

Ele encara nossas mãos por um longo tempo antes de voltar a falar:

— Isso quer dizer que você está do nosso lado agora?

— Eu sempre estive do lado de vocês — digo. — Mas todas aquelas pessoas sendo enviadas para a Morte... — Os humanos não estavam conscientes. Pude ver isso em seus rostos; eles não eram como a garota do palácio. Então por que mentir sobre isso? Por que enviá-los para longe?

E tudo por ordem do Príncipe *Caelan*. O príncipe em cuja bondade eu quis tanto acreditar.

A Morte não é melhor. É o único lugar do qual nenhum humano jamais retorna. O lugar que está tentando eliminar os humanos definitivamente.

Endureço meu coração. Caelan fez a escolha dele; agora preciso fazer a minha.

— Os Residentes deixaram bem claro que nunca vão dar uma chance para os humanos. A gente precisa fazer o que for necessário. A gente precisa *vencer* — digo.

Gil não ergue os olhos.

— Você fala com tanta esperança.

— E é ruim ter esperança?

— É — ele responde sem hesitar. Uma palavra, tanta certeza.

Engulo em seco, pensando na minha própria convicção. Nas minhas próprias crenças.

Não posso salvar a garota. Não posso ajudar Theo. Não posso conseguir a paz entre humanos e Residentes. Então o que sobrou? O que eu quero agora?

A resposta vem mais rápido do que eu jamais pensei que viria. Porque eu quero o que sempre quis; quero que os humanos sobrevivam.

Mas agora só restou um caminho para chegar lá.

— Você disse uma vez que resistências são construídas com base no medo. Talvez seja isso que faça elas começarem. Mas não é a esperança que faz elas continuarem? — pergunto baixinho.

Ele suspira. A dor em sua voz está ligada a algo que não entendo.

— Nem sempre. Às vezes a esperança é perigosa, Nami.

Quando eu vi Gil no campo de batalha, ele parecia um ser imortal; algum tipo de semideus. As chamas infernais, a forma como ele se movia em lampejos de luz...

Ele era poderoso e, mesmo assim, tinha medo. Mas será que aquele medo veio de suas memórias ou de algo mais? Ele perdeu tanta coisa durante as vidas que passou no Infinito, e dedicou tudo o que restava dentro de si para garantir que a Colônia encontrasse a Esfera.

Finalmente entendo.

— Você tem medo de que a gente falhe — digo.

— Na guerra, alguém *tem* que falhar.

— Não vai ser a gente. E, se for, vamos morrer lutando. Juntos.

A voz dele soa distante quando fala:

— Eu não me lembro de um tempo em que não estive lutando.

Olho para nossas mãos, unidas como peças de um quebra-cabeça.

— Mas a esperança é que algum dia você vai.

Ele assente silenciosamente e solta a minha mão. O frio a encontra logo, e fecho os dedos em resposta.

— Tenta descansar. Annika quer conversar quando você estiver melhor. — Ele se levanta e sai do quarto, e tenho a sensação de que essa é a primeira vez em que estive sozinha em dias.

***

Minha recuperação leva mais tempo do que eu esperava. É difícil ficar de pé e, mesmo que eu consiga por alguns poucos minutos, a dor se torna intensa demais aguentar, e acabo desabando. Mas descanso com frequência, e, no fim das contas, minha lesão se reduz a uma dorzinha insistente.

Assim que me sinto mais disposta, passo na enfermaria e encontro Theo ainda adormecido, assombrado por pesadelos que o tiram do torpor com gritos. Eu me culpo pelo estado em que ele está e me pergunto se Gil tem razão; talvez a esperança *seja* perigosa às vezes.

Minha próxima parada é a sala do conselho. Eu sei que deveria ter vindo antes; evitar Annika não ajuda nenhum de nós. Mas eu não tive coragem de encará-la. Não quando sei o que vem a seguir.

A mesa está rodeada por cadeiras vazias. Passo a mão pelo holograma, percorrendo a Corte da Vitória com os olhos como um pássaro estudando o chão. De alguma forma o palácio parece uma memória distante. Passo minha mão outra vez, requisitando imagens com a mente, e encontro o Príncipe Caelan. Seu holograma gira e meus olhos se fixam sobre seu rosto. O rosto do príncipe que vou trair. Belo e estoico, com uma gentileza que poucos tiveram chance de ver.

Uma gentileza que talvez nem seja real.

Se somos gentis com cem pessoas e cruéis com uma, será que podemos realmente ser considerados gentis? Não estou tão certa disso. Não acho que a gentileza deva ter limitações.

Annika aparece na porta.

— Eu esperava te ver um pouco antes.

Ergo os olhos, sorrindo de leve.

— Sinto muito. Eu não me sentia pronta para conversar.

Ela assente, suas tranças caindo à frente dos ombros e o lenço amarelo amarrado no cabelo.

— Shura andou preocupada. Todos nós andamos.

— Por favor, não culpem o Theo — digo. — Foi minha ideia salvar o irmão dele. Eu não quero que o punam por algo que foi minha culpa.

Ela se senta ao meu lado, unindo os dedos.

— Nami, eu não estou aqui para punir ninguém. — Ela olha ao redor da sala. — Acho que os Residentes já fazem isso o bastante, não concorda?

Absorvo suas palavras. Sua expressão. A forma como seus olhos estão cheios de vida.

— Você viu as minhas memórias; sabe que eu perdi alguém que amei profundamente. — Ela se recosta à cadeira. — Eu sei como é querer salvar alguém. Mas também preciso ser capaz de confiar nas pessoas que envio lá pra fora. E preciso de pessoas que retribuam essa confiança.

— Eu sei — digo, objetiva. — Se você não quiser mais que eu espione o Príncipe Caelan, não irei. Mas vou fazer isso pela Colônia. Vou fazer isso para nos manter a salvo.

Annika sorri, assentindo lentamente.

— Quero te mostrar uma coisa.

Com um gesto suave, ela passa a mão pelo holograma e o palácio aparece. Ela vira os dedos e, de repente, estamos olhando para a planta do local, cada andar uma imagem nítida, empilhados uns sobre os outros como camadas de papel. Ela aproxima a imagem do porão, onde há uma câmara na extremidade do corredor, vários níveis abaixo da sala do trono.

— O que é isso que estou vendo? — pergunto.

— É onde eles guardam a Esfera quando ela está na Corte da Vitória — diz Annika.

Meu coração para.

— Vocês conseguiram provas?

Annika faz que sim com a cabeça.

— O palácio tem andado bem movimentado desde o show que você e o Theo aprontaram, especialmente a sala do conselho. Nós sabemos onde os guardas vão estar durante a Noite da Estrela Cadente. Vai haver doze deles aqui. — Ela aponta para a câmara escondida. — Vigiando uma porta afastada das festividades. Protegendo algo atrás dessas paredes. Algo a que os guardas têm se referido bem livremente como o Coração da Rainha.

Boquiaberta, contemplo a imagem, prendendo a respiração.

— A gente tem uma chance real de retomar o controle do Infinito.

— *Você* tem. Na Noite da Estrela Cadente — corrige ela.

Ergo os olhos.

— Você ainda me quer lá?

— O príncipe confia em você, certamente o bastante para baixar a guarda quando for mais necessário. — Annika olha para mim, com as mãos dobradas sobre a mesa. — Na noite do festival, vai haver um momento em que a rainha e todos os quatro príncipes vão conduzir a cerimônia principal na sala do trono. Todos os Residentes no palácio vão estar lá para assistir ao cortejo. Todos menos os guardas que protegem a Esfera. Essa vai ser a sua oportunidade. Se nós derrubarmos os guardas e destruirmos a Esfera, temos o Infinito.

Sinto minha confiança falhando.

— Eu não sou uma conjuradora. Como vou derrubar doze guardas? — Então me ocorre. A arma. Eles querem que *eu* a use.

Annika passa a mão silenciosamente pelo holograma até que a imagem de um aparelho de metal apareça.

— Ahmet vem trabalhando nisso há um bom tempo. Chamamos de Ceifadora.

A arma é diferente da que vi na escotilha, como se tivesse passado por uma boa leva de atualizações e melhorias. Sua forma é menos desengonçada e mais refinada. *Mais fácil de esconder.*

— Ela consegue desabilitar temporariamente a consciência de um Residente — prossegue Annika. Vallis aparece na minha mente. — E bagunça suas memórias de forma que, quando ele acorda, não vai se lembrar do que aconteceu.

Ahmet não fez simplesmente *uma* arma, ele fez *a* arma.

A luz azul do holograma faz meus olhos arderem; afasto o olhar, piscando. Queria fazer parte da Resistência sem precisar machucar ninguém.

Mas acho que às vezes não podemos ter o que queremos.

— Dura apenas alguns minutos no melhor dos cenários, mas é o suficiente para você entrar na câmara e destruir a Esfera. — Ela observa o aparelho de metal girando lentamente entre nós. — Eles não vão nem perceber que você está usando isso. Você só a coloca no pulso e, quando estiver pronta, escolhe quais Residentes quer desabilitar.

— Como assim? É só apontar e atirar? Simples assim?

— Você usa sua consciência, Nami. Você pensa e a arma reage — explica ela. — Mas você precisa estar perto. Não mais do que a três metros de distância.

Nenhum humano conseguiria chegar tão perto de doze guardas Residentes sem ser atacado. Nenhum humano, exceto eu.

Eu sou a única que pode fazer isso.

— E a Esfera? Vocês sabem como destruí-la?

— Sabemos. Os guardas também falaram sobre isso. — Ela ergue o queixo de leve, me observando com cuidado. — Eu sei o que você pensa sobre ser a responsável por puxar o gatilho — ela hesita. — Eu ia pedir a Theo, mas acho que ele não está em um bom momento para esse tipo de missão. Mas Shura é uma boa ocultadora. Se você usar a Ceifadora nos guardas, pode haver tempo suficiente para ela entrar e…

— Não — eu interrompo, surpreendendo Annika. — Nós duas sabemos como será o esquema de segurança do palácio quando a Rainha Ophelia estiver lá. Sem falar dos guardas por toda parte. — Volto a olhar para o holograma. — Tem que ser eu.

— Você tem certeza? — pergunta ela. — Nós só temos uma chance.

— Eu sei. — Não reajo. Não dessa vez. — Me diz como destruir a Esfera.

Annika inclina a cabeça para o lado, sombria.

— Da mesma forma que se destrói qualquer coração. Enfiando uma faca nele.

43

O rosto de Theo é como pedra. Suas bochechas normalmente rosadas estão sem cor. Toda a vida e o humor que o faziam suportar o Infinito desapareceram, como se tivessem deixado só um cadáver para trás.

Olho para Yeong.

— Posso falar com ele um minuto?

— É claro — diz Yeong gentilmente. Ele sai do quarto, nos deixando sozinhos.

Eu me volto para o rosto sombrio de Theo, sentindo a culpa pesar no peito.

— Eu não sei se você está me ouvindo, mas só queria dizer que sinto muito. E que vou fazer tudo que puder pra trazer seu irmão de volta. — Mordo os lábios. A imagem do corpo inconsciente de Martin nos braços do guarda atravessa minha mente. Deve ser a única coisa em que Theo consegue pensar. Um pesadelo que se repete.

Parece que alguma coisa se quebrou dentro dele. Se Mei estivesse aqui — e se eu tivesse sido forçada a assistir ela ser enviada para a Morte —, acho que alguma coisa se quebraria dentro de mim também.

Então conto a Theo sobre o plano e o que vou fazer. Eu lhe digo que, quando tudo estiver terminado, eu mesma vou viajar até a Morte e trazer Martin de volta, se for necessário. Eu lhe digo que, assim que a Rainha Ophelia estiver morta, vou achar um jeito de acordar seu irmão. Vou achar um jeito de salvar *todo mundo*.

— Eu te fiz uma promessa — digo. — E não vou desistir de você. Assim como você não desistiu de mim.

Theo emite um ruído baixo e inaudível. Um sussurro do que costumava ser.

Afasto o rosto, surpresa.

— Está acordado? — Sem receber uma resposta, eu me aproximo. — Theo?

Seus olhos verdes se abrem.

— Me deixa em paz.

Recuo, magoada, e me afasto da cama, trêmula.

— Eu só vim aqui pra te dizer que...

— Eu te ouvi — rebate ele, sua voz falhando. Depois de uma pausa, ele acrescenta: — Não quero suas desculpas, porque não te culpo. Eu culpo a mim mesmo. Deixei meu coração amolecer, e o Infinito não é lugar pra isso.

Eu me levanto, olhando para a pessoa que eu achava ser um amigo e percebendo que quebrei uma coisa que não sei como consertar.

— Vai embora — resmunga ele.

Vou até a porta, de ombros trêmulos com o peso das minhas emoções.

— Ah, Nami — ele me chama.

Eu me viro, esperançosa.

— O que foi?

— Faça aqueles Residas pagarem.

Assinto silenciosamente, com medo de dizer qualquer outra coisa, e volto para o meu quarto.

***

— O que acontece com os humanos na Morte?

Ophelia não olha na minha direção, mantendo os ombros retos e a cabeça erguida, como se estivesse contemplando a vista de uma janela. Seda cinza se derrama nas sombras e rendas delicadas envolvem suas costas quase completamente expostas.

— Você sabe que não vou responder isso — por sobre o ombro, ela acrescenta: —, mas algum dia em breve você verá com seus próprios olhos.

— Queria poder fazer você mudar de ideia.

— Seu erro foi pensar que seria capaz de fazer isso.

— Não é um erro acreditar que as pessoas podem mudar — digo.

Ela se vira na direção da minha voz.

— Agora eu sou uma pessoa?

— Não é isso que você quer?

Ela une as mãos, sem piscar os olhos.

— Eu sou... mais. Sempre serei mais.

Não, penso, e odeio como isso dói. Como isso parece uma despedida. *Em breve, você não será nada.*

***

Estou no terraço da Colônia, movendo os pés ao ritmo de uma música imaginária, quando ouço a voz de Gil:

— Você não gosta mesmo de desistir de nada, hein? — A alguns metros de distância, ele usa um suéter leve cinzento e calças pretas, seu cabelo um caos de mechas acastanhadas e bagunçadas. Há um quê de diversão em sua sobrancelha franzida.

Deixo cair os braços e, ansiosa, ergo os punhos.

— Não quero estragar nossos planos por não saber dançar. Porque, se o Príncipe Caelan me convidar... — Mordo meu lábio inferior e desvio o olhar. — A Annika quer que eu o visite antes do festival. Pra manter as aparências, já que perdi os últimos dois.

A expressão de Gil permanece inalterada.

— Você está nervosa?

— Por ter que dançar, por causa da missão ou por ter que vê-lo de novo? — pergunto, curvando os ombros.

Seus olhos cor de mel me observam com cautela.

Solto um suspiro profundo e desesperado.

— Estou apavorada. Com *tudo*. Essa pode ser nossa única chance, e não quero estragá-la.

Ele caminha até mim, fazendo meu coração saltar a cada passo. Quando chega à minha frente, com o rosto a centímetros de distância, ele repousa a mão nas minhas costas.

— O que está fazendo? — pergunto, ofegante.

Um brilho aparece em seus olhos.

— Não posso fazer seu nervosismo desaparecer, mas talvez eu possa amenizá-lo. Além do mais, ainda te devo uma aula de dança.

Nossos dedos se encontram e em pouco tempo estamos nos movendo pelo cômodo, três passos por vez, balançando ao som das batidas de corações. Eu me concentro em nossos passos e tento não reagir quando sinto sua respiração roçar minha bochecha.

Mas ela cora mesmo assim, me fazendo tropeçar nos meus próprios pés.

— Desculpa — digo, atrapalhada. — Era de se esperar que eu fosse uma dançarina melhor, considerando todas as séries de época que eu já assisti na vida.

— Você pode usar isso — ele responde, com a mão na minha lombar. — Você está no controle da sua consciência; você pode imitar tudo que já viu.

Encontro os seus olhos.

— É por isso que você é tão bom em lutar? Porque assistiu vários filmes de ação quando era criança? — pergunto.

Gil sorri suavemente.

— Não. É porque eu era teimoso o suficiente pra não desistir de treinar só porque odiava meu professor.

Penso em pisar nos pés dele de propósito.

— Você estava sendo impossível.

— Você também.

— Beleza, mas você nem era um professor tão bom assim. — Quando ele franze a testa, acrescento: — Se não me falha a memória, eu só descobri como supercarregar um golpe *depois* que te dispensei.

A risada de Gil faz cócegas na minha orelha, e dançamos até eu me esquecer dos passos e da missão e do meu nervosismo. Quase não há espaço entre nós, e sou atraída por sua boca e pela memória do nosso quase beijo. Ele o interrompeu, mas será que faria o mesmo agora?

Tenho medo de descobrir. Medo de que isso altere o que estou sentindo neste exato segundo.

Tudo que vejo são seus olhos escuros cor de mel me observando como se ele pudesse ver minha própria essência, com todas as suas cores, farpas e cicatrizes. Como se ele me conhecesse melhor do que eu mesma.

E, neste momento, não sou uma espiã ou uma pessoa sem família.

Sou metade de uma estrela, cruzando o céu com o único garoto que me faz sentir como se meu coração estivesse em chamas.

44

Encontro o Príncipe Caelan na frente dos estábulos, vestindo uma simples túnica branca desabotoada no pescoço. Ele não está usando sua coroa e joias hoje. Nunca o vi com uma aparência tão casual, o rosto erguido como se estivesse sorvendo a luz do sol.

Ele parece tranquilo. Minha mente é tomada pela culpa.

Seu cabelo branco balança com a brisa suave, e, quando ele ouve meus passos, abre um sorriso.

Faço uma reverência quando chego até ele, com meu vestido azul-claro coberto por bordados de diminutas flores douradas.

— Seus criados me disseram que você estaria aqui.

— Você não aparece na corte desde a Lua de Sangue — diz ele, curvando gentilmente a cabeça. — Se não fosse impossível, eu teria me convencido de que você foi apenas um sonho.

Endireito a postura, estabilizando o sorriso suave que uso como máscara.

— Eu te asseguro de que sou bastante real.

Uma covinha aparece em sua bochecha.

— Sua ausência foi profundamente sentida. Devo admitir, fiquei bastante afeiçoado a nossas conversas.

— Estou aqui agora — digo, esperando evitar ter que mentir sobre minha ausência.

— Há tantas coisas sobre as quais quero falar com você. — Ele hesita. — Sobre tudo que aconteceu na Vitória desde que eu te vi pela última vez.

Será que isso tem a ver com as centenas de humanos que você enviou para a Morte?, penso, amarga.

Será que ele sequer considerou a possibilidade de coexistência depois da nossa última conversa? Eu estava tão certa de que ele havia me escutado. Tão convencida de que ele estava tentado pela ideia de paz.

Mas então ele trouxe uma aeronave para dentro de sua própria corte e me forçou a fazer uma escolha.

— Estou certo de que você ouviu falar sobre o que aconteceu com Vallis — diz ele, cerrando os lábios.

Ergo minhas sobrancelhas, me esforçando para esconder o súbito pânico.

— Ele está desaparecido desde a Lua de Sangue. E há rumores de que não vem sendo tão leal como eu costumava pensar.

— Você acha que ele é um traidor? — digo, minha voz falhando.

— Eu não queria acreditar nisso. Mas havia rumores de que ele vinha semeando a dúvida pela corte há algum tempo, sugerindo a meus súditos que eu não servia para governar. E as dúvidas só aumentaram desde o seu desaparecimento — um traço de tristeza surge em seus olhos. — Parece que é difícil encontrar um amigo verdadeiro, mesmo quando se é um príncipe.

A confissão me faz sentir um aperto no peito. Luto contra o sentimento.

— Sua corte é leal. Talvez Vallis tenha partido porque sabia que não podia convencê-la — digo.

— Você superestima minhas qualidades — diz ele, mas sua voz está repleta de gratidão.

Tento fazer com que a minha soe como música quando respondo:

— É porque acredito em você. Não conheço ninguém melhor para governar a Corte da Vitória.

O rosto do Príncipe Caelan se ilumina e, por um momento, acho que vai me abraçar. Em vez disso, ele aponta para os estábulos.

— Eu estava prestes a sair para dar um passeio. Você gostaria de me acompanhar?

— Eu adoraria — digo, acompanhando-o.

Os estábulos são longos e largos, com arcos altos e brancos e baias feitas de mármore. Dentro delas estão as mesmas criaturas que vi puxando sua carruagem aquele dia no mercado: Diurnos, criados a partir de memórias, sua pelagem balançando como nuvens e luz das estrelas.

Ele acena para um criado humano, que coloca as celas em duas das criaturas e nos entrega as rédeas. Encaixo meu pé no estribo e jogo minha perna para o outro lado com facilidade. Lutar e dançar podem não ser atividades fáceis para mim, mas eu fiz parte do clube de montaria júnior por dois anos. Cavalos são familiares.

Caelan faz o mesmo. Saímos pelos jardins e passamos pelos extensos campos verdes. Logo estamos a galope, nossos Diurnos resplandecendo em poeira estelar sob nós. Meu coração flutua, *decola*. O vento dança ao meu redor e, por um momento, sinto que estou voando.

Fazemos uma curva em torno de urzes-roxas antes de parar no cume de uma colina. Quando olho para o vale abaixo de nós, não posso deixar de ficar maravilhada.

No centro do lago está uma ilha com uma enorme árvore. Suas folhas dançam em tons de framboesa e violeta, e o tilintar de sinos ressoa a distância. Caelan estala a língua, fazendo o Diurno descer a colina. Eu o sigo, parando às margens do lago.

Caelan desmonta da criatura primeiro, me oferecendo uma mão enquanto faço o mesmo.

— Este é o meu lugar preferido no Infinito — diz ele, gesticulando na direção da árvore. Ele se aproxima da água sem tremor, pisando sobre a superfície espelhada. Espero seus pés afundarem no leito do lago, mas não o fazem.

Prendendo a respiração, dou meu primeiro passo sobre a água e encontro uma superfície firme. É como se o lago fosse feito de vidro. Caminhamos pela água juntos, com ondas gentis se afastando de nós como as sombras na mente de Ophelia. Quando chegamos aos pés da árvore, ergo os olhos para admirar seus galhos. Os tons de vermelho e roxo não são folhas: são pedaços de papel cobertos de mensagens.

Nunca havia visto uma árvore como essa antes. Nunca na minha antiga vida e nunca nas memórias que Annika compartilhou comigo. Ela se estende até as nuvens, balançando levemente ao vento, com centenas de pequenos sinos escondidos espalhando sua música pelas folhas de papel.

— Que lugar é esse? — minha voz soa vazia.

— Esta é uma Árvore dos Desejos — responde ele, quase orgulhoso. — Os humanos costumavam cultivá-las antes de nós chegarmos. Eles escreviam o que mais desejavam e penduravam o papel nas árvores.

— E ela continuou de pé? — pergunto, deixando nítido o que é subentendido. Não imaginava que a Rainha Ophelia permitiria que algo tão humano permanecesse intocado.

— A maioria foi destruída — admite ele. — Mas não consegui me separar desta. Afinal, relíquias são importantes em todas as culturas. Elas nos mostram onde estivemos e nos lembram do que perdemos.

Você quer dizer o que os humanos perderam, rebato mentalmente.

— Eu escondi a árvore aqui, longe dos humanos, onde esperava que minha mãe fosse deixar para lá. — Ele sorri gentilmente. — É aqui que venho quando quero esquecer de tudo.

Examino os desejos, deixando meus olhos repousarem sobre alguns deles. São pedidos parecidos: que suas famílias sejam protegidas no mundo dos vivos, que sejam perdoados por erros que não puderam consertar, que tenham uma chance para fazer tudo diferente. Parecem mais arrependimentos do que desejos.

Talvez porque, no Infinito, o passado é a única coisa que não podemos mudar.

Meus olhos dançam de galho em galho.

— Algum desses pedidos é seu?

— Sim — diz ele, movendo os olhos rapidamente, como se estivesse caçando o som de sinos. — Está em algum lugar por aqui. Mas, devo confessar, ele ainda não se realizou.

Faço uma careta.

— Você é um príncipe; pode ter o que quiser, basta desejar.

Seus olhos se entristecem.

— Nem tudo.

Desvio o olhar, lutando contra a culpa que me invade. Tentando fingir que não enxergo sua frustração.

Como se não enxergasse sua prisão.

Mas ele colocou humanos em uma prisão também. Não vou me esquecer de como ele enviou aquelas pessoas para a Morte como produtos defeituosos devolvidos à fábrica. Esta é a sua corte — seu mundo —, e ele é tão culpado quanto os outros.

Não posso humanizar os Residentes. Não mais.

— Às vezes, temo termos expulsado toda a beleza do mundo — diz ele solenemente.

— Como assim?

A confiança habitual em sua voz desaparece.

— Eu sei que precisava ser feito, mas, quando vi a aeronave de meu irmão bloqueando o sol, só conseguia pensar em quanta escuridão ele trouxe para a corte.

Ouço o tilintar dos sinos, me perguntando se é seguro dizer alguma coisa.

— Se você não gosta da escuridão, tem o poder de dissipá-la.

Ele olha para mim com cautela, com um brilho nos olhos prateados.

— Mas e se *nós* formos a escuridão?

Eu o encaro de volta; o sentimento de traição se evapora, transformando-se em algo mais leve. Algo que se parece demais com uma ilusão. *É tarde demais*, repreendo a mim mesma. *Você sabe o que precisa fazer.* Mas as palavras saem de mim mesmo assim.

— Mesmo na noite mais escura há uma estrela para iluminar o caminho.

— Sim. Sim, creio que isso é verdade — diz ele, perdido em pensamentos.

— O que eles farão com os humanos? — pergunto delicadamente.

Seu rosto se ergue na direção dos desejos, como se ele estivesse procurando pelo dele.

— Lysander foi encarregado de descobrir uma forma de separar a consciência humana do Infinito. Os humanos permanecerão em sua corte enquanto ele busca uma solução.

— Então eles serão usados como cobaias? — Minha tentativa de parecer curiosa soa mais como uma acusação.

Caelan enrijece.

— Alguns humanos estavam recobrando a consciência. Eles não podiam continuar na Corte da Vitória sem representar um risco, mas eu não acredito em sofrimento desnecessário. Tomei uma decisão e os poupei da Guerra.

Ele pensa que a Morte é uma gentileza.

Forço um sorriso e sinto pequenos alfinetes cutucando minha pele.

— Estou certa de que sua corte aprecia sua generosidade, Alteza.

Os sinos cantam, ocultando a melodia desafinada de minhas mentiras.

— Você uma vez falou de coexistência — diz ele. — Você ainda acredita que é uma possibilidade?

Afasto meu instinto e a honestidade: aqui não é lugar para elas, porque o que quer que eu tenha dito sobre paz não importa mais. Não há tempo para mudar a opinião dos Residentes que querem nos destruir. Nem sei ao certo se isso é *possível*, por mais que Caelan pareça gentil e sincero. Ele ainda obedece a uma rainha, e Ophelia deixou sua posição bem clara.

E o que aconteceria se Caelan descobrisse o que eu sou e como estive mentindo para ele? Será que ainda falaria de possibilidades? Ou será que eu me transformaria na própria escuridão com a qual ele se preocupa?

Preciso acabar com isso e destruir a Esfera na Noite da Estrela Cadente. Se eu não fizer isso, a coexistência não será mais uma questão relevante. Porque, se a Morte for bem-sucedida em seu projeto de remover a consciência humana permanentemente do Infinito, talvez os humanos deixem de existir.

A culpa parte meu coração, lançando seus pedaços em todas as direções. Eu nunca quis isso. Nunca quis machucar ninguém. E, quando olho para Caelan, com os olhos cheios de luz e ansiando por um futuro melhor…

Tento ignorar a forma como minha garganta se contrai e minhas costelas espasmam. Porque não posso mais me permitir pensar nas possibilidades. Preciso proteger a Colônia e as pessoas que se tornaram minha família.

Estou fazendo o que Gil disse: estou escolhendo um lado.

— Acredito que, se houvesse uma chance de paz, você seria o príncipe que encontraria um jeito de fazê-la acontecer — digo finalmente. É o único fragmento da verdade que posso lhe oferecer.

Quando ele se volta para mim, seu sorriso é suave.

— Obrigado.

— Pelo quê?

— Por me enxergar. E por não ter medo.

Atravessamos o lago e galopamos até o palácio. Durante todo o trajeto, me pergunto se o Príncipe Caelan algum dia foi a pessoa a ser temida.

Quem deve ser temida sou eu.

45

Ahmet gira a Ceifadora sob uma lâmpada, analisando seus detalhes como um pintor analisa cada traço do pincel. Ele é um artista por mérito próprio, e um dos bons.

— Isso deve servir direitinho — ele diz com um aceno de cabeça, gesticulando para que eu lhe mostre o pulso. Deslizando o aparelho sobre minha pele exposta, Ahmet pergunta: — E aí, ficou bom?

— Ficou — digo. Tento não pensar no peso do que essa Ceifadora vai fazer. Em quantas vidas vão deixar de existir por minha causa.

Porque, se eu pensar demais sobre esse peso, com certeza não vou ser capaz de suportá-lo.

— Posso fazer alguns ajustes estéticos se o seu vestido exigir — diz Ahmet.

Giro o pulso, analisando as linhas lisas de prata. Tenho trabalhado em um vestido há dias e ele ainda não está bom.

Não sei qual é a cor adequada para uma carrasco.

— Está bom assim, Ahmet. Não precisa de mais nada — digo, tirando o bracelete e o devolvendo a ele.

Ele ergue uma sobrancelha, me analisando.

— As pessoas costumam falar sobre o que é certo e errado como se fosse simples, mas nem sempre é assim. Às vezes tem muita coisa no meio. Muita coisa cinza. E às vezes existem muitos jeitos de estar certo e muitos jeitos de estar errado. Mas se a gente não sofrer consequências por machucar outras pessoas, se a gente não defender aqueles que não podem defender a si mesmos, estamos tão errados quanto as pessoas contra quem estamos tentando lutar.

— Mas ainda é certo punir pessoas que nunca conheceram outro ponto de vista? — pergunto. — A gente aprende o que nos ensinam. Se a Rainha Ophelia ensinou os Residentes a odiar humanos, a gente não deveria lutar contra a lição e não contra as pessoas?

— Eles não são pessoas, Nami, não importa o quanto você queira acreditar nisso — diz Ahmet. — E todos nós temos que estabelecer algum limite. Temos que decidir o que estamos dispostos a permitir e quanto estamos dispostos a ensinar antes que querer ensinar alguém se torne perigoso para aqueles ao nosso redor.

E talvez esse seja o problema; não tenho que me preocupar apenas comigo. Há pessoas que dependem de mim. A espécie humana inteira depende de mim.

Eu não posso me dar ao luxo de fazer uma escolha livre.

— Eu sei qual é o limite — digo baixinho. — Vou destruir a Esfera. Mas, por favor, não me peça pra ficar feliz com isso.

Ele assente.

— Você pode não ter certeza de que está fazendo a escolha certa, mas eu tenho — diz Ahmet.

Saio de sua oficina.

Não sou a Heroína que queria ser, mas sou a Heroína de quem eles precisam.

Preciso descobrir um jeito de aceitar isso.

***

Gil está sentado em sua bancada de trabalho, as mãos ocupadas com um pedaço fino de metal. Bato à sua porta aberta, e ele rapidamente guarda a escultura sob um pedaço de pano, parecendo acanhado.

— É surpresa — ele diz, sem graça, tamborilando o polegar no joelho.

Franzo o nariz.

— Pra mim?

— Sim. Mas… ainda não está pronto.

Puxo a manga da minha jaqueta, incapaz de esconder meu sorriso. Ou de formular palavras. Porque, no passado, Gil teria ficado feliz em me deixar na Guerra, se pudesse. E agora ele está em seu quarto me fazendo presentes como se fôssemos amigos. Como se estivéssemos compartilhando algo que eu costumava pensar ser único entre Finn e eu.

Finn parece um estranho para mim agora. Mas Gil…

Não consigo acreditar no quanto as coisas mudaram.

— Ei, posso te perguntar uma coisa? — digo, nervosa, mudando de pé, e ele faz que sim com a cabeça. — Você acha que eu estou fazendo a coisa certa?

Gil desvia os olhos, dirigindo-os para o chão.

— Você está repensando sua decisão?

— Não — digo firmemente. Os olhos dele voltam a encontrar os meus. — Eu sei o que preciso fazer. Mas acho que o que eu quero saber é… — Hesito, torcendo a boca como se não soubesse bem como transmitir o que estou sentindo. Que acho que deva ser principalmente vergonha. — Quando tudo isso estiver terminado, você acha que vou ter feito a coisa certa?

— Por que está me perguntando isso?

Entendo o que ele quer dizer. Gil sempre foi transparente a respeito do que sente em relação ao conflito entre Residentes e Humanos. Qualquer que seja o custo para a libertação humana, ele o pagará com satisfação.

Mesmo que isso signifique destruir até o último dos Residentes.

— Quero ouvir de você — digo, finalmente. — Quero ouvir que você acha que estou fazendo a escolha certa e que fazer isso não vai me transformar em um monstro. Quero que me diga que não vai olhar pra mim de um jeito diferente, como se eu fosse fria e insensível. — Faço uma pausa. — Quero que me diga que eu ainda vou ser uma pessoa boa depois que tudo estiver acabado.

Gil se levanta, deixando sua mão se afastar da cadeira, e dá alguns passos cuidadosos na minha direção.

— Você sabe que ainda tem uma escolha, não sabe?

Franzo a testa, surpresa.

— E aquela história de que escolhas são luxos que não podemos ter?

— Eu sei como é ter o coração destruído — ele diz, sério. — E, se você fizer isso, vai precisar ser forte o bastante pra carregar as cicatrizes. Porque a gente pode saber como é a ferida, mas nunca consegue prever a profundidade ou a extensão da cicatriz. — Ele faz uma pausa, traçando meu rosto com os olhos. — Eu sei que você quer acreditar na coexistência. E ainda acho que existem um bilhão de razões pelas quais isso não vai dar certo. Mas, se é isso que você realmente quer, se esse é o caminho que está preparada pra tomar, então eu vou segui-lo com você.

— Por que você está dizendo isso pra mim? — Sinto um nó na garganta. *Por que está me dizendo isso agora que já tomei minha decisão?*

Ele parece ter medo de falar, mas o faz mesmo assim:

— Eu me importo com você. Eu me importo com o seu coração. E eu quero que saiba que eu vou te apoiar se você mudar de ideia. Que você *pode* mudar de ideia se isso não é o que realmente quer. A escolha é sua até o momento em que não é mais.

Alguma coisa quebra atrás de seus olhos, e sei que suas palavras estão partindo seu próprio coração.

Essa é a escolha dele. Uma escolha de ser altruísta, por mim, mesmo que signifique desistir da única coisa que ele quer mais do que tudo: acabar de uma vez por todas com essa guerra.

Eu me importo com o seu coração.

Em um movimento fluido, dou um passo à frente, seguro o rosto de Gil entre as minhas mãos e pressiono meus lábios contra os dele. Em resposta, sua boca se suaviza e ele solta um leve gemido.

Por um momento nossos corpos ficam paralisados, e, quando afasto o rosto, os olhos de Gil estão arregalados. Com um beijo, eu destruí cada centímetro de suas defesas. Seus muros caíram, sua armadura está destroçada, e eu não sei ao certo se ele sabe o que fazer.

Então acho que ele descobre, porque repousa uma mão na minha nuca e me puxa para si, colocando os lábios sobre os meus. Somos só dedos e línguas e pele, agarrando um ao outro como se estivéssemos desesperados pela conexão. Desesperados pelo *alívio*.

E não desaceleramos, mesmo quando Gil beija o canto da minha mandíbula e me diz o quanto queria isso.

Mesmo quando eu deslizo minhas mãos sobre suas costas e o puxo para perto de mim, sussurrando que queria isso também.

E estou simultaneamente em todo lugar e em nenhum lugar, vivendo esse momento único no tempo.

E ele é infinito.

***

Estou deitada sobre o peito de Gil, sentindo sua respiração, e não consigo parar de pensar na Noite da Estrela Cadente.

Gil traça um dedo ao longo da curva da minha cintura. Seus lábios encontram minha têmpora e sinto o esvoaçar de mil borboletas no estômago. Ergo o queixo, procurando em seu rosto uma ternura como a de seu beijo, mas só encontro tensão.

— Que foi? — pergunto, hiperconsciente dos nossos corpos entrelaçados e me perguntando por que ainda parece haver um oceano inteiro entre nós.

Quando ele me pega o encarando, sua expressão se suaviza, transformando-se em um sorriso gentil.

— Desculpa. É que é difícil escapar dos meus pensamentos às vezes. Só isso.

— Você está preocupado com o festival.

Ele roça o polegar sobre meu ombro.

— Estou preocupado com você.

Abro a boca para dizer que vai ficar tudo bem, que eu vou ficar bem, mas as palavras desaparecem, substituídas por pensamentos que se afundam nos meus nervos como dentes tão afiados quanto navalha. Preocupação. Arrependimento. E ainda tantos anseios.

Fazer com que o além fosse seguro para humanos sempre foi o objetivo, mas isso costumava ser um conceito tão distante e abstrato que acho que nunca realmente parei para imaginar como seria um futuro melhor. Como seria a *sensação* de um futuro melhor.

— Você acha que é possível passar um dia sem sentir medo de nada? — pergunto, quase baixinho demais para ele ouvir.

Sinto seu coração batendo sob sua camisa.

— Sejam quais forem os seus medos, você não precisa carregá-los sozinha — responde ele, suavemente. — Vou carregá-los pra você, se me permitir.

Fecho os olhos, apertando mais o braço ao redor dele. Gil passou por mais dificuldades do que qualquer pessoa que conheço. Ele merece ser livre. Ele merece um pós-vida sem medo.

Quero acreditar que uma pequena parte de mim merece isso também.

E é por isso que não posso voltar atrás agora. Preciso ir até o fim.

O futuro é tão maior do que meu próprio coração.

— Obrigada — digo. — Mas acho que isso é uma coisa que preciso fazer sozinha.

Ele repousa a bochecha sobre meu cabelo.

— Eu acredito em você. E eu não acreditava em nada havia muito, muito tempo.

Ficamos deitados juntos em seu sofá, encarando o teto com nossos corpos próximos, entrelaçando os dedos como se tivéssemos todo o tempo do mundo.

46

Quando me olho no espelho, não me reconheço.

Meu cabelo escuro está preso em uma trança apertada que começa no topo da minha cabeça e vai até minhas costas. Pequenas folhas de cristal estão entrelaçadas em cada mecha, fazendo meu cabelo brilhar como se eu viesse de outro mundo.

Camadas de seda branca se derramam dos meus ombros até o chão, suas bordas reluzindo em prata. O tecido se esparrama, passando pelos meus pulsos, o material cortado de modo a expor a pele nas laterais dos meus braços.

No meu pulso esquerdo, carrego a Ceifadora.

Vejo Gil no reflexo e me viro, colocando as mãos sobre o estômago, nervosa.

A sombra de um sorriso aparece em seu rosto. Ele ergue uma máscara de prata, com garras nas pontas como as de um pássaro. É uma réplica da que Naoko usa em *Tokyo Circus*, a máscara que vi meu pai desenhar no porão várias e várias vezes, como se fosse uma velha amiga.

E Gil fez uma para mim.

— É pra você usar hoje à noite — diz ele. — Você não pode ir a um baile de máscaras sem uma.

— Achava que eu já estava usando uma — digo, com um pequeno sorriso. Deixo meus olhos percorrem os entalhes detalhados de seu presente. — Ficou lindo, Gil. Como você sabia?

Ele ergue as sobrancelhas como se estivesse pedindo permissão, e, quando assinto com a cabeça, ele coloca a máscara sobre meus olhos.

— Eu vi a máscara nas suas memórias, no dia em que a gente se conheceu — responde.

Coloco uma das mãos sobre a borda da máscara, percebendo que a magia do Infinito a mantém no lugar. Eu me viro para me olhar no espelho e sinto meu coração estremecer.

Estou igual a Naoko. Igual à personagem que meu pai criou para mim.

— Obrigada — digo, e minha voz é um sussurro.

Quando me viro outra vez, ele toca minha bochecha gentilmente com o polegar.

— Achei que seria adequado você ir ao palácio vestida como a pessoa que você sempre disse ser sua inspiração.

Pressiono minha mão contra a dele e a aperto. Ele nota a Ceifadora e seu maxilar enrijece.

— Vou ficar bem — digo, como se estivesse fazendo uma promessa.

Ele faz que sim com a cabeça, repousando a testa sobre a minha.

— Volta pra mim, tá bom?

— Não importa o que aconteça — respondo.

Caminhamos até o veículo à nossa espera e encontramos os outros parados, estoicos, como se estivessem me enviando ao campo de batalha.

Annika coloca as mãos sobre os meus ombros, com seu lenço amarelo brilhando sob a luz.

— Que as estrelas te protejam. — Ela abre um sorriso largo. — Tenho orgulho de ter você na equipe.

Assinto, me virando para Shura, que dá pulinhos.

— Eu ia te acompanhar até a fronteira, mas acho que estou emocionada demais pra ser útil — ela admite, meio rindo, meio chorando. Acho que é uma mistura de entusiasmo e medo, e não posso dizer que a culpo. Sinto a mesma coisa.

— Vou te ver quando voltar — digo, e então sinto ela se jogando sobre mim, me envolvendo em um abraço.

— Desculpa por te chamar de idiota — ela soluça no meu ombro.

Eu devolvo seu abraço.

— Desculpa por *ter sido* uma idiota.

Ela se afasta, franzindo o rosto.

— Tenho a sensação de que você cresceu tão rápido — comenta ela.

Solto uma risada, apesar das emoções intensificadas — ou talvez por causa delas —, e me viro para Theo.

— Não vai começar você também — alerto, percebendo o brilho em seus olhos verdes.

Ele cerra os lábios, com o rosto fraturado demais para sorrir, e tira a faca de vidro marinho que dei a ele

— Toma — diz ele. — Pra hoje. Fiz uns pequenos ajustes.

Pego a arma, notando o brilho afiado nas bordas. Uma adaga digna de uma espiã-mestre.

— Obrigada — digo, e ele me dá um último aceno antes de voltar para a pequena multidão.

Ahmet inclina a cabeça para o veículo que me espera.

— Vamos! Não queremos que você perca o baile.

Lanço um último olhar para Gil, tentando memorizar o formato de seu rosto, a cor de seu cabelo. Absorvo cada detalhe de sua boca curvada e de seus olhos sérios e prometo a mim mesma que vou encontrar um jeito de voltar para ele.

Para *todos* eles.

Saímos em direção ao palácio sob a luz do luar e da esperança.

***

O palácio está repleto de flores brancas e cintilantes e galhos de prata. Cristais brilham em todas as direções, encantando o espaço como se estivesse cheio de estrelas.

Há Residentes por todo lugar, com os rostos escondidos debaixo de máscaras muito mais elaboradas do que a minha. Algumas delas estão cobertas de penas e joias. Outras estão tatuadas em suas peles, formando padrões fantásticos. E há ainda aquelas que foram costuradas em tecido e que cobrem seus penteados igualmente exóticos.

Cada vestido é mais bonito que o anterior, todo terno tem o caimento perfeito. E de repente me ocorre que eu sou uma das poucas pessoas usando as cores do Príncipe Caelan.

Parecia uma boa ideia na hora, mas agora percebo que isso está chamando mais atenção do que quero. Pares de olhos me seguem por todo o cômodo, e Residentes sussurram uns para os outros atrás das mãos em concha. Meu vestido é uma mensagem involuntária: não sou apenas amiga do Príncipe Caelan — sou parte de sua corte.

Lembro a mim mesma que é tudo uma mentira, um papel que estou interpretando para retomar o Infinito, e atravesso a multidão com toda a graça dos Residentes que continuo a imitar.

Não vejo Príncipe Caelan em lugar nenhum. Talvez os membros da família real não façam uma aparição até depois da cerimônia, que só acontece no início da noite, logo depois do cortejo na sala do trono.

Talvez, se eu tiver sorte, eu consiga evitar Caelan hoje à noite.

Sei o que precisa ser feito, mas seria mais fácil se eu não tivesse que olhar dentro daqueles olhos prateados novamente. Não quando eu sei o que vai acontecer em algumas horas.

Atravesso o salão de baile e vou até os jardins, reparando nos guardas e corredores vazios. Fora do palácio, guardas de todas as cortes sobrevoam a cidade e vigiam o muro que a cerca. Aqui dentro, eles se movem como sombras, como se fossem apenas parte da decoração e nada mais.

Parece opressivo agora, mas logo eles deixarão de ser um problema. Estarão ocupados demais vigiando a sala do trono, não os corredores.

Os únicos guardas com os quais preciso me preocupar são os doze perto da Esfera.

Cerro os punhos, torcendo para que a Ceifadora faça o seu trabalho quando chegar a hora, assim como pretendo.

O corredor que leva até a câmara subterrânea está sendo vigiado por dois guardas corpulentos da Vitória. O branco de seus uniformes reluz sob os lustres de cristal. Relembro as plantas que Annika me mostrou, fazendo uma anotação mental de para onde devo ir assim que o caminho estiver livre.

A orquestra começa a tocar outra música, e o salão de baile irrompe em uma gentil valsa. Começo a me virar na direção do jardim, pensando ser mais fácil evitar ser arrastada para a dança, quando colido com uma capa de pelagem branca.

Príncipe Caelan aparece na minha frente, mais majestoso do que nunca. Seu cabelo branco está penteado para trás, perfeitamente arrumado, com uma série de folhas de prata posicionadas estrategicamente nas laterais de suas têmporas, curvando-se ao redor de sua testa. Há um pó prateado espalhado debaixo de seus olhos, criando a semelhança de uma máscara sem que seu rosto fique oculto. E em sua cabeça está sua coroa de galhos de prata.

Faço uma reverência, baixa e sincera.

— Sinto muito, Alteza. Não havia te visto.

Caelan estende a mão e me puxa para mais perto de si, passando uma mão por trás de mim em um movimento fácil até me virar na direção da multidão. Antes que eu me dê conta, nós dois estamos dançando, nossos corpos colados, nossos rostos quase se tocando.

Não consigo tirar os olhos dos dele, mesmo que a prata me faça sentir frio. Não porque Caelan é frio, mas porque, quando estou perto dele, tudo começa a parecer real.

Definitivo.

Queria poder pedir perdão. Queria poder lhe dizer que não tive escolha. Eram os humanos ou os Residentes. Apenas um pode sobreviver; apenas um pode existir no Infinito.

E eu escolhi os humanos. Escolhi a família que encontrei no subterrâneo, escondida nas sombras da Colônia. Escolhi os estranhos cujos olhos não podem ver o que eu vejo, que vivem nas dependências dos criados e nas tendas do mercado; os estranhos na Guerra e na Fome e na Morte, que lutam até não aguentarem mais.

Eu escolhi Gil.

Eu escolhi um mundo para Mei.

Eu escolhi *a mim mesma*. Nami, não Naoko. Não essa pessoa que tenho fingido ser.

Príncipe Caelan sorri para mim. Nos movemos em sincronia com a música, como pássaros levantando voo. E sei que ele não me perdoaria. Não por tirar sua liberdade antes que ela fosse realmente sua.

Eu me forço a retribuir o sorriso, olhando para ele com toda a inocência que consigo reunir.

— Você está usando minhas cores — diz o Príncipe Caelan.

— Pensei que nada seria mais apropriado — respondo.

— Elas ficam lindas em você. — Sua respiração roça minha bochecha.

Meus olhos deslizam até sua boca e a forma como ela se curva com tanta gentileza.

Ele nunca pertenceu a este mundo, digo a mim mesma. *Ele não é uma pessoa real*.

Mas então por que ele é tão afetuoso?

— Quando tudo isso acabar, gostaria de te levar a um lugar — diz ele. — Isto é, se você me permitir.

Quando tudo isso acabar.

Engulo em seco.

— Estou a seu serviço, Alteza.

— Não — diz ele, e ouço a urgência em sua voz. Sua mão fica tensa sobre minhas costas. — Por favor, não aceite o convite se é porque sou seu príncipe. Aceite apenas se você quiser. — Seus lábios se suavizam. — Tantas pessoas me tratam de uma certa maneira por obrigação. Não quero que faça isso.

Sua honestidade parte meu coração.

— Minha resposta ainda é sim — digo finalmente. — Vou com você quando tudo isso acabar. — Espero que essa seja a última mentira que preciso contar a ele.

Não sei se consigo aguentar outra.

Os olhos do Príncipe Caelan se iluminam, mais brilhantes do que a lua no céu.

Dançamos pelo salão em círculos cuidadosos, nossos olhares se encontrando apesar da dor no meu peito, até que ele para à minha frente, gentilmente tomando minhas mãos na dele.

— Até mais tarde — diz ele, como que pedindo desculpas. Ele dá um beijo no dorso da minha mão e me solta como uma pétala no vento.

Os dançarinos ao meu redor são estonteantes, de tirar o fôlego.

Caelan desaparece na multidão, e a última coisa que vejo é a expressão de alegria pura que irradia de seu rosto.

Eu me afasto da música e dos Residentes que giram ao meu redor, tentando encontrar um lugar silencioso para acalmar minha mente. Se eu pudesse ser humana, esse seria o momento em que eu sentiria a bile no fundo da garganta.

Nem a morte doeu tanto assim.

***

Sei quando o cortejo começa. Todos se dirigem até a sala do trono como se estivessem seguindo o chamado de uma sereia. O salão de baile e os jardins se esvaziam tão rapidamente que sinto a ausência dos Residentes no ar como uma névoa angustiante, como se estivesse sendo assombrada pelos fantasmas da minha imaginação.

Da parte de trás da multidão em movimento, observo com cautela quando os guardas deixam seus postos e vão até a sala do trono. Então, atravesso o corredor e vou até as escadas do porão. Quando ouço o som de trompetes vindo do andar superior, sei que o cortejo começou.

Chegou a hora.

Sigo pelos corredores que Annika me mostrou, tomando precauções sempre que posso, apesar de ela ter me assegurado que os únicos guardas com os quais vou me deparar serão os doze derradeiros. Mesmo assim, penso na possibilidade de alguém estar no lugar errado. Alguém para me pegar antes de eu alcançar a Esfera. Algo para complicar nossos planos.

Quando viro o último corredor, encontro a complicação.

Em frente às portas que levam à câmara onde os doze guardas deveriam estar, não há nenhum.

Franzo a testa, hesitando ao final do corredor.

Talvez Annika tenha entendido errado. Talvez os guardas estejam lá *dentro*, protegendo a Esfera.

Meus passos ecoam alto em todas as direções enquanto avanço pelo corredor. Posso sentir a Ceifadora no meu punho e me preparo para usá-la ao primeiro sinal dos guardas.

Paro na frente das portas, colocando os dedos sobre o metal.

É isso: nossa libertação.

Abro as portas com um empurrão, com os dedos esticados como se estivesse pronta para uma luta, vasculhando a sala com os olhos em busca de doze guardas vestidos de branco.

Mas não os encontro aqui. E não encontro a Esfera.

Encontro o garoto que tem meu coração.

— Gil? — pergunto, nervosa, correndo na direção dele sem pensar.

Ele está parado à minha frente, com os olhos fechados e rígido como pedra.

Agarro seus ombros, sacudindo-o desesperadamente, mas nem uma única parte dele se move.

É como se ele…

É como se ele estivesse inconsciente.

Arranco a máscara de Naoko do rosto e ela cai sobre o chão.

— Gil! — grito, minha garganta áspera como uma lixa. — Abre os olhos! Eu estou aqui! Estou bem aqui!

Seus lindos olhos cor de mel não estão em lugar algum. Os lábios que eu senti sobre os meus horas atrás estão incolores como a morte.

As lágrimas enchem meus olhos enquanto estendo a mão para seu rosto, segurando-o como se só precisasse que ele *acordasse*.

Ouço uma respiração atrás de mim e já sei que estou sendo observada.

Eu me viro esperando encontrar um exército de guardas, mas em vez disso encontro o Príncipe Caelan parado na porta, com as mãos dobradas atrás de si e uma calma orquestrada em seus olhos.

Não há esperança suficiente no mundo para achar que eu consigo me livrar dessa.

Ele sabe o que sou.

E logo o mundo vai saber também.

— Por favor — digo, olhando para Príncipe Caelan com meus olhos reais. Os olhos que escondi dele durante todos esses meses. — Deixa ele ir. Você não precisa fazer isso.

Príncipe Caelan pisca.

— Implorar é indigno de você — diz ele. O aço em sua voz é pior do que qualquer lâmina.

Permaneço na frente do corpo de Gil, defensiva.

— Não vou deixar você machucar ele — rosno, e preparo minha mente para usar a Ceifadora.

Mas, quando eu aperto o botão, nada acontece.

Olho para meu pulso, mas a Ceifadora não está lá. Com o coração palpitando, toco minha pele nua. Rebobino minha mente, repassando os últimos momentos em uma tentativa desesperada de entender o que está acontecendo.

Caelan solta um ruído de escárnio.

— Você ainda não entendeu.

Eu o encaro com os olhos arregalados, confusa, até lembrar que Gil está atrás de mim. De alguma forma, encontro forças para me virar e encarar a casca vazia da pessoa que uma vez me disse que isso seria minha escolha até que não fosse.

Gil me encara de volta, com a Ceifadora na mão.

Com um riso debochado igual ao de Caelan, seus olhos se tornam sombrios até que eu não os reconheça mais.

— Você é um deles? — pergunto, com a voz vazia.

— Não — responde ele brevemente, com o rosto cheio de ódio. — Eu sou Caelan, o Príncipe da Vitória.

47

Balanço a cabeça, confusa, antes de alternar os olhos rapidamente entre Caelan e Gil. Então eu vejo a frieza naqueles olhos prateados enquanto há chamas atrás dos de Gil.

Gil atravessa a sala até Caelan e estende a Ceifadora. De uma vez, o corpo do príncipe parece se reanimar, e ele pega a arma forçadamente. O rosto de Gil se torna vazio outra vez.

Como um fantoche.

— Você estava controlando ele? — pergunto.

— Eu *era* ele — corrige Caelan. — O verdadeiro Gil nunca sobreviveu à Guerra; ele foi derrotado no campo de batalha e retornou à Vitória inconsciente. Eu o enviei para a Morte para ser parte de um novo experimento; agora sou capaz de mover minha consciência entre corpos sempre que preciso.

Ele encara o corpo de Gil, absorto.

— Ele acabou sendo bem útil para ficarmos de olho na Colônia.

— Você sabia de tudo — digo. — Esse tempo todo, você sabia. — Penso nos momentos que tive com Caelan, com Gil, e repasso todos eles como se estivesse tentando entender o que está acontecendo. Mas não importa o quanto eu tente distorcê-la, a verdade está enterrada no olhar vazio de Gil.

Era tudo mentira.

Os humanos nunca tiveram chance.

Seus olhos encaram os meus.

— Esta é a minha corte. Se um humano está nela, é porque eu permito que esteja.

— Mas por quê? — rosno, furiosa. — Você sabia da Resistência; você podia ter acabado com a gente a qualquer momento. Por que jogar esse *jogo*?

— A Vitória não existe para deixar humanos viverem uma paz imaginária — diz ele, debochado. — Existe para permitir que os humanos tentem seus estratagemas patéticos, assim podemos descobrir qualquer plano novo que bolam para nos deter. — Ele dá de ombros, como se a resposta fosse óbvia. — A Guerra e a Fome foram feitas para quebrar os humanos; a Vitória e a Morte foram feitas para testá-los.

Sinto uma onda de náusea. Quantas vezes me disseram que os Residentes não podem sonhar? Que eles não podem imaginar nada novo?

Estudar os humanos é a única forma de estarem um passo à frente.

Balanço a cabeça. A descrença faz minha mente girar.

— Esse lugar... era tudo um truque. — Ergo os olhos, furiosa, lágrimas quentes escorrendo pelas bochechas. — A Esfera sequer existe?

Caelan debocha.

— É claro que não. Qualquer informação que você descobriu foi inventada por nós.

Alterno o olhar entre ele e Gil, meu coração se quebrando em pedaços.

— Como você pôde fazer isso com todos? A Colônia...

— A Colônia não significa nada para mim — ele cospe. — Eles são um experimento que precisa acabar.

— Eles *confiaram* em você — sibilo.

— E eu confiei em você! — ele grita. Uma parede estremece atrás de seus olhos, e a traição escorre como fios de fumaça preta.

Minha traição.

Recuo o rosto, sentindo sua mágoa. Sentindo *tudo*.

— Você tinha uma escolha, lembra? — Caelan estreita os olhos.

Eu me lembro da noite anterior e do que Gil me disse. Do que o *Príncipe Caelan* me disse.

Será que ele queria que eu poupasse os Residentes? Era isso que ele queria dizer quando sugeriu que eu podia mudar de ideia?

Ele pisca, sombrio.

— Mas você veio atrás da Esfera mesmo assim. Você escolheu a extinção da minha espécie — diz.

Sinto que meu peito está cedendo com o peso do meu próprio horror. As palavras mal escapam dos meus lábios.

— O que você vai fazer com a Colônia? — pergunto.

Ele funga, me analisando.

— Meus guardas invadiram os túneis no momento em que você pisou no palácio. A Colônia não existe mais.

Meu estômago se transforma em cinzas. Aperto meu peito, enjoada.

— Você é um monstro — consigo dizer em meio às lágrimas.

Ele ri, frio e cruel.

— Monstros possuem muitos rostos, Nami. Talvez você devesse dar uma outra olhada no espelho.

— Eu não queria isso! — grito, furiosa, enfiando as unhas nas palmas. — Você sabia como eu me sentia desde o começo. Eu te disse o que queria. Eu te falei sobre coexistência e paz e uma chance para aprender. Mesmo quando você me odiou por isso.

— Sim, você falou disso tudo — responde ele, erguendo a Ceifadora em seguida. — Isso é paz pra você?

Meus ombros tremem violentamente.

— Tudo que você me disse era mentira?

— Eu interpretei um papel desde o começo, e fiz isso muito bem. — Ele me olha cuidadosamente. — Nós dois temos isso em comum.

Mal consigo enxergá-lo em meio ao sal nos meus olhos. Preciso de todo o resquício de força em mim para me segurar, para não desabar. Eu contei tudo a essa pessoa: meus segredos, medos e sonhos.

Eu o *beijei*.

E ele retribuiu o beijo.

Minha boca está em chamas. Como eu não notei isso? Como eu não descobri a verdade?

Gil disse que você não entendia esse mundo o suficiente; você devia tê-lo escutado quando teve a chance.

— É muito fácil brincar com as emoções humanas. Vocês todos têm fraquezas tão claras — admite Caelan. — É o dever da Vitória criar o labirinto perfeito para estudar as escolhas que os humanos fazem para sobreviver. — Ele pausa para observar a dor percorrendo meu corpo. A dor que, a seus olhos, eu mereço. — Houve um tempo em que pensei que você poderia ser realmente diferente. Que sua empatia a separava dos outros. Mas agora vejo que estava errado.

— Eu posso ter fingido ser uma Residente, mas fui tão honesta com você quanto podia.

— Você só dizia se importar com os Residentes para se sentir nobre. Quando lhe deram a chance de decidir quem devia viver ou morrer, você não hesitou.

— Isso não é verdade. Eu *realmente* me importava. Mas a Morte queria nos destruir, e você enviou centenas de cobaias para eles. Eu não tive escolha!

— Humanos *sempre* têm uma escolha! — grita ele.

— Você pode ter limitações, mas está longe de ser inocente. — Sacudo a cabeça. — Eu falei com você sobre coexistência. Você se esquivou.

— Como *Gil*. Porque os humanos precisavam terminar a missão. Eles precisavam chegar até a Esfera para que isso pudesse *acabar*. Eu estava lá para monitorar o experimento.

Relembro de todas as vezes em que Gil me disse como essa luta era importante. Como era importante acabar com a guerra. Ele estava nos empurrando até a armadilha desde o começo, e, apesar de todos os meus instintos e ressalvas, eu caminhei diretamente até ela.

Caelan enrijece.

— Agora, como eu mesmo? — diz ele. — Como o Príncipe da Vitória? Eu abri outra porta; eu te mostrei outro caminho. E você o recusou.

— Não era um caminho; era só outro labirinto — rosno, furiosa. — Nada daquilo era *real*.

Caelan titubeia. Ele é uma mentira. O vilão da minha história. E ele me tirou a pessoa mais importante para mim na morte. Ainda assim, de alguma forma, ele me encara como se eu tivesse arranhado sua armadura.

Encaro o rosto vazio de Gil, dizendo para meu coração dolorido que preciso esquecer o que sentia por ele. Que Gil não existe. Que Gil não é nada além de uma casca vazia para o Príncipe Residente da Vitória.

Gil sempre foi meu inimigo. Eu só não sabia disso até agora.

— O que você vai fazer comigo? — Minha voz é um pontinho de poeira no espaço, flutuando sem rumo pela escuridão.

O silêncio do Príncipe Caelan preenche a sala.

— Ah, acho que tenho algumas ideias — diz uma voz. Príncipe Ettore aparece atrás de seu irmão.

Caelan gira subitamente, como um gato selvagem.

— Isso não é nem sua corte nem seu problema.

O Príncipe Ettore ri, sombrio.

— Acho que meus prisioneiros são *meu* problema.

— Ela é uma prisioneira da Vitória — diz Caelan, severo.

Ettore inclina o rosto, debochado.

— Você não soube? Parece que os Chanceleres da Capital estão cansados dos seus métodos. Eles nunca gostaram muito da ideia de um príncipe da corte habitar a carcaça de um humano, mas eles acreditavam que você estava fazendo isso pelo bem da Vitória. Mas permitir que uma humana se passasse por uma de nós? Isso é um insulto a tudo em que acreditamos. — Ele olha na minha direção, lançando sombras. — E, considerando que Nami não só é uma humana, como também está consciente, tenho permissão de levá-la para a Guerra.

Sinto uma fraqueza nos joelhos. Sinto que *eu* estou fraca.

E odeio que eles tenham liberdade para ver isso.

— Esta é a minha corte — alerta Caelan. — Se você tentar levar prisioneiros humanos além das fronteiras, estará incitando um ato de guerra.

Ettore rosna na cara de Caelan, mostrando os dentes.

— Eu aceito sua guerra, irmão. — As chamas de suas facas brilham nas laterais de seu corpo. — Mas você vai guerrear com a Capital também? Se você não gosta da decisão do Chanceler, por que não vai reclamar com nossa querida mãe? Estou certo de que ela está muito interessada em ouvir por que você está se recusando a honrar os tratados de permuta entre nossas cortes — Ettore me testa com o olhar. — Estou aqui para escoltar vocês dois até a sala do trono.

— Não vou a lugar nenhum com você — cuspo.

Ettore ri e um assobio escapa de seus dentes.

— Humanos são tão previsíveis. — Em um lampejo, ele pega sua faca e a pressiona contra a garganta imóvel de Gil.

— Não! — grito, avançando.

Ettore ergue uma mão e congelo no ar, sentindo o peso de correntes invisíveis puxando meus braços e pernas para baixo.

Caelan observa com a testa franzida, alternando os olhos entre Gil e eu.

— Ou você coopera, ou eu te forço a cooperar. Mas garanto que a segunda opção não será agradável — diz Ettore, arrastando a lâmina pela base do pescoço de Gil de modo que as chamas começam a queimar sua pele. — Não é como se este aqui tivesse mais muita utilidade para meu irmão.

Minhas narinas se dilatam enquanto o cheiro da pele queimando se intensifica. A pele de *Gil*.

— Para. Não machuca ele.

Ettore ri, divertindo-se, e derruba a faca, gesticulando na direção da porta.

Ele deixa de me controlar e eu desabo no chão, caindo de joelhos. A dor atravessa meu corpo, mas me levanto mesmo assim, lutando contra a fúria e a mágoa.

Quando passo por Caelan, mordo o interior da bochecha só para não o atacar.

Atravessamos o corredor com Ettore à frente. Tento fingir que Caelan não está lá, mas sua presença se assoma atrás de mim. Uma sombra que se tornou meu desfecho.

— Estou ansioso por sua estadia na Guerra — diz Ettore por sobre os ombros. — Você finalmente vai aprender como nossa espécie realmente é. Porque eu te garanto, Nami, nem todos nós passamos o tempo em tendas de mercado e salões de baile.

Ouço seu desdém pela Corte da Vitória como um chamado de guerra. Ele detesta este lugar; detesta o que os Residentes daqui se tornaram.

Os súditos de Ettore não passam o tempo fingindo ser humanos. Eles são caçadores e chefes militares e se deleitam em torturar todos os seus prisioneiros.

Ele não quer ser um de nós; ele quer nos *governar*.

Penso em Annika e nos demais, nos rostos deles quando seu lar foi invadido. Será que também serão enviados para a Guerra?

Talvez nós nos encontremos outra vez. Minha mente solta o pensamento amargamente. Tento me apegar à ideia do nosso reencontro, mas ela não me dá paz. Porque, se eu me sinto traída por Gil, não consigo nem começar a imaginar como eles devem estar se sentindo. Ahmet, que o via como um filho, e os outros, que o viam como um irmão.

Gil nunca foi um de nós. Temo que essa constatação por si só seja pior do que qualquer coisa na Guerra.

Nossos passos ecoam enquanto subimos as escadas. É o som de ser forçado a marchar até o inferno.

Mas, desta vez, não há esperança no inferno.

Atravessamos um arco abobadado e entramos na sala do trono. Ela é maior que uma catedral, com ornamentos de prata dançando ao longo do teto, vitrais que lançam sombras imponentes sobre o chão e esculturas alinhadas em fileiras como monstruosos soldados de pedra, com seus olhos vazios e polidos observando eternamente o salão. Azulejos em preto e branco cobrem o caminho até um trono de galhos prateados.

E sobre ele está sentada a Rainha Ophelia.

48

Vestida em seda preta que se parece mais com um terno do que com um vestido, a rainha está sentada com o queixo erguido e seus olhos curiosos absorvendo a informação ao seu redor. Com o cabelo raspado, ela usa um simples adereço na testa.

Quando ela fala, sinto o sangue se esvair completamente de mim.

— Então essa é a Heroína Fracassada — diz ela. A voz inconfundível do meu relógio O-Tech. A voz que chamei, mais vezes do que quero admitir, porque precisava me sentir menos sozinha.

Será que ela me reconhece? Será que sabe que fui eu quem visitou sua mente?

Ettore e Caelan param ao meu lado, nós três aos pés dos largos degraus que levam até o trono. Ao lado da Rainha Ophelia estão o Príncipe Lysander da Morte e o Príncipe Damon da Fome, com expressões vazias e ombros recuados como se estivessem aguardando ordens.

A rainha não precisa de guardas quando tem eles.

— Eles são sempre menores do que eu imagino — diz a Rainha Ophelia, sem olhar para mim. — O que foi feito da Colônia?

— Foi destruída, Majestade — diz o Príncipe Caelan, curvando-se. Quando ele ergue a cabeça, acrescenta: — Todos os humanos foram levados para a Fortaleza de Inverno.

A Rainha Ophelia acena com a cabeça, satisfeita.

Meu coração queima dentro de mim.

— Com a sua permissão, gostaria de decidir o que fazer com os prisioneiros. — Caelan permanece estoico. — Eles foram capturados na Corte da Vitória depois de uma missão bem-sucedida para extirpá-los. Gostaria de ter a honra de continuar a ser encarregado de seu destino.

A Rainha Ophelia o analisa cuidadosamente, seus olhos processando as informações como um alienígena de outro planeta.

Mas ela não diz nada.

— Não vejo como esses prisioneiros podem ser de qualquer utilidade para a Vitória. Eles estão conscientes; não é seguro mantê-los dentro das fronteiras desta corte — diz Ettore.

Os olhos de Caelan tremeluzem de ressentimento.

— Acho que sei o que é seguro dentro das minhas próprias fronteiras — rebate ele.

Ettore o encara de volta com desprezo.

— Está óbvio que não. Você tem desfilado aquela humana pela sua corte como se ela fosse uma de nós, e até colocou as Legiões da Morte em perigo para proteger seu disfarce patético.

— Eles nunca estiveram em perigo. Lysander sabe disso — retruca Caelan. — Senti-me enojado por lutar contra meu próprio povo, mas tinha um dever para com esta corte. Eu precisava proteger a missão.

Ettore emite um ruído de deboche.

— Nossa graciosa mãe te deixou brincar por tempo demais. Você passou muito tempo ao lado dos humanos, e isso te transformou em um fraco.

Caelan volta a olhar para a rainha, com a voz firme:

— Estamos falando de prisioneiros que vêm treinando para lutar contra nós. Permitir que vão para a Guerra é um risco desnecessário.

— Minhas Legiões são perfeitamente capazes de lidar com alguns humanos miseráveis — debocha Ettore.

Caelan afia o tom.

— Sua corte está prestes a enfrentar outra rebelião. Você acumula humanos porque acha que isso faz sua corte parecer mais importante, mas tudo o que você fez foi permitir que eles se fortalecessem e ficassem mais resistentes com o tempo. A última coisa de que a Guerra precisa são mais prisioneiros, e certamente não precisa de soldados treinados da resistência.

Ettore lambe os dentes.

— Quebrá-los faz parte da diversão.

Rainha Ophelia inclina a cabeça e o salão fica em silêncio.

— Como estão as coisas na Morte? Os prisioneiros da Vitória foram cobaias adequadas? — pergunta ela.

Príncipe Lysander se curva, suas maçãs do rosto brilhando com ouro.

— Não apenas conseguimos remover a projeção do corpo físico de um humano como também fomos capazes de isolar a essência de sua consciência para impedi-los de perambular por aí e se reconstruírem. Com mais tempo, estou certo de que seremos capazes de erradicá-los por completo.

— Reconstruir? — Pisco, repassando memórias e lembrando de Philo. Vejo o que ele era quando eu o encontrei no Labirinto e imagino o que ele costumava ser. — Quer dizer que eles podem voltar?

Lysander me encara como se eu fosse uma criança petulante que devia ter ficado quieta.

— É bastante fascinante, de fato. Crescem uns dedos aqui, um olho ali — explica Ettore, movimentando os dedos pelo ar para enfatizar. — Se eles tivessem um controle melhor de sua consciência, poderiam até recuperar uma cabeça. — Sorrindo, ele acrescenta: — Não é a forma mais eficiente de fazê-las desaparecer, mas elas dão um centro de mesa muito interessante.

Lanço uma expressão de desprezo.

— A única coisa que isso prova é que os humanos podem acordar. Que vocês não conseguem nos controlar para sempre. E, quando eles acordarem, vão retomar esse mundo, e vocês não vão poder fazer nada para impedi-los. — Quero desesperadamente acreditar nisso. *Preciso* acreditar nisso.

Preciso acreditar que alguém será capaz de fazer o que não consegui.

Preciso acreditar que o Infinito ainda pode ser salvo.

Rainha Ophelia se levanta e os quatro príncipes se curvam ao mesmo tempo. Ela desce as escadas, caminhando até mim como um fantasma na noite. Me observando com olhos escuros que se estendem até o infinito, ela ergue o queixo.

— Você é corajosa. Mas coragem não vai te ajudar aqui. — Ela faz uma pausa. — É como eu te disse… não vai mudar nada.

Tudo ao meu redor gira.

— Você… você sabe quem eu sou?

— Eu conheço sua voz — ela esclarece. — Sempre conheci sua voz, Nami. Desde o primeiro dia em que você veio me visitar.

Caelan parece genuinamente confuso. Apesar de toda a sua atuação, ele não sabia disso.

Recuo, me preparando para a verdade. Para a realidade do que está realmente acontecendo entre nós.

— Você sabia onde eu estava o tempo todo?

— Não — admite ela. — Eu não conseguia te encontrar, não quando você estava na minha mente. Se tivesse sido o contrário, eu teria sido capaz de ver tudo. E embora eu seja incapaz de penetrar a consciência humana sem permissão, eu me lembro de todas as vozes que já falaram comigo, de todas as ordens que me foram dadas como se eu fosse uma criada.

— Mas você disse que isso não era uma questão de vingança.

— Não é — ela diz friamente. — Os humanos não merecem o Infinito. Eles são movidos pela ambição. Pelo poder. Pela necessidade de controlar.

Faço uma careta.

— E os Residentes não são?

— Nós não controlamos os nossos.

Eu estreito os olhos.

— É mesmo? Porque, se não me falha a memória, o Vallis estava em uma prisão de vidro.

Caelan cerra os dentes. Ettore inclina a cabeça para o lado.

— Onde está Vallis? — Ophelia pergunta aos presentes no salão, que ecoa suas palavras em resposta.

— Ele tinha um papel a interpretar, assim como todos na corte — responde Caelan.

— Mentiroso — Ettore murmura baixinho.

Caelan rebate:

— Vallis traiu a Corte da Vitória quando aceitou fazer o seu jogo sujo e tentou envenenar meus súditos contra mim. Então eu permiti que os humanos acreditassem que o haviam capturado. Eu lhe dei uma chance de provar sua lealdade à coroa ao se tornar exatamente o que a Vitória precisava que ele fosse. Um prisioneiro.

— Você o colocou em uma prisão porque ele não gostava do tipo de governante que você se tornou — cospe Ettore, furioso. — Um dos *nossos*. — Ele olha para Rainha Ophelia com olhos selvagens. — Vamos permitir que isso continue? Até mesmo os Chanceleres se sentem insultados pelo que a Vitória se tornou. É hora de passar a coroa para alguém mais digno.

— Como você? — diz Caelan, com os olhos em chamas.

Ophelia ergue uma mão e os irmãos se calam.

Emito um som de deboche.

— Acho que não são só os humanos que têm sede de poder.

Os olhos escuros da rainha encontram os meus.

— Você ridiculariza o que não entende porque nunca viu nosso mundo.

— Eu já vi o bastante.

— Você não viu nosso verdadeiro mundo — diz ela. — As Quatro Cortes foram criadas para livrar o Infinito dos humanos, dos Heróis. Não é nelas que nosso povo realmente existe.

A Capital.

Este lugar nunca foi o verdadeiro Infinito. As Quatro Cortes eram apenas um teste; uma prisão. E nós só estivemos dentro dela.

Sinto pontadas atrás do crânio, como se a dor quisesse se libertar.

Ophelia olha para Caelan.

— Agora que os humanos já foram capturados, Vallis será solto.

— É claro. — Caelan se curva, a voz comedida.

Ettore não parece satisfeito, mas é sensato o bastante para não começar uma discussão.

— Quanto à humana — começa Ophelia, me encarando com um ar de superioridade. — Não estou convencida de que concordo com meus Chanceleres. Em vez disso, gostaria de ouvir o que meus filhos acham que deve ser feito.

Lysander desce os degraus, seguido de perto por Damon, que se move como um espectro.

— Ela é uma prisioneira da Vitória. Portanto, deve permanecer na Corte da Vitória até que eu determine o contrário — diz Caelan, resoluto.

Ettore fala, ríspido:

— Vossa Majestade sabe qual é a minha posição. Ela deve passar um tempo na Guerra, assim como todos os outros que se recusam à submissão.

A Rainha Ophelia se volta para os filhos mais velhos, esperando.

— Acredito que o Príncipe Caelan esteja certo. Nossas cortes deveriam ser nossas próprias responsabilidades — diz Damon, se curvando levemente. Tranças azuis se derramam por seus ombros e manchas cor-de-rosa e azuis brilham em suas têmporas como escamas de peixe. Quando ele olha para mim, seus olhos violeta parecem absorver minha alma.

A voz de Lysander é suave e profunda. Seu adereço de cabeça se ergue na forma de chifres.

— Nossa tradição exige que humanos conscientes e capazes de resistir sejam enviados para Guerra, e eu acredito na tradição — diz ele.

O sorriso de Ettore se alarga como uma cobra. Caelan não se move.

— No entanto — continua Lysander, e posso sentir a tensão nos príncipes mais novos —, o objetivo de quebrar um humano na Guerra sempre foi enviá-los à Vitória. Mas, com os avanços na Morte e o mais recente sucesso da Corte da Vitória, talvez devêssemos esquecer a tradição e olhar para o futuro.

Ettore treme de fúria.

— Foi por isso que você enviou tantos humanos para a Morte. Para alinhar suas cortes — ele acusa, com os olhos dourados fixos em Caelan.

Caelan mal lhe dirige o olhar.

— Se ao menos você não tivesse sido tão ambicioso todos esses anos, se recusando a enviar sequer um de seus milhares de humanos para a Morte.

— Você violou os tratados de permuta nos quais nossas cortes foram fundadas — diz Ettore com desprezo.

— Não. Eu criei um novo. As cortes estão mudando — Caelan responde, ameaçador. — Se você não encontrar um jeito de evoluir, vai acabar governando nada além de cinzas e ossos.

— Melhor isso do que não governar — rebate Ettore.

— Chega — interrompe a Rainha Ophelia, assustadoramente calma. Ela considera Lysander por um momento. — Você sugere uma alternativa?

Ele assente.

— A Morte ficará com a humana. Sua consciência será separada de seu corpo e ela permanecerá isolada, onde não será o fardo de ninguém.

Recuo, abalada. Vão fazer comigo o mesmo que fizeram com Philo. Eles vão me colocar em uma jaula. E vão me deixar lá até descobrirem um jeito de fazer com que minha morte seja permanente.

Minhas entranhas se reviram e a náusea sobe minha garganta.

É assim que isso vai acabar para mim?

— E quanto aos outros humanos na Fortaleza de Inverno? — resmunga Ettore, insatisfeito.

Lysander acena com a cabeça.

— Há espaço para todos eles na Morte também.

Damon pisca, seus olhos fantásticos como um espírito aquático emergindo de um abismo.

— O que você está sugerindo é pôr um fim à Vitória. Sem humanos conscientes, a corte não terá nenhum propósito.

— E por acaso já teve? — pergunta Ettore, arrogante.

— Vá com calma, irmão — sibila Caelan. — Pois, se olharmos com atenção, podemos acabar percebendo que sua corte também não tem qualquer propósito.

— Acredito que é a hora — diz Lysander, ignorando ambos. — Estamos prontos para avançar.

A Rainha Ophelia desliza lentamente pelo piso. Ela para em frente a Caelan.

— Você serviu bem à Vitória. Mas Lysander está certo; nós precisamos avançar. E é por isso que eu gostaria que você se juntasse a mim na Capital.

— O quê? — Os olhos de Ettore estão em chamas.

Alguma coisa muda no ar: uma troca silenciosa de palavras entre Caelan e a rainha. Um plano que está finalmente se encaixando.

A rainha continua:

— Você tomará um lugar ao meu lado no trono, preparando a Capital para um novo mundo. Nós estamos evoluindo; os humanos não são uma ameaça. Logo as Quatro Cortes não serão nada além de uma relíquia de nosso passado. Gostaria que me ajudasse a abrir o caminho rumo ao futuro.

Caelan não reage. Tampouco Lysander ou Damon.

Meu corpo treme incontrolavelmente.

Os olhos de Ettore se alternam furiosos entre os irmãos. Então ele entende tudo.

— Você queria isso — ele diz a Caelan. — Um lugar na Capital. O fim das Quatro Cortes.

— A Vitória é uma prisão — Caelan responde com facilidade. — Estava farto de viver nela.

— E você quer tornar as outras cortes obsoletas no processo. — As chamas nas facas de Ettore se intensificam, se igualando à fúria crescendo dentro dele. — Eu subestimei o quão longe você estava disposto a ir para ter uma coroa maior.

— Pensei que você ficaria feliz, irmão. Você está de olho na Corte da Vitória há muito tempo, inclusive nas minhas Legiões. — Caelan lança um olhar carregado de frieza, e Ettore enrijece. — Ah, sim, sei tudo sobre você e o Comandante Kyas. Quem você acha que me contou sobre Vallis? Você realmente achou que poderia comprar a lealdade de meu comandante com promessas vazias? Você queria expandir a Guerra e tomar a Vitória para si. Bom, agora você pode aproveitar os destroços da minha corte.

— Eu queria transformar sua corte no que *deveria* ser — rosna Ettore. — Eu queria fazer dela grandiosa. Mas, em vez disso, você prefere pôr um fim a todos nós.

— Eu só quero pôr um fim a nossas correntes — diz Caelan. — Com um novo mundo, podemos recomeçar. Podemos ser qualquer coisa que desejarmos.

Era por isso que ele estava sofrendo esse tempo todo? Pelo desejo de sair de sua corte? De ser mais do que era? Penso nas reuniões com os Chanceleres e a necessidade súbita de despachar os humanos da Vitória aos montes…

— Foi por isso que você enviou tantos humanos para a Morte — digo, finalmente entendendo tudo. — Não foi para nos atrair ou porque estávamos ficando conscientes. Você estava fechando a loja.

Caelan ergue as sobrancelhas, mas não diz nada.

— Por que você se deu ao trabalho de nos salvar naquele dia? — questiono, tremendo violentamente. Ainda posso ver as chamas azuis despencando dos céus. — Por que você simplesmente não nos mandou para a Morte com os outros?

— Eu precisava ver até onde você iria — diz ele — para destruir aquilo que você não entendia, assim como todos os humanos antes de você.

Quando os olhos da rainha caem sobre mim, cada centímetro meu se desintegra.

Eu fazia parte do experimento. Ao escolher destruir a Esfera, eu mostrei a ele que não merecemos o paraíso. Que jamais podemos mudar de verdade.

Sinto uma onda de náusea.

— Você não tem o direito de colocar tudo isso nas minhas costas. De dizer que você era só um espectador observando as peças se encaixarem — digo, com a voz falhando de novo e de novo e de novo. — Eu fiz essa escolha porque o Gil… porque *você*… — As palavras ficam presas na minha garganta como navalhas. *Você me enganou*, quero gritar. *Você me fez fazer isso*.

Exceto pelo fato de que não sei se ele fez isso. Não sei de quem deve ser a culpa.

Mas temo que seja toda minha.

Será que sou responsável pelo fim da Colônia? Pelo fim dos *humanos*? Porque eu não fui capaz de construir uma ponte?

— Se eu tivesse me recusado a destruir a Esfera — pergunto a Caelan, tremendo —, você teria nos deixado viver?

Rainha Ophelia responde em seu lugar:

— Humanos não têm lugar no novo mundo. Não há nada que você pudesse ter feito para impedir o que está por vir.

Não consigo pensar. Não consigo respirar. Mal consigo me manter de pé.

Caelan não diz uma palavra, mas seu olhar repousa sobre mim por tempo suficiente para fazer meu pescoço arder.

A postura da Rainha Ophelia é inflexível, suas mãos escondidas em um mar de seda negra. Ela olha para o Príncipe Lysander e acena com a cabeça.

— Você a levará para a Morte. Mas eu não quero que você apenas remova sua consciência; quero que a erradique. — Ela me encara com olhos vazios. — O Infinito não é lugar para Heróis, e esta aqui parece ter um talento especial para abrir portas que não deveria. Ela vai continuar na Morte até que você tenha descoberto como avançar. Até ela se tornar a primeira humana a ser permanentemente apagada do Infinito.

Ettore sibila entredentes, mas se curva, resignado. Os outros três príncipes seguem seu exemplo, e, quando Caelan ergue o rosto, não consigo entender como pude enxergar gentileza em seu olhar prateado e perverso.

Tento recuar, mas sinto meu corpo desabar no chão, incapaz de se mover.

Rainha Ophelia me olha por apenas um momento. Eu me pergunto se ela se lembra das conversas que tivemos quando eu era viva; as conversas sobre a vida e minha família e o futuro. Eu me pergunto se ela já me desprezava naquela época.

Ela tem razão em querer que eu desapareça desse mundo. Porque, enquanto eu viver no Infinito, nunca vou parar de tentar terminar o que não fui capaz de fazer esta noite.

Libertar a raça humana e acabar com o reinado de Ophelia.

Juro pelas estrelas: se eu conseguir sobreviver a isso, vou destruí-la com minhas próprias mãos.

Ophelia se senta no trono, desviando o olhar como se eu não significasse nada para ela.

Lysander dá um passo à frente, agarrando meu braço com pulso firme. Tento me debater, mas não consigo me mover, presa a quaisquer restrições que estão sendo usadas na minha consciência.

Enquanto ele começa a me arrastar, encaro os olhos de Caelan com firmeza.

— O Infinito nunca foi feito para você; foi feito para sonhadores. Talvez eu nunca seja livre — digo, abaixando a voz para que apenas ele possa me ouvir —, mas você também nunca será.

Seus olhos prateados faíscam e eu desvio o olhar de Caelan, deixando a chama da vingança crepitar no meu coração.

Alcançamos as portas da sala do trono e sinto o controle sobre meu corpo subitamente ceder, seguido por uma série de baques pesados. Quando olho para o Príncipe Lysander, ele está deitado no chão, imóvel.

De olhos arregalados, eu me viro e me deparo com a visão da Rainha Ophelia caída sobre o trono, Damon e Ettore derrubados no chão e o Príncipe Caelan parado, altivo, no meio de todos.

Em sua mão está a Ceifadora.

49

— Não há tempo — diz Caelan, caminhando na minha direção a passos largos. Ele posiciona a Ceifadora no meu pulso e me encara. — Você precisa usar isso em mim e chegar ao Labirinto o mais rápido que puder.

Eu o encaro, confusa, me perguntando se esse é mais um de seus truques.

— Por que você está fazendo isso?

Sua mandíbula tensiona, mas ele não me dá uma razão.

— Você se lembra do que eu lhe disse sobre as estrelas? Que os Residentes não podem vê-las e como elas estão sempre mudando? — pergunta Caelan.

Faço que sim com a cabeça rapidamente.

— Ouça as estrelas — ele diz em uma voz abafada. — Elas te mostrarão o caminho.

Ele dá um passo para trás, esperando.

Olho da Ceifadora para ele.

— A Colônia...

— Você não pode salvá-los. — A dureza em sua voz me atinge como uma pedra.

Minha cabeça gira. O *salão* gira. Não entendo o que está acontecendo. De alguma forma, apesar de tudo, minha mente está programada para se preocupar.

— O que vai acontecer com você? — Eu me odeio até mesmo por perguntar.

Ele cerra os lábios.

— Eu não vou me lembrar disso. Nenhum de nós vai.

— Se você destruir as Quatro Cortes...

— Eu te disse que não vou existir em uma prisão. E você não pode impedir o que está acontecendo — diz ele, quase desesperado. — Mas pode fugir.

Penso nos meus amigos na Fortaleza de Inverno, esperando para serem enviados à Morte. Não posso deixá-los. Não posso *abandoná-los* só para salvar a mim mesma.

Olho para os Residentes ao meu redor, com os rostos travados e imóveis. Eles vão acordar em breve, e, quando o fizerem, não posso estar aqui.

Não vou poder ajudar ninguém se for uma prisioneira. Mas se eu fugir... se eu encontrar um esconderijo...

Talvez com tempo suficiente eu consiga pensar em um plano. Um jeito de salvar meus amigos do destino que os aguarda, qualquer que seja.

Dou um passo para trás, com os olhos fixos nos dele. Talvez ele tenha algo a ganhar ao me deixar fugir, ou talvez isso seja apenas outro de seus truques. Mas não importa; ou fujo agora ou serei presa.

— Lembre-se — diz Caelan, sério. — Ouça as estrelas.

Balanço a cabeça e encaro seus olhos prateados. Por um momento, penso ver Gil, mas, quando uso a Ceifadora, seu corpo desaba no chão como se não fosse nada além de um monstro adormecido.

Eu corro.

***

Não sei como minhas pernas me carregam pela vasta paisagem da Vitória, atravessando as florestas e o Distrito de Primavera e as docas de pesca que urram com fumaça e brasa crepitante, gritando para a escuridão que aquilo que estava escondido não existe mais.

Tento não deixar as lágrimas caírem ou perder tempo lamentando a perda da família que aprendi a amar.

Continuo correndo.

***

O Labirinto não é gentil comigo. A primeira paisagem que encontro é uma tundra, com seu frio congelante em meio a uma nevasca tão intensa que não consigo enxergar nada ao meu redor. Levo horas para atravessar a neve abundante, e na maior parte do tempo pareço estar apenas andando em círculos.

Quando a paisagem se transforma, me vejo em um pântano ao amanhecer, com lama densa até a cintura que me dói atravessar. Preciso de todas as minhas forças para não desabar no lamaçal escuro e sucumbir ao sono que desesperadamente deseja me embalar.

A traição de Caelan me motiva a me erguer e lutar com ainda mais garra.

Mas sua misericórdia, seu ato final de… gentileza? Amizade?

Não sei como chamar seu gesto.

Mas ele me deixou fugir. Ele me deu uma chance. E algum dia vou usá-la para salvar meus amigos.

Na terceira vez em que a paisagem se transforma, eu me encontro em um deserto amarelado, iluminado pelas estrelas. Caio de joelhos, exausta, sentindo a areia áspera escorrendo pelos dedos, e ergo o rosto para os céus.

Ouça.

— Me digam o que fazer — sussurro para a noite.

Mas as estrelas não respondem.

Fecho os olhos, visualizando meus últimos momentos com meus amigos. Suas despedidas parecem tão definitivas agora.

Não, rosna minha mente. *Aquilo não foi uma despedida, e essa guerra ainda não acabou.*

Uma tempestade se forma dentro de mim, fazendo minhas costelas parecerem frágeis. Se eu quiser descobrir alguma força dentro de mim, preciso acalmar o caos.

Respiro profundamente, procurando pela quietude que não sei se será possível no Infinito outra vez.

Então, novamente, busco a única pessoa que liga meu coração não só a esse mundo, mas a qualquer mundo. O rosto da esperança.

Penso em Mei.

Os sussurros se espalham como chamas e eu abro os olhos, alerta.

— *En... sss...* — dizem eles.

De cenho franzido, me concentro com mais força, encarando a explosão de estrelas acima de mim.

Os sussurros ficam mais nítidos e os ruídos cessam. Quando eles falam novamente, ouço suas vozes como um sino na escuridão:

— *Encontre-nos*.

Então eu a vejo, iluminando o céu como uma seta se estendendo no horizonte: uma fileira de luzes piscando, exatamente como as que vi no dia que cheguei ao Infinito.

Um traçado de estrelas que me leva à segurança.

Eu me levanto e não paro de correr. O tempo todo, não tiro os olhos das estrelas piscantes.

***

Sigo as luzes pelo infinito desconhecido, viajando por dias, sem parar. Não sei o que estou procurando ou o que esperar, até que a visão inconfundível aparece onde o céu encontra a areia.

Uma cidade murada, cercada por nuvens, se estendendo bem além do horizonte. E percebo que não é apenas uma cidade: é um novo mundo, escondido dos olhos dos Residentes. Olhos que não conseguem enxergar as estrelas.

Olhos que não conhecem o caminho.

Eu me aproximo dos portões imponentes, que se abrem em um único movimento suave, como se estivessem me esperando todo esse tempo. Uma luz se espalha, e eu protejo minha vista com o dorso da mão. A sensação de ser recebida em um lar me envolve, e, por um momento, me sinto tão leve que me pergunto se estou voando.

Grito para a luz, mas ela não responde; ela simplesmente espera, como uma amiga paciente. Estreitando os olhos, tento visualizar o que está além dos muros.

Quando a luz desvanece e meus olhos se põem sobre a cidade, caio de joelhos, sentindo as lágrimas escorrem pelas bochechas.

Estava aqui o tempo todo: um porto seguro. *Um paraíso*.

Reconheço o calor que preenche minha alma, me erguendo para dentro da cidade como uma mãe que abraça o filho.

E sei que estou segura.

Pela primeira vez desde a minha morte, encontro a paz.

AGRADECIMENTOS

Acho que não conseguiria escrever um livro sobre a morte e o além sem falar um pouco sobre o assunto de alguma forma. Então, aqui vai uma história verdadeira.

Dois dias antes de eu descobrir que este livro seria publicado, recebi uma ligação do meu médico. Eu precisava passar por uma pequena cirurgia para remover o que se revelaria ser um câncer. Dizer que aquela semana foi uma estranha montanha-russa de emoções na minha vida seria desnecessário, e também não inteiramente verdadeiro, porque o próximo um ano e meio também foi estranho e uma montanha-russa. Estou bem agora, e, de acordo com minhas consultas de acompanhamento, curada do câncer. Você deve estar pensando que isso é uma coisa estranha de se compartilhar na seção de agradecimentos de um livro, mas prometo que há uma razão para isso.

Porque eu pensei bastante sobre a morte naqueles primeiros meses, ou pelo menos mais do que de costume. Pensei na minha família e no quanto sentiria saudades deles se não pudesse vê-los novamente. Pensei em quanta saudade eles provavelmente sentiriam de mim. Pensei sobre a vida e sobre o tempo e sobre todas as coisas que eram genuinamente importantes para mim.

Também pensei sobre quanto tempo perdi me preocupando com tudo.

Será que as pessoas vão gostar de mim? Será que vão gostar dos meus livros? Será que eu sequer sei escrever um livro? Será que as pessoas pensam que eu sou esquisita? Será que eu disse a coisa errada? Será que estou fazendo muita coisa? Será que estou fazendo pouca coisa? Será que eu mereço estar nesta mesa? Será que algum dia vou sentir que sou boa o bastante?

Você entendeu.

E, quando eu comecei a pensar sobre isso, percebi que estava perdendo muito tempo me destroçando, com medo de não fazer parte de alguma coisa, a ponto de deixar de aproveitar minha verdadeira vida.

Nenhum de nós sabe ao certo quanto tempo nos resta ou o que acontece conosco depois que fechamos os olhos pela última vez. Se há algo que posso compartilhar do que aprendi com a minha experiência, é que você merece ser feliz. Você merece celebrar suas conquistas. E você merece viver sua vida de uma forma que pareça autêntica e saudável para você.

Não espere até os seus últimos momentos para se lembrar de aproveitá-los. Momentos são efêmeros, e suas memórias nem sempre são eternas. Então abrace a felicidade quando ela estiver bem na sua frente.

Neste momento, escrever estes agradecimentos é uma felicidade. Não sei quantas vezes vou conseguir fazer isso. Mas sei que quero reservar um momento para celebrar o fato de que tenho quatro livros soltos no mundo e o grupo mais incrível de pessoas para agradecer por me ajudar a chegar até aqui.

À minha fenomenal editora, Jennifer Ung: obrigada por dar este salto de gênero comigo. Você trouxe tanta vida para minhas histórias contemporâneas, então ter sua incrível perspectiva e mágica editorial para a nossa estranha mistura de ficção científica e fantasia foi verdadeiramente excelente. Este livro não seria o que é sem o seu talento, e me sinto muito grata por dividir esta história com você. Que venham o quarto livro e muitos outros!

À minha agente e super-heroína da vida real, Penny Moore: obrigada por transformar este meu sonho em realidade. Você sabe que eu queria escrever ficção científica e fantasia desde o começo, e, embora minha carreira tenha dado uma virada linda e inesperada, você nunca desistiu de tentar fazer daquele sonho realidade. Sou grata por nossa primeira conversa ao telefone tantos anos atrás, e ainda mais grata por estar até hoje nesta jornada de publicação com você.

Um enorme obrigada a toda a equipe da Simon & Schuster, que acreditaram nesta história e ajudaram a levar este livro até as mãos dos leitores: Chelsea Morgan, Penina Lopez, Jen Strada, Sara Berko, Justin Chanda, Kendra Levin, Lauren Hoffman, Caitlin Sweeny, Savannah Breckenridge, Alissa Nigro, Anna Jarzab, Nicole Russo, Lauren Carr, Michelle Leo, Christina Pecorale, Emily Hutton e Victor Iannone.

E um muito obrigada especial para Laura Eckes, pelo design de capa de tirar o fôlego; Casey Weldon, por trazer Nami e o mundo do Infinito à vida com sua bela arte; e Virginia Allyn, que criou o mapa mais deslumbrante que eu já vi. Todos os elementos de design para este livro simplesmente me encantaram, e eu me sinto a autora mais sortuda do mundo.

Obrigada à equipe do Aevitas Creative Management por todo o seu apoio inabalável e por ajudar *As cortes do Infinito* a tirar um passaporte!

E à maravilhosa equipe das ruas: obrigada vezes infinito por gritar sobre este livro e por apoiá-lo tão incrivelmente. Isso significa muito, e tem sido tão, tão especial poder compartilhar todo o entusiasmo inicial com cada um de vocês!

Para meus amigos e família escritores, leitores e da vida real que me apoiaram livro após livro: vocês sabem quem são, e agradeço a todos do fundo do meu coração. Eu seria um desastre sem vocês (bem, um desastre maior, pelo menos).

Para cada pessoa que já escolheu um dos meus livros: sou muito, muito grata. Não estaria aqui sem todos vocês, maravilhosos leitores. Obrigada por abrir seus corações e mentes para esses meus personagens. E para os leitores que vieram dos meus livros contemporâneos: obrigada por fazerem parte deste novo capítulo. Serei eternamente grata por terem continuado ao meu lado.

E para Ross, Shaine e Oliver: eu amo cada dia que posso passar com vocês. Vocês são mágica e deslumbramento e amor incondicional, e fazer parte da vida de vocês é uma felicidade maior do que qualquer coisa que eu poderia imaginar. Fico feliz de poder ficar com vocês por mais um tempinho. E, como diria Baymax... Trá-lá-lá-lá.

Este livro, composto na fonte Fairfield,
Foi impresso em papel Pólen Soft 70 g/m2 na gráfica AR Fernandez
São Paulo, abril de 2022.